八零后

八/十/年/代/的/青/春/故/事

吴亚 著

石油工业出版社

图书在版编目（CIP）数据

八零后/吴亚著．—北京：石油工业出版社，2021.5

ISBN 978-7-5183-4511-3

Ⅰ．①八… Ⅱ．①吴… Ⅲ．①长篇小说-中国-当代 Ⅳ．① I247.5

中国版本图书馆 CIP 数据核字（2021）第 017933 号

八零后
吴 亚 著

出版发行：石油工业出版社
（北京市安定门外安华里 2 区 1 号楼　100011）
网　　址：www.petropub.com
编辑部：（010）64523689
营销部：（010）64523633　64523731
经　　销：全国新华书店
印　　刷：北京中石油彩色印刷有限责任公司

2021 年 5 月第 1 版　2021 年 5 月第 1 次印刷
710×1000 毫米　开本：1/16　印张：19
字数：310 千字

定价：68.00 元
（如发现印装质量问题，我社图书营销中心负责调换）
版权所有，翻印必究

CONTENTS 目录

一	京南石油	001
二	京城春节	015
三	夹缝生存	031
四	乍暖还寒	041
五	热闹京城	053
六	失而复得	064
七	公开热恋	075
八	平反冤案	086
九	姐弟婚事	101
十	复习考试	115
十一	三喜临门	129
十二	三驾马车	144

CONTENTS 目 录

十三	电大学业	*159*
十四	京城曙色	*174*
十五	悲喜之间	*188*
十六	毕业前后	*202*
十七	电影剧本	*215*
十八	折戟沉沙	*226*
十九	五味杂陈	*239*
二十	斑斓诱惑	*254*
二十一	鲁院深造	*267*
二十二	告别石油	*283*
后　记		*297*

一

京南石油

元旦公休一天,与既往的公休日似乎没区别。一九八〇年元旦,由于荒友曾宏伟在家请客,单身汉刘涛就平添了对中午的渴望。

京南石油地处冀中的盐碱洼,下属的井下作业指挥部更偏僻,数九隆冬季节,驻地远近都是光秃秃的荒野,点缀着钻塔和"磕头机"(运转的抽油机像不停磕头一般)真没什么可去之处,到荒友家吃午饭,才是单身汉假日的快乐,刘涛得到消息后,瞬间感受到丝丝缕缕的温馨。

曾宏伟是刘涛来井下结识的第一个荒友。那年,他俩同天到培训队参加入厂培训,队里组织一次突击劳动,半天支起十顶帐篷,准备接收从农村招来的大批青工,男子汉分成两组拉棕绳,平地扯起帐篷布,跟呼啸的北风较劲儿。刘涛没留神,边儿上有一堆石子,脚下一滑,连带身后人都打个趔趄,怨声跟着飞来:"你,不能稳当点儿?"刘涛没回头,回敬一句:"你以为,我愿意这样儿。"身后便沉默了。过会儿,刘涛好奇地回头一瞥,见到一张瘦长脸,对方挤出一丝尴尬的笑容,小眼睛机警地眨了几下,欲言又止。众人费了牛劲儿,拼出一身汗，才支起几栋帐篷，培训队长让大家歇会儿。瘦长脸凑过来，递上一支香烟，歉意道："今儿的风真大。"刘涛接过香烟闻着，找个背风的墙角儿，瘦长脸也凑过来，刘涛点燃烟，递给瘦长脸对火儿，歉意道："我刚才踩上石子儿，差点儿滑倒，害得你也……"瘦长脸嘿嘿地笑起来，伸出手说："认识一下，我叫曾宏伟，京城六六届初中知青，去北大荒四师四十一团密山下乡，在团部的警通排当过班长。"刘涛惊喜地握住曾宏伟的手，用力摇几下道："哈哈，咱们是北大荒友，我是京城'小六九'，三师五十九团，集贤七星泡那疙瘩儿。"二人由此相识。入厂培训结束，刘涛和曾宏伟一同分到井下机修厂，曾宏伟分到铸造车间当翻砂工，又脏又累不说，还没技术性；刘涛分到加工车间开车床，技术性强。刘涛觉得曾宏伟受委屈了，鼓动他找机修厂长申请换个工种，谁知他却满不在乎地说："工种事小，没必要惊动厂长，只要是金子，在哪儿都发光。"果不其然，机修厂开办宣传栏，曾宏伟的美术字写得出类拔萃，受到一致好评，转年担任铸造车间团支书，开展青工活动有声有色。1979年初，他被推荐参加沧州公安学校石油培训班，短训归来，留在井下保卫科做内勤，找了一个井下供应站的女荒友——天津六八届初中毕业知青李秀云，去年国庆节完婚。而刘涛也去了保定财校培训，后调整到财务科。

　　刘涛径直敲响曾宏伟的家门。这间碎砖拼凑的简易房，接在机修厂一栋平房宿舍的西墙上，房顶是几根铁管架在碎砖墙上，上面铺着帐篷苫布，比帐篷好不到哪儿去，室内仅八平方米空间，被双人床、大衣柜和梳妆台占据，门外有半间低矮的小厨房，用煤气罐作燃料可以勉强做饭。好在室内温暖如春，其中的奥妙在于屋子后山墙仿照东北取暖的火墙，点燃取暖灶只需一团废纸和火柴，敞开了烧落地的原油，取暖不用掏钱，这是石油会战职工自谋"福利"。当初曾宏伟急于结婚却无住房，无奈求到机修厂长，得到默许，在家属区接出这半间临时房。刘涛从财校培训归来，全程参与了半间婚房筹建，体验自力更生以解燃眉之急的乐趣。房子虽逼仄，却很亲切，每次来都感觉轻松愉快。

　　"宏伟兄，按你的吩咐，我只带了张嘴来。"刘涛进门没客气，一屁股坐在双人床上。曾宏伟起身摆餐具，笑眯眯道："这就对了，咱是共患难的荒友，哥们儿级别，犯不上玩儿虚头巴脑儿那套，实打实相处才好交心。"刘涛故意说："你是可怜我这跑腿子，俗话说，光棍苦，光棍苦，衣裳破了没人补。"李秀云一边上菜一边说："小刘兄弟别装可怜，听说你女朋友是在总医院搞医的，多让人羡慕。"曾宏伟趁机道:"哥们儿可要多烧一把旺火,勤跑着点儿,尽快发展感情,才好早日修成正果。"刘涛叹道:"唉,人家不让我去总医院,怕影响不好……"李秀云抿嘴笑道:"小刘可真是老实人……"曾宏伟不以为然道:"你怎么都听她的,女人,头发长见识短。"李秀云在一旁吃味了,亮开嗓门,满嘴津腔道:"女人怎么啦,小刘兄弟是本分人,哪像你,转个眼珠儿,净是馊主意。"曾宏伟尴尬片刻,忙转移话题道:"开吃,喝什么,还有汾酒,劲儿大点儿。"刘涛好笑道:"过节怕什么劲儿大,不妨一醉方休。"

饭桌上喝酒,提起那片让人又恨又恋的黑土地,二人都忍不住流泪了。又说起干石油工作一晃三年,没干出什么成绩,进入八十年代,又多了一种浮萍般的惶惑,无根儿,随波逐流……渐渐地,二人有了几分酒意。曾宏伟告之晚上要去保卫科值夜班,下午必须睡会儿。刘涛晕乎乎地起身告辞。临出门,曾宏伟问一句:"知道为什么本地百姓喊咱们石油鬼子吗?"刘涛直统统道:"石油人戴铝盔,像鬼子戴的钢盔。"曾宏伟摇头道:"你说的只是表面现象,本质是什么。"刘涛眼皮子有些发涩,喃喃道:"还有什么本质?"曾宏伟坏笑道:"等你清醒了,琢磨一下。"说罢,送他出了门。

元旦后上班,财务科都忙年终报表。刘涛初次接触成本报表,多亏了卢科长悉心指点,主管会计石大姐手把手地教。经过一番绞尽脑汁的数字分配,成本报表总算有了个模样。刘涛核对报表数字,发现上下对不上茬口儿,上百组数字,错在哪儿却找不出。刘涛懊丧得脑袋发蒙,起身倒水喝,稳定一下情绪。可他没料到,还有更糟心的事,石会计推门进来,递给他一封信。他拆开仅看了一眼,大脑便一片空白。

正午的阳光白亮亮,透过窗玻璃,斜照到对拼摆放的办公桌上,给拥挤的室内增添了宽绰的错觉。

披着藏蓝色呢子大衣的卢科长走进办公室,拉开对面桌子抽屉,拿出一沓饭票,挥手说:"小刘,吃饭去。"

刘涛坐在椅子上无动于衷,颀长的脖子直挺挺,一对大眼睛像丹顶鹤般对着墙角发呆。

卢科长不免"嗯"了一声,诧异地问:"怎么,小刘不舒服?"

刘涛眨动几下眼睛,总算回过神儿,勉强笑道:"哦,科长……您先去,我随后到。"

卢科长半开玩笑道："没闹情绪就好，井下的头儿刚开过碰头会，今年生产成本控制任务不轻，你这成本会计有得干。"说罢，他推门而去，钻进来的寒风，搅起阳光里一团灰尘"旋风"。

刘涛又看了一遍信纸，寥寥数语已倒背如流。

刘涛：

听到有关你的某些传闻，既如此，不便多说什么，我们分手吧，尽快忘记彼此，祝你幸福。

冯颖洁于1980年元旦

听到什么传闻？令人如坠五里云雾。既然打算断交，女朋友任何祝福的话，都是一种讽刺。记忆中，她原本不是这么尖刻的人。刘涛恍惚地进饭厅，饭菜吃得味同嚼蜡，似乎咀嚼着一种辛辣的滋味儿，舌头几乎麻木了。饭后回屋午休，翻开报纸，他却很难看下去，报纸上的一行行铅字似在顽皮地跳跃，极尽嘲弄之态。他扔下报纸，无声地冷笑，暗自感叹：哼，三年多感情游戏，也算折腾够了，终结了未必是坏事，只是无颜面对已故父亲的挚友冯伯伯，自己母亲那里也更难搪塞罢了。

去年春节回京，母亲带着刘涛去看望冯伯伯一家，见到冯颖洁不过聊了几句而已。归家途中，母亲忽然问起他，对冯家二女儿印象如何。刘涛未置可否，母亲已然明了，他不反对就是有好感。国庆节再次去做客，母亲拿定主意，以商量口吻对蔡阿姨说："我家小涛和你家颖洁，按老法算，虚岁都不小了，又当过知青，我看不妨让他们多接触，处处看。"蔡阿姨顿时脸上笑开花，亲热道："老大姐，就等着你发话呀，我家老冯打心眼儿里喜欢小涛的机灵劲儿，这是打着灯笼难找的好事，我总怕小涛眼高，看不上我家小洁的傻实在。"母亲拉起蔡阿姨的手说："大妹子，这是哪儿的话呀，颖洁性子温柔，难得还占了贤惠，我一直担心儿子没这个福分，高攀不上。"母亲之间越说越热乎，只差"亲家"二字说出口。冯颖洁才听个话头，慌忙起身躲进闺房里。

蔡阿姨过来，推了刘涛一把说："傻小子，快进去，找她多聊聊。"

刘涛硬着头皮进了闺房，瞟一眼对方瓜子脸艳若桃花，正坐在床上卷衣角儿，一副淑女相儿，一时想不起说什么，只好呵呵地傻笑。冯颖洁瞟了一眼，欲言又止。他站在那里愈发抓耳挠腮，像六神无主的大眼睛猢狲，犹犹豫豫地想打退堂鼓，又怕母亲事后埋怨，只好王顾左右而言他地说："你们平时工作……够忙的。"冯颖洁讥笑道："嘻嘻，春节放假回家，你居然还惦记石油的工作，哼，难得事业心这么强。"刘涛脸颊一热，"嘿嘿"干笑两声，鼓足勇气说："那就说点儿正经事，当妈的都有一个心愿，不知你……怎么想。"冯颖洁故作漫不经心地说："听妈的话，当乖孩子呗，只要你愿意，我觉得……可以接触试试。"刘涛不满道："咱们还用得着'接触试试'，一晃都认识三年了，你还不了解我？"冯颖洁狡黠笑道："嘻嘻，每年节日回家见几次，最多是一般认识，和正式交朋友，不能混为一谈，我是母命难违。"刘涛不悦道："法律规定，婚姻自由。自己的终身大事，难道也听父母的？"冯颖洁以攻为守道："你想怎么自由？"刘涛张口结舌，窘在那儿。冯颖洁"呸"了声，好笑道："得了，快别给我罚站了，您受累，先坐下成不？"刘涛尴尬地落座，东一榔头西一棒子地聊起来，冯颖洁也变得随和多了，话题虽漫无边际，可两颗心都飘起来，是那种腾云驾雾的畅快感觉。

回忆的风筝断线了，无情地随风飘落。刘涛嘴里涌出几分苦涩，这封没头没脑的断交信，分明是对人不信任，也是一种污辱。她究竟从哪儿又听到了什么传闻……

下午上班。刘涛再次核对年终成本报表的数字，发现阿拉伯数字的横竖之和差数，刚好能被9整除，按照财校老师教的查错方法，肯定是其中哪组数字之和的两位数字颠倒了。他依次查找一番，果然很快发现错处，如释重负地长出一口气，改过数字，重新誊写，再次核对，报表数字上下左右之和准确无误，总算能交差了。

刘涛闷闷不乐地把几页成本报表递给主管总账的石会计审阅，默默坐在一旁。一向和善的石会计，习惯性地掠一把短发，带着东北口音玩笑道："小刘，咋不高兴，快过年了，不会是想家了吧？"

"瞧您说的，我十六岁去北大荒当知青，在外面早习惯了，对家的概念，早就淡漠了，卢科长开会回来说，今年要控制井下生产成本，我感觉有压力。"刘涛将女朋友的断交信隐私包藏得滴水不漏。

石会计释然笑道："哦，小刘一贯责任心强，控制生产成本可不是哪个人的事，科里要专题研究。"说罢，她飞快地浏览一遍报表，在主管位置上签字。

刘涛勉强笑了一下，客气道："得了，您先忙着。"

石会计指着桌上一堆报表说："成本报表需与财务决算报表配套，报给卢科长认可，交给主管领导郭副指挥签字，上报总部财务处存档，咱们才算完成全年财务核算任务。"

刘涛无意瞟了一眼负责总账的财校同学小朱，发现他坐在桌前，悠闲地拿个小圆镜自我欣赏，忍不住挖苦道："小朱是井下著名美男子，够英俊的，还用时不常地照镜子？"

小朱皱眉道："刘哥，别站着说话不腰疼，我要是有你一半精神，也不至于这会儿还打光棍。喏，脸上长粉刺了……"

石会计侧过脸说："咱们财务科的小伙子都是人尖子，个儿顶个儿拿得出手，有人托我给闺女介绍对象，没来得及细盘算，你们都别为这种事儿犯愁。"

刘涛开玩笑道："您先给小朱介绍，解燃眉之急，不然憋出满脸的青春疙瘩痘儿，就麻烦大了。"

小朱回击道："刘哥比我大几岁都不急，我急什么，有好的当然先给刘哥介绍。"

石会计含蓄笑道："嘻嘻，小刘才不用急，诸葛亮稳坐中军帐。"

刘涛听了不是滋味，苦笑一下，摇头出门，回到自己办公室。桌上的电话铃凑巧响起，他拿起话筒，"喂"了一声。"哈哈！"话筒那头传来熟悉爽朗的笑声。刘涛听出是油田财务处的同学郑克建，不禁笑道："克建，你挺会赶巧儿，我交了成本年报，刚进屋。"话筒里的笑声愈加响亮："哈哈，信不信，我有千里眼和顺风耳。"刘涛直言道："老弟有何贵干？"话筒里的声音兴奋了："刘老兄，油田礼堂今晚有电影《创业》，以前禁演的片子，现在一票难求。"刘涛轻松笑道："有你大姐在工会，电影票还能难倒你？那好，晚上见。"放下话筒，他瞥一眼日历，才发现已到周末，本该享受一个惬意的晚上，可心头却像压着什么，沉甸甸地挥之不去。临近而立之年，依然独自在石油系统漂泊，女朋友告吹，心里空落落地缺少归属感。

单身汉的日子再简单不过，在食堂混过晚饭，刘涛到石会计家借自行车。石会计正在厨房炒菜，挽留道："小刘，在家一起吃，有两个下酒菜儿，陪老王喝一口。"老王是石会计的丈夫，井下秘书科的笔杆子，两口子是同乡，为人热情。刘涛声明借自行车去油田找同学。老王推出八成新的红旗牌加重车，嘱咐一句"慢点儿骑"。刘涛补一句："如果回来晚了，车子骑回财务科，明天上午再还你。"老王笑容可掬道："中，财务科里还能丢车？"

刘涛骑着车兴冲冲地上了会战大道，坑洼的土路颠得屁股不舒服。无怪石油人都喜欢加重自行车，能驮几百斤重的东西，抗造耐磨，只是商店凭票购买，而自行车票又甚是难弄。

石油基地这条南北向的十里会战大道，北端是总部机关和公安、通信、商场、总医院、消防大队、油田指挥部，往南是荷花村，几千米外，才是井下作业和水电厂等配套单位。夜风很硬，刘涛穿着劳保发的杠杠棉服和棉皮工鞋，感觉挺暖和，路上骑速不慢，耳边风声呼呼作响，不一会儿油田基地的灯光便扑面而来。

郑克建的大姐夫是油田指挥部的副指挥，副处级领导，家属房是三室一厅平房。克建的母亲也住一起，而克建平时住男宿舍，但回家吃饭。刘涛在院门外喊两声，文绉绉的郑克建朗声笑着迎出来，将自行车安顿在院内锁上，拔出钥匙交给刘涛，推一下鼻梁上的黑框眼镜说："时候还早，先进屋说话，我大姐看了你在《京南石油报》副刊发表的小说，可劲儿夸你是才子……"刘涛揶揄道："狗屁才子——东北那疙瘩儿的劈柴绊子。"

郑克建欢快地笑道："啊哈——劈柴绊子，你真幽默。"

刘涛进屋，感觉郑克建与大姐相貌酷似，瓜子脸，肤色白皙，都戴黑框眼镜，只是大姐略矮。大姐忙给在餐桌旁吃饭的丈夫介绍说："老朱，这是克建在保定财校的同学，井下财务科小刘，在《京南石油报》副刊上发表过小说《够意思》。"刘涛初次见郑克建大姐夫，恭敬道："朱副指挥好。"大姐夫玩笑道："在家里可没职务，你跟着克建叫大姐夫就行了。"刘涛改口说："大姐夫才吃晚饭啊，够忙的。"克建大姐说："今儿还算早，平时开完生产调度会，哪天也得晚上八九点钟才回家吃饭。"大姐夫岔开话题说："整版的小说，拜读过，写机修厂青工的事，语言挺幽默，可我闹不明白，会计怎么会写小说？"刘涛拘谨道："我一直喜欢文学，会战初期在井下机修厂加工车间当车工兼团支书，去年尝试一篇习作，托人捎给报社，没想到能顺顺当当变成铅字。"克建大姐夸奖道："文学语言绝非一日之功，小刘这是初露锋芒。"刘涛玩笑道："大姐可别夸了，我是东北那疙瘩儿的烂土豆子——不禁夸（刮），在北大荒当知青，学过点儿文学创作的皮毛。要说才华初露锋芒，克建才是我们石油财会班的骄傲，在保定财校不仅歌儿唱得好，而且能作曲。我们合作过一首班歌，克建在台上指挥兼领唱，调动了全班的情绪，节目得了演出二等奖、创作一等奖。"克建抿嘴含笑道:"刘大才子的诗歌发表在校园墙报上,激起我谱曲的欲望,在班会上试唱一遍,同学都要求学唱,赶上参加财校的文艺汇演,真是无巧不成书。大姐说,克建从小受我的影响,喜欢唱歌,对乐谱极其敏感,只可惜石油工作流动性强,油田往往都是在穷乡僻壤,子弟学校的师资向来不稳定,教学质量差,生生地把克建这个特长给耽误了。"大姐夫感叹道:"京南石油地处京津冀三角区,地域优势独一无二,吸引了大量的城市知青加入,为石油队伍增加了知识型新鲜血液。这次总部工业会计培训班,为解决各单位急需的成本会计举办,基层选拔二十五岁以下骨干,以工代干的方式进入财务系统,将来陆续获得中专以上学历,再分批转干。"刘涛蓦然一笑,记起当年培训班结业考试,政治经济学考了满分,工业会计考了九十六分,全班第三名,成绩单交到井下财务科,卢科长惊讶道:"小刘成绩蛮不错,留下,在科里当成本会计。"

刘涛阴差阳错玩起算盘,记得小学珠算课,期中考试全班竞赛,阿拉伯数字 1～9 在算盘上加八遍,得数很有意思,他听说是个倒数,为了争第一,耍个小聪明,仅加了五遍,弄出得数 987654321,被老师当场识破,正确得数应为 987654312,考试弄虚作假,得鸭蛋(零分),成了同学笑柄。从此,他信奉人生准则——老实做人,踏实做事。

刘涛和郑克建聊起财校趣事,不大工夫,克建大姐拿出两张票说:"你们先去礼堂占座儿,我和老朱随后到。"克建兴冲冲应声而起,拉着刘涛去了礼堂。上次看内部影片,苏联的大片儿《解放》也在这儿,门票不对座号,先来的人可随意占座。刘涛羡慕道:"井下基地小,没个像样儿礼堂,只好放露天电影,没有好片子可看。"克建得意道:"油田包括采油厂、钻井和采油两个研究所,基地庞大,当然要有能开会的大礼堂。只要有好电影,准有你的票,包在我身上。"刘涛歉意道:"我却不能给你提供什么方便。"克建故作不屑道:"这话俗气了不是,我是敬佩你的文采,加上珍惜同窗之谊,又有共同爱好,盼着你再写好诗歌,咱们再度合作,这是多浪漫的艺术追求……"刘涛检讨道:"北大荒当知青苦日子难熬,逼得人只好入乡随俗。"克建开心道:"我姐说我长不大,喜欢追求不切实际的梦想。"刘涛低声说:"当知青头几年,'少年不知愁滋味',确实喜欢诗歌和梦想,后几年害怕一辈子烂在黑土地,急于找自我救赎的途径。"克建叹气说:"唉,羡慕你有知青经历,一笔难得的人生财富，我是石油子弟，总是在地下藏着石油的荒野里转悠，父辈献了青春献终身，轮到我们接班，只好再献子孙。"刘涛暗惊，不禁思忖，这些话千真万确，浓缩了几代石油人的甘苦与奉献。

电影还没开演，礼堂已人满为患，刘涛庆幸来得早，配合克建多占了两个座位。克建大姐两口子刚到，灯光转暗，人声静下。银幕上大庆油田五十年代的创业条件，比如今的会战条件艰苦多了，人拉肩扛运钻机，跳进泥浆池搅拌，塑造出父辈的铁人精神。

电影结束，礼堂灯光亮起。刘涛随着人流涌向大门，居然看到前面有个熟悉的秀丽身影，齐耳短发，一条大红围巾。他兴奋地挤过去，惊喜道："周萍萍，你也来看电影？"周萍萍侧过脸反问："咦，刘涛呀，怎么只要有好事，就落不下你，既然你能来，我就不能来？"她的大眼睛颇有神韵，看得刘涛窘迫地解嘲道："不是那个意思……我是说，你也喜欢看电影？"周萍萍扑哧笑道："年轻人有几个不喜欢看电影？以前禁演的片子，当然更有看头儿，下午弄到票，晚上借辆自行车就来了，有什么难的。"刘涛欣喜道："我也骑车，一会儿咱们搭伴儿回去。"周萍萍扬手道："成，我在会战大道路口儿等你。"

郑克建恭候在自家小院，玩笑道："那姑娘的眼睛亮得出奇，好像洋娃娃，你跟人家聊得那么热乎，有重色轻友的嫌疑，八成是你女朋友。"刘涛苦笑道："她是井下教育科职工学校的老师，见了熟人岂能不打招呼，你真是哪把壶不开提哪壶，我上午刚收到女朋友的断交信，要不是来看电影，这会儿说不定还憋在办公室里生着闷气。"克建惊呼道："当真？那就……再好不过，你已经有资格追这个'洋娃娃'了。"刘涛弯腰打开车锁，说："人家可不是'洋娃娃'，兼机关业余英语培训班的老师。我刚跟着学英语，不知道名花是否已有主。"克建含蓄道："只要心诚，金石能开。"刘涛心头一热，未置可否，笑着推车告辞。

夜色笼罩着灯光稀疏的会战大道。刘涛见到路口扶车的倩影，挥手打个招呼道："走了。"周萍萍骑车说："这会儿真够冷。"二人不紧不慢地骑车，聊到一起。周萍萍在北大荒一师六团二龙山下乡，喜欢英语，坚持自学，当过几年老师，前年才通过关系调回来。刘涛羡慕道："改革开放后的京城，老外明显多了，外语愈显重要，真想下功夫学好，可是初遇语音关，感觉挺难。"周萍萍吃吃地笑道："算你感觉对路，正确语音需要辅导，有得学。周日上午，我除了洗衣服没旁的事，你要是愿意学，十点来办公室找我。"刘涛开心道："感谢周老师雪中送炭。"周萍萍朗声笑道："嘻嘻，捎带手的事儿，咱们是同届荒友，你客气什么，不怕酸倒牙。"井下机关几栋红砖平房出现在面前，财务科在第一排，教育科在后排。刘涛意犹未尽，但二人该分手了，周萍萍说句英语，再译成汉语"晚安"。刘涛心头一热说："明儿上午见。"

当初卢科长安排刘涛在自己对面桌子办公，一来显示信任，二来为了方便，毕竟他常出去开会，办公电话需有人接听。刘涛与人方便，自己方便，乐此不疲，自视科长亲信。里屋库房有张单人床，卢科长在此午休，刘涛晚上住宿，虽是上下级，二人互不干扰，也算各得其所。

周日早晨。刘涛正在睡觉，被一阵电话铃声吵醒，话筒里传来沉稳的声音："哥们儿，晚上包饺子，你嫂子说是西葫芦羊肉馅儿，过来解馋。"刘涛应声道："宏伟，好呀，我去买羊肉。"话筒里客气道："不用你买肉，还是带张嘴来。"

有了吃羊肉馅饺子的期待，刘涛心情不错，胡乱吃过早餐，先归还自行车，再沿用当知青时的习惯，洗脸盆兑好洗衣粉和热水，将脏衣服浸泡片刻，再搓揉几下，端着盆去水房漂洗。机关家属区西侧的水塔旁，有简陋的公用水房，帐篷搭成，一台不大的开水锅炉，水池下面砌有排污口，池子四周结了一层厚冰。周萍萍蹲在池子旁，正在漂洗衣物，见到刘涛莞尔一笑，用英语问候"早晨好"。刘涛照猫画虎重复一遍，不咸不淡地说："你们女生比男生勤快。"周萍萍端盆起身，一挑眉毛道："我先回去，一会儿别忘了带着课本。"

刘涛蹲在水池边抽动鼻翼，尽力捕捉空气荡漾的莫名芳香，似乎甜滋滋的，一时心花怒放。打开水龙头，清水哗哗喷入水盆，他把几件衣物水淋淋地提起来抖几下，再浸入盆里，几把拧干，再冲两遍，草率收工，回屋拧干，随手搭在热暖气片上，换了件干净外衣，披上杠杠棉工服大步出门。看到教育科的白色标牌，他一拍后脑勺，记起带课本的叮嘱，匆忙折身回去，夹起英语培训班课本再出门，不禁有些好笑，怎会变得神不守舍？

教育科办公室略显宽敞。周萍萍穿了件粉红色毛衣，衬出白皙的颈项和丰满的胸部，再加上唇红齿白，大眼睛似两潭秋水，宛如一尊女神。刘涛慌忙垂下眼帘，呆若木鸡地站在门口。周萍萍诧异道："喂——你进来呀，怎么好像不认识了。"说罢，她坐在单人床上，指一下办公桌旁的木椅。刘涛回过神来，进屋欠身坐下，对面扑来一股芳香。周萍萍起身关门，扑哧笑道："英语班开课那天，你比我还早到了教室。"刘涛松口气说："我立志学英语，心诚则灵。"周萍萍笑得神采飞扬："嘻嘻，没准儿心诚也是枉然，做什么事都讲究缘分，学习也是这个理儿，没兴趣的事，就算父母逼着学，也难进脑子。凡事熟能生巧。学英语要闯三关：语音入门、单词记忆、语法掌握。你只能从第一关开始，先跟我复习前两课语音……"

好时光不觉溜走了，刘涛隐隐觉出饥饿。周萍萍从枕头下摸出几粒水果糖，歪头笑道："上海知青姐妹寄来的，尝尝，味道不错。"刘涛挑出颗话梅糖，剥开糖纸丢进嘴里，浓郁的话梅甜味弥散开，叹道："好久没尝正宗上海糖了，知青那会儿，上海人探亲回连最受欢迎，一是话梅糖，二是凤凰烟，味道浓。谁要吃块糖，满屋子话梅味儿，谁要抽支烟，满屋子可可香，没法藏着掖着，必得拿出糖块和整盒烟'共产'。"周萍萍深有同感道："那阵儿，宿舍'共产风'甚盛，谁家寄来包裹，都要拿出好吃的分享，私人空间所剩无几。"刘涛笑答："你不想咱们从小受的什么教育，在新中国摇篮里可算根正苗红，可那个时期宣扬血统论，按照出身把同学分成三六九等，一些人也慢慢地变得狼性十足，社会几乎被颠覆了。"周萍萍一怔，垂下眼帘道："你不愧能写小说，思考了如此沉重的话题……对了，你在北大荒就开始搞创作。"刘涛洋洋自得道："喜欢诗歌，参加过两次创作学习班，学了点儿皮毛，运气不错，发表了几首习作。"周萍萍怡然道："习作，你够谦虚呀，哦……对了，卢科长对你如何？"刘涛轻松笑道："嘿嘿，那还用说，科长亲信。"周萍萍似信非信："当真，想不到你是个自信的人。俗话说，害人之心不可有，防人之心不可无。心里不设防，很容易被诬陷，也容易摔倒……好啦，该吃饭了，作家不该饿肚子……"

刘涛回财务科拿饭盆，去食堂的路上直劲儿犯嘀咕，周萍萍刚才那些话究竟什么意思，嫉妒我是科长亲信，在蓄意挑拨？这似乎跟她没有什么利害关系。人与人交往常会发现谜团，只有先囫囵吞枣地咽下，方有慢慢化解的机会。

已是黄昏时分，细麻绳拴着一块鲜羊肉，刘涛晃悠悠地拎着，走进曾宏伟家。

曾宏伟坐在板凳上，端着小铝盆正在搅和散发出略带膻味肉香的肉馅。李秀云笑着接过刘涛手里的鲜羊肉，嗔怪道："等着你买肉来现剁馅，嘛时候能吃上饺子，哼，多此一举。"说罢，她便把那块羊肉丢在了门外厨房案板上。曾宏伟调侃道："刘大作家光临寒舍，致蓬荜生辉，先歇会儿，再动手包饺子。"刘涛美滋滋地说："拙作《够意思》取材机修厂凡人故事，稍加演义，读来还算有味儿。"曾宏伟赞许道："就像冬季羊肉西葫芦馅儿，看似凡品，实则鲜美异常。"李秀云开心道："你们瞎拽嘛呀，我都酸倒牙了。"刘涛学着津腔，添油加醋道："哦，闹了半天，傻兄弟才明白，嫂子喜欢吃醋。"李秀云借题发挥道："我才不用吃醋，哼，不怕宏伟瞎折腾，我明媒正娶，怕个嘛，他有本事甩了我们娘俩儿才好。"看到她抚摸微凸的腹部，刘涛惊喜道："嫂子有了？！"曾宏伟皱眉道："小家伙儿来得真不是时候，一间屋子半间炕，屋里忒窄巴。"李秀云扫兴地坐在床上，叹道："唉，赶上今年秋天，我妈来伺候月子，三代人可往哪儿住？"曾宏伟解嘲道："实在不行，我就包了那个月的夜班，保卫科都乐不得。"刘涛嘴里涌出一丝苦涩，结婚没房，生孩子还没房，都叫什么事。

支起餐桌，摆上案板包饺子。刘涛擀皮儿，突然眼睛一亮说："对了，井下开春要建两栋宿舍楼，基建科正忙着做工程预算。"曾宏伟抬头，笑眯眯地说："还是财神爷消息灵，几层楼几个门的宿舍楼？"刘涛回忆道："看过规划图纸，好像是五层楼六个单元门。"李秀云失望地说："满打满算不到二百户，井下老职工六七百户，哪能轮到咱头上？"刘涛盯住曾宏伟说："这要看曾老哥的本事。"曾宏伟摇头道："咱是外来户，不像石油子弟，没根儿没蔓儿的，只好听天由命。"刘涛暗笑，分明此地无银三百两，知青都是"走后门"招工进的石油单位，哪个没点儿硬关系，请客送礼打点，都是讳莫如深的事，只是谁都不好意思捅破这层窗户纸。

热腾腾的饺子端上桌，佐以醋和蒜汁，刘涛迫不及待尝一口，烫得咝咝有声，馅儿里的汤汁鲜香，隆冬时节回味无穷。曾宏伟含笑问："馅儿不咸吧？"刘涛狼吞虎咽，含混道："咸淡合适，这滋味儿，三九天儿没得比。"曾宏伟嘿嘿笑道："这是在论的应季食谱，三九天吃，既普通也难得。"李秀云煮完饺子上桌陪客，说起给未来宝宝准备用品，歪头笑道："刘涛兄弟，啥时请我们吃你的喜糖？"刘涛苦笑道："唉……还不知丈母娘在谁的腿肚子里转筋哩！"曾宏伟正色道："别开玩笑，我听说你早定下了总部组织部冯部长的二小姐。"刘涛警觉道："咦，你从哪儿听说的？"曾宏伟沉吟片刻方说："索性给你透个底儿，我舅舅也是总部的，在计划处。"刘涛吃饱了，摆弄着筷子，把近来的烦心事，来个竹筒倒豆，倾诉出来。曾宏伟听到教育科"周萍萍"名字，不客气地打断说："兄弟，恕我直言，那姑娘我也见过，不是凡夫俗子能高攀的，劝你早点儿打消这种念头。老百姓找对象是选择过日子能手，咱都啥岁数了，可不能在浪漫的陷阱里陶醉。三十而立是什么概念，男人要先立德，再立身，脚踏实地做人做事。"刘涛不服道："你学过哲学吧，至少学过逻辑学。"李秀云嗔怪道："宏伟动不动就喜欢乱训人，刘涛兄弟会写小说，你行吗？"曾宏伟谦逊道："谁敢和刘涛比文才，不过是寸有所长、尺有所短罢了。"刘涛听着不对味，沉默片刻，诚惶诚恐道："曾老兄的高见发人深省，嫂子就别给傻兄弟戴高帽儿了，论起谈恋爱，我两眼一抹黑，是个十足的笨蛋。"曾宏伟若有所思道："这种事，恐怕还是旁观者清，人家既然耍起小姐脾气，你不如避开锋芒，暂且冷处理，伺机寻找突破口。"刘涛苦笑道："曾老兄的'迂回包抄战术'有道理，容兄弟回去慢慢消化，关键是如何落实在行动上。"

　　刘涛回到办公室依然心乱如麻，倒在床上胡乱翻书，却只字未进，烦恼无处排遣，如坠深渊，孤立无援。他起身沏茶，想到京城的母亲，可是这些却无法如实向母亲汇报，思绪愈加混乱了，记得元旦前收到母亲一封信，现在总该回信了。坐在办公桌前，提笔之际，不知怎么，眼睛却模糊了。他擦去不争气的泪水，喝口热茶，像学生般恭敬地一笔一画写字。母亲字迹始终清秀，可能和教师职业有关，从不写连笔字，更别说龙飞凤舞的草字。母亲曾多次批评："小涛写字像螃蟹爬，歪歪扭扭不成样子。字是人的门面，门面不端，给人第一印象就要减分，真不知你那些稿子寄给报纸编辑部，编辑有多犯难：用吧，重抄一遍很费事；不用吧，又怕埋没人才。幸亏你运气好，遇到了热心人，今后要改掉浮躁的心性，就算遇到天大的事，也要稳住劲儿。"母亲的批评，多数被当了耳旁风，这番话却得到应验，刘涛在井下财务科发现，科里人都写工整的楷书，女同事字体娟秀，男同事棱角分明，虽个性不同，但写字的道理相通。他调入财务科后，耐着性子仿钢笔正楷，先习字体间架结构，再琢磨字体风格，几个月工夫，果然有进益，字的模样已看得过眼。母亲来信叮嘱，再接再厉，不可半途而废，信里还提及"冯伯伯打电话知会，正设法疏通渠道，代为申诉你爸的自杀冤案，等待复查不可操之过急，京城已有老干部的冤案得到平反，估计咱家有希望。"刘涛一时傻想，父亲自杀了不能复生，平反冤案无非是恢复政治名誉，迟早的事。夜已深，他写完信，找出发表小说的样报，夹在信里一并寄去。母亲早年说过，当母亲的最大快乐莫过于看到儿子的成长。

　　石会计负责财务科日常管理，临近春节，私下对刘涛说："派你出趟公差，去京城买几支好钢笔，正好回家过春节。"刘涛喜形于色，应声道："那敢情好。"说罢，他按照石会计吩咐，找出纳小赵姑娘借款，转天早晨，去调度室搭乘进京拉货的卡车，半天工夫就回到了京城。

二

京城春节

  学校放寒假,母亲在家忙着拆洗被褥,见到提前回家过节的儿子,不禁喜出望外,下厨煮了碗挂面汤加荷包蛋。刘涛匆忙吃过,跟母亲打个招呼,直奔王府井。百货大楼里,上海出的英雄牌钢笔货色齐全,铱金包尖钢笔做工精细,他挑选了笔杆的几种色泽,盘算着,科里人一旦同时使用,凭着笔杆色泽也好区分,交款开票,货票如数装入挎包,这趟公差如此简单,多少有点儿假公济私味儿。他轻松走出楼门,想到哥们儿李停战,去年春节在家里匆忙见面,不及深谈,只说了几句,庆贺这小子逃脱待业苦海,分到街道服务旅社打更值夜班兼保卫,每月工资二十八元,加夜班补助六元,比兵团知青工资还多两元。刘涛乘车,直接找到那家旅社,值班服务员说:"李停战早辞职了,听说去了外交部的'三产'。"刘涛失望之余好不羡慕,李停战当知青时就说过他小姨在外交部,错过好门路不用,岂不是傻子,只要跟"京城大衙门"沾边儿,牌子就亮多了,就算在"三产"当编外人员受点儿委屈,也比窝憋在街道旅社当临时工强。刘涛发自肺腑地替哥们儿高兴,盘算春节再见面,定要聊个痛快。

这些年每逢除夕，刘涛都有挥之不去的压抑感，化作无奈的怨恨，像呼呼有声的鞭子，折磨自己脆弱的心："父亲含冤九泉，你这不孝之子又白混一年，枉为男子汉。"

母亲赶早做出一桌丰盛的菜肴，在堂屋八仙桌四个方位各摆一套餐具，北侧座位正对着父亲遗像。刘涛给空酒盅斟满酒，母亲给那只空碗里夹些肉菜，家人才开始动筷，刘涛故意说两句闲话，母亲心不在焉地应和着。年夜饭的尾声，母亲强作笑颜，端起虚位前的酒盅和碗，将里面的酒和菜拨给儿女分享。姐姐哽咽着喊了一声"爸"，才把酒盅递过来；刘涛接过一饮而尽，挤出笑容，说两句祝福母亲和姐姐的吉利话。

五屉柜上的红灯牌收音机，成为家庭除夕守岁的忠诚伴侣。母亲和姐姐坐在桌旁织着毛线活儿，闲聊家长里短，或议论收音机播出的文艺节目。刘涛放下碗筷，躲进卧室看书或写东西。小院静谧的灯光，平添一种凄凉。临近子夜，姐姐敲门进来说："小涛，大过年的闷在屋里，憋着孵鸡呀？"刘涛惯于这种亲昵玩笑，放下钢笔打趣道："姐姐打算孵鸡，再正常不过。"姐姐上来揪他耳朵说："反了你，敢胡说八道，还不快去包饺子，妈让你包两个元宝。"母亲照例会包一只藏着五分钱硬币的饺子，看谁有福气吃到。煮饺子前，母亲笑容可掬地接受儿女祝福，照例各给一张崭新的五元票子当压岁钱。头锅饺子煮熟了，刘涛照例端一盘到父亲遗像前，然后才和姐姐坐下吃。三鲜馅饺子一咬流油，刘涛吃个肚儿圆。母亲和姐姐偏爱猪肉白菜馅，蘸着腊八醋吃。喝饺子汤最惬意，母亲强调原汤化原食，每人都要喝一碗。父亲健在时，总是先接过母亲端来的饺子汤碗，一口气喝完，放下空碗欣然一笑，重复一遍说："原汤化原食，小涛多喝点儿，省得过年存食上火。"有关父亲的点滴记忆，刘涛总是感觉出另一种温馨，由此，愈加感觉到心底的隐痛和不安。父亲的自杀冤案，究竟何时才能彻底平反。

这个大年初一的早晨，刘涛被母亲唤醒，揉着惺惺睡眼说："好不容易过年，还不让人睡个饱觉。"母亲脸上是藏不住的兴奋，压低嗓音说："你姐的对象要来拜年，还不快滚起来，换新衣服，怎么也要陪着贵客聊几句，捎带脚儿帮着相看一下。"刘涛故意大声说："您饶了我吧，儿子哪儿有相看姐夫的本事。"姐姐在外面敲着窗户框子说："小涛，别成心没脸，姐夫岂能乱叫一锅粥。"刘涛偷笑着起身，匆忙去洗脸，进了厨房打趣说："姐，还不从实招来，来人姓甚名谁，叫'姐夫'成不？"姐姐正切菜，叭的摔了一下菜刀，跺脚娇羞道："还没办事，千万别给我丢人，你……直呼姓名好了，他叫陈文杰，文化的文，杰出的杰，家具二厂团支书兼加工车间的副主任。"母亲不安道："小涛，这是我老同学给你姐介绍的，小陈是六六届初中知青，去山西插队，比你姐大两岁，叫哥合适，等你姐谈成了，办事的档口儿，你再改口不迟。"刘涛应声出去，母亲探出头吩咐说："小涛，快把茶杯洗干净，开水灌暖瓶里，一会儿盯着给贵客沏茶。"

厨房刚收拾停当，刘涛正在灌暖水瓶，"贵客"推着旧自行车进了院门，梳背头，长脸，一双大眼睛挺活泼，车把上晃荡着一只糕点匣子，一网兜国光苹果。姐姐小鸟儿般地飞出去，甜笑着摘下车把上的东西，相伴着一起进堂屋。母亲已端坐在椅子上，面露微笑。姐姐羞涩道："妈，陈文杰给您拜年来了……"陈文杰规矩地深施一礼，含笑道："阿姨过年好，祝您新春快乐，身体健康，阖家幸福。带了点儿东西，不成敬意。"说罢，他便将糕点匣子和苹果网兜放在了八仙桌上。姐姐示意陈文杰脱下黑色棉外衣，露出一身半旧的藏蓝色中山装。母亲起身，接过刘涛递来的热茶杯，亲手放了一大勺白糖，把茶杯放在八仙桌上，笑吟吟地不住打量着说："文杰来拜年，我真高兴，还让你破费买礼品，太客气了，快坐，先喝口热茶，虽说立春有几天了，还是够冷的……这是小兰的弟弟小涛，你们哥俩儿先聊着，今儿大年初一，在家吃午饭，尝尝阿姨的手艺。"刘涛按惯例伸手道："文杰哥好，小弟拜年了，祝您春节快乐，全家和顺、吉祥。"陈文杰笑呵呵地与刘涛握手，用力晃动几下说："咱兄弟互相拜年，共祝家人过年吉祥如意。"握手的瞬间，刘涛感到对方的手掌敦厚有力，还有几个老茧，顿时有数儿了，拿起桌上硬包牡丹牌香烟，拆封递过去说："文杰哥，抽烟，节日凭本供应的大路货。"陈文杰抽出一支香烟闻着，沉稳道："京城这种锡纸包装香烟算高档货，可是比起上海同牌子香烟差了档次，上海出的烟丝儿纯黄，香料味淡，口感柔和。"刘涛朗声笑道："呵呵，文杰哥高见，在北大荒知青宿舍，这两种牡丹烟确实比较过，都是你这种评价。"陈文杰顺着话茬儿道："男人没几个不抽烟的，我们山西老插，干活儿歇一气儿，就是抽袋烟。"刘涛响亮地笑道："哈哈，北大荒也如此，不抽烟的人，谁好意思干歇着，可是多干活儿又不多拿工资，日积月累可亏大了。我抵抗了一年多，终归加入了烟民行列。"二人划火柴，互敬点燃香烟。陈文杰深吸一口，若有所思地苦笑道："建设兵团好歹有份儿旱涝保收的工资，混饱肚子不成问题，令人忒羡慕。当老插可就惨了，一年到头扣除口粮钱，倒欠生产队几十元，要不是父母和亲戚接济，平日吃盐都成问题，插队后几年，队里发的口粮，只能维持半截日子，下半年冒险扒火车回京，厚脸皮蹭吃家人的粮食定量，那些日子不堪回首……"刘涛思忖，这人吃过苦，有见识，姐姐眼光不错。二人又聊起进企业的事，陈文杰若有所思地说："绞尽脑汁办病退回来，在街道当了大半年搬运工，好歹有了户口和粮食定量；招进家具二厂还是搬运工，风吹日晒地倒腾木料，有了工资和劳保待遇，每天至少能吃顿肉菜，累虽累，感觉日子好到天上了。前年厂里出节目，参加公司文艺汇演，我的二胡派上用场，党支书指名让我领队，好运气跟着砸脚跟儿，节目获奖不说，结识了公司团委书记，打电话点名让我当团干；厂子党支书干脆调我进加工车间当班长，顺当拿到党票；师傅是车间主任老白，说话办事也算投脾气，去年提我当了副主任，如果不当团干，我按照年龄规定都该退团了。"刘涛不无羡慕地说："文艺宣传队和团干我也干过，只是没你那么顺当。刚去石油系统那阵儿，我打算暂时栖身，可眼见返回京城的哥们儿都没好工作，机修厂长又推荐我学财会，培训回来留在财务科当成本会计，难得岗位不错，凑合混。"陈文杰感叹道："知青迟早都有机会，就看你能否抓住。"

凉菜上桌，姐姐摆碗筷，含笑问："你们喝口酒。"陈文杰推辞道："初次见家长，喝多了容易失态，以茶代酒行不？"母亲端着热菜进来说："过年了，哪能不让客人喝酒，小涛赶紧张罗倒酒。"刘涛拿起橱柜里的"北大荒白酒"说："文杰哥，尝尝北大荒的纯粮食酒，度数虽高，可不会上头，小弟酒量有限，尽力相陪。"陈文杰豁达笑道："嘿嘿，知青兄弟有啥说的，过年喝酒图个热闹，在家尽兴而已。"姐姐示意陈文杰脱下藏蓝制服上衣，露出灰色的旧毛衣和崭新的白色衬领。陈文洁故意晃动几下肩膀，调侃道："白的确良假领子是你姐托人买的时髦货，非逼着过春节上身试试新，头回用……挺不习惯。"姐姐取笑道："你在山西被土坷垃弄得灰头土脸，如今大小也是车间干部，总该有个模样儿。"陈文杰摆手自嘲道："以工代干，还不入流。"

刘涛愈发亲近了，开心道："呵呵，文杰哥，咱们都是'以工代干'，同类。"

母亲端上红烧带鱼，方才落座说："几个家常菜，先吃着，过会儿再煮三鲜馅饺子。"陈文杰起身笑道："阿姨辛苦半天，色香味全了。"他又拿起酒瓶问："您喝一口？"姐姐抢着说："我妈血压高，平时滴酒不沾。"见陈文杰一怔，母亲温柔笑道："傻丫头，过年来了贵客，岂有不喝之理？"陈文杰兴致盎然道："那就象征性点一下。"说罢，他躬身给酒杯点了几滴。母亲嫌少，又让加几滴，陈文杰谨慎地点两滴，母亲接过酒瓶，不料手一抖，倒了小半杯。姐姐惊呼道："高度白酒，您不能喝这么多。"陈文杰大包大揽道："没关系，阿姨剩下的，我兜底儿。"几人边吃边聊家常，母亲几次给客人布菜，陈文杰每次都拘谨地半弓身站起，频频点头致谢，恭谦得有些可笑。刘涛看出姐姐隐忍某种不快，端起酒杯道："我敬文杰哥，步步高升，前途无量……"陈文杰碰杯后豪爽地一饮而尽，夹口凉拌海蜇白菜心嚼着，摇头说："兄弟，谁还敢指望升官发财，能解决温饱就算本事，下乡吃过那些苦，当然不希望下一代同样命运。"刘涛起身斟酒说："如今日子好多了，谁也不会再犯傻，一根筋走回头路。"母亲继续布菜，姐姐忍不住说："妈，文杰不是外人，您就让他自己吃。"母亲应声笑道："文杰，多吃点儿，过年敞开了喝酒，跟自己家一样。"陈文杰指着面前半碗菜说："出门在外这么多年，早就习惯了，无论到哪儿都是家。"饭毕，母亲推托歇会儿，姐姐让陈文杰进了闺房。

刘涛收拾餐桌，忽听院外一阵清脆的自行车铃声，有人高喊："刘涛——"

刘涛甩着湿淋淋的手，跑去开院门。李停战推着一辆崭新的飞鸽牌自行车，穿着蓝呢子大衣，脚下皮鞋油黑锃亮，一副公子哥儿派头，摇晃着大头，故意再次摁响车铃，电镀转铃飞快地旋转，在阳光下闪着炫目的光泽。刘涛调侃道："一身好行头，哪儿淘来的名牌新车？"李停战得意道："哥们儿混入外交部的'三产'，倒腾侨汇儿，友谊商店享受一把归侨待遇，那叫一个滋润。"刘涛杵了他一下，戏谑道："你小子真是玩水银泻地——无孔不入。京城自行车票多难葺摸，你却不费吹灰之力。"李停战炫耀道："写东西跟你比是傻子，玩嘴皮子不跟你比也是傻了，俗话说猫有猫道，鼠有鼠道，各走一道罢了。"刘涛开心不已道："嘿嘿，抡圆了吹，反正过年吹牛不上税。"李停战自嘲道："难为你，还记着知青这句口头禅，我不过是高调做事，喜欢穷显摆。"李停战说笑着进了堂屋，拜见伯母，说了两句吉利话。母亲照例叮嘱儿子留饭。李停战喜滋滋地钻进刘涛的小屋，品着茉莉花茶，打开话匣子。

"当年你小子一拍屁股离开黑土地，让没走的哥们儿傻眼了，度日如年地苦巴苦业煎熬。为了保持人心稳定，正在改制为农场的团部规定，每月定额批准三十个知青病退指标。近四十个连级单位，每单位摊不上一个，病退指标成了宝贝，绝大多数知青为早日返城，挖门路近于疯狂，没病找病，乱吃药、吞钉子、喝碘酒、腰里别着菜刀找大夫，逼着开诊断证明……血泪斑斑的病退故事五花八门，不堪回首，我在公安分处，原本不着急凑热闹，让了两次指标，觉出味儿不对，让到何时算个头儿，别耽误自己才是正经，趁早脚底板抹油——开溜，仓皇逃离黑土地。回到京城却傻眼了，父母还在五七干校改造，小姨公务出国，找工作既无门路也无靠山，在街道晃荡几个月得了失眠症，囊中羞涩，吃饭都成问题。街道知青科怕我神经错乱，才临时安置到半地下的旅社值夜班，挣钱不多，管事不少，遇有偷盗案件，白天跟着公安查线索，晚上照样值班，破案功劳都归公安，没临时工的份儿。混了大半年，憋气加窝火，赶上父母落实政策，同时回京官复原职，我索性辞了街道临时工；凑巧小姨也回国了，外交部为解决职工子弟就业，兴办'三产'，我算投亲靠友，以小姨过继儿子名义混进去，非嫡亲子女，只能干粗活儿，搬运工骑平板三轮车拿计件工资，比街道旅社临时工还不如，可这算个蛋，哈哈……"笑声引起共鸣，刘涛也笑了。知青年代这种笑声习以为常，受益匪浅，只要睁开双眼儿，似乎总在追逐什么，细想却又模糊，其实是那种不甘寂寞与沦落的奋争，尽力找寻自我救赎的途径。

刘涛插话道："不知你小子前世是什么修行的，总比别人有福，逆境之后必有坦途。'京城小六九'连锅端下乡当知青，同学都分在基层连队，偏你留在团部警通排，成了伺候团首长的'御林军'，后来虽不幸被发配边远的十八连当战士，可没两年又混迹团部附近工业二连，回京城也有贵人相助，虽一波三折，却是步步登高。"

李停战收敛笑声，挤眉弄眼道："要说福分，谁敢跟你比，二十岁就敢发表作品，率先逃离黑土地，攀上全民大企业高枝儿，打着滚儿享受石油单位好岗位高福利……咱这帮姥姥不疼舅舅不爱的主儿，挖空心思病退返城，多数人投靠无门，脚下无立锥之地，面对拥挤的街道干瞪眼，过着令人颓丧的待业日子，煎熬得身心憔悴，还有看不到尽头的卖苦力岗位，够吃不够喝的可怜工资，依然在社会底层挣扎的种种窘态，做梦都不敢想的铁饭碗和美差……"他说至动情处，不觉眼圈红了，声音颤抖道："你以为我这差事得来容易，去年国庆节前，公司运来一批出口转内销时的毛服装，进库对账发现少两包货。搬运队首先受到怀疑，集体进派出所，挨个盘查也没问出线索，我们白耽误一天工，扣发计件工资不说，受了委屈无处诉，凭什么怀疑我们偷盗？谁知没几天峰回路转，队长得到线索，居然派我跟着去盯梢，晚上在街头发现有人摆地摊偷卖被窃的服装。队长监视，我跑去打公用电话报警，警察赶来抓了现行，我稀里糊涂跟着立功。俗话说没有家贼引不来外鬼，警方顺藤摸瓜，查出库房保管监守自盗，越贪胃口越大。搬运队长八成看过我的档案，作为信得过人选，我被推荐接手库房保管员。公司机关管理侨汇的人也是北大荒知青，工农兵学员那批人，都是单身汉，很快成为酒友，经常喝酒念叨黑土地，年底他荣升部门副主任，提拔我接了这份美差，确实有几分运气。"

　　刘涛开心道："要不是北大荒你那段儿团部警通排、农场公安分处的经历，恐怕也没有这么好运气。对了，昨儿看见邻居李秀荣，才知她也被分为国棉二厂工人，虽迟一步，也算全民企业的铁饭碗，平时住集体宿舍'三班倒'，周末回家，不知你们还有多少联系。"

　　李停战冷笑道："哼哼，这会子人人自危，老鼠打洞紧挠嗤儿，挣命似地扒前程，谁搭得起多少工夫叙旧？"刘涛揶揄道："怎么是叙旧，你们应该续接前缘才对。"李停战撇嘴道："什么前缘，算啦……别提单相思的糟心日子，白花了几年心思，不如干点儿正经事。"刘涛不容分说，强拉他出门，正色道："快去，这还不是正经事，你们见面一旦谈妥了，就是终身大事。拜年正是好机会，她应该在家过年。"李停战面色涨红，不情愿道："就这样……空着手去拜年，多不合适。"刘涛取笑道："老同学加荒友，不过见面聊天，又不是拜见未来丈人和丈母娘，你还用讲究那些礼数？"

　　李秀荣脸色白净了许多，凸出了前额那道醒目的褐色疤痕，虽然额前的刘海遮去一些，但依然给人破相的遗憾。见到老同学结伴儿来拜年，她勉强笑道："过年能轻闲几天，两位怎么有空儿来看我？"李停战拘谨道："一晃分手日子不短，找刘涛聊天儿，顺便来给伯父伯母拜年。"刘涛抢着和老邻居寒暄，握住李叔的手说："您身板儿还那样硬朗，经常下棋？"李叔忙着让座，招呼女儿给客人倒茶，看到一身鲜亮行头的李停战，"哦"了一声说："这不是你们同学大……"刘涛接茬儿说："李叔好记性，他上学时外号叫大头，学名李停战。"李叔叨咕说："跟小涛要好的同学，没少听你们念叨。"李秀荣不动声色道:"看这身行头,就知道混得出人头地了。"李停战不敢肆意卖弄,轻笑道:"这算什么出人头地,刚转为外交部'三产',自收自支事业单位的工代干岗位,哪儿比得上你们全民企业铁饭碗。人家刘大会计还在报纸上发小说挣稿费呢。"刘涛辩解道:"别误会,我也是工代干,名义是会计,骨子里还是工人。石油内部报纸不是正式报刊,狗肉上不得台面。"李秀荣羞涩笑道:"嘻嘻,反正你们都有好事,大过年的,怎么比起谦虚了,谦虚过分就是骄傲。"

三人喝茶,叙述近年简况,刘涛有意让李停战多说几句。李秀荣羞怯地低头,不住捻着衣角儿,听到他在街道旅社当临时工打更的难处,忍不住插话说:"市劳动局招收一批纺织女工,我妈在街道托人帮忙,好不容易报上名,谁知还要文化考试,临时突击复习一下,好歹分数过了录取线。进棉纺厂端铁饭碗听着是好事,下车间才知道,女工扎堆儿绝非好事,细纱车间的挡车工'三班倒,巡回跑断腿儿',有苦说不出,就算怀孕哺乳期,全厂上万女工,难得照顾,多数人住集体宿舍,哪个姑娘是省油的灯,嚼舌头根子传闲话,还有憋着窝三挑四,比当年在团宣传队争着上台当主角还不如……头上这道疤,宿舍有人猜疑是被男人打的,套我的话问,经受过什么感情挫折,我如实说,在北大荒场院脱粒,辫子从帽子里甩出来,被脱粒机咬住撕裂头皮,差点儿要命。"说罢,她抚摸着额上的疤痕,下意识地看了李停战一眼,不料四目相视,火星迸溅。屋里忽然好像静了下来,李秀荣感觉出家人都在打量两位男客并猜测着什么,就不禁瞟了一眼窗外说:"屋里有点儿闷得慌,不如去外面待会儿。"李叔关切道:"外面干冷。"刘涛嬉笑道:"好哇,外面的冷空气新鲜。"

三人到了大杂院门口,李停战提起俞卫青考上师大中文系,给"小六九"挣了大脸;李秀荣说姜虹考上首都师范学校分校师资班,也算"小六九"的才女;刘涛说起杨光伟在哈尔滨税务学校快毕业了。陪着聊几句,刘涛借口方便,回自家小院,好一会儿才慢条斯理地踅回来,见到二人的耳朵和鼻尖都冻红了,于心不忍道:"不如去我家喝口热茶,一起吃晚饭,大家有得聊。"李秀荣拒绝道:"算了,我最烦见熟人,不去你家打扰了。"刘涛不甘心道:"小荣,难得同学聚会,过年多聊会儿。"李秀荣指着额上疤痕道:"这不是给人添堵吗?我这辈子再没旁的念性儿,躲一边儿去,偷生罢了——"她话未说完,涌出泪水,扭头跑走。李停战一声长叹道:"唉——无论怎么劝,她都是油盐不进,谁嫌弃她什么了,可她却说,不需要别人怜悯……"说罢,他低头进院开锁，推起新自行车就走。刘涛阻拦道："已经说好了，在我家吃晚饭，你咋能抬屁股就走！"李停战苦笑道："彻底倒了胃口，吃什么都没味儿，替我向伯母道歉。新自行车悄没声儿地出门，拐弯便不见了踪影。刘涛站在院门外，懊悔不已地拍后脑勺，自责是愚不可及的书呆子。

  晚饭后，姐姐送陈文杰走了。小院静下，母亲在堂屋和儿子拉家常。母亲投过几许疑惑的目光，和颜悦色道："小涛，在石油单位跟小洁来往多吗？你们处得还不错？"这话如同刀子般，搅得他原本平静的心开始滴血，却还要装出若无其事的样子。儿子在母亲眼里能装多久，他躲闪着母亲目光，低头作答："还行，不怎么见面，慢慢处。"母亲叹口气，不安道："唉，都老大不小了，急不急是你们的事，你要是懂事，就别让妈牵肠挂肚。"

  "妈，您别急，早晚让您有儿媳妇。"刘涛虚虚实实说。

  母亲不悦道："我急什么，自个儿终身大事，可不敢马虎，明儿跟着妈去看你冯伯伯，早点儿睡。"

  刘涛回到卧室，颓然倒在床上，失魂落魄地盯住房间角落。那封断交信的打击此刻又让他心如刀绞，感伤袭来猝不及防，他好像突然迷失了人生坐标。不知过了多久，他惶惑不安地坐起，想不出究竟哪里得罪了冯二小姐，耍起脾气令人无奈，明天去冯家怎么面对，解释从何处开口……他冥思苦想了若干种可能，又一个个地推翻，折腾了大半宿，黎明时才蒙眬入睡。

  坐在公交车上，母亲轻声问："小涛，有什么心事，跟妈还不能说？"刘涛不耐烦道："没事儿，您……甭瞎操心。"母亲不悦道："这孩子，怎么跟妈说话……翅膀硬了，自个儿乱飞乱撞去，没人替你瞎操心。"

  母子到了冯家，照例互相寒暄一番。拜年礼毕，蔡阿姨眼尖，关切地问："小涛咋搞的，眼睛怎么有点儿充血？"刘涛这才明了，乘车时母亲怎会发现儿子有心事，随口应付道："蔡阿姨，过年熬夜，可能没休息好。"蔡阿姨顺情说："你跟小洁真是一对儿，这孩子春节回来也很怪，干什么都心不在焉，早就告诉她，你们今儿上午来，她却非要去参加兵团战友聚会，一大早儿跑了……"刘涛不由得一阵轻松，算她识趣，主动回避了见面的尴尬。

  冯颖洁的姐姐冯颖雪从卧室出来，礼貌地和刘涛的母亲打招呼。刘涛开玩笑道："颖雪姐，过年没出去玩？"

  冯颖雪比妹妹略矮，脸型近似，眼睛更大，随口道："按京城习俗，初二是女儿女婿回门日子，可小洁偏要去见内蒙古兵团的战友，把女婿独个儿闪在家里，可不是有病么？"

刘涛反唇相讥道："颖雪姐，今儿怎么没把姐夫招到家来见个面？"

冯颖雪扑哧儿笑道："等着吧，不知你姐夫在谁腿肚子里转筋，要是等不及了，动员小洁赶紧挪窝儿，我嫁给你。"

刘涛一时语塞，脸红到脖子根儿。

蔡阿姨圆场道："小雪，哪有这样乱开玩笑的，幸亏你妹妹不在家。"

冯颖雪坏笑道："嘻嘻，我就是想吓唬小洁一下，让她尝尝吃醋的滋味儿。"

母亲献宝一般，把儿子发表小说的那张报纸递给蔡阿姨。蔡阿姨惊喜道："小涛有才，小说都能发表了，老冯快看看……"冯伯伯戴上老花镜浏览一遍，才说："不错，小涛发表小说，说明肯努力，有了成绩不要骄傲，百尺竿头更进一步。当初我就说过，你这个新兵要定了，现在还是这句话，可惜，我要离开京南石油……"

刘涛惊讶道："什么，您要调走，去什么单位？"

冯伯伯朗声笑道："哈哈，组织调动都属正常，一方面这次京南石油会战，原油持续高产稳产，基本解决了国家自给自足，即将宣布会战结束，组建石油管理局，需要调整干部结构；另一方面当前百废待兴，老首长要我回京主抓燃化系统落实政策工作，组织已正式征求个人意见，我没二话，坚决服从组织需要。可是，我却不能把你和小洁带回来，看来，你们只能在石油系统继续努力工作，争取更大进步。"

蔡阿姨插话道："京城待业青年问题成堆，优先大龄知青就业目前都照顾不过来，更何况你们'小六九'，在全民大企业都有了不错岗位，这已经很不容易，老冯调回京，我担心小涛和小洁在石油系统无依无靠，今后只能凭本事吃饭，所幸你们都初步自立，工作性质不错，离家不远，来往也算方便。"

"冯伯伯和蔡阿姨放心，我今后会更加努力，实现自己的梦想。"刘涛脸上发热，感到一种无形的激励。长辈不可能陪子女一辈子，父亲生前多次告诫他，靠谁也不如靠自己。

冯伯伯拉着刘涛坐在沙发上，坦诚道："小涛，我们老家伙蹦跶不了几年喽，顶多再发挥一段儿余热，今后挑大梁，恐怕要靠你们这批下乡锻炼过的年轻人，已经懂得老百姓需要什么，知道怎么去做，你们的社会知识基本够使，欠缺的是专业知识，有机会还要系统学习，不一定非得挤进大专院校脱产深造，传闻今后教育也要有重大改革，过去就有职工夜大，将来会有更多的深造机会，关键是你的头脑要有充分准备，善于抓住稍纵即逝的机遇。"

刘涛振奋道："冯伯伯放心，早就明白做人要自强不息的道理，化用《红灯记》里主人公李玉和的台词，有知青这碗酒垫底，小涛什么酒都能对付。"

冯伯伯慨然道："小涛说得很好，提起酒，今儿还是喝茅台，过年图个高兴，俗话说，酒逢知己千杯少，老婆子快摆桌子，早就饿了。"

冯颖雪趁着摆饭桌忙乱之际，悄声对刘涛说："我猜，小洁跟你闹别扭了。"刘涛已经从颖雪姐话里咂摸出滋味，坦率道："闹了点儿误会。"

冯颖雪撇嘴道："闹点儿误会，小涛，你可别错翻了眼珠儿，小洁外柔内刚，骨子里不是善茬儿，在内蒙古兵团的连队当过排长，脑瓜子灵着呢！"刘涛大为惊讶，冯颖洁在连队当过排长，倒是从未听闻，看来她惯于装愚守拙，实则心思缜密。

饭桌上，蔡阿姨照例盘问："小涛与小洁在石油系统交往如何？"刘涛不忍长辈跟着儿女操心，只得含糊其词说几句。幸好颖雪从中打岔，再加调侃，伴着笑声，勉强糊弄过去。刘涛这顿饭，吃得并不轻松。

颖雪收拾餐具，刘涛也跟着帮忙，一摞碗筷送进厨房。颖雪姐悄声道："小涛，干啥都要动脑子，别以为小洁是省油的灯，拿到中专学历，未必能看上你这工代干身份，说不定看上哪个大学毕业的年轻大夫。"这个提醒有振聋发聩之功，刘涛一股火顶上脑门，坦白说，过元旦收到了冯颖洁的断交信。颖雪姐目光惊异，而后含蓄一笑，眨眨眼睛没说话。刘涛苦笑道："不知她听到什么传闻，现在仍然是个谜。"冯颖雪悻悻然道："果然让我猜中，不要紧，只要小洁让出位置，没准儿我真嫁给你。"刘涛脸上发热，心生暖意，当真姐妹易嫁，千万别拿玩笑当正经事儿。

傍晚时分，刘涛红头涨脸，跟母亲到姥姥家拜年，正巧，大舅在算账，算盘珠子拨拉得噼里啪啦乱响。刘涛正欲施礼，大舅一眼瞟见，伸手拦道："小涛等会儿，这个先收了。"然后，大舅从容包账本，收好算盘，一套熟练的活儿干完，惬意地捏起小紫砂壶，喝口茶，庄严地咳嗽一声，做个手势说："小涛，开始。"刘涛忍住笑，躬身道："大舅新春吉祥，身体健康。"大舅照例儿，拿出一张五元钱新票子说："小涛接着，大舅的压岁钱。"刘涛犹豫着说："我……现在工资不低，给您省下买酒喝，行不？"大舅瞪眼喝道："不行，这是长辈的心意，必须接着，就算你将来发达了，有了金山银海，也不能逆了长辈，记住了，顺者为孝，忤逆搁着过去是'十不赦'死罪，父母告儿子忤逆罪，抓进局子谁能保出来，大舅能救你小命，为什么，你是男孩儿，家族单传，为留香火，赦免死罪，可皮肉之苦难免，记住喽，咱家祖上是镶黄旗，皇族近支，家里外头都讲规矩，祖宗传下来的，谁也不敢错了规矩。"母亲一旁笑道："大哥，大过年的，又是忤逆，又是进局子，多不吉利，你这闹得是哪一出儿。"说罢，母亲进了里屋，拜见她的母亲。大舅拉着大外甥坐下，长吁一口气道："嗨，心里憋闷，发泄一下罢了，小涛把钱收好，明儿记着买好书瞧。"刘涛接过票子揣进衣兜儿，关切地问："您还是海水煮面条，够咸（闲）儿。"大舅颓然道："不摸算盘手发痒，打几下算盘，也只不过是发泄郁闷，徒劳而无功，女儿是待业青年，老子成了待业中年，说话就奔知天命年岁，一晃虚度十年，都叫什么事儿。"刘涛无奈一笑，模仿电影《列宁在一九一八》中的对白说："面包会有的，牛奶也会有的。"石柳珂表姐风尘仆仆进屋，摇着两条发辫插话道："小涛，电影片子就是电影骗子，电影跟现实两码事儿，知青好不容易返城，连正经工作也找不到，我一晃待业一年多，只好窝憋在家里喝西北风。"

刘涛劝解道："好饭不怕晚，迟开的花儿分外香。"表姐不以为然："敢情你整天坐着数钱，不急，比起窝憋在京城的知青强多了，有时候真想再回到插队的村子，对着黄土高原喊几嗓子'信天游'。"刘涛苦笑道："表姐不过是怀旧情结，大舅要是能早点儿恢复工作，也许你能跟着沾光。"表姐撇嘴道："我爸有什么指望，工商会是十多年前就勒令解散的单位，现在工资关系还挂在郊区木材厂，每月发的那点儿生活费，要不是吃老本，早饿得嗷嗷叫了。人家高中毕业老插真叫有水平，早看出知青返城就业难，归于历史积案，除了那些有真才实学的老高中，少部分考上大专院校，将来少不了一份儿可心工作，老三届以下的初中知青最惨，上下够不着，成了社会弃儿，当然，表弟你除外。"刘涛自卑道："我岂能例外，工代干身份，一时难以改变，虽经石油培训，财会知识不过一知半解，缺少系统深造机会，'小六九'小学毕业，写的东西捉襟见肘，始终徘徊在迷茫之中。话说回来，大舅待业虽冤枉，可我爸更冤，一开始就被逼自杀，骨灰都不知弄到哪儿了，现在想找点儿证据如大海捞针。"大舅插话说："大过年的，不说这些丧气话，小涛都能发表小说了，还不赶紧跟大舅汇报一下。"刘涛把那张报纸递过去说："请您指教，石油内部的报纸副刊，稿费才六元。"大舅笑逐颜开道："好事，作品得稿费，变成铅字得到社会承认，不过还要努力，争取作品有影响，将来写长篇，出书扬名，当名副其实的作家。"表姐咋呼道："哎呀，那可是鸡窝里飞出金凤凰，作家是人类灵魂工程师，表姐也能跟着沾光。"正说着，有人敲门来拜，大舅迎上去寒暄道："老蒙，您过年吉祥，身体还好，嗬，这是大公子奎儿，一晃成人了，屋里坐，柳珂，看茶，奎儿，这是我大外甥小涛，也当过知青，你们有得聊。"话音刚落，对方笑着伸出手，声音洪亮地说："蒙面的蒙，四方的方，奎宁的奎，北大荒兵团一师六十八团知青，现在东部运输公司二场当装卸工。"大舅夸赞道："奎儿打小没白练武术，看这结实的身板儿，比小涛高出大半头，声音敞亮，底气也足，像头壮牛，听说近来脱产说相声，还拿了大奖，真有出息。"蒙方奎深施一礼，接茬儿道："承蒙您老抬举，说得不好——瞎说。""瞎说"二字，惹得屋里人都笑了。刘涛握手之际称赞道："蒙方奎说相声的功夫不浅，抬手就能抖个响包袱，我是三师五十九团知青刘涛，浪涛的涛，现在京南石油当工代干的会计。"蒙方奎愈显亲热，眨着炯炯有神的大眼睛道："也是'小六九'，我是五二年生人，听口气你也懂相声。"刘涛兴奋道："参加过三师政治部举办的创作学习班，学过相声创作的皮毛，我比你小一岁，你是哥，我是弟，来，请坐下聊。"

　　蒙方奎礼节性询问刘涛离开北大荒的简要情况，很快成了谈话中心，从病退返城，说到在家待业干杂活儿，揽工帮人修沙发，最苦就是往沙发弹簧上勒麻绳，绑结实了全靠手劲儿，戴着手套都不管用，手指头照样裂口子，收工最怕洗手洗脸，肥皂沫杀得裂口生疼，往伤口撒盐一般，攒自行车有技术含量，这活儿比修沙发强多了，特别是上辐条"拿龙"，没技术不灵，买自行车要票，没处淘腾，有人琢磨出怪招儿，从商店买回一堆零件，私自组装，黑市上卖了赚钱，攒一辆车给两元多手工费，机灵人最快一天能攒四五辆车，收工还要把车送到收车点儿验车，一次能送两辆车，骑一辆领着一辆，就像演杂技，还要个灵巧劲儿，有人不行，只好一辆一辆送，那多耽误功夫，节省出时间多攒一辆车，现场结账，最多一次拿到十三元八角，兜里鼓了，请荒友哥们儿下馆子撮一顿，才花个零头儿……"

二人说到热闹处，蒙方奎忽然做个暂停手势，示意倾听。堂屋那边，刘涛的大舅和老蒙也说到热闹处。大舅不以为然道："不就是吃顿火锅嘛，再普通不过，以前，天气乍一冷就开吃，春节前后正是热火日子。"老蒙拍响了巴掌说："石老弟说得没错儿，据说，邓先生去年请'五老'吃饭，就选在阴历腊月十九，好日子口儿，吃火锅宴为名，跟咱工商界元老商议大事为实，说到如何引进利用外资，还提起给工商界落实政策的资金陆续发还，最好用来办实业，总之两句话，人要用起来，钱要用起来，据说荣老板当场表态，响应国家号召干实业，嘿嘿，我琢磨，咱哥们儿恢复组织的日子，恐怕为期不远了……"说着，二人开怀大笑。大舅嚷道："聊得挺带劲儿，天大的好事，多聊会儿，大过年的，在这儿吃晚饭，喝两口，我还藏着好酒呢！"

过年的饭菜不难张罗，母亲带着女儿小兰和外甥女柳珂，在厨房手脚麻利地整治一阵儿，几个凉菜摆上八仙桌。按家族规矩，男人上桌陪客，女人在厨房吃流水席。

众人落座，大舅呵呵笑着，变戏法般从柜子里拿出一瓶五粮液，交给刘涛倒酒说："我偏好五粮液，公私合营那年一气儿买了十箱，早年贪杯没剩多少，后来舍不得喝，这些日子气儿不顺，忌酒了，今儿高兴，开戒，年轻人也一起喝一口，八十年代或许就是咱们时来运转的好日子。"

刘涛先给客人恭敬倒酒，再给大舅和自己满上。

喝过门杯，刘涛心头发热，忍不住问："蒙伯伯，您刚才说的工商界'五老'都是谁？"蒙伯伯掰着指头说："胡厥文、胡子昂、荣毅仁、周叔弢、古耕虞，都是有名望的工商界人士，就拿荣老板来说，荣家留在大陆的代表，带头参加公私合营，五十年代当过上海市副市长。"大舅接过话茬儿道："嘿嘿，荣老板到京城当纺织工业部的副部长，还不是像咱们一样挨批斗，现在邓先生倚重这类人，是个好信号，工商界人士翻身的日子，恐怕不远了。"

刘涛和蒙方奎相互敬酒，乘兴聊起北大荒，方知蒙方奎在团部当过生产股的参谋，敬佩地说："'小六九'能调到团部机关当干部，算得凤毛麟角。蒙方奎提起早年在连队捞麻，秋季的北大荒水泡子带一层冰碴儿，下水前喝口酒，借着酒劲，穿着裤头儿进水透心凉，浑身止不住打战，紧着捞水里沤臭的麻秆，正巧，团参谋长陪着师长到连队视察，看见在水里干活儿的战士，招呼上来聊几句,我上岸裹着军大衣一个立正,声音洪亮地说:'兵团战士蒙方奎向您报到。'参谋长一眼看好,调我到团司令部搞水文测绘,修水库,成了忘年交的酒友,一九七六年兵团改制,参谋长调回部队,我也办病退返城,回家没处住,先在堂屋加了二层床,二姐住下床,我爬上爬下不方便,对付过了冬天,开春找哥们儿帮忙,在房子拐角处接出三平方米多的简易房,放张单人床和柜子,在父母卧室墙壁凿开一扇透气窗,冬季借着窗口取暖,总算有个窝儿。"

刘涛叹道:"唉,知青返城首先面临生存困境,唯有自我救赎。"蒙方奎朗声笑道:"在北大荒什么苦没吃过,再难的事儿也不在话下,在家待业其实也闲不住,二十大几的小伙子总要给自个儿找饭辙,修沙发、攒自行车混了大半年,街道安排到北冰洋食品厂当临时工,骑三轮车搬运装北冰洋汽水瓶子的货箱,每月工资四十元,那会儿不算低。可我不知足,有空儿接茬儿泡街道知青办,小时候咱学过相声,没事找乐子呗,混熟了好说话,优先安排正式工作,公交十九路车售票员,右安门到动物园的线路,跟车跑了几个月,每天喊破嗓子,每月工资三十八元,干完试用期觉得没意思,辞了工,还回街道晃荡。人熟是个宝,街道破例,再次分到市运输公司东部分公司二场,跟货车当装卸工,工资上去了,每月四十二元,粮食定量高,还有跟车误餐补助,我找两个北大荒知青哥们搭伙儿,干活儿齐心协力,流汗出力怕什么,中午一块儿把误餐补助吃了,烧饼夹酱猪头肉,小米粥疙瘩丝儿咸菜不要钱,可劲吃饱,那叫一个舒坦,有一次给食品厂装卸杨梅烤焦,造得满头满脸都是烤焦红色儿,那东西附着力忒强,回家连洗三遍都洗不净,眼窝鼻子窝和眉毛里都带红色儿,这下子可把我吓着了,这副寒碜相儿怎么出门见人,才觉出这种活儿非长久之计。五一节前,场里参加运输分公司文艺演出,我被选中演双簧,谁知一路获奖,在市运输公司出名了,区文化馆业余文艺宣传队也相中我,让去街头表演双簧,后来区文化馆老师让我改说相声,原创段子《百花迎春》,作者和我,加上相声搭档,三人下功夫打磨,参加全总文艺调演,居然获得创作、表演、优秀节目三项大奖。当时许多文工团负责人现场观摩,有几个人陆续到后台问我,愿不愿干专业相声演员,我正琢磨改行,当然愿意,地方曲艺团、部队文工团、国家文工团都找来说,我跟朋友商量,当然国字号的牌子硬,可临到办调动关系,不料遇到麻烦,场长说东部分公司党委书记亲自打来电话,让基层保留文艺骨干,绝不放人,唉,眼看好事要黄了,真让人心焦……"

刘涛同情地建议道："机不可失，时不再来，当务之急，找人疏通关系。"蒙方奎摇头道："开病假条，装病不上班，拔场长自行车的气门芯，等他下班，我拿着气筒子一边给车打气，一边跟他磨，后来急眼了，我直接闯进会议室，跟他公开拍桌子吵闹，可是，场长软硬不吃，还笑着许愿调我来场部工会当干事，你说，咱还有辙吗？"

刘涛无奈道："蒙兄，好饭不怕晚，吉人自有天相。"蒙方奎心不在焉道："但愿如此。"

三

夹缝生存

正月初三下午，刘涛来到俞卫青家，俞卫青刚见面就坚持请客，大声嚷嚷自己考上大学，见到老同学加一铺火炕上滚过多年的荒友，哪有不请客的道理。刘涛心头一热说："要请客也是我做东，石油单位每月多拿十二元野外津贴。"俞卫青沉下脸说："你小子还是书呆子那股穷酸劲儿，臭毛病改不了。"刘涛针尖对麦芒说："江山好改本性难移，你考上大学中文系，也归入书呆子之流，穷酸臭原形毕露。"俞卫青忍不住哈哈大笑道："哥们儿一见如故，具有相似本质，都有知识分子孤傲的毛病，可谓积习难改。"春节假期，多数饭馆休息，二人好不容易找到砂锅居，要两个砂锅，一小瓶二锅头白酒，喝出几分酒意，回到俞卫青住的临建棚里。

俞卫青在煤球炉子上提起开水壶，沏一壶"高沫儿"，花茶的茉莉花香弥散开。二人坐在圆桌旁品咂几口，酒劲儿涌上来，都和衣倒在床上，闭起眼，俞卫青诉苦般敞开心扉。

"刘涛，知道不，京城有句俗语，说来话长，上一句是什么？"

刘涛犯了愣症，揣摩腹稿，猜测道："没事闲聊……不对，心里不慌……说来话长。"

俞卫青叹道："唉——你是有福之人，没有这种切身体会，绝对说不到点子上，明白告诉你，千万记住，这句俗语是，小孩没娘——说来话长。

"咱们刚去北大荒不满十六岁，幼稚事没少干，多数人奋发向上，可我偏是个悲天悯人的落后分子，咱俩为这个也没少争论，为什么多数人指责我少年老成，这个缘故我从没对任何人透露，其实很简单，就是那句俗语，小孩没娘——说来话长。

"幼年丧母是人生第一大不幸。命运使然，我不足四岁就丧母，童年过得悲惨，从小不记得母亲长什么样儿，失去母爱的孩子失去保护屏障，继母为避嫌，对我和大弟不疼不管；父亲是典型书呆子，说话不会拐弯，难免得罪人，在单位总挨整，时常有家不能回。我幼年被逼独立自主，一次次地撞南墙，摸着脑袋撞出的疙瘩，才慢慢明白事理。那时候，父亲险些被整死，吓得继母带着两个亲生儿子回娘家避难，我和大弟在家没人管饭，差点儿饿死……形势所迫，去北大荒当知青，背着沉重的出身包袱，在连里入团、入党、上学、搞技术都毫无希望，我想当卫生员都不成，因自视清高，连长不待见，发配到驻地后沟蜂场，独自养蜂倍感孤独，漫长变相劳改的岁月煎熬，使人产生对前程的绝望，咱团采煤二连那个京城知青，身绑雷管自杀消息传来，所有同学都掉泪了，我最理解其不能入团的绝望心情，但不会跟着学他自杀，默默坚守着靠智商改善境遇的渺茫期待，自从大专院校恢复招收工农兵学员，眼见一批批被推荐上学的知青离开连队，经受了一次次精神打击，几乎陷入绝望之境。那年你去团部开会回连，无意透露了知青可办病退返城的消息，你直言不讳说，根本看不起办病退，坚决不走这条路，而我却恰恰相反，好像盼到一线生机，在没有亲人商量的情况下，年仅二十出头，冒险做出重大人生决策，因长期胃口不适，宣布以此为由办病退，在全连先行一步，给知青宿舍带来一股病退风的兴起，又有几个知青紧随在后，我也差点儿成为知青扎根派批判的靶子。连长和指导员轮番找我谈话，软硬兼施，试图动摇我办病退决心，可是我早就抱定破釜沉舟的信念，没留退路，也没任何经验可循，在京城毫无亲友协助，只能一步一琢磨地趟路子走，难能可贵的是，你从团部尽快帮我摸准了病退相关政策的脉搏，让我少走弯路，仅凭一己之力，两年办成了事关自己前途的这个复杂工程，想来至今仍然痛心不已，如果这两年精力用在学习上，能学到多少宝贵知识。

"一九七六年底返城，我已熬得身心憔悴，可却得不到亲人的热泪与呵护，而是相反，遭遇继母的冷眼相待。混过元旦，父亲严肃地说，你是长子，必须自食其力，给弟弟们做出表率。我只得舍出孤傲的脸面，不惜低三下四去街道知青办，给人陪笑脸，争取到糊纸盒的初级手工劳动机会，每月仅十六元工资，吃饭抽烟都不够，只好改行蹬平板三轮车当搬运工，二十元工资勉强糊口，混了三个月，盼着早点儿进厂学技术，有个稳定岗位好养家糊口，可惜连这个朴素愿望都落空了，没路子托人钻营，只能干别人厌恶的岗位。街道分配我去区工业局下属的市级电器厂，全民所有制企业名声不错，可我的岗位编制却是集体所有制性质，工资偏低不说，岗位极差，毫无技术的高压电极焊，进厂三天直接定为二级熟练工，每天重复上万次两万伏高压点焊。老工人提醒我，一定全神贯注，一旦稍有疏忽，手指可能被高压电极打掉，据说我的前几任，均以断指残疾调离，沦为搬运工了此残生。

"这是我有生以来最绝望日子，名义上虽已返城，分配了正式工作，可比起同类全民企业熟练工，月工资少两元，让人看不起，关键是这个岗位像吃人手指的虎狼，随时能致残，这种朝不保夕的危机感带来一种毁灭性的压力。经历唐山大地震，家里私搭的临建棚还在，家人都回楼房住了，我不愿跟异母弟弟们挤着住，独自住在棚子里，还像在北大荒那般孤独，每天早六点起床，八点进厂上班，午饭在外边买着吃，不像其他人，家里自带午饭，既实惠又可口，晚七点回家，对付吃口饭，洗漱后看几页书睡觉，已经二十多岁的小伙子，精力极旺盛，却周而复始地忍受孤独煎熬，如坠万丈深渊，那种压抑几乎令人窒息，比当年在连队驻地后沟养蜂有过之而无不及，罗曼蒂克谈恋爱成为梦里才有的奢望，谁敢指望和我成家立业养孩子？底层人的日子是苦中作乐。挣扎着期望做梦，通过美梦得到短暂的情感满足……

"广播里传来恢复高考的消息，我像关在阴暗潮湿地牢里的囚犯，见到铁窗一缕阳光，几乎为之癫狂，终于盼来青年通过严格考试公平竞争的机会，'小六九'虽仅有小学文化底子，可还是值得奋力一搏，自古华山一条路。我从小最敬佩的人是父亲，上大学当读书人是童年梦想。你没忘了我小学成绩优秀吧？作文多次当范文，在年级各班传阅，那时学校重视学生的课外兴趣培养，社会风气也比如今清新，班主任张老师从同情幼年丧母的不幸，到发现我聪明加勤奋，对我多了一层关心，每逢我生日都送礼品，我对张老师早有恩师如母的情结。得知国家恢复高考的消息，我急忙找张老师倾诉报考的愿望，张老师不仅鼓励我大胆一试，而且主动帮助我找以前的初、高中课本……

"你很难想象那阵子找课本的难度，社会从荒唐梦中惊醒，稍有头脑的长辈都在激励子女参加高考，可是学校经历了浩劫，课本所剩无几，'老三届'舍不得扔了课本，劫后余生，得来全不费功夫。可咱没上过正规初中和高中，哪来课本？那时是一人报考，家族动员四处找寻，中学课本成了炙手可热的香饽饽，就连试用的简单初中课本都难寻觅，算我走运，出于教学需要，张老师保留了完整的初中语文课本，其他课本靠辗转借阅，我拿到手最多只能看两三天，一旦课本到手，马不停蹄抄写，赶上周末，连续十几小时不吃不喝，如痴如狂，平时白天除了上班进厂点焊，下班后惜时如金，无论看到哪种课本，都如饥似渴，狼吞虎咽……我一直喜欢医药学，自学日语，复习课程也是按照报考医药专业而准备，数理化初高中课程为主，文科兼备，打算万一不允许报考理科，改报日语专业。感谢张老师给我从小打下良好的学习习惯和方法，采用点面结合，重点题卡片强记方式，每天在不同的衣兜放着不同学科上千张卡片，连走路都不时掏出轮流背诵，碰见熟人连句话也懒得说，用功近于神经质，每天仅睡四个小时，头脑极度疲惫，凌晨两点钟都睡不着，立刻吞两片安眠药，早上六点必须起床，我特意买个大号闹钟才能被唤醒，爬起来赶公交车上班。因复习时间短，匆忙参加一九七七年高考报名，发现原准备报考的医药专业是致命失误，按文件规定，无高中学历不能报考理工农医类专业，只能报考文科，仓促之间想改报日语专业，可复习阶段极度劳累，感冒后嗓子失声，担心口试阶段，嗓子跟不上趟儿，拿不到口试分数前功尽弃，无奈中只好改报中文专业，临考变卦，阵脚已乱，中文专业的数学和外语分数不计入总分，等于白费力，主课语文、政治和史地考试发挥失常，名落孙山。得知落榜归来，虽极度悔恨，但没时间痛苦，只能调整专业方向，放下物理化学课，主攻中文专业主课语文、政治和史地，初中数学基本过关，加强高中数学解析几何学习。在仅有的半年复习时间里，我打算请事假脱产复习，可是请假报告交给厂人事科，遭到科长拒绝，事后才知，人事科长也参加高考落榜，同样准备再考，为减少竞争对手，当然不批准我这个熟练工请事假复习，人事科长还拿着我的请假报告到主管副厂长那里汇报，遭到了嗤笑，'小六九'想上大学，祖坟也得有那个香火。他们不但拒绝我请事假，还授意车间主任借口生产忙，时常让我加班，真不如不交这份请假报告。没功夫跟他们治气，打掉牙和着血往肚里咽，我预备了面包、饼干和罐头，夜晚复习饿了，开水就着吃，还是你在北大荒搞创作那句口头禅，'加餐努力，努力加餐'，给我埋头复习增强了后劲儿，其中甘苦，至今记忆犹新……

"转年，我又报考中文专业，自我感觉考场上发挥过得去，心底多了一份期待。那天，在车间点焊干活儿，有人让我赶紧去人事科，我有一种预感，一路小跑过去。'小俞，该请客了。'人事科长拿着师大录取通知书信函递给我，脸上是那种哈巴狗般的媚笑，隐隐还有几分嫉妒，他是六六届初中毕业，平时擅于心计，不喜读书，接连高考不中也算合理。厂里三名考生，只有我考上了，皇天不负有心人。那个嗤笑过我家祖坟香火的副厂长也闻风而至，一个劲儿恭维我有才气，早就看好云云。我查了自己的高考成绩，数学和外语虽不计成绩，可数学考了四十五分，日语七十分，如果高考政策允许，我考上理工科也属正常。中文专业主课，我语文考了全市第九名，总分高出录取线不少，可我只报了师大中文系，北大和清华这类大学当时有个考生录取的调整政策，符合录取分数线而没报考的考生，可在自愿调整报考学校后录取，我的总分和专业分数符合这个政策，北大招生办的人还专门打来电话询问，我傻了吧唧作答，没敢报贵校，因为知青下乡好不容易才办回来，北大毕业面向全国分配，我家没路子，怕被分到外省或边远山区。我持这种态度，人家招生办只好作罢。入学报到时得知，全系新生，我的总分和专业成绩都是第二，学号002。

"政策规定上学带工资，我不甘心仅带工资，拿着大学期末考试成绩优良的考试证明信，回厂要奖金，声称如不给，我会找上级申诉，主管副厂长请示后深觉无奈，迫不得已让人事科长签字如数补发。其实我是调干生，如能服从招生调整，明智选择进北大中文系深造，毕业后也不可能被分配外地。这些都是我参加校篮球队，球队领队是学生处的副处长，一次校际间的篮球友谊赛，我意外受伤下场，坐板凳和领队闲聊，才明白有关招生政策，应届高中生上大学没工资，只能享受助学金。有工作单位的成年人，一旦考上大学都是调干生，原单位负责发放调干生的工资和奖金。当北大中文系学子是多少人梦寐以求的向往，我却把到手的良机拒之门外，都是性格孤僻之过，无亲友长辈关怀和帮助，才会在人生重大关口出现选择失误，想来也算幼年失母的劫数。"

刘涛叹道："洞房花烛夜，金榜题名时，人生两大美事，你占了一半，鲤鱼跃龙门成精了，倘若还算命苦，我辈有何颜面苟且偷生？"

俞卫青激动不已说："刘涛，千万别说嘴打嘴，论起文才，你比我强，在北大荒艰苦环境里，二十岁就能发表作品，如果全力以赴参加高考，考入中文系的应该是你，可能轮不到我。"

刘涛悲哀道："自恃有作品发表，我参加了一九七七年的高考，填报志愿只报了两个，北大中文系、南开大学汉语言文学系，不服从学校和专业调剂，狂妄至极，结果名落孙山。"

俞卫青笑道："嘿嘿，你小子当知青顺风顺水，老天爷惯得没人样儿，活该有个教训，省得不知道自己吃几碗干饭。"

刘涛若有所思道："是啊，人在碰壁之后，鼻青脸肿疼痛难当，才可能反省，开始走向成熟。"

俞卫青又叹道："唉，身处绝境，只好拼命搏杀，否则就是工伤断手指的残疾下场，心里更会残缺，这辈子就彻底毁了，往事不堪回首……"想起伤心之痛，他突然哭起来，呜呜有声。

刘涛一怔，从床上爬起，抱着他颤抖的肩头，拍了几下，安慰道："卫青，别这样……过去的那些阴暗，都被时代风雨清洗，雨过天晴，阳光怡人……对了，有没有碰到过什么花花事儿，坦白一下你的罗曼史。"说罢下床，拿起暖瓶给茶杯续了热水，喝一口，主动提起女朋友冯颖洁的断交信，感伤得哽咽了。俞卫青反过来劝道："刘涛，天涯何处无芳草，哥们儿不傻不涅，一等一的好品貌，君子何患无妻，迟早的事……我一贯自诩清高，没品位的女孩子难入法眼，别看当知青时不如你活跃，可出乎意料，一起去北大荒的女同学中，公认最漂亮的陶文芳，曾跟我有故事，你想知道否？"

刘涛眼前豁然一亮，惊呼道："哦，她是咱小学二班同学，刺激，特大新闻，我自认为了解你，可对此却一无所知。"俞卫青坏笑道："嘻嘻，你是一班，我是三班，她是二班的，我这故事，是你离开北大荒后发生的，你怎会知道。"刘涛感叹道："参加学校少先队集体活动，就对陶文芳有印象，长得像画儿上的仕女，相貌和身条儿都没挑儿，如此完美的女孩子，可望而不可即，下乡她发配在最边远的十八连榜大地，后来不知怎么巴结上连队小卖部售货员，再怎么就调到团部机关商业股当统计，我借调去团部宣传股，在机关常碰见，明知是老同学，从不敢主动跟她搭话。她每次见到我，总是点头微笑，表示认识，可我从不敢看那双会说话的眼睛，怕一时着迷，跌入美人计的陷阱。"俞卫青开心笑道："哈哈，爱美之心人皆有之，何况又是男女同学，怎会成了美人计陷阱。"

俞卫青兴致勃勃地说起往事。

"我最早留意陶文芳是在知青专列上，有幸和她同乘一节车厢，团部开过欢迎会，同学都在礼堂门口等着乔老师点名，依次分配连队。我故意站在离陶文芳不远的对面，忍不住多看她两眼。她也很敏感，回看我两眼，当时多想乘同一辆卡车，分在同一连队，可事与愿违，咱们分到工业三连的同学先上车走了，不知她分到几连，心里结了疙瘩，又不敢轻易流露。两年后过元旦，咱连食堂聚餐，姜虹带着来玩的十八连女同学林玉芹，恰好坐在我身旁，同学面熟聊了几句，我打听陶文芳下落，林玉芹说分在十八连，因家庭出身问题，转到附近三河镇插队了。我大失所望，只好作罢。没想到林玉芹借机拉起话匣子，我那阵子情绪坏透了，对林玉芹爱搭不理的，也算混过去。不料，过两年听你说，陶文芳调到团部机关商业股，我惊讶之余，才恍然大悟，想不到林玉芹当时跟我耍了花招儿，从相貌上看，林玉芹几乎是陶文芳的陪衬人，聚餐那天对我挺热乎，八成揣着蠢蠢欲动的芳心，我打听陶文芳下落，她顺口胡诌，编个瞎话，断了我对陶文芳的念性儿。后来我跑病退手续，去团部碰到陶文芳，主动聊过两次，索性托她常到军务股打听病退材料的动静。谁知，她居然尽心尽力，及时打电话通知我，病退手续批下来了。我欣喜若狂地去团部办返城手续，顺便当面道谢，礼节性问她，有需要捎回京城的东西，可一起跟行李箱子托运，亲自送到她家。她一口应承，让我托运木箱留个空儿，我傻乎乎地遵命，不料，她却拉来林玉芹，带了大包东西塞进木箱，弄得我很别扭，既不好当面拆穿林玉芹曾经的谎言，返城取回托运木箱，那包东西又要乖乖送到林家，你说，都叫什么事，好一阵子我才琢磨出味儿，林玉芹可能对陶文芳透露过，对我有好感，善良的陶文芳，对林玉芹曾经的私心和谎言一无所知，傻乎乎地替自认为好友的人热心牵线，这……先不论相貌，哥们儿一向看不上品行有瑕疵之人。"

刘涛坏笑道："傻美人乱点鸳鸯谱。"俞卫青苦笑道："后面还有故事，不听拉倒。"刘涛尖叫一声说:"嚯,不得了——你学会说书了,起承转合,手法厉害。"俞卫青卖弄道:"欲知后事如何,按知青老规矩办——上烟。"刘涛拿起桌上的礼花牌香烟盒,里面恰好剩下两支。

"刘涛,别打算藏着掖着,憋着满肚子的嘲笑、讥笑、讽刺笑……俞卫青绝不是饥不择食的蠢人,我仅青睐品貌够级别的姑娘。我正式分到工厂当点焊工,刚上班没几天,居然在厂里碰见陶文芳,恍惚如梦,几乎不信自己的眼睛,喜出望外地问:'你找我有事?'她望望周边,有人路过,故意放慢脚步,可能注意上了我们。她不自然地一笑,垂下眼睑悄声说:'我也办回来了,听街道说能分到这家厂子,过来看一眼,刚问了人事科,没什么像样儿岗位,不打算来了,你在这儿岗位还不错。'我哪儿敢说实话,一时无言以对。她看出我难以启齿的懦弱,不再问什么,面无表情地说:'你忙,我走了。'我们就这样平平淡淡地分手了,联系方式也没问,其实我知道她家在水电宿舍,离我家不远。为了这次意外的再见,我懊悔不已,本想跟她拉近关系,却遭到冷处理,或许人家根本就没有那种交朋友的意思。我懊悔自己窝囊地接受了这种朝不保夕的危险岗位,没人看得起,不努力改变现状,一切都是奢望。处在人生低谷挣扎,可巧国家给了公平竞争的高考机会,谁能不拼一把。七七年和七八年的两次高考,实际仅间隔半年,我没有外援辅导,速学初中和高中知识极其费神,大脑高速运转,全靠理解基础上的死记硬背,孤寂地在临建棚每天苦读至凌晨,连口热汤面也没人给做,转天还要坚持上班,时有加班,累得瘦脱了相,高考体检,身高一米八七,体重仅剩六十公斤,亲妈如在世,看到儿子一副螳螂相儿,没准儿也会掉泪。倚仗年轻气盛,进大学校门报到,我体重恢复到八十五公斤,才勉强看得过眼。佩戴上师大校徽,当时那个高兴劲儿别提了……

"对了,我还考过一次业余职工大学中文大专班,作为离开那个讨厌的高压电极焊岗位的后手。考史地那场才有意思了,我拿到考卷随手作答,十几分钟起身离开考场,监考老师拉住我质问:'同学,你要去厕所,不能这样走,至少要跟老师打个招呼,好派人陪着你去。'我付之一笑道:'谢谢老师,用不着派人陪着,我答完了交卷,离开考场,总可以吧?'考场学员都抬头惊讶不已。监考老师恼羞成怒说:'考场有纪律,考生拿到考卷,必须在十五分钟后,方能离开考场。'我指着腕子上的手表说:'老师,现在都十六分钟了,我可以离开考场了吧！'监考老师看一眼手表，再没说话，上前收起我的试卷，才愤然挥手让我走。一起去考职大的熟人，后来告诉我，职大张榜公布了中文大专班录取新生名单，我名列第三，证明考分不低。跟国家全日制高考相比，职大试卷对我来说纯属小儿科，不是自吹，闭着一只眼答卷，照样拿名次。"

刘涛讥笑道："你就抡圆了吹吧，哥们儿好吃炖牛肉。"

俞卫青感叹道："嗨，你还记得知青这句口头禅。哥们儿不是乱吹，确实有知识面作为资本，说的都是实情，真可谓'十年寒窗无人问，一朝中榜天下知'。拿到录取通知书，头一个找鼎力支持我高考的张老师报喜，张老师比我还兴奋，留我吃饭，开一瓶橘子露酒表示祝贺，碰杯之际，我不禁潸然泪下，满肚子委屈倾诉出来……同学们也陆续登门找我祝贺，可是有个人来访，却出乎意料，他外号叫'梆子'，也是三班同学，小学跟我要好，去北大荒也分到十八连，跟我从此断了来往，后来听说他被推荐上了京城铁路学校，始终没联系。他这次忽然登门，似乎专程祝贺，我感动之余，请他吃饭，乘着酒兴，他竟提起陶文芳，直言二人在十八连多年，朝夕相处很熟，陶文芳也知道我考上大学，托他探我口气，想跟我谈男女朋友。我仿佛大脑一时短路了，陶文芳怎会愚蠢地托人说媒，托的居然是我少年时代莫逆之交，当知青后多年不来往的男性，这桩事让人丈二和尚摸不到头脑，如果陶文芳当面来问，我只有正中下怀的快感，可面对他们这种令人狐疑的离奇关系，没法不让人多个心眼……我没再犹豫，当即推说，先忙学业，顾不上考虑这种事。至今，我依然心存疑虑，刘涛，帮着哥们儿分析一下。"

刘涛失望地说："你的心上人，托你过去的老熟人登门主动示好，意在锦上添花，谁知你偏是犯了嘀咕，拒人千里之外，这会子又想找后账儿，岂有好运气总在等你，俗话说，过了这个村儿，没有这个店儿。"

俞卫青没再搭理，心满意足地伸个懒腰，打个深深地哈欠，指着窗户说："哦，天都亮了。"

刘涛和俞卫青分手前，闹得颇不快。俞卫青得意忘形地说道："大学集体宿舍，二十多人住一大间，有的夜猫子折腾到后半夜，自己本身就有神经衰弱，经常闹失眠，早晨起来晚，顾不上吃早餐就去上课，课间再跑去买面包填肚子，上午听课效果极差，午餐又跟同学下饭馆喝酒，下午还要参加文体活动，晚上听专题讲座，连自习时间都没保障，很难静心读书，休息日回家主要是补睡眠,有时连睡十几个小时,希望在学校附近找间小屋自住,保证每天六小时以上睡眠,听说有两个知青同学家里给准备了未来婚房,离校园不远,可都不好意思张口借。这个春节夜晚,本应睡个好觉,不料你来骚扰,闹得我整宿没睡,都怨你,还勾起不少伤心事,又聊起痛快事,越说越兴奋……"

刘涛翻脸道:"你还有资格怨天尤人,我还不知找谁诉苦去,白陪你一夜,倒落了身不是,整宿不归,回去跟老妈怎么交代,不得被骂死?"

俞卫青不甘心道:"在大学宿舍睡不好,是最现实的两难命题,你倒是帮着拿个主意。"

刘涛没好气儿地诅咒:"祝你天天失眠,躲到宿舍对面的厕所里睡觉。"说罢,他转身就走。

四

乍暖还寒

好日子稍纵即逝，春节稀里糊涂过去。刘涛回到京南石油井下的当晚，竟然接到冯颖洁的电话。话筒那头儿是一串儿冰雹般砸来的质问声："你，还算个男人吗？咱俩的事，干嘛告诉家里，让父母跟着操心……无怪乎会有哪些关于你的传闻，看来都是真事儿，我算看透了，你是四六不懂的生瓜蛋子，没主见的男人，无可救药，哼，彻底死了这份心思吧！"说罢，不容分说，挂了电话。刘涛拿着话筒的手直劲儿哆嗦，却什么也没来得及说出口。他摔下话筒，气得啪啪地拍桌子，破口骂道："不给人解释机会，没见过这么霸道的女人，幸好没结婚，否则这辈子够受的……"他气哼哼地在屋里徘徊，狼一般发狠地磨牙，却找不到对手，几乎要憋炸了，真想跟谁痛痛快快吵一架，发泄胸中的闷气。

整夜失眠的后果是脑子乱哄哄，好像搅成一团糨子，刘涛干什么都心不在焉。石会计来这边屋里，跟卢科长商量工作，刘涛把捎回的英雄牌钢笔连带发票，如数交给石会计。石会计边在发票上签字"同意报销"，边问："小刘没留一支？"刘涛坦率道："领导没过目，我哪儿敢自作主张，公出购物回来按规矩，票物如数交账，具体怎么分配，不是我该操心的事。"石会计与卢科长对视一眼，笑嘻嘻说："请科长先挑一支。"卢科长呵呵笑着，拿起一支黑色笔杆钢笔说："小刘会办事，我就要这支黑色的。"石会计也留下两支钢笔，示意说："一会儿给主管财务的郭副指挥送一支，余下的笔，小刘拿过去，你们几个分一下。"刘涛分完钢笔，再回这边屋里，卢科长喝口茶说："我看可以先酝酿一下，如何节约生产成本，上面有要求，财务科要拿出有效措施才妥当。"石会计恭谦道："我提个不成熟的建议，过去基层大队财务都是实报实销，没法控制成本，不如改成内部成本核算，各单位按照去年实际成本，由财务科核定资金计划，每月小结，年终决算，结余有奖，超额受罚，这样才会刺激下面节省成本。"刘涛称赞道："我觉得这是好主意，有奖有罚，大队财务组才会养成节俭成本的意识，还要大队领导也重视节约，我建议试行一段，看效果如何，再有针对性改进。"卢科长幽默道："咱们三个臭皮匠，真顶个诸葛亮，小刘坐下说，这个办法奖罚分明，基层大队财务组有动力，回头我建议郭副指挥向井下领导班子提出方案，基层各单位年终评比，这也是评先进的硬指标，看谁还敢乱花钱。"石会计皱眉道："具体怎么奖罚，幅度多少，小刘先拿出具体方案，科里再研究，尽量平衡计划指标。"卢科长赞许道："好，我看……根据近两年各大队实际成本支出，测算出定额指标方案，我再向主管领导汇报，领导班子批准了，才好内部试行。"石会计强调说："小刘负责成本核算，身上责任不轻。"刘涛傻笑道："嘿嘿，有你们领导把关，我坚决遵照执行。"正说着，电话铃响了，卢科长拿起话筒，嗯了一声说："小刘，找你的。"刘涛接过话筒，听到郑克建的笑声，赶忙低声说："正开会，等下给你回。"说罢，放下话筒，忙着拿出笔记本，飞快地做记录。石会计看了卢科长一眼，卢科长点头说："小刘抓紧拿出方案，三天后，科里研究敲定……还有个事要打个招呼，井下行管办争取来一辆正三轮摩托车，带棚子的那种，考虑今后方便财务工作，分给财务科使用，我看，科里小刘负责保管，也要学一下驾驶技术，行管给你办个学习驾照，有人负责教你，在油田内部路上跑车，比自行车稍复杂点儿，没什么难学的，散了吧。"

  石油基地位于京城南边百多千米，气温偏高，过了春节天气回暖，棉工衣穿不住了，午间可穿夹衣。周萍萍穿一件深红色毛衣去食堂买饭，身形婀娜地站在刘涛身后排队，招来左右几队买饭人陆续回头，刘涛前面的人也纷纷回头，弄得刘涛也情不自禁回头，悄声说："周老师毛衣鲜艳，回头率高。"周萍萍皱眉叨咕说："亏你也是京城人，怎么也跟着一起少见多怪，俗不可耐。"二人前后脚买饭，回机关路上，刘涛有意脚步放缓，与周萍萍拉开一段儿距离，心里却不住翻腾，她个头儿和体型都没得挑，可就是没人放胆子追。晚上机关业余英语班座无虚席，周萍萍依然穿那件红毛衣，衬托出丰满的胸部，白皙的脸庞，扑闪闪的眼睛，加上读语音的朗声示范，课堂纪律出奇好，年过半百的郭副指挥课后留下，询问几个语音发音，周萍萍笑容可掬地耐心做示范，刘涛擦黑板，帮着搞卫生，郭副指挥走后，周萍萍关灯锁门道谢。刘涛探问道："春节回京城过得不错。"周萍萍朗声道："学知识的人越来越多，大专院校招生远远不能满足社会需求，据说有关部门正研究扩招问题，或采取多种灵活办学形式满足社会需求，当前最缺优良师资，教育多年欠账亟待解决。"刘涛坏笑道："就缺你这种优秀师资，但愿机关业余英语班还能办下去。"周萍萍停住脚说："你真够机灵，我才说个头儿，你就猜到可能发生的事儿。"刘涛惊叹道："哎嗨，真让我猜着了。"周萍萍含蓄地说："拭目以待吧，可不能乱说。"刘涛领悟道："学生明白。"

　　刘涛回屋吃过饭，记起回电话的事，赶紧拨号。郑克建在话筒里朗声笑道："哈哈，没过正月十五就忙上了，有空来我这儿，同学一起聚聚。"刘涛巴不得，美滋滋地连声说："好呀好呀，索性定下日子……那就，周日上午见。"

　　下午刚上班，一辆崭新的灰色车身深绿棚子的正三轮摩托车到了，行管办的人开到财务科门口，车钥匙、工具盒、说明书等一应附件交代给刘涛，还要走了一张一寸黑白照片，去办学习驾照，下班前，学习驾照办好拿回来，又捎来一大一小两个塑料油桶，大桶灌满了汽油，小桶是机油，比画着摩托车，讲解了加油方法，叮嘱汽油和机油比例，点火发动车操作示范，催着刘涛上车。刘涛开起摩托车在机关附近兜一圈，已然有数，他下车拔出钥匙，不忘道谢。那人玩笑道："有机会拍财神爷马屁，我得先谢你一声儿，以后哥们儿来报销，手下留情就是。"刘涛打量手里车钥匙，轻松道："没问题，只要领导签字同意，我坚决执行。"晚饭后，刘涛独自开车在井下机关的路面试车，谨慎慢行，很快找到平稳驾驶的感觉，索性加大油门，开上新铺上柏油的会战大道，尽兴开至郑克建的家门口。郑克建刚吃过饭，听到有摩托车动静，便迎出来，见到刘涛下车，惊喜道："怎么有闲工夫出来溜达？"刘涛晃着亮晶晶的车钥匙，炫耀道："试试这辆新摩托车。"郑克建的大姐出来，伸出大拇指道："小刘不简单，鸟枪换炮了。"郑克建咋呼道："喂，开机动车要驾驶执照，可不能违规开车。"刘涛摸出学习执照晃晃说："咱有这个，石油内部路上，准许学习驾驶。"郑克建大姐说："小刘有车，正好把礼堂存的东西拉回家。"说罢，礼堂的库房钥匙交给弟弟。刘涛开车和郑克建到礼堂，郑克建打开库房门，门口堆着一麻袋大米，两筐苹果。米袋子一百多斤，二人搭起颇吃力，刘涛帮忙装上车，一筐苹果也装上，郑克建刚要关灯锁门，刘涛伸手拦住说："等一下，库房还有乐器。"郑克建指着里面东西说："除了乐器还有全套锣鼓家什，工会全靠这些家什，逢年过节耍个热闹。"刘涛抄起鼓槌，敲了下鼓说："周日聚会不如早点儿，先来玩会儿乐器。"郑克建亲热道："啊哈，真有你的，叫上我姐一块儿玩，她会手风琴，我俩对唱，你没听过。"刘涛径直钻进车里，发动车子，侧脸道："那还会有错儿，狗撵鸭子——呱呱叫。"

　　有了同学聚会的期待，周日的懒觉睡不成。刘涛匆忙洗过衣物，开着摩托车赶到郑克建家，催着去礼堂。郑克建让稍候，告之还有同学要来。果不其然，院里自行车铃响，总医院财务科瘦高的陈晓明，夹着黑色小提琴盒子进来。三人寒暄，刘涛提起财会班大合唱，陈晓明的小提琴拉得饱蘸感情。陈晓明玩笑道："刘涛不务正业，不安心当会计，写起小说倒像回事。"郑克建惊诧道："不务正业是对一个人的全面否定，谁这么武断下结论？忒不负责任。"刘涛苦笑道："报纸上发表小说为证，人家也没说错。"陈晓明劝道："当初在财会班，我就劝过你，最好用笔名发表作品，省得遭人非议，可是你冥顽不灵，执意用真名发表作品，难免惹人说三道四。"郑克建大姐晃着礼堂库房钥匙，给刘涛解围说："走吧，先去礼堂库房玩会儿。"几人进了库房，郑克建的大姐打开手风琴盒子说："我弹手风琴不算熟，跟你们一起凑手儿。"刘涛拿出带来的笛子，陈晓明亮出小提琴，郑克建敲鼓打节拍，定好调子，试一曲耳熟能详的《京城的金山上》，库房空间不大，拢音效果不错。郑克建忍不住嗓子发痒，招手道："来首抒情的，《长征组歌》过雪山草地。"郑克建的大姐也来了兴致，边拉手风琴，边跟着唱，接着又是男女对唱《逛新城》《花儿为什么这样红》等，姐俩儿声音圆润，情绪饱满，婉转动听。郑克建自夸道："我们姐俩儿的对唱，在油田迎春文艺晚会上很受欢迎，毫不夸张地说，观众掌声如雷。"

郑克建的大姐看下手表，收起手风琴笑道："哪有这样自吹自擂的，克建最好谦虚点儿，我先回去做饭，你们正点回家吃饭。"郑克建吐吐舌头说："十二点回家，知道了……嗨，人稍不注意，就会翘尾巴，惹得别人指责你骄傲自满。"陈晓明轻声道："咱们都是一路货色，小资味浓，自负清高。"刘涛自嘲道："物以类聚，人以群分。"陈晓明摇头道："成语应该是同属一丘之貉。"郑克建不服气道："这是年轻人的才华闪烁，恃才傲物，至少也要有点儿骄傲的资本。"

郑家人已吃过饭，客厅大餐桌上摆着几个凉菜，一瓶五粮液白酒，几套餐具，郑克建的大姐夫朱副指挥正在看书，见到三人进门，放下书，拿起酒瓶招呼道："来，就等你们入席，反正没出正月都是年，在家放开了，喝点儿白的，吃东北菜，酸菜白肉火锅。"陈晓明开心道："咱们有缘，我也是东北人，大连市，刘涛是北大荒知青。"刘涛接着说："我姥姥是旗人，辽宁省梨树县。"朱副指挥接茬儿道："跟慈禧太后一个县，镶黄旗。"刘涛摇头说："没查过，有机会去姥姥家问一下大舅。"郑克建大姐腰间系着花布围裙，端上一小盆小鸡炖蘑菇，回身进厨房又端上一盘红烧鱼，客气道："几个家常菜，还有酸辣土豆丝和醋熘白菜，火锅等会儿再上。"郑克建示意落座，每人斟满一小盅白酒，朱副指挥端起酒盅说："有幸和青年才子们一起吃年饭，不胜荣幸，你们是石油的未来，早晚成为栋梁——干杯。"说罢，仰头喝干。这场合没法拒绝，刘涛跟着干了，呛得不住咳嗽。郑克建皱眉一饮而尽，不住呵气道："姐夫，好辣，我们都不会喝酒，陪不了你，就这一杯算了。"朱副指挥婉言道："你这样说，人家怎么好意思再喝，让到是礼，我不勉强你们，过年总要喝点儿酒。"陈晓明也是酒精过敏，同刘涛都脸红了，不好意思拒绝主人盛情，主动站起给每只酒盅斟满，自己再满上，端起酒盅说："我们酒量有限，尽力喝两盅。"朱副指挥笑道："痛快，酒品如人品，你们自便，我难得休息，在家要喝舒服。"酒瓶剩的不多了，炭火烧得热腾腾的铜火锅端上桌，锅里满满一层五花肉薄片，散发诱人香味，调料自备，酱油加点韭菜花和腐乳，点几滴辣油，蘸着肉片，爽而不腻，韭菜花淡香直入肺腑。众人吃顺口了，克建的姐姐端来大海碗肉片往锅里添，又一层肉片，很快被"筷子们"扫荡干净。姐姐又端来汤盆，再添高汤，锅子里酸菜丝和海米干贝炖出扑鼻的鲜味，就着米饭吃酸菜，都是酒足饭饱，每人喝半碗鲜汤，陈晓明美其名曰道："溜缝儿。"刘涛拍下肚皮说：“这顿饭吃得瓷实，晚饭恐怕都省了。”

饭后一起喝茶聊天，扯到三个单身汉的恋爱问题。陈晓明带头儿用财会术语说：“我那'在途资金'计划过一年半载就落地，变成实打实的'内部资金'。"在财会班都知道他有女朋友，"在途资金"是也。刘涛叹道："唉，我的'在途资金'恐怕会成为呆坏账。"陈晓明吃惊道："刘涛，怎么会？不会是你喜新厌旧？冯部长的千金二小姐，总医院手术室人尖子，能干出名，莫不是你变心了？"郑克建插话道："晓明说反了，冯二小姐脾气怪，给刘涛寄来断交信。"陈晓明脑袋摇得拨浪鼓似的说："难以置信，我那'在途资金'跟冯二小姐的好朋友于虹挺熟，专门打听过刘涛，人家没说什么，已经是石油单位小有名气作家，人家凭什么看不上你。"刘涛赌气道："哪天我把她写的那封信拿给你看，春节去她家拜年，故意避而不见，前几天又打电话宣布关系破裂……"郑克建插话道："天涯何处无芳草。"大姐埋怨道："克建，宁拆十座庙，不毁一桩婚，哪有你这样憋着拆散人家好事，干脆，陈晓明给小刘帮忙，想法子说合一下，成人一桩婚事，添十年寿。"刘涛悲哀道："强扭的瓜不甜，同学未必能撮合婚姻大事。"陈晓明拍胸脯说："回去找合适机会就办，让我的'在途资金'找她好朋友于虹问出缘故，也好对症下药。"郑克建不甘心道："刘涛，井下那个英语女老师我见过，眼睛亮得会勾人。"陈晓明警觉道："哪个英语女老师？刘涛当真是移情别恋，我就不多管闲事了。"刘涛摆手道："没那回事，人家将来要回京城，怎么会找我？"陈晓明告诫道："恋爱感情要专注，不能脚踩两只船，以后有事打电话联系。"二人说了道谢话，告辞出门。刘涛再谢陈晓明跟着操心女朋友的事。陈晓明摆手道："不用谢，你们成不成还是未知数。"

正月十五元宵节这天，井下基地热闹一阵儿，近邻荷花村的农民高跷队，一路敲锣打鼓闹过来，唢呐吹得呜里哇啦。刘涛跟着机关的人涌向食堂后的空场上，上千人围着高跷队等着看热闹，可是高跷队的人聚在一起东张西望，并不表演。石会计碰见刘涛，皱眉说："你赶快回科里，找出纳小赵借一百元现金，急等着用，给荷花村高跷队的见面礼。"刘涛跑回办公室，撞见小赵系着红围巾刚出门，刘涛喊住，匆忙写借条，催着拿现金，跑去交给石会计，眼见石会计把钱交给郭副指挥，他身旁有个村干部模样中年人，接过钱咧嘴笑着，朝高跷队招招手，锣鼓点顿时变得细碎密集，高跷队好像被注入兴奋剂，随鼓声散开，亮出折跟头，劈叉绝活儿，表情丰富地耍起来，赢得人群发出阵阵叫好声。刘涛暗自好笑，村里人朴实，对钱的感情也真挚。

空场上看过热闹，刘涛回到财务科，在门口碰到卢科长推着一辆自行车正要外出，卢科长看一眼手表，吩咐说："小刘，直接去机关食堂小餐厅，段书记招待地方来宾让陪客，我有事，你代我过去，给段书记说一声，别忘了给领导敬酒，完事在招待费单子上签字，注明是我同意的，你快去。"说罢，卢科长骑车走了。刘涛赶到小餐厅已然迟一步，大圆桌围坐了十多人，段书记戴着眼镜居中，左右两个陌生面孔，郭副指挥坐在左下首，右侧仅留一个空位，刘涛不免紧张，装出笑意，面朝段书记，简短说明情况。段书记颔首道："好，小刘是财神爷代表，坐吧。"刘涛如释重负坐下，生出些许融融暖意，来石油单位之前，听冯伯伯说过，托付井下的段书记，在分配工作时给予关照，自己如愿进机修厂当车工学技术，选送财会培训，留在财务科当会计，恐怕都含有段书记关照的温暖。前两年母亲对冯伯伯提起酬谢段书记的话，冯伯伯婉言道："我们都是华北联大的同学，战争年代生死与共，我和子峰兄还是老段的入党介绍人，不用搞那些请客送礼的俗套。"身为井下指挥部党委一把手，段书记工作繁忙，刘涛仅在井下开大会见过几次，段书记坐在主席台，刘涛坐在台下角落。听说段书记爱读书，高度近视，离不开眼镜，此刻近距离接触段书记，品味到父辈那种含而不露的亲切，人格的魅力由此沁入心脾，这种感觉像陈酿美酒，味道醇厚而绵延悠远。

段书记看着左侧的中年人，轻声询问："刘县长，咱们开始。"刘县长诚惶诚恐道："您是咱县的老游击队员，名副其实革命前辈，一切听老领导安排。"段书记爽朗笑道："哈哈，前辈可不敢当，我那时才十几岁，还没三八大盖枪高，在队里跑交通，正经战斗没参加两次，编入正规军后，组织见我爱看书，干脆送去学习。"刘县长恭维道："老领导有造化，带领石油队伍衣锦还乡，俺们这届县委班子也算盼来救星，县礼堂修了一半没钱了，停工半年多，全县连个召开三级干部会的地方都没了，多亏石油单位资助，俺们才算解了燃眉之急。"段书记笑道："我们借用你们的礼堂开会三年，石油单位和地方互相支持。话说回来，贫穷也不怪你们这届班子，这地方临近华北明珠白洋淀，著名的盐碱洼，当年打鬼子也靠白洋淀地理优势。好了，话说回来，喝酒举杯，干了这杯——"

酒过三巡，刘涛找个空儿，起身代表卢科长敬了刘县长，再敬段书记和郭副指挥，才踏实坐下，闷头吃菜。

段书记右侧是歪戴帽沿儿的葛村主任,乘着酒兴咧开满嘴黄牙道:"俺们荷花村挨着井下基地,远亲不如近邻,俺村这几年把井下当亲人,正月十五闹花灯也落不下,借这个机会,俺给各位领导唱一段儿,说罢亮开嗓子,一曲高亢的河北梆子,赢得满堂彩。"段书记叹道:"听梆子就喜欢老调梆子,家乡味浓,很久没听到了。"刘涛记起在保定财校学习期间,跟同学看过老调梆子《狸猫换太子》,还看过山西风味的歌剧,民族味浓郁。饭吃的差不多,井下高音喇叭响起《祝酒歌》广播,下午上班时间到了。段书记看一眼手表说:"吃饭就到这儿,我还有会。"郭副指挥解释道:"刘县长,下午要开班子会。"刘县长作揖道:"感谢老领导盛情招待,下次我做东,在县城'淀阳春'饭店吃白洋淀的侉炖鱼。"段书记起身笑道:"一家人不说两家话,招待不周,老弟见谅。"刘涛满脸涨红在客饭单子上签字。下午节日放假,回屋睡觉。

天色已晚。刘涛被电话铃吵醒,原来是曾宏伟又让去吃饺子。中午酒饭过量,没多少胃口,可不好拂了荒友的情面,刘涛只好去点个卯。屋里还是那样逼仄,桌上摆着四个凉碟,香肠、松花蛋、拌白菜心,糖醋萝卜丝,饺子已包好,摆放在盖帘儿上。媳妇李秀云腹部微凸已有孕相,摆着碗筷说:"包了三鲜馅饺子,宏伟掂着你爱吃。"曾宏伟幽默道:"打了五六次电话没人理,中午跑哪儿蹭饭去了,从实招来。"刘涛不见外地说:"审犯人呀,在家里总是这个样子,嫂子怎么受得了。"李秀云嗔怪道:"在家他敢。"刘涛玩笑道:"闹了半天,老兄把北大荒的'三大炎'带到这儿了——鼻窦炎,英雄气短;关节炎,床头跪,膝盖软;气管炎(严),怕媳妇。"曾宏伟以攻为守道:"得了,大作家又在吃铁丝拉笊篱——胡编乱撰。"刘涛谈笑间有了食欲,边吃边聊,讲述中午陪客的趣事,从给百元慰问费,说到荷花村葛村主任把井下当亲人,当众唱老调梆子。李秀云接茬道:"这一带本地人喜欢老调梆子。"刘涛感慨道:"这是传统文化的魅力,石油会战人员来自四面八方,唯独缺少这种地域文化的魅力。"曾宏伟插话道:"你还提地域文化的魅力,真是高看了这帮地头蛇,他们看准了石油这块肥肉,谁逮住机会都会咬一口……"刘涛不以为然,听后付之一笑。石油单位会战初期,他曾去荷花村买醋,找到一户人家有自酿的大缸醋,味道不错,定期去买,人家死活不收钱,他不愿白占便宜,索性借着买醋,顺带买杂粮多付点儿钱,杂粮带给京城家里,母亲喜欢吃个新鲜,故而对本地淳朴的民风心存感激。此刻,他将信将疑道:"老兄不会言重了,事情没这么可怕。"曾宏伟皱眉道："你整天守着钱匣子，用不着操这份儿闲心，可是保卫科深受其害，我们五天一个夜班，总要忙到后半夜，有时整宿不得闲。"刘涛吃惊道："怎会有这么多案子。"曾宏伟举杯一饮而尽，抹抹嘴道："三更半夜，石油基地里偷盗成风，找熟人灌桶汽油都不叫事儿，价格昂贵的进口套管，农民敢扛回家当房梁，公然开着拖拉机偷落地原油，回家当煤烧，你就算破案，又能怎么着，折腾大发了，通过石油总部公安处，把当事人送到县公安局拘留所关几天，出来依然外甥打灯笼——照旧（舅），不够自找麻烦的，谁家要是有县城领导的背景，县公安局都不敢立案，哥们儿算鸡孵鸭子白忙活儿。"

刘涛顽皮唱道："石油就是我的家，啊啊啊，家里东西随便拿，啊啊啊……"

李秀云听到《公社就是我的家》歌曲的熟悉旋律，忍不住咯咯地笑道："北大荒那会儿，有人借这首歌词，讽刺兵团老职工自私的偷窃行为，小刘这会子搬到石油单位来了。"刘涛乘兴说起段书记中午透露的当年打游击抗日的事。曾宏伟若有所思说："是啊，当年土八路游击队把日本鬼子打得没脾气，这会儿对付'石油鬼子'，当地农民发家致富轻而易举。这就是全民所有制企业与农村小农意识冲突的症结所在。"刘涛警醒道："老兄，咱们是石油鬼子进村了，这话可深了，涉及马列主义基本理论。"功夫不大，李秀云端来热腾腾饺子说："趁热吃，尝尝鲜不，咱老百姓，管那些八竿子打不着的大理论干嘛？"

刘涛回到财务科，碰到机修厂当车工带过的两个徒弟，小严和小张，便让他们进屋，沏茶让座，探问来意。小严快人快语道："找师傅汇报一下，去年我俩都提前转正定级，厂里让我们兼起车间团支部工作，我当书记，小张是组织委员，刚组织了春节前夕排节目演出活动，春节回家，父母都给张罗介绍对象，可是我们不打算这么早就谈恋爱，比师傅你差四五岁，忙什么。"

"我也未婚，没经验给你们介绍。"刘涛苦笑道，喝口热茶。

小张直言道："我们的情况，师傅都熟悉，师傅读书多，阅历广，不给指点一下，说不过去，我们的父母都是老想法，认为多子多福，想早点儿抱孙子。可我们觉得，一旦让小家庭缠住手脚，这辈子就毁了……"

小严脸颊出现一对酒窝，含笑道："机修厂加工车间女徒工多，追我们的不少，也有托老师傅牵线搭桥的，车间白主任最积极，说过几次，我们都没答应，总惦记多学点儿知识，将来多干点儿事。"

"想法不错，有追求，当初没看错你们。"刘涛沾沾自喜道。

这两个徒弟都是一九七七年初招工进厂，年龄相仿。小严是石油子弟，五官精致，白皙的圆脸带三分女相，伶牙俐齿。小张是河北农村招来的石油工人子弟，肤色偏黑的长脸上，五官粗犷。刘涛在加工车间开C630大型车床，干力气活儿，车间白主任笑呵呵带着两个小伙子过来说："小刘，分给你两个徒弟，个子不矮，都是高中毕业，挺聪明的。"刘涛含糊道："我刚转正定级，能带徒弟吗？"白主任严肃道："你当过知青，独立顶岗一个月，干得不错，现在厂里急需带徒弟，你是团支书，能不带头儿？"

刘涛只好硬着头皮接受了带两个徒弟任务，好在俩人都有眼色，技术一点就透，教会徒弟磨车刀和开R槽，顶岗操作不算难事。徒弟干活儿灵气足，逐渐干得比师傅还漂亮，上班接到加工单，刘涛讲明加工方法，让徒弟轮流操作，自己帮着准备刀具，借辅助工具，打杂儿，没事站在车间门口抽烟，与路过的工友聊几句，车间团支部初创，几十个男女青工一盘散沙，组织义务劳动清扫车间、绿化厂区，两个徒弟颇受女徒工关注，鼎力相助师傅组织活动，团支部的凝聚力增强了。刘涛与徒弟朝夕相处大半年，成了推心置腹的朋友，那篇小说处女作《够意思》，就是以徒弟为模本编故事而成。

徒弟登门求教遭遇的人生大事，可见对师傅的信任度。刘涛心里热乎乎，随口问了机修厂几个熟人情况，忽然想到人生信念的重要性，启发道："人活着总要有思想、有梦想、有追求、有向往，否则与其他动物区别不大。"这话成为点睛之处，两个徒弟豁然开朗，相继表示："这话深入浅出，有分量，师傅读书多，主意也多，我们知道今后怎么办了……"送走徒弟，刘涛毫无睡意，奋笔疾书至凌晨，草就一个短篇小说，拟出标题《向往》。

忙过月末结算和月初报表，刘涛驾驶摩托车去总部财务处送报表。天气暖融融，路旁出现了茵茵小草，嫩绿的颜色格外夺目。办完公事，兼顾私事，刘涛到报社文艺部，找编辑韩玉琪交了小说稿。韩编辑已入中年，微胖，戴着近视镜，浏览一遍小说《向往》的稿子，称赞说："反映青工的人生追求，好题材，下期副刊可以发排……对了，新来的李社长，对你节前发表的小说《够意思》印象不错，这会儿他在办公室，走，带你去见个面。"李社长身材敦实，见到刘涛，略有惊讶说："小刘这么年轻，文笔不错哦，哪个学校毕业的？"刘涛尴尬道："北大荒知青，没学历，在石油财会班培训半年，现在是井下财务科工代干的会计。"李社长遗憾道："要是有学历多好，中专文凭就行，韩玉琪要调到新闻部当主任，正在物色文艺部编辑。"刘涛赶紧说："我估计井下财务科不会放人。"李社长释然道："好，欢迎你一如既往地支持党的新闻事业。"韩编辑回到文艺部，解释道："李社长刚从《天津日报》社调来，有正规办报的想法，一二版合并为新闻部，让我去当主任，谁来接手文艺部，要我帮着物色编辑，要求最低中专学历，看来只能到石油中专的首届文科班毕业生里去找。"刘涛不无担心道："报社文艺部一旦换人，我就不知再来这儿找谁。"韩编辑嘿嘿笑道："我给你介绍一下，不就熟了，新手上岗，我可能还要兼职文艺部，带一段儿新手。"刘涛由衷地笑道："哈哈，有老哥挂帅文艺部，今后有数儿。"韩编辑鼓励道："你下过乡，有一定生活积累，也有追求，加上文笔基础不错，总会写出有影响的作品，现在社会兴起文学热，比如《班主任》获得首届全国优秀短篇小说首奖，作者一举成名，好小说的社会轰动效应创了纪录。"刘涛感悟道："经历了十年文艺荒漠化的苦日子，人们需要文艺复苏激励社会复苏，我希望做个时代历程的忠实书记员。"韩编辑笑道："好呀，当好时代书记员是世界文豪巴尔扎克的名言，小刘有志气，有志者事竟成，咱们企业小报发表过你的小说处女作，将来成名成家，不要忘记我。"刘涛谦虚道："韩编辑说笑了，我的文化基础太差，这个可能性不大。"韩编辑鼓励说："有机会系统学习一下，一定会有本质的飞跃，我上大学前对诗歌一窍不通，毕业时居然也能发表几首小诗，就在于多读书，勤思考。"临别，刘涛郑重其事说："我想今后叫你韩老师，老师对青少年的教化作用很大。"韩编辑呵呵笑道："叫什么都可以，我不喜欢好为人师，咱们今后还是教学相长，相得益彰。"

　　下午稍有空闲，刘涛在办公室读报，看到一则消息：京城王府井书店销售再版文学名著火爆，读者排长队如饥似渴。想到韩编辑上午提到的系统读书建议，未免心头蠢动，打算回京城一趟，跟石会计打招呼请两天假，加上星期日足够了。石会计笑眯眯道："天暖和了，回家多住一天，还是算你公出，捎带脚给科里买两本企业成本管理的新书，一举两得，单位还能节省一笔出差的住宿费。"刘涛转身把摩托车的钥匙递过来说："我这几天不在，摩托车钥匙放您这儿，谁用车都方便。"石会计高兴道："让我家老王跟你学一下，总想去邻近石门桥公社赶集，凑个热闹。"刘涛悄声道："新车好使，几分钟就会开，油箱满的，能跑一百多千米。"石会计打电话叫来丈夫，刘涛照猫画虎现场教一遍，带着开车上路，回来由老王驾驶，行驶稳当。锁车门前，刘涛提醒道："王哥，我的学习驾照在工具箱里，你可以临时代驾，也算学习驾驶。"刘涛把摩托车钥匙再次交给石会计。石会计点头道："刚才帮你问了调度室，明早正好有去京的油罐车，还是七点半调度室门口上车。"

早饭后，刘涛去调度室等车，不料碰见周萍萍也在门口，提着只时髦的人造革马桶包。刘涛调侃道："你去京城办什么好事？"周萍萍眨着大眼睛，玩笑道："说不定你是假公济私。"刘涛不悦道："别这么刻薄。"周萍萍看了一眼屋里埋头吃早餐的调度长说："我喜欢一针见血。"刘涛冷笑道："嘿嘿，蹭车就是占公家便宜。"周萍萍针尖对麦芒说："最讨厌自负清高，假道学，有本事你别来这儿搭车。"刘涛满不在乎说："我去京城出差，搭车是为了给公家省点儿车票钱，提高办事效率。"正说着，一辆油罐车准时停在调度室门前，司机戴着鸭舌帽进来取路单，调度长招呼周萍萍和刘涛跟着上车。周萍萍大方地先钻进驾驶室，坐在司机身旁，刘涛跟进去，一股莫名的芳香弥散开，在驾驶室里环绕，令人腾起一股燥热。司机发动了车，开上路，玩笑道："伺候两个机关干部，午饭有保障了。"周萍萍笑道："有财神爷跟着，嘴还能受委屈？"刘涛顺水推舟说："到京城都去我家，炸酱面管够。"周萍萍激将道："财神爷请客吃炸酱面，不嫌掉价儿。"刘涛辩解道："老京城炸酱面，佐以醋蒜，百吃不厌。"司机换挡提速道："说个笑话罢了，哪有工夫下馆子，赶到石化企业装满油，凑合在人家食堂吃一口，不敢眨眼往回跑，路上万一不顺，到家就天黑了，还要卸油，腾空油罐转天再去拉油，哪天不得折腾到晚上九十点钟，运输大队的司机没黑没白地跑车很辛苦，哪像你们坐机关的这么好命。"三人路上聊着不觉寂寞，三个多小时好像瞬间，说话到了进京公路检查站，油罐车排队等候检查，搭车人下来去方便。罐车已过检查站，不熄火候着，刘涛上车，又等了会儿，周萍萍才上车，歉意道："中国人太多，这么个偏僻地方，女人上厕所也要排队，真麻烦。"司机坏笑道："女人麻烦不假，做事细致也是优点。"周萍萍不客气道："别忘了，你也是女人生的，你媳妇也是女人。"司机忙说："没错儿，所以男人都怕老婆，妻管严是时髦病。"油罐车进了京城南区，开始往西拐，周萍萍家住西北城，还可搭乘一段儿。刘涛家住南城，只好告辞。

刘涛匆忙下车，朝驾驶室挥手道别，望着风挡玻璃透出的那张漂亮面孔，未免怅然若失。

五

热闹京城

刘涛回家碰到铁将军把门,母亲和姐姐都去上班了。他在院子的门框上摸到了门钥匙。

刚巧,隔壁李秀荣的母亲买菜回来,见到刘涛,忍不住聊起自家事儿:"近来小荣的脾气变得有些古怪,回家时不时发脾气。"刘涛猜测这可能跟李停战有关,只能揣着明白当糊涂,不痛不痒道:"女孩子大了心思重,有话闷在心里挺别扭,难免找个由头儿发泄出来。"李秀荣的母亲呵呵笑道:"你们一起长起来的,还是小涛了解我家小荣。"刘涛脸上不自然了,再不敢搭话,便开大门锁,进家。

午饭时分,李秀荣的父亲端着盘子送来两个刚出锅的玉米面菜团子。刘涛进厨房找了空菜盘接过来,喜出望外道:"谢谢李叔,总惦记我。"李叔腾出一只手,拍拍他肩头说:"小涛,怎么也吃不胖,尝尝你婶子手艺,猪肉白菜馅,可能咸了,好赖刚出锅,趁热吃。"刘涛闲问一句:"李叔还下棋不?"李叔憨笑道:"不好烟酒,就好下棋……小涛,老大不小的,找对象了?"刘涛支吾道："也算……有了。"李叔失望道："哦，好事，我走了。"刘涛送出门，折身回厨房，剥了两瓣蒜，嚼着喷香的菜团子，不住咂摸李叔的言外之意。

吃饱喝得先办正事，刘涛乘公共汽车，进王府井书店直奔楼上，浏览财务类书籍，可惜大都内容陈旧，未免令人扫兴，路过外文类书籍区，读者明显增多。刘涛无意中眼睛一亮，人群里竟然发现周萍萍，依然背着那只马桶包，正翻看一册英语书，于是兴冲冲过去，悄声道："真是个用功的周老师。"周萍萍闻声侧过脸，笑着反唇相讥道："你是个不专心的学生，怎么又碰到了。"刘涛不悦道："看来，你不想遇见我。"周萍萍自觉失言，解释道："我怎么总是感觉京城太小，回家都躲不开石油井下那个小圈子。"刘涛不想跟她纠缠，和颜悦色问："看什么书，这么专心？"周萍萍合上书，指着封面说："喏，英文再版的《呼啸山庄》，不是原版英文小说，语言差异较大，对了，顺便给你介绍一下——"说着，朝不远处一个身材魁梧的小伙子招手道："小毅，来——我的男朋友，北大荒同连战友……"刘涛一怔，故作释然道："哦，早有耳闻。"周萍萍惊诧道："你消息可够灵的，从哪儿听到的消息，看来我的保密工作彻底失败了。"刘涛故作高深道："要想人不知，除非己莫为。"那小伙子浓眉大眼，高过刘涛半个脑袋，大步流星过来。周萍萍赶紧说："石油井下财务科的刘涛，也是六九届北大荒知青。"对方伸出健硕的手，怡然道："黄毅，京城师院七八级东语系学生，北大荒和周萍萍同一连队。"刘涛感觉对方的手掌宽厚有力，跟着对方摇晃一下，热情道："刘涛，浪涛的涛，三师五十九团，很高兴见到荒友。"黄毅解释说："代表班里订购一批《日汉词典》，市面上难买，只好找学校开了封介绍信，专程来预订。"周萍萍取笑道："小毅这个班委，当得挺累。"黄毅潇洒道："北大荒知青干累活儿不在话下，为同学服务理应尽职尽责。"刘涛赶忙告辞道："不耽误你们，我还要去办点儿公事。"带着莫名的怅然下楼，到一层新书区，刘涛发现新出版的两种财经类高校教材《成本控制与管理》《生产成本分析》，赶忙拿起新书，到交款台前欣然交款，开了发票，刘涛顺便问一句："再版的文学名著怎么都没看见？"收款员笑答："这都什么钟点儿了，您当然看不见，再版数量有限，每天供不应求，就算早晨顶门来，也不一定能买上，有人半夜就来排队。"刘涛调侃道："就像排队买过冬的大白菜。"这话遭到对方白眼，恶狠狠甩出一句："文学名著是大白菜？都是什么话。"刘涛暗自好笑，人生的失意与得意，往往相辅相成，凡事无需过于认真，无怪郑板桥的座右铭是"难得糊涂"。

晚上匆忙吃过饭，刘涛骑着自行车，带母亲赶到冯伯伯家。路上，母亲简短说："蔡阿姨昨天打电话，约好今晚过去，正好赶上你回家，算有缘分儿，为你老子申诉冤案，尽一点儿当儿子的义务。"

冯家只有蔡阿姨在沙发上织毛衣。蔡阿姨牢骚道："老冯这阵子跟着了魔似的，忙起来不要命，时不常的晚上九十点钟才回家，甚至还整宿不归。"母亲和蔡阿姨闲说话，话题自然离不开儿子和女儿在石油单位的关系，刘涛硬着头皮含糊其词，竭力敷衍。蔡阿姨直言不讳道："我都知道了，你俩闹别扭，小洁让我娇惯得有点儿任性，小涛受了什么委屈，只管跟蔡阿姨说，回头阿姨哪天逮着她，一定替你出气。"刘涛遮掩道："没准儿就是误会，找机会当面解释一下，回去我主动找她，您就别操心了。"母亲鼓励道："这种事，男孩子应当主动，哪有女孩子不顾脸面的。"蔡阿姨发牢骚道："养女孩儿越大越操心，这两个宝贝女儿婚姻大事都不着急，当妈的偏又做不了主，眼瞅着都奔着大龄去了，还吊儿郎当地干耗，耗到何时算一站，早晚耗得父母愁白了头。"刘涛劝道："蔡阿姨，这怨不得我们，都是环境造成的，读书年代当知青，去农村边疆'修理'地球，该恋爱结婚的年代，返城忙着找工作，迫不得已为生存奋斗，绝大多数人无可奈何地执行计划生育国策，死心塌地当晚婚晚育的模范。"母亲也说："这些孩子够不幸了，书没读多少，顶着知识青年名声下乡，这些年吃了不少苦，那年小涛受他爸含冤自杀的牵连，差点儿入不上团，我接到儿子来信，急得睡不着觉，舍脸找他爸单位人事处长求情，哭了大半天，总算拿到一张证明。"刘涛想起在北大荒受的委屈，眼圈红了，哽咽着说："我分在农业连的一个同学，因为父亲单位不给开这种政治清楚的证明，入不了团，一时想不开，跑到采煤二连的山坡树林里，绑着雷管自杀了，尸体开膛破肚，惨不忍睹……"蔡阿姨同情道："咱比上不足，比下有余，那些下乡回不来的知青，父母在家无论怎么痛断肠，也得咬牙硬挺过来。"母亲叹道："人心都是肉长的，哪个儿女没了，父母都剜心一般地疼。"蔡阿姨跟着说："真是不养儿不知父母恩。"

冯伯伯托着一身疲惫，九点多才回家吃晚饭。刘涛备好纸笔，冯伯伯边吃边说："我口述历史事实，小涛归纳一下，证明材料写好，由我签字，子峰兄的申诉材料整理好，找个合适机会转交有关部门。一九四七年春季，华北联大我班党支部副书记刘子峰同志，奉命进北平化装接人，不幸被捕，经组织出面，请北平燕京大学知名教授联名保释，五名学生同批出狱，为迷惑敌人，办手续时经组织批准，同意登报公开声明，同共产党没有关联，华北联大党的社会工作部档案有明确记载，这批学生不属于政治立场动摇的变节行为。证明人：华北联大政教一大队二班党支部组织委员冯伯叟。"刘涛拟好草稿，冯伯伯字斟句酌改过，刘涛再用正楷誊写清楚，冯伯伯郑重签名。刘涛把材料依次列出清单，再装入一个牛皮纸袋，写上"刘子峰冤案申诉材料"，并注明了日期。父亲的申诉材料袋留在冯家，刘涛和母亲忙至半夜才回。夜风冷飕飕，刘涛飞快地蹬车，母亲坐在他身后叹道："唉，这回不知能否有个明白结果。"刘涛劝道："相信组织会公正对待，拨乱反正以来，好多冤案都平反了。"

这一觉睡得好沉，刘涛醒来已然迟了，惦记买文学名著的事，仓促洗把脸，顾不上吃早餐，乘车赶到王府井新华书店，已然晚了，书店门口排起长龙，足有数百米。刘涛带着深深的失望到队前面溜达，开始数人，居然撞到好运气，看到姜虹站在队里招手。刘涛喜不自胜，过去搭讪道："想不到姜大小姐也来凑这个热闹。"姜虹掠一把学生式短发，嗔怪道："什么叫凑这个热闹，这是正经事，这么多年没见，你还喜欢臭贫。"刘涛强调道："我在北大荒学过相声创作。"姜虹嗤之以鼻道："可惜是个蹩脚的相声演员。"刘涛逗趣道："说不笑你，我咯吱你，看你笑不笑。"姜虹果真笑起来，骂道："臭德行，说你咳嗽就喘，想买什么书，我帮你买。"刘涛眨眼道："我现在饥不择食，凡是柜台有的再版文学名著，各要一本。"聊了几句，书店开门，姜虹要进书店了，刘涛赶忙把几张十元票子塞给她。运气不错，姜虹满面涨红，吃力地提着一大捆书出来，刘涛傻眼了，一下子买了这么多名著，只能扛回家。刘涛问一句："钱够吗？"姜虹把剩下的钱，塞进他上衣兜里说："这老多书，够你看几年。"刘涛扛着书捆儿健步如飞说："我看书喜欢囫囵吞枣，一睹为快，不求甚解。"姜虹在身后紧赶慢赶说："赶火车呀，你歇会儿不行。"刘涛索性放下书捆，揉揉发胀的肩头说："这几年身体也变娇气了，北大荒那会儿，探亲假扛着手提包回家，哪个都比这捆书沉。"姜虹好笑道："那时整天卖力气，和坐着啃书本不一样，现在身子娇贵，情有可原。"刘涛问起杨光伟在哈尔滨的情况。姜虹皱眉道："都在忙学业，我们只能靠鸿雁传书。"刘涛恭维道："你不费吹灰之力考上首都师范学校的师资班，也算'小六九'的人才。"姜虹跺脚道：

"哼,蠢材差不多,真恨自己笨,脑子不跟趟儿,业余复习了两年多,去年还是差几分没考上大专,只好捏着鼻子进中专,还是个分校。"刘涛安慰道:"能考进中专,也算有学历。"姜虹不满道:"就会说好听的,'小六九'毕竟有考上本科的,北大荒那会儿。俞卫青是全连有名的牢骚大王,姥姥不疼舅舅不爱的主儿,可偏是他考上师大中文系……"刘涛添油加醋道:"再告诉你一个惊人号外,他的考分可以直接上北大中文系,招生办打电话请他同意调整报考志愿录取,他却说,怕毕业后分配外省或郊区农村,不敢进北大。"姜虹惊讶道:"世上真有这么傻的,按照招生政策,京城生源毕业只能在京分配,最损也是郊区县,放弃上北大,后悔一辈子。"刘涛惋惜道:"俞卫青最大的毛病是自以为是,既是缺点也是优点,返城后底层生活逼得走投无路,高考放手一搏,也算绝处逢生。"刘涛打开了话匣子,又讲到俞卫青返城后的酸甜苦辣,不知不觉已近正午,忙收住话头,问了杨光伟的简要情况。姜虹说两句,杨光伟在哈尔滨税务学校快毕业了,二人将来怎么办,只能走一步看一步。刘涛以哲人口吻说:"人生的快乐总是相似的,人生的不幸,总是各不相同。"姜虹响亮地笑道:"你回家最好先看列夫·托尔斯泰的长篇小说《安娜·卡列尼娜》,开篇题记就是这句话:幸福的家庭总是相似的,不幸的家庭各有各的不幸。"与姜虹分手之际,刘涛竟忘了道谢,只顾扛起沉重的书捆儿赶路,心如春风荡漾,溢出几分陶醉般的憧憬。

买书是享受,给新书包上书皮也是享受。知青年代也是文化贫瘠岁月,即使新书寥寥无几,刘涛也喜欢探亲假光顾书店,只要沾边文学的新书,必定买到先睹为快,《金光大道》《沸腾的群山》《西沙儿女》……每次找母亲要钱买书,母亲总是微笑着给一张五元钱票子,告诉他,这是压口袋的钱。一次连买几本书,他衣兜弹尽粮绝,只好试探着向母亲再开口,母亲面露窘相说:"我这个月给了你三次,就剩下十块钱了,还要买粮买菜过日子……再有十多天才发薪。"他涨红脸扭头走了,找李叔下棋不要钱,以缓解没钱的郁闷。姐姐有工资,主动给他零花钱,可他从不肯接受,姐姐早晚要办终身大事,将来不能空手,自己在北大荒好歹有工资,只需量入为出,除了买书,所剩无几。此刻,他倒了杯开水放在桌上,打开一册新书,法国作家巴尔扎克的长篇小说《欧也妮·葛朗台》,书里散发扑鼻的油墨香,令人飘飘然产生幻觉,矮墩墩的巴尔扎克出现在面前,自信的微笑,仿佛在说,有本事超过鄙人这部书的世界影响。刘涛无奈一笑，世上没人超过冠以《人间喜剧》九十多部小说的影响。他静下心，一道道地折起牛皮纸，文学名著的书皮包得平展展，平添一种古朴气质。

不觉间，暮色从窗户上压下来。母亲回家匆忙收拾东西，喊儿子去姥姥家。刘涛收好新书，推出旧自行车，发现车胎气不足，赶忙找邻居李叔借气筒子打气，顺便问一声："李秀荣回来了吗？"李叔笑眯眯说："上周日回家吃了顿饭就走人，说是当了车间团支委，下个月厂里有青年活动，可能不回家了。"刘涛顺情说好话："李秀荣在北大荒参加团宣传队演样板戏，回连当班长，在哪儿都错不了。"李叔眉开眼笑道："老实人有个傻人缘儿罢了。"

刘涛骑车带着母亲，姐姐骑车跟在后面，直奔姥姥家。大舅过生日，照例吃打卤面。母亲路上说："你大舅也算苦尽甘来，单位恢复工作，大舅跟着恢复了职务，这阵子忙得不可开交，你表姐也安排了临时工，前门附近街头卖大碗茶，每天挨冻受累挺辛苦。"刘涛笑道："卖大碗茶方便游客，这个事还上了党报，古语说，天子脚下无小事。"

母亲进门就张罗做饭，姐姐小兰帮着打下手。大舅尚未回家，石柳珂表姐跟进屋，明显比过春节黑瘦了，尖下颏儿平添几分秀气。刘涛玩笑道："茶司令回府，您老吉祥。"柳珂瞪眼道："除了臭贫，没正形儿，谁像你，整天闲得出蛆。"刘涛无辜道："咱是正牌儿石油工人，当地人称'石油鬼子'。"柳珂坐在椅子上做个暂停手势，闭目养神，片刻才慢慢睁开眼，有气无力道："一天说了多少好话，回家懒得再说什么，安静会儿，让表姐喘口气儿成不？"刘涛点头不语，方知卖大碗茶赚钱不易，识趣地进厨房。姥姥正忙着打卤，满满一大锅猪肉汤滚开，肥瘦相间的五花肉片翻花儿，香味诱人，将干净的水发黑木耳和泡透的香菇和黄花菜悉数倒入，稍煮片刻，加入酱油、盐，点少许料酒，水淀粉勾芡，生鸡蛋加香油甩秀，满锅卤子色香味俱全。姨妈们都到了，表弟表妹们都来厨房看一眼。刘涛舍不得离开厨房，很响地咽口水，肚子咕咕叫。姥姥吩咐道："小兰坐锅煮面，你们大舅回家没准谱儿，不用等他，孩子们饿了先吃面，等寿星回来再敬酒。"刘涛宾服姥姥，虽年逾花甲，可脑子很清楚，处事得当，身为家族主妇，深谙治家之道。母亲和姐姐抻面一绝，细长面条均匀度可与机器轧的面条相媲美，深得姥姥抻面手艺真传，开水煮面讲究火候儿，打卤面除了卤子好，面条口感要筋道耐嚼。按照家族习惯，男孩子先吃头一锅，母亲拿大海碗给儿子捞了半碗面条，浇足卤子，刘涛惯于卤子里点醋。姐姐讥笑刘涛是外国吃法，多鲜的卤子，蘸醋就走味儿，勾得浓芡也懈了，还有什么吃头儿。刘涛大口吸溜面条，咬口大蒜瓣说："醋能增进食欲，有助消化，还能缓解血管老化，乃人生一宝。"姥姥慈祥地笑道："小涛，多盛卤子，咱满族人吃卤面，讲究少吃面，多喝卤子，有营养，姥姥打卤够口吗？"刘涛嘟哝道："合适。"姐姐嘲笑说："小涛就会说这两个字，拍马屁也得学会变个花样，姥姥才爱听。"姥姥皱眉道："小兰怎么没大没小，女孩子口无遮拦，招人儿不待见。"姐姐撒娇道："谁让您老封建，重男轻女，将来孝敬您的，没准儿还是我们姊妹几个。"姥姥固执道："我就是封建，男孩子是顶门杠，能干大事，传宗接代，女孩子嫁出去，随了人家姓，但凡有了孩子，胳膊肘没个不往外拐。"小兰出个怪样，吐舌头说："前有车，后有辙，我们还不都是跟着您学。"母亲嗔怪道："这孩子学得没人样儿，怎么敢跟姥姥犟嘴。"

孩子们都让打卤面撑个肚圆儿，大锅卤子剩下少半，母亲盛出半碗留给大舅，余下的再加点儿黑木耳和黄花菜，添水加盐，勉强够长辈们吃面，肉香味淡了。刘涛有些懊悔，如果孩子们都少盛一勺，原汤卤子就够吃。姥姥和母亲总是做在前，吃在后，当家女人习惯于先人后己。

大舅一身中山装，夹个牛皮公文包，面颊微红地进家。表弟表妹们赶着道贺，大舅忙不迭应声。刘涛掏出一张五元新票子呈上说："大舅生日快乐，大外甥的一点儿心意。"大舅接过票子，轻弹一下道："哈，嘎嘎新的票子，见着回头钱了，你这份儿心思难得，总算没白疼小涛。"

大舅擦把脸，方落座，刘涛上前斟酒，自己也倒了一盅，举起道："大舅时来运转，恢复职务很忙，也要注意身体，祝您福如东海，寿比南山。"大舅笑呵呵一饮而尽，抹把嘴说："痛快，幸哉！如今好事成双，还记得春节那会儿说过的话，邓先生请工商界五老吃火锅的事，果真梦想成真，工商会恢复了工作，市委领导亲自谈话，请我参加筹备组，主抓城区工商界人士的联络，筹备会办企业，这两宗大事，哪一宗也不敢懈怠，事关京城政治和经济建设大事，今儿去了京南区筹备组，拜会几个老朋友，一旦打开话匣子，就收不住喽，憋了十年的胸中块垒，争着一吐为快，非拉住喝酒不可，我婉辞无效，只好陪了两杯，赶紧撒丫子往家挠……"

刘涛感慨道："社会从昏睡梦呓中苏醒，走偏的车轮回到正轨，您才能回归主角位置。"大舅惊诧道:"小涛,这句话有主见,喜欢读书确实长进快。"刘涛得意道:"今儿去书店买来一捆儿再版的文学名著,准备系统学习。"大舅惋惜道:"你们这代孩子也算不易,该读书的年龄下乡吃苦,该成家立业的年龄返城创业,城市柏油路不长庄稼,只好见缝插针,白手起家,柳珂街头卖大碗茶,一天喊破嗓子,也就混碗饭吃,挣不下几个,人饿急眼'不嫌蚊子瘦,苍蝇大腿也是肉',这也算一条就业门路,一来谋生自养,二来为政府分忧。"刘涛叹道:"唉,考进大学的知青毕竟凤毛麟角。"柳珂表姐插话说:"能进全民企业当工人的知青也是少数宠儿。"大舅扒拉几口凉菜,让柳珂打开收音机听新闻,京城电台正广播相声,演员抖包袱甩得响,把屋里人都逗笑了,相声在热烈掌声中结束,播音员圆润的声音传来:"刚才您收听的是京城相声新秀蒙方奎与刘书生合说的相声《百花迎春》。"大舅惊喜道:"哦,老蒙家大公子说相声成气候了,奎子上了广播电台。"刘涛记起春节初次见面的情景,叹道:"唉,不知蒙方奎能否如愿以偿调入国家文工团,那个运输场长不放人高就,明摆着压制人才。"大舅摆手笑道:"早解决了,谁也没料到,老蒙媳妇的叔伯大哥跟那个场长是老朋友,奎子跟母亲去叔伯大舅家拜年,闲说话才知道,春节后上班,叔伯大舅打个电话,跟场长说清关系,赶巧奎子找来,场长让奎子改口叫'舅舅',当即批准他办了调动手续,听说奎子调进文工团,参加文化部组织的赴老山前线慰问团去了广西。"刘涛惊异道:"蒙方奎真是好运气,应了那句老话,吉人自有天相。"

姨妈们给寿星敬过生日酒,带着表弟表妹们纷纷告辞,都说孩子要参加学校活动,不敢耽搁睡觉。大舅豁达道:"别耽误正事,让孩子多学点儿本事,也好有用武之地。"刘涛感慨道:"我们虚度了多年青春,现在才知道时间金贵,每天除了工作,业余时间充分利用,有时不得已挤出睡觉时间用功,临睡前必看一会儿书才能入睡。"柳珂表姐嬉笑道:"我也捡起丢了十多年的数理化,晚上抽空多看一眼,休息日下午没事做题,总不能一辈子站街头卖大碗茶。"大舅中肯地说:"没有文化的国家能有出路吗?你们算是文化回炉,实现四个现代化,文化回归一马当先,过去我反对小涛写东西发表,那是让政治运动整怕了,多少作家在那个时候被扫地出门,还有受辱投湖自尽的老舍先生,《四世同堂》《龙须沟》《茶馆》都是不朽之作,堂堂的人民艺术家下场可悲,前车之鉴……现在时代变了,一个短篇小说能引起社会轰动效应,如果小涛当真写出无愧时代的作品,我表态,不再持否定态度,人生一世,草木一秋,总要干点儿力所能及的正经事,如果能惠及社会,就是莫大幸运,我们没几年蹦跶头儿,迟早要看你们的真本事。"刘涛一时热血沸腾,一句一顿说:"大舅,记下了,小涛绝不会让您失望。"

母亲忙完厨房,出来敬酒。大舅对母亲说:"我为什么偏疼小涛,就因为他打小记性好,家长说过的话再也忘不了,再一个是有志气,年轻人要是没有争强好胜心,那就没多大出息。"刘涛正色道:"还不是您经常教导我,人生遭遇低谷不能自卑,更不能自暴自弃,要相信实现梦想不太难。我这么多年喜欢文学,就是小学受老师启发,读了几本文学书,立志当作家,现在离这目标越来越近了。"大舅滔滔不绝道:"当个有社会责任心的作家不容易,首先要吃得苦中苦,了解社会底层疾苦,再要学而不厌,诲人不倦,笔下辛勤耕耘,还要远离功利诱惑,才能写出好作品。"母亲笑道:"你大舅社会知识面很宽,没点儿本事,哪能在充满险诈的商界游刃有余。"大舅谦逊道:"小涛,千万别跟我学,打小文武把子都没练好,只能算样样精通、样样稀松,读书不如你妈用功,不过借着祖宗的树荫儿凉沾点儿光,发点儿小财而已。"刘涛开心道:"哈哈,您这讲话水平,跟领导不相上下。"大舅含笑说:"小涛学会了拍马屁不是,你大舅论起当领导的口才可差远了,跟你爸没法比,京城刚解放那会儿,你爸在军管会后勤组的物资部独当一面,为大军南下筹集物资,跟你姥爷连说两个多小时不带打锛儿,都是通俗易懂的家常话,把老爷子说得口服心服,下决心跟共产党走,后来你妈出嫁,老爷子顺理成章地认可……"

母亲嗔怪道:"大哥,跟孩子唠叨这些陈谷子烂芝麻,八成儿喝多了。"大舅正色道:"这是老石家的光荣史,迟早要让小涛知道,他是男孩儿老大,家族顶门杠,只有了解过去,才能清醒认识现实,给弟弟妹妹做出榜样。"

晚上九点多,刘涛和母亲、姐姐才回家,不料李停战等在门口。刘涛吓一跳,不知有何急事,母亲和姐姐让李停战进家说话,李停战腿不离自行车,执意说:"太晚了,不进去打搅,想让刘涛陪着去找一趟同学。"刘涛只好跟着骑车出发,李停战路上才说:"晚上没事,撞运气找李秀荣坐会儿,可巧,她在家,可是说话净犯拧巴,还带搭不理,让人别扭,听说你回来了,索性出来溜达,可算把你盼回来了,我想去找俞卫青,看他那儿还有什么高考复习资料。"刘涛慢悠悠地骑车,已明白他心思,玩笑道:"大梦初醒,惦记金榜题名的好事?"李停战不服气道："同样是'小六九'，我的书也没少读，怎么不能参加高考，无非撞大运。"刘涛坦诚道："我七七年试过，名落孙山，后来再没机会，现在工作离不开，没辙。"李停战不以为然道："我才不信，没你，地球照样转，说不定转得更快。"刘涛冷笑道："好啊，你不妨试一把。"李停战讥笑道："我不过随便一说，别当真。"刘涛忽然问："俞卫青在家吗？保不齐都睡觉了。"李停战摇头道："这小子属夜猫子，这工夫八成正来精神。"

果然，俞卫青刚进临建棚，捅开炉火，水壶没坐热，见到二人登门，吃惊道："想不到贵客夜半来访，不知有何见教？"李停战嬉笑道："大学就是能改造人，俞卫青学中文才几天工夫，放屁都带文气儿。"俞卫青毫不示弱道："你敢糟蹋高等学府的学子，小心从此天下无文章。"刘涛开宗明义道："我们来虔诚拜佛，岂敢造次，打算搜罗点儿高考复习资料，你存了多少，快拿出来。"俞卫青皱眉道："你们早干什么了，这会儿才想起下田播种，岂不晚了三春，听说我考上大学，老同学没少来祝贺，其实祝贺为名，找复习资料为实，没几天，一大摞资料被搜罗一空，谁知道你们这会儿才想起用功。"李停战失望道："资料没了，岂不白跑一趟。"俞卫青不悦道："这叫什么话，至少老同学见面，荒友叙旧，我虽一介书生，穷点儿，咖啡和茶水还管得起……"刘涛赶紧打圆场说："就冲着你的咖啡来的，记得味儿不错。"

三人聊起北大荒，记忆犹新是多次的生日聚会，凑份子钱买酒和罐头，找个背静屋子聚会。俞卫青感慨道："北大荒那些年，我悲观失望到极点，唯一支撑精神的那点儿温暖，来自同学生日聚会，凑一起喝酒，说出肺腑之言，我一向直肠子，对你们二位多有得罪，还望谅解那时的苦衷。"刘涛叹道："唉，人在难处，都有苦衷，能对哥们儿倾诉一番，也算一种幸运。"李停战回忆道："我那年被冤枉，发配十八连，一时冲动，抄起警通排值班的冲锋枪顶上火儿，差点儿走上不归路，多亏了刘涛一把抱住，制止乱开枪，差点儿误伤人命……"俞卫青摆手道："那年代咱们都有幼稚病，谁没干过错事，现在，打死我都不会再犯幼稚病了。"水壶欢快地吱吱叫起来，俞卫青拿个小铝锅煮咖啡，声明奶粉和砂糖都没了，只好品尝咖啡苦滋味。已近子夜，喝过咖啡都添了精神，俞卫青找出几个珍藏的笔记本，哗哗翻着说："瞧瞧，这些都是我一笔一画的心血结晶，多少个不眠之夜，天寒地冻，靠喝咖啡硬顶，真枪真刀下功夫，一定要留给子孙，告诉他们，长辈当年为改变社会位置，好像搏命一般。"李停战讨好道:"俞卫青可别拐弯抹角儿地编排人,什么留给儿孙,干脆都给我,现成的复习笔记,高考只剩下死记硬背的笨功夫。"刘涛不满道:"哎,凡事儿,没有被窝放屁独吞的道理,你怎么也得匀给我两本。"李停战笑嘻嘻道:"我抢先说的,先者为上。"刘涛揶揄道:"应该是贤者为上,这个事,让卫青来评判。"俞卫青大度道:"哥们情义重,批准你们借用,考上再完璧归赵,至于具体怎么分,你们哥俩儿慢慢商量,我今儿可时间充裕。"几经讨价还价,刘涛拿到历史和地理的笔记本,剩下的都归李停战。这小子抱着笔记本兴高采烈道:"如果考上了,我一准儿请客,去老莫吃西餐大菜。"俞卫青好笑道:"当然饶不了你,不出血没门儿……"李停战又提议:"咱们去外面喝酒。"刘涛只好认头请客,反正街头的小酒馆只有凉菜和散装酒,花不了几个钱。

　　街头的小酒馆勾起人温馨回忆。刘涛惭愧地说:"我过去给我爸去酒馆打散装白酒,偷尝过,热辣辣的感觉,呛嗓子眼儿。"

　　俞卫青动情道:"我爸带我来过酒馆,每回喝多了,想起原配媳妇待人热情,可惜生第二个儿子,突发血崩……这些仅有的回忆,对我很亲切,也很宝贵,组成儿子对亲生母亲的唯一印象,铭记一辈子……"

　　李停战挥手道:"告别历史的好法子,就是唱歌。俗话说,女愁哭,男愁唱,来呀,一起唱那首《兵团战士胸有朝阳》:

'兵团战士胸有朝阳,胸有朝阳,

屯垦戍边,披荆斩棘,战斗在边疆

……'"

六

失而复得

  工作节奏像一条无形的鞭子，不停地抽打，人就会像陀螺般地玩命旋转，一直转得不辨南北，也不一定能停下来喘口气儿。刘涛回单位上班，卢科长兴致不错地说："小刘，科里制定的年度成本管理计划，经过井下领导班子讨论通过了，你抓紧制定配套的实施细则，在即将召开的井下年度财务例会上公布执行，还有个事，局财务处组织成本管理学习班，下周一开班，你跟我一起去，住第二招待所，晚上正好一起研究实施细则，争取这三天拿出个成形东西，回科里讨论通过。"刘涛顺情说："我都听您的调遣。"卢科长不以为然道："怎么能都听我的调遣，你要有自己的主见，在业务上要有锲而不舍的钻研精神，给领导当好参谋和助手。"刘涛恭谦道："我一定按照科长的要求，努力去做。"

  反正单身汉了无牵挂，在哪儿都是干活儿吃饭。局里的成本管理学习班，请来保定财校石油会计班的李老师，讲授半天生产成本管理原理，刘涛和郑克建、陈晓明等几个同学，跟李老师一起叙旧，吃饭时一起给李老师敬酒，答谢

六 ········ 失而复得

恩师。京城买来的两本高校新编教材，正好对上应用的路子，刘涛浏览之余，颇受启发，其中内部银行结算方式，不妨借用一试。这个想法跟卢科长一碰，卢科长叫好说："年轻人就是脑瓜子灵，咱们可以借用这个好思路，搞个发行内部本票，像人民币那样在基层财务组结算流通，年终基层的各项赊欠款项清算之后，剩下的本票就是结余数额，上交财务科，按照奖罚条款比例兑现，基层见到实实在在的奖金，成本管理积极性会不断提高，精打细算，节约开支就会习惯成自然。"刘涛忽然皱眉，迟疑道："万一，基层财务人员不慎丢失内部本票怎么处理？"卢科长胸有成竹道："内部本票视同现金管理，按照财务规定处理，发生丢失要写书面报告，责任人要给予相应处罚，内部本票实际当不成钱用，谁捡到也只能交还财务科，这个问题不大，一旦试运行中碰到什么问题，咱们再想法子拆兑，我的意见，为方便工作，大队财务组增配一个大保险柜，规定成本会计专门负责管理内部本票。"刘涛恭维道："您考虑的确实挺周全。"卢科长开心道："啊哈，你这个小刘同志，不要总是顺情说好话，考虑问题要有自己见解，多给领导提建议。"刘涛一时哭笑不得，只好说："您谋划的事儿都很缜密，业务水平高，我业务水平有限，很难提出合适的建议。"卢科长缓和口气道："小刘呀，你有年龄优势，只要遇事多动脑子，勤奋钻研业务，自然前途无量。刘涛适时说，全靠您精心栽培。"卢科长朗声笑道："哈哈，我这人最大优点是惜才，只要你愿意学，我一定毫无保留地传授十几年工作经验。"刘涛感觉良好，揣测卢科长八成心里也很熨帖。

敲定内部本票管理的实施细则，刘涛又跑了两趟京城，通过李停战联系一家郊区印刷厂，设计印刷内部本票，带着单位一辆大屁股吉普车，拉回大半车沉甸甸的内部本票，一切准备就绪，卢科长敲定开会日期。在井下年度财务例会上，卢科长布置了本票结算事宜，会后，刘涛负责按照核定额度发给各大队财务组内部本票，等于给出基层大队年度运转资金。京城大队财务组长老黄是个瘦高个儿，绰号"老广"，说普通话口齿伶俐，半开玩笑说："这箱子本票就是俺大队几百口子的饭碗，千万丢不得。"刘涛叮嘱道："老黄要是丢了这个箱子，差不多就该蹲大狱了。"老黄故作哭天抹泪状说："小刘，到时候想着给老哥送饭。"玩笑后，老黄果然还有名堂，从裤子兜里摸出几块塑料电子表塞给刘涛，挤眉弄眼说："这些小玩意儿带给科里同志。"刘涛客气道："谢谢老哥，总想着我们，春节又回老家了，家人都好？"老黄频频点头道："谢谢老弟惦记，托党的好政策福气，老家跟港澳那边儿打得火热，做来料加工生意，日子富裕了。"刘涛记起李停战曾说过，广东那里自由市场闹得红火，还有倒卖海上走私的日本电器，号称"海货"，最时髦是三洋牌双声道立体声收录机，比七十年代流行的单喇叭"砖头录放机"先进多了，增加了四波段调频收音机功能，极大改善了声音效果，双声道立体声，听音乐歌曲高清晰度保真声，给耳朵带来一种享受。李停战还有一句不堪的话，国产半导体收音机保真技术差了大行市，响起来叽里呱啦地失真，对耳朵是一种折磨。刘涛在北大荒曾托上海知青大吴，买了台上海出的中短波双频道半导体收音机，用了不到半年就出故障，时常尖利嘶叫，使劲拍两下，嘶叫声才会消失，即便如此，离开北大荒也舍不得丢掉，一直放在枕边，凑合着早晚听广播新闻。此刻想到这些，刘涛假充内行样子，悄声道："老哥再回老家，别忘了给老弟带一台日本收录机，三洋牌双声道那种'海货'。"老黄面露难色，嚅了几下牙花子说："啧啧，这事真有点儿犯难，火车上查走私货风声紧，每个乘客只允许随身带一台收录机自用，超过的一旦查出，一律开票没收。老哥工资低，赔不起，这次带了一台，刚到单位就让老乡抢跑了，给了一半钱，另一半钱，让我按月从他工资里扣还，你说，多可气。"刘涛赶紧声明："只要你有机子，我一次付清现金。"老黄真诚道："老弟的事，我一定记着，找机会给你办。"刘涛也客气一句："老哥有事说话，只要老弟能办，一定给你满意的答复。"老黄亲热地拍着刘涛肩头说："要的就是老弟这句话，老哥心里有数儿。"老黄转身又钻进卢科长的办公室，嘀咕半天才出来，跟着刘涛去机关食堂吃客饭。

　　下午，刘涛找个机会把塑料电子表悄悄交给石会计，不料，石会计冷冷地拒绝道："我和卢科长都有了，你给大家分一下，老黄就会小恩小惠收买人心，他那边的人，脑子灵，心眼多，小刘跟他打交道，可要留个心眼儿。"刘涛一怔，石会计这番话令人费解，却又不好多嘴多舌，只好违心地点头，表示心领神会。

　　吃过晚饭，刘涛拿着空饭盆，欲回财务科，在调度室门前看到郭副指挥，提着一台时髦的三洋牌收录机，正在听磁带播放的港台流行歌曲，由不得涌出几分眼热，上前打量，称赞道："日本的收录机就是先进，声音多清楚，您可是先一步享受改革开放的最新成果。"郭副指挥笑得眉眼聚成一团说："哈哈，人家他就是有路子，回家带些洋玩意儿过来倒卖，路费就挣出来了。这种洋货在京城友谊商店标价八九百元，还要侨汇券，'海货'才三百元，还白送几盘磁带，让你听够了流行歌曲。"刘涛顿时明白个大概，方信石会计的那些话不无道理。老黄确实脑瓜灵，拍马屁不露声色，说话惯会讨巧儿。

　　刘涛的第二篇小说《向往》在石油报纸副刊发表，同版还配发一篇评论《谈青年工人的向往与追求》，褒扬作者反映青年工人积极进取的小说，生活气息浓，获得较好反响。刘涛感觉这篇评论是韩玉琪编辑的手笔，逐字逐句看过报纸副刊，未免有些飘飘然。恰好，女出纳小赵过来，给卢科长送报销的差旅费，看到桌上那张报纸副刊，含羞带涩道："井下财务科出了个大作家，我们和作家同事，不胜荣幸。"刘涛照例谦虚道："业余时间没事儿，写着玩的。"卢科长一旁不悦道："小刘要多钻研业务，财务成本管理可是门大学问。"透露的言外之意，成本会计写小说不伦不类，费力不讨好。刘涛尴尬一笑，表示以后多看财务书，希望有机会到财会学校深造。正说着，办公室电话铃响起，卢科长接电话，示意刘涛："找你的"，说罢阴沉着脸出门了。刘涛接过话筒，原来是总医院财务科同学陈晓明，问这些日子忙什么，怎么总不在办公室。刘涛简要说了井下成本管理实施内部本票管理办法，忙了一段儿。陈晓明不客气地批评说："对女朋友掉以轻心，人家说不交往，你就当真再也不理人家，没点儿男子汉的主动进攻精神，对谈恋爱缺乏起码的热情和诚意，干脆，周日来总医院一趟，让我那位'在途资金'，给你上一堂谈恋爱的基本常识课。"这些话正对了心思，刘涛应声道："多谢老同学惦记，一定登门虚心求教，周日上午见。"

　　周日上午赶早出发，刘涛开着摩托车到总医院，直奔门诊办公楼，顶层的机关财务科，陈晓明和女友刚吃完早餐，陈晓明介绍女友叫谢春华，在保健科工作。谢春华慈眉善目，笑意盎然收拾饭盒去洗。陈晓明满意道："刘涛今儿的学习态度基本端正，周日没敢睡懒觉。"刘涛咧嘴笑道："登门虚心求教，首先态度要端正，哪有学生跟老师摆架子的道理。"陈晓明谆谆教导说："男子汉就算再有本事，对姑娘也要表现出十足的热情，才算你谈恋爱诚心诚意。男追女是古今通例，你没有足够的热情，女孩子怎么可能放心，把终身托付给你，其实，姑娘对钟情的男人耍个心眼，闹个脾气都算正常，这也叫感情考验，你要是连这种考验都通不过，还真是容易打光棍。人家信不过你，谁愿意把一颗芳心献出来？"正说着，郑克建也推门进来，呵呵笑道："老弟来迟一步，你们都开讲了。"陈晓明招呼郑克建坐下，玩笑道："反正一只羊也是赶，一群羊也是放，我索性开办个培训班，专门解决财校同学谈恋爱的'老大难'问题。"这话说得人都笑了。

谢春华洗干净饭盒，进来擦着手，半含羞涩道："陈晓明叨咕了好多次，让我给你们介绍女孩子谈恋爱的一般心理，可是我没学过心理学，只能就事论事地说几句体会。"她给刘涛和郑克建沏茶后，坐在陈晓明的办公桌旁，凝眉略有思索，不紧不慢地说："我只能说一般女孩子，总医院多数女孩子都有较强自尊心，个人秉性不一，表达方式不尽相同，有的人感情外露，热情奔放，多数人往往是藏而不露，粗看好像是性格内向，其实是一种羞涩的表现。感情细腻是一般女孩子的特点，多数人喜欢通过对一些表面现象进行分析和联想，得出自己直观印象，认为可交，再跟男孩子谨慎接触，揣测品貌才华、思想性格、家庭条件，只有都合意了，才敢进入恋爱环节，否则就会果断地拒之门外，另择目标，进入另寻对象阶段。男孩子一定要主动热情点儿，对女孩子要有足够的尊重和耐心。女孩子出于自尊，不好过分热情，只能含蓄地表达心迹……男孩子需要动脑子分析，分辨真假。"

窥探成熟女孩子的心理，是刘涛从不敢奢望的窘迫之事，也难得有这种机会。谢春华一番直抒胸臆的心里话，令人茅塞顿开。刘涛听得入迷，好像走出浓雾弥漫的恋爱误区，看到一线迷人的曙光，忍不住出个怪样，脱口而出道："妈呀，这才是唐僧取来的'三藏真经'。"陈晓明嘲弄说："哈哈，刘涛的木鱼儿脑袋终于开窍儿了，很不简单呀，做这种事绝不可自负清高，拒人千里之外。"郑克建拍响巴掌说："对哇，知识分子孤傲的臭毛病，确实害人不浅。"谢春华又强调说："譬如，男女相处时，男孩子还要经得起某些误会，女孩子多半会耍个小性儿考验对方，男孩子要尽量放宽心，更要表现出一种大度胸怀，咽得下委屈，找机会解开心里的疙瘩，依然还是满眼春光。"刘涛恭维道："这都是分析女孩子的真知灼见，今儿算没白来，听君一席话，胜读十年书。"郑克建附和道："从前对这些事一直蒙在鼓里，现在恍然大悟，感谢嫂子的教导。"谢春华脸颊绯红地扭捏道："小郑瞎说什么呀，我们还没办事，你可不能乱叫'嫂子'。"陈晓明沉下脸说："叫小谢就可以了，克建不要'乱放炮'，小谢刚才强调，对姑娘要有足够的尊重和耐心。"郑克建吐了一下舌头道："对不起，顺嘴出溜一句，没留神冒犯了您老人家自尊心。"刘涛开心道："哈哈，克建，你小子怎么嘴里就没一句好话，敢说小谢——您、老、人、家，一句话把

六 ········ 失而复得

人家说得退休了，晓明还怎么娶妻？"陈晓明无奈道："你们两个坏小子，一唱一和，狼狈为奸，拿我们找乐子。"刘涛收敛笑容，正色道："怎敢亵渎培训班的谢老师，给我们讲了宝贵的女孩子心理课，劳苦功高，我们中午请客，答谢师恩。"陈晓明呵呵笑道："刘涛先别在这儿说便宜话，我和小谢这会儿就带你去找冯颖洁，如果赶巧小冯也休息，你们见面争取一起吃午饭，多聊会儿，中午我只请克建喝酒……对不起，委屈克建在这儿稍等一会儿，我和小谢陪着刘涛去女宿舍找人，尽快回来。"刘涛不由得紧张地问："这会儿去女宿舍……人多嘴杂，合适吗？"陈晓明瞪眼道："你干什么来了，刚上完课，不去实践一下，怎能记住？"谢春华含笑道："我的要好姐们儿于虹，跟冯颖洁好得像亲姐妹，时常凑在一起开小灶。"陈晓明带头起身，三人说笑着，走出楼门，穿过广场，来到车队旁的女宿舍。

这是红砖和预制板搭建的简易平房，组成方方正正的四合院，曾是总医院门诊部，后来改为单身女职工宿舍。四合院的东西各有一个院门，院内百十平方米露天面积，四周有几十间房屋。临近中午，宿舍门几乎都敞着，有的姑娘晒太阳看书，有的织毛物，有的洗衣物，有的晒被子闲聊，院里闪动着青春魅力的倩影，飘荡着窃窃私语和神秘的笑声。三人进了院门，那些私语声和神秘笑声突然失踪，院里静得出奇，刘涛感受到陌生异性咄咄逼人的目光迎面扑来，有一种说不出的拘谨。有人热心问一句："春华，你们找人？"谢春华怡然大方道："晓明的财校同学，找个熟人。"说罢，引导二人直奔西院门旁的宿舍，直接敲门，屋里应声："请进。"门开了，冯颖洁在门口看见刘涛，不禁一怔说："你……怎么找上门了。"谢春华上前笑道："正好赶上小冯也休息，我们就不进去打扰了，晓明还有个同学在财务科等着招待午餐，小刘，进屋聊吧！"陈晓明推了刘涛一把说："快进去说话，我们走了。"冯颖洁只好不情愿地说："你请进，宿舍里两个人住，这是我的同事小何。"刘涛忐忑不安地进屋，定睛一看才发觉，小何比冯颖洁个儿高，白皙的瓜子脸，眼睛很大，脸色冷淡，忽地从床上站起，稍做点头状说："你们说话，我有事出去一下。"说罢，一阵风出屋，随手把屋门轻轻带上。

屋里静下，冯颖洁皱眉不安道："人家小何这是在避嫌呢，让四合院儿里人都明白，你是来找我的，干嘛非得在这个扎眼的时候来，院儿里姑娘们都休息，见着的难免人多嘴杂，影响多不好。"刘涛直截了当说："你怎么给我写了那封信，究竟是什么意思？我当真糊涂了，春节去你家拜年，你妈一个劲儿追问，我都没法儿回答，还是你姐机灵，看破了，我只好如实相告，谁知触动了你哪根儿神经，居然又给我打电话，大动干戈乱嚷一通，不给人家申辩机会，是否太霸道了？"冯颖洁阴沉着脸说："你还觍着脸来质问我，大过年的，跑到我家去告状，明摆着给长辈过年添堵，我不打电话找你算账，还能找谁，这辈子我就是这个脾气，这会儿嫌不好，再去找好的，没人拦着你！"刘涛正欲反唇相讥，给她几句听听，忽然记起谢春华适才教导的那些话，只好勉强咽下溜到嘴边的一串儿疙瘩话，盯住窗下的单人床，忍着不再出声。冯颖洁发泄一通，好像劈头盖脸打在一堆棉花上，自然不肯善罢甘休，接着威胁道："有本事你走，别再来见我，咱们从此一刀两断。"刘涛继续保持沉默，面露自信的微笑。冯颖洁反倒慌了，声音低下来说："你，笑什么笑，憋着犯坏吧，当焉土匪，焉儿萝卜能辣死人，你……怎么成了哑巴。"刘涛心平气和道："我可不是来吵架的，只想知道这件事的真相。"冯颖洁迟疑道："什么真相，怪吓人的词儿……对了，井下离总医院那么远，平时又不见面，当然对你不放心……随便托人打听一下，井下那边，对你评价居然不高，我心里更打鼓了，不如写封信，趁早儿给你说个明白话，干脆断了关系，老大不小的，都别再耽误了。"刘涛反感道："你究竟听到对我的什么评价，只想知道原话。"冯颖洁扑哧笑道："还能有什么好话，说你……不务正业，爱出风头，有没有这种事？"刘涛负气道："什么叫正业，什么叫爱好，什么叫高调做事低调做人，劝你先弄明白这些，再去无端地指责别人。"冯颖洁缓和口气道："您快——请坐，靠门口是我的床，小何有洁癖，千万别沾她那张床。"

刘涛一屁股坐在了洁白的床单上，无意中看见枕旁有份报纸，正是小说《向往》那个版面，不觉心头一热说："我喜欢文学，早就对你说过，第一次去你家，还记得吧，这就是所谓的不务正业，你不觉得有些可笑？"冯颖洁嘀咕道："人家又没做更多解释，反正这种评价不好听。"刘涛气哼哼道："你怎么不相信自己多年接触的直觉，偏要耳根子软，轻信他人漫不经心的非议。"冯颖洁已然明白几分，虽觉理亏，嘴上并不示弱，低头道："俗话讲，当事者迷，旁观者清，遇事多征求周围同志的意见，或许有好处。"刘涛悻悻然道："多亏来了这趟，否则我糊里糊涂地当了冤死鬼，还不知道是怎么被人害死的……"冯颖洁讥笑道："一点儿委屈受不得，算什么男子汉……"刘涛又好气又好笑，无奈道:"你呀,纯粹是自作聪明,傻不傻,给个棒槌就认真,见了狗屎当黄金,比北大荒的傻狍子还要可笑。"冯颖洁乖巧道:"傻人就是有个傻福气,聪明过头才会招灾……"二人正聊着,小何在门外故意咳嗽一声,进来拿起床头柜上的饭盒,一阵风跑走。刘涛看下手表,明白已到开饭时间,忍着肚子咕咕叫,故意拿起枕旁的报纸,下面还有一册崭新的《小说月报》,随手拿来翻看说:"其实你还不算傻,喜欢看小说,我倒很想听你对拙作《向往》的评价。"冯颖洁不悦道:"随便翻女孩子的东西,多不礼貌。"刘涛深施一礼道:"冯二小姐,在下洗耳恭听,愿闻对这篇小说的谆谆指教。"冯颖洁啐道:"呸,谁还敢对您谆谆指教,您……还敢谦称在下,文绉绉的老毛病,没事喜欢臭贫,对了……你不在这儿吃午饭吧?"刘涛想起陈晓明的嘱咐,顺水推舟道:"时候不早了,回单位吃饭来不及,不如在你这儿蹭顿饭吃。"冯颖洁没好气说:"你真要蹭饭吃,可惜,事先没打出你的份儿。"刘涛主意已定,玩笑道:"我这人实在,说话算数,没我的饭,只好吃你那份儿,不知吃什么好饭,不敢告诉人。"冯颖洁无奈道:"真是个傻实在,你跟我走——"说罢,她带着刘涛出门,来到斜对角的宿舍,敲门进去,屋里弥漫着一股炖鱼的香味,门口地上一只柴油炉子,上面坐着小铝锅,冒着热气,一个鸭蛋脸姑娘,正拿起锅盖看火候,锅里六条鲫鱼炖熟了,拧灭柴油炉火。冯颖洁介绍说:"这是医务科的于虹,这是我……一个熟人,井下财务科小刘。"于虹起身笑道:"你们坐会儿,尝尝颖洁做鱼手艺,味道正经不错……我去食堂买饭。"说罢,她拿起两只饭盒就出门了。

刘涛猜测道:"于虹也住单身宿舍,八成没结婚。"冯颖洁嗤笑道:"谁像你,整天惦记结婚的好事,人家对象在大庆石油,正张罗调过来,于虹和你一样,北大荒兵团的六九届京城知青,我们没事儿搭伙做菜,改善一下伙食,今儿去农贸市场,感觉鲫鱼价钱合适,买了几条回来做,真没打出你的份儿。"刘涛傻笑道:"嘿嘿,吃你那份儿就行。"冯颖洁讥笑道:"整个是只大馋猫儿。"刘涛自我解嘲道:"我自小喜欢吃腥,可能是属猫的。"冯颖洁开心道:"讨厌,十二个属相,没有猫什么事儿,真是的,说你咳嗽就来喘……"

于虹买来米饭、烧茄子和青椒炒肉。冯颖洁把两个床头柜拼起当餐桌。于虹借来两把折叠椅,小铝锅鲫鱼端上来,于虹让道:"小刘多吃鱼,初次登门别客气。"刘涛扒拉几口米饭和烧茄子说:"食堂搞得不错,炒菜挺香。"冯颖洁挤眼道:"于虹为招待你,专门买的食堂小炒,你怎么谢人家?"于虹矜持道："谢什么，你们办事时，别忘了敬我一杯喜酒……"冯颖洁涨红脸说："瞧你，乱说什么，八字没一撇的事。"于虹打量刘涛道："小刘文笔好，大眼睛长得也精神，又懂财务，人也实在，小说写得不错，颖洁还有什么不知足的？"冯颖洁眨眼道："单位对他的评价不高，不务正业，爱出风头，都是什么好话？"于虹遮掩道："没准儿，这是谁的个人偏见。"刘涛充耳不闻，只顾吃鱼，不仅肉质鲜美，而且甜咸适口，虽细刺儿多，眨眼吃了两条。于虹婉转道："小刘吃鱼有本事，刺儿再多也扎不着……"刘涛自嘲道："从小喜欢吃鱼虾，从没扎着。"于虹赞道："喜欢吃鱼虾的人聪明，颖洁怕是上辈子修来的福气，我都羡慕了……"冯颖洁反唇相讥道："你的林平多出色，个儿高，搞技术的人心灵手巧，上海知青里的人尖子。"于虹夹起一条鱼放到冯颖洁饭盒里说："你亲手做的，怎么舍不得吃，打算都省给小刘吃呀？"冯颖洁悻悻道："谁让他这么馋，属猫的。"

刘涛已吃三条鱼，不好意思再吃了。于虹夹起最后一条鱼，放到刘涛饭盒里说："你是贵客，女宿舍条件有限，别怨我们招待不周。"刘涛傻笑道："那就不客气了，鱼味儿确实不错。"于虹夸赞道："小刘有福气，颖洁贤惠加能干，卫校首届两个护士班，毕业生上百人，总医院手术室和急诊室先挑利索能干的，然后才是外科三个病区，内科三个病区，妇、儿、五官各科后挑，剩下的才分到各基层单位医院和卫生所。总医院总护理部主任，都是手术室护士长出身，这才几年，颖洁已当上手术室护士组长，利索能干出名。"冯颖洁反击道："于虹是有名的才女，一笔好字，能写能画，办宣传栏唱歌跳舞样样出色。"于虹含笑道："当着才子小刘的面，咱们自吹自擂，多没意思。"刘涛放下饭盒说："这顿饭吃得有胃口，滋味儿不错，饱了。"于虹旁敲侧击道："人逢喜事精神爽，小刘跟心上人一起吃饭，能不高兴吗？"冯颖洁故作厌烦道："没想到他……居然脸皮忒厚，大老远地跑来蹭吃蹭喝，谁让我今儿遇到馋猫，咱俩人白忙活半天，总共才吃了两条鱼。"刘涛嬉笑道："感谢你们盛情招待，难忘这顿饭，知道冯二小姐会做饭，尤其会做鱼。"冯颖洁调笑道："你不是属猫吗，撂爪儿就忘，记吃不记打的没良心东西，不像狗，对主人忠心耿耿。"刘涛好笑道："把人比作动物，文学描写叫拟人化手法。"冯颖洁撇嘴说："于虹，听他这个臭贫劲儿，不仅爱出风头，说起不务正业的事儿，比谁的劲儿都大……"于虹看了刘涛一眼，帮腔道："颖洁，小刘这些缺点，其实都是优点，做事专注，喜欢文学，说话幽默，学有所成，事业心强。"冯颖洁白了一眼说："再夸，他就要上天了，忘了自己吃几碗干饭。"刘涛笑嘻嘻起身告辞，伸出手指头示意道："半斤米饭，四条鱼，还有烧茄子和青椒炒肉，味道不错。"这话逗得人都忍俊不禁。冯颖洁不解气地说："臭猪，等养肥了，再杀你不迟。"

人的心情或许跟天气有关。刘涛心满意足地出了女宿舍，依然被四合院里的女孩子们行注目礼，却再也没有任何压抑感，旁若无人地走出院门。午后的阳光明媚，门诊办公楼前广场上人流熙熙攘攘，刘涛迎来的都是和善的目光，不觉暗叹，当真遇到好日子。他无意瞟一眼那辆摩托车，不禁一惊，车尾的牌照不见了，光天化日之下，竟会有人干这种事。

刘涛大步流星上楼，进了财务科，陈晓明和郑克建还在喝啤酒，桌上有两只空酒瓶。陈晓明脸色微红道："刘涛，跟小冯聊得不错，吃饭了吧？"刘涛皱眉道："我开来的摩托车牌照不见了，就停在楼前广场上。"陈晓明将信将疑道："不会吧，大白天会有人干这种事，走，一起去保卫科问问。"郑克建举起酒瓶道："咱们干了，我也该告辞了。"陈晓明摆手说："你急什么，还没吃饭，让春华煮点儿挂面汤。"郑克建拍着肚子说："喝酒吃菜早就饱了。"三人说笑着，出楼门找到保卫科，正巧科长和保卫干事都在，陈晓明问了车牌照不见了的事，科长说："摩托车停的不是地方，广场不让停机动车，总医院有规定，我们找不到司机，所以摘了牌照，准备罚款。"刘涛委屈道："我不知道总医院有这规定，您就高抬贵手，别罚款了。"陈晓明帮着说："这是我井下财务科的同学，第一次来总医院，俗话说，不知者，不怪罪。"科长微笑道："财神爷谁敢得罪，牌照还给你，下次可要注意，广场上人来人往，停机动车很不安全，车队里专有机动车停车场。"刘涛客气道："下次一定按规定办，给你们添麻烦了。"科长示意保卫干事，找出那个车牌照，陈晓明旁敲侧击道："保卫科工作这么认真，建议院长给你们发双份奖金。"科长诉苦道："再认真也挡不住半夜偷盗，有了案子就扣我们科奖金，天大的委屈跟谁说？"刘涛顺情安慰道："总医院位于中心区，保卫工作当然难搞，井下保卫科也是委屈，半夜偷盗几乎隔三岔五就有，哪里防得过来，俗话说，不怕贼偷，就怕贼惦记。"郑克建插话说："我们油田也是一样，都怨石油单位周边的老百姓太穷，好不容易遇到石油这块肥肉，怎么也得刮点儿油水。"刘涛记起在曾宏伟家说过的话题，忍不住说："这里是抗日游击区，当年把日本打得无可奈何，现在把石油工人整得也很无奈。"陈晓明笑道："没错儿，来总医院看病的患者，三分之二是附近的老百姓，有的看病住院不交押金，找医院熟人担保，病好了不办出院手续，偷着跑了，住院费只好找医院担保人催缴，这几年累计呆坏账有好几万元，估计要不回来多少。"保卫科长是本地人，同情地说："也别怪本地老百姓，都是让穷字逼的，这片盐碱洼子土质差，种什么都不爱长，过去不让搞副业，老百姓家家户户都穷到底儿，现在想干点儿事，又没钱抓挠，转着脑筋找门路，守着石油家大业大，刮点儿油水也不算啥。"陈晓明恍然大悟道："我明白了，为什么医院偷盗案子多……"保卫科长自觉失言，苦笑道："我不过说几句良心话而已，陈会计可别想歪了。"陈晓明怪笑道："嘿嘿，说话可不能描，越描越黑。"保卫科长忽然来了殷勤劲儿，对保卫干事说："去帮着把摩托车牌照装上。"保卫干事应声带着工具，把牌照重新安装到摩托车厢尾部。郑克建跟刘涛一起搭摩托车，顺道回了油田。

　　摩托车开回井下，刘涛停在财务科门前熄火，刚下车就听见屋里电话铃响个不停。他慌忙开门，抄起话筒，里面传出冯颖洁的声音："喂，你干什么去了，怎么半天都不接电话……怎么回事，才回单位吗？"刘涛嘿嘿笑道："已经有姑娘开始关心刘涛了，他现在幸福得晕头转向。"话筒里不客气道："就会臭贫，人家说正经的，怕你路上开车不安全，没进沟里就好，没事，挂了。"刘涛赶紧讲出摩托车停的不是地方，被总医院保卫科摘了牌照的事，差点被罚款。冯颖洁这才松了口气，柔声道："都怨你停车不长眼睛，没事给我们保卫科找麻烦。"刘涛忽然涌出歉意，轻声道："颖洁，你做的鱼真好吃，今儿，你和于虹没吃多少，对不起了，我喜欢……吃一辈子你做的鱼。"冯颖洁怔了一下，叹气道："唉，可能是我上辈子欠你的……至于这辈子怎么还，还没想好，你先别臭美。"刘涛故技重施道："我美不美无所谓，关键是有的姑娘一定要美，打扮漂亮点儿，古语曰，士为知己者死，女为悦己者容。"冯颖洁咯咯笑道："你就会东拉西扯地瞎拽，好了，长话短说，我们在于虹的办公室打电话，于虹有事要走，这会儿不跟你多说了，忘了告诉你，我们手术室上手术台后，一律不能接电话，你今后有事，最好先告诉于虹，她在医务科，电话联系比我方便。"刘涛好笑道："小生遵命。"说着，他顺手找张纸，飞快记下总医院医务科的电话号码，放下话筒，得意地哼起苏联歌曲《喀秋莎》的旋律："正当梨花开遍了天涯……"

七

公开热恋

谁知，刘涛刚恢复与冯颖洁的恋人关系，就用上了她的关系。

这周末的半夜时分，曾宏伟打电话到财务科，媳妇李秀云的肚子有了动静，刘涛马上开摩托车去家属房接人，及时送到总医院妇产科。李秀云被送进产房，刘涛陪着曾宏伟守在病区走廊的长椅上。黎明时分，曾宏伟的女儿呱呱坠地。妇产病区无空闲病床留院观察，值班医生让李秀云回井下卫生所观察。曾宏伟岂能放心，让刘涛赶紧去女宿舍找冯颖洁想办法，冯颖洁忙找了于虹，早晨来跟妇产科病区护士长商量，走廊尽头临时加了张病床，才给李秀云挤出留院观察的一席之地。刘涛陪着曾宏伟返回井下吃早点，曾宏伟又给媳妇送来鸡汤。刘涛索性让于虹帮着在女宿舍用柴油炉子煮挂面汤，刘涛端着给李秀云送去，观察一天，大人孩子平安无事，刘涛用摩托车陪着曾宏伟接回井下家里，这期间李秀云的母亲赶来伺候月子，家里窄巴住不开，曾宏伟果真去保卫科申请值夜班，让出床位给岳母和媳妇、女儿。曾宏伟连值几个夜班，昼夜无法安睡，眼睛布满血丝，明显消瘦了。刘涛不忍看下去，找机关行管办的熟人，帮着曾宏伟说情，看在机关财务科和保卫科都有实权的面子，行管办找供应站男宿舍借了一张空床，答应让曾宏伟临时住半年。曾宏伟在供应站男宿舍连睡两天两夜，总算缓过劲儿。

曾宏伟的女儿满月，邀请刘涛来家喝满月酒，宣布女儿取名曾瑜。刘涛买来两样玩具，洋娃娃和拨浪鼓，欣喜道："日月如梭，眨眼又是一代人。"曾宏伟叹道："唉，希望他们比咱们幸福，赶上改革开放的八十年代，至少能填饱肚子，不用再挨饿了。"刘涛有了几分酒意，即兴道："这是个好题材，饥与饱，适合诗歌，请听，我们走过饥饿的年代／希望孩子不再辘辘饥肠／不再面黄肌瘦／东亚病夫的帽子／从此甩进太平洋／孩子天真的脸上／只有灿烂的阳光……"曾宏伟摇头道："这也叫诗歌？缺少浪漫的想象，几句干巴巴的口号而已。"刘涛无奈道："这是初稿，语言真挚，有待进一步升华，好诗是改出来的。"曾宏伟苦笑道："写诗需要有飞升的心境，我这种落魄样子，再难生出那种浪漫思绪，现在忧虑的是一堆现实难题，一套能和家人团聚的住房，孩子将来上幼儿园、小学、中学的一系列教育问题。"刘涛开心道："哈哈，老兄想得太远了。"曾宏伟正色道："人无远虑，必有近忧。目前你还没有这种体会，记住，浪漫当不得饭吃，男人娶妻生子，就会变得现实了，别忘记男人肩膀头子要结实，永远是家里顶门杠，屋檐下的女人和孩子，都指望你带着奔好光景。"刘涛记起一句名言，叹道："唉，有人说，婚姻是爱情的坟墓，或许指的就是你这种琐碎的家庭忧虑。"曾宏伟也叹道："唉，生活本身远比文学描写的内容丰富多了。你这句所谓的名言，涵盖的意思过于呆板。"

曾宏伟面对过日子的种种忧虑，其实不无道理，这顿喜酒，刘涛喝得反倒添了烦恼，自己下一步也面临在石油单位娶妻生子诸多大事，置办一个像样儿的家，谈何容易。

周萍萍一举考上京城外交学院西语系，消息轰动井下机关，都说教育科职工培训学校藏龙卧虎。井下教育科正式通知，出于师资难题，机关业余英语培训班停办。

刘涛去食堂买饭，见到周萍萍，随着别人说了几句祝贺的话。买过饭，周萍萍在食堂门口等着刘涛，二人回办公室的路上，她滔滔不绝道："我确实把石油单位当成跳板，经过不懈努力，补上了文科短板，高考梦想成真。"刘涛怅然道："一举拿下高考，一步跳回京城，恐怕是常人不敢想的事，你却变为现实，不愧有真才实学。"周萍萍羞涩道："什么真才实学，'小六九'是以前的小学毕业，没学过初高中文化课，只好挤出业余时间恶补，每天晚上十二点之前没睡过觉……"说着，到了机关平房，周萍萍邀请刘涛去教育科办公室坐会儿。

坐在办公桌前，周萍萍回忆起在北大荒的纯真年代，动情道："刚到连队，出身不好的知青被指导员喊来集中训话，让我们任劳任怨地接受劳动改造，虚心接受再教育，主动与家庭划清界限……出身不好的政治包袱几乎把人压死，我在日记里不过写点儿实际感受，被人交给指导员，结果遭到连队团支部在女宿舍专门开批判会，让我狠斗私字一闪念，女知青群起攻之，伤人自尊，精神快崩溃了，差点儿自杀，幸好得到知青班长黄毅的同情，找到连队小学当校长的同学哥哥说情，调我去当代课老师，我边教小学边自学英语，我们定情那年，只不过拉拉手而已，我激动得流泪了。后来黄毅调到团部教育股，我也调到团部机关子弟校教初中英语，他先一步返城，一九七八年考上大学，我家托亲戚把我调到这里，我们相约大学毕业后再结婚，我不愿寄人篱下，拼了一把，终于闯过这道坎儿，人生可能会遭遇数不清的难关，咬牙挺一下，或许就能涉险过关……"

刘涛接茬儿说："有北大荒这碗酒垫底，什么酒都能应付。"周萍萍惊异道："黄毅这么说过，你也这么说。"刘涛笑着坦诚道："我也是听别的荒友说的。"沉吟片刻，周萍萍低头说："给你……透露个秘密，总医院教育科曾打来电话，问对你的印象，当时我接的电话，因跟你不熟，问了我们科长，他也是听财务科卢科长说过，对你的评价是不务正业、遇事爱出风头，我如实回电话转告了，后来才知道，是你的女朋友托人打听你，这可能给你造成了不小的误会，我一直为此不安，临走前鼓足勇气，向你……正式道歉。"刘涛满不在乎道："这算不得什么，我经得起这点儿误会。"刘涛简述了与冯颖洁恋爱失而复得的经过，坦言道："经过财会培训班总医院同学的撮合，恋人关系已经弥合。"周萍萍拍了下巴掌，低头忏悔道："好悬呀，随口一说，差点儿拆散一对儿鸳鸯，幸好你有贵人相助，否则由于我一时疏忽，险些铸成大错。"刘涛劝道："你也不必过分自责，我和女朋友是两辈人结下的缘分儿，棒打不散的鸳鸯，感谢你临走之前能告诉我这个真相，咱们都是荒友，值得信任。"周萍萍莞尔一笑道："我也曾委婉地提醒过你，还记得吗？"刘涛想起来了，"哦"

了一声说："其实我很傻，没能一眼识破别人的伪装。"周萍萍玩笑道："你当时很自信，口口声声自封'科长亲信'。"刘涛不好意思道："人的复杂性，或许就在于此，某些表面假象，给人造成了错觉，容易判断失误。"周萍萍安慰道："人总会成熟起来……你们准备在这儿扎根儿？"刘涛憨厚笑道："嘿嘿，我们都是京城郊区户口，不是石油子弟，看发展再说，目前踏实在这儿过好每一天，享受全民企业好岗位和优厚待遇，那些返城的荒友，除了极少数和你同样金榜题名，有好岗位的人几乎凤毛麟角，绝大多数都在社会底层挣扎，处于人生爬坡阶段，面临不进则退的险境，只有放手一搏，即使失败了，至少能换来吃一堑长一智的经验，赚来曲折人生经历。"周萍萍感慨道："你说的都是实情，就算我们跻身时代骄子行列，进大学深造也不轻松，大龄青年和应届生同学，意味着站在同一起跑线上，谁都想拿比赛好名次，应届生具有年龄优势，知青已错过了人生学习黄金期，在校园依然要咬紧牙关，像苦行僧那样修行，阅读和记忆上将会遭遇严峻挑战，肯定要付出更多代价，只有像鲁迅先生那样，把别人喝咖啡的时间都用在学习上，或许能杀出一条血路。"

刘涛颇有同感道："没错，人生难得放手一搏，目前我还是工代干身份，没学历很难改变现状。"说罢，他又讲起曾宏伟有了女儿，遭遇的多次窘境，深有感触道，知青这代人已经付出了很多，还要继续付出，为了改变国家劫难后的千疮百孔，不得已咬紧牙关，持续奋争，好在经过下乡的艰苦磨炼，多数人练就了铜头铁臂……严酷现实不容人奢谈浪漫，可是文学离不开浪漫的梦想，这是他今后面临的两难命题。周萍萍劝道："你能在石油报纸上发小说，也算有不错的基础，最好能坚持下去，若半途而废，以前的努力岂不白费了？"刘涛自信道："这是青春梦想，很可能是'衣带渐宽终不悔，为伊消得人憔悴'。"周萍萍兴奋道："这首宋词才背过，南宋柳永的《蝶恋花》。"

刘涛叫来曾宏伟，一起帮周萍萍搬运行李，那只沉甸甸的木坐柜被抬上卡车，上面一行红字依然清晰：知识青年到农村去，到边疆去，到祖国最需要的地方去。周萍萍掩口笑道："嘻嘻，还是在京城凭知青下乡证明买的坐柜，离开北大荒舍不得丢下，用它装书挺结实的。"曾宏伟玩笑道："说不定以后也是知青文物了。"望着扬尘而去的卡车，刘涛再次涌上某种惆怅，自己何时才能回京城定居，落叶归根是人生的幸运。

心结解开了，刘涛跌入热恋的温柔中，一有空就给医务科的于虹打电话，询问冯颖洁何时休息，只要有机会，就开着摩托车往总医院跑，逗嘴皮子，吃蹭饭，其乐融融。石油基地离白洋淀不远，农贸市场活鱼价格便宜，冯颖洁知道刘涛爱吃鱼，经常烹鱼改善伙食，见了面不时调侃几句："脸皮厚是男人的本事，千里迢迢赶个嘴，不如在家喝凉水"。刘涛嬉笑道："脸皮薄吃不着，脸皮厚吃个够，另有几大好处，首先是解馋，次之保持精神愉悦有益健康，再次之男女多接触才能增进了解，脾气秉性容易摸清，投其所好才能使关系日新月异，而且兼顾了发扬勤俭持家的优良品德……"冯颖洁当着于虹的面，装作嗔怪样子说："信口开河，谁跟你成家了，没准儿哪天不高兴，再给你写封断交信。"刘涛开心道："哈哈，再遇到这种事，没人会冒傻气，白白忍受感情折磨，我有法子逗你转怒为喜。信不信，北大荒当知青，参加师里创作学习班，学过相声创作，知道怎么抖包袱。"冯颖洁朝着于虹撒娇道："你看，还有治吗？他专会耍贫嘴。"于虹称赞道："无怪他小说语言幽默，原来有相声创作基础，没准儿将来过日子，你俩就剩下开心了。"冯颖洁不以为然道："居家过日子可要实实在在，哪能整天乱开玩笑。"

总医院隔三岔五在礼堂演电影，刘涛赶上有兴趣的影片，邀请冯颖洁和于虹一同去看，抢着买票，冯颖洁嘲笑道："一张电影票才一角钱，这也叫请客？"刘涛逗趣道："瓜子儿不饱是人心，只要有请客机会，我不会吝啬。"晚上他开摩托车回井下，颖洁照例会适时打来电话，问一声平安，刘涛感觉很温暖，有姑娘惦记，多了归属感，入睡才踏实。

京城大队财务组的老黄像个凯旋的战士，脸上挂着得意笑容，背着一只硕大书包进了办公室。卢科长起身握手，笑着让座，随口问："一切顺利？"老黄的瘦脸上浮出几分神秘微笑说："啊哈，托领导的福，这趟回家顺风顺水，任务都完成了。"说罢，他献宝似的掏出一堆包装精致的小纸盒，一口气数到三十。卢科长解释道："小刘不知情，我让老黄出差回老家，采购一批计算器，给井下主管领导及财务负责人配备，方便工作。"卢科长在发票上签字同意报销，连同报销单交给刘涛说："你去办个手续，购物费用和差旅费给京城大队财务组转账。"刘涛办了手续回来，卢科长已经出去。刘涛悄声说："黄老哥一会儿过去在转账单上签字。"老黄先道谢，又指着桌上一台崭新的日本三洋牌双声道收录机说："老哥顺便带回一台，老弟给个成本价二百九十五元。"刘涛喜笑颜开道："那怎么成，跑腿费总要加二十元。"刘涛数出三百二十元现金，老黄只肯收三百元整数，又拿出五盘原装磁带放在桌上，嘱咐道："机子里有一盘原声带也奉送了。"刘涛拿出收录机的那盘原声磁带，竟是邓丽君的《何日君再来》，喜出望外道："这盘原声带最时髦，多谢老哥，办事漂亮。"老黄眨眼道："这次带不了，下次回去再给你带几盘原声带奉送。"说罢他又丢下一打女式尼龙丝袜说："给科里同志们分一下。"

刘涛当晚就去总医院献殷勤，把一双女式尼龙丝袜和那台三洋牌收录机交给冯颖洁说："刚买的，放你这儿听流行歌曲，没事解闷儿。"冯颖洁接通电源，按下放音键，邓丽君悠扬的歌声回荡在宿舍里。冯颖洁满意道："你挺有法子，这东西真赶时髦，总医院团委刚买一台深圳出的，两个喇叭个儿不小，就是音质差，叽里呱啦。"刘涛卖弄道："收录机加装了调频波段，降低失真度，声音清晰多了，你听，邓丽君的歌儿，唱得人浑身软绵绵。"冯颖洁含笑道："这是港台流行唱法，以气带声，大陆歌唱演员有模仿的，还有唱出名的。"刘涛好奇地问："你怎么这些都知道？"冯颖洁撇嘴道："总医院有不少爱唱歌的，姑娘们赶时髦都有一套，我也是支棱耳朵，随便听来的。"刘涛深情道："只要你喜欢，就算没白花三百块钱，比京城友谊商店便宜一半还拐弯。"冯颖洁叹道："唉，再便宜也是半年的工资打不住，咱们以后用钱的地方多，你多少也要存几个。"刘涛满不在乎道："车到山前必有路，这辈子就没缺过钱。"冯颖洁不悦道："又来劲儿了，你一高兴就喜欢乱吹。"

天气渐凉，卢科长派刘涛出了趟远差，去西安仪表总公司清算一桩陈年购买井下特种工程车的旧账。刘涛只好电话告知冯颖洁，再回京城买票乘火车直奔目的地，住在西安郊区的仪表总公司招待所，等候企业财务负责人见面谈事，拿到一张正式财务发票才松了口气，给卢科长拍封电报，汇报办事有了结果。忙里偷闲，刘涛独自去西安城里游览大雁塔和碑林等古迹，吃了一顿羊肉泡馍。卢科长回电报，让刘涛乘飞机速回。刘涛第一次乘飞机回京城，再乘石油班车，下午才赶回单位交差。十多天没见到冯颖洁，刘涛好像猫抓心一般，急着给于虹打电话，恰巧冯颖洁下了早班休息，没事跟于虹在医务科聊天儿，二人通话没说几句，刘涛果断地说："我过去吃晚饭。"冯颖洁在话筒里犹豫道："晚上食堂多半是剩菜，还来吗？"刘涛满不在乎道："剩菜怕什么，能吃饱就成，待会儿见。"

刘涛放下话筒，忙打来一盆热水，进里屋库房对着镜子刮胡子，又洗把脸，擦上香脂，梳两下头发，才背起书包往外走。卢科长看在眼里，玩笑道："真不该派你出这趟远差，耽误了谈恋爱大事，快去吧，慢慢就体会到什么叫小别胜新婚了。"刘涛含笑道："您是过来人，比我体会深。"卢科长嘱咐道："摩托车开慢点儿，安全第一。"刘涛应声"好"，心里却像长草，摩托车拐上新修的会战大道。宽阔的路上车不多，新铺的柏油路面黑漆漆，平展展伸向远方，他兴致勃勃地挂上三挡，加足油门，摩托如脱缰野马般飞驰。

刘涛敲响冯颖洁的宿舍门，听到"请进"二字，推门而入。小何值夜班，宿舍里只有自己心上人。刘涛掩门，笑嘻嘻张开双臂道："娘子，我飞回来了。"冯颖洁站在窗前嗔责道："嘴上没把门的，谁是你娘子，又胡说。"刘涛不由分说，一把紧紧搂住，鸡啄米般在她白皙凝脂的脸上亲吻，冯颖洁幸福地闭上眼睛，双肩微微颤抖。刘涛得寸进尺，腾出右手伸向凸起的胸部，她机灵地挣脱出来，喘息着，警惕道："疯够了没有，下次可要规矩点儿，我还没想好今后怎么着……"刘涛毫不掩饰道："早说过，打算吃一辈子你做的鱼。"冯颖洁不悦道："难道我就只会烧鱼，你是属猫的？"刘涛逗趣道："我是你的乖猫。"冯颖洁不依不饶道："猫不是什么好东西，谁有好吃的跟谁走，奸臣，不像狗，对主人忠心耿耿，能看家护院。"

刘涛顺便讲起母亲养猫的故事，同事给了只小花猫十分调皮，母亲织毛线活儿，小花猫玩毛线球，毛线拖出很长，小花猫稍大，磨爪子到处乱抓，把父亲留下的旧藤椅抓得藤条开绽，椅子吱吱呀呀地乱晃，没多久散架了。这只猫养了三年多，开春闹猫，跑了半年多，凌晨回来一次，在门外挠门乱叫，等母亲惊醒了，起来开门，它又跑了，再也没回来。母亲伤心不已，一再念叨："我给它开门迟了，赌气不回来了。"冯颖洁讥讽道："你就是那只小花猫，忘恩负义的白眼狼。"

刘涛不再纠缠这种没咸淡的话题，说起这趟出差情况，拿出客机赠送的钥匙链纪念品送给她，描述了西安古城墙完整保留令人惊叹，大雁塔和碑林的古朴风貌，羊肉泡馍的吃法，仪表总公司食堂的伙食，粗粮细作的发糕很好吃，在招待所对远方恋人的思念……冯颖洁喜不自胜地追问道："你说的都是真心话，我真有那么大的魅力？"刘涛狡黠道："你做的鱼很有魅力。"冯颖洁沉下脸，噘嘴道："你快走，再也不给你做鱼吃。"刘涛委屈道："开个玩笑也当真。"冯颖洁正色道："感情容不得半点儿虚伪和欺骗。"刘涛不安道："我一向坦诚，从不会说假话骗人。"冯颖洁嗤笑道："亏了你喜欢文学，不懂善意假话的奥秘，真话并非都是好话。"刘涛惊异道："我发现你有当领导的才能，心机很足。"冯颖洁抿嘴笑道："我有什么心机，在连队领着女知青跟连长吵架，结果没能入党，你说那时的人傻不傻？"刘涛不以为然道："那时年轻气盛，我还在连队跟人打架。临走那年，团宣传股要调我去当副连职文化干事，可惜没能坐实。"冯颖洁淡笑道："好汉不提当年勇，面对未来生活的难题，善于筹谋才是真本事。"刘涛提起曾宏伟的媳妇坐月子面临的窘境，叹口气道："井下目前解决婚房很困难，两栋宿舍楼刚打好地基，只能解决一百多户，几百户职工都眼巴巴盯着……"冯颖洁眉头拧成一团，忧心道："总医院也是两栋宿舍楼打好地基，可别忘了，全院女同志上千人，石油单位分房规定，以女方为主，分房的压力可想而知。"刘涛忧心忡忡说："咱们年龄都够得上晚婚模范。"冯颖洁笑道："咱们算什么大龄，总医院还有三十岁出头的老姑娘，这会儿都忙着找对象，争取早登记排队分房。"刘涛咧嘴道："老姑娘们要是扎堆儿结婚，咱们可就惨了。"冯颖洁白了一眼道："你倒想得远，走到哪步，再说哪步。"

提起烦心事，刘涛的情绪一落千丈，晚饭吃得没滋味儿。冯颖洁看出端倪，软语劝道："先别急，老话说，是你的跑不了，不是你的白惦记。"刘涛开着摩托车回单位，冯颖洁照例打来电话，俏皮地说："祝你做个好梦。"结果刘涛却失眠了，草就一篇小说《心事》，写大龄青年娶妻生子遇到诸多生活难题，这类小说能否发表，还吃不准，先放抽屉里冷却一段儿。

热恋的好日子过得稀里糊涂，眨眼到了年底，刘涛忙于年终决算和制定新年度成本计划。基层单位凭着结余本票核定奖金数额，有人欢喜，有人忧愁，几个大队干部轮番来找卢科长诉苦，万一拿不到年终奖金，会让工人们骂死，没法再干了。卢科长让刘涛想法子核减几个超支大队的成本，多少发点儿奖金，原成本核算表需要推倒重来，刘涛迫不得已，连夜加班测算，奋战几天，累得头晕眼花，总算按时交出领导认可的成本核算表，不知怎的，这一段儿累得人产生了一股厌烦情绪，再看见阿拉伯数字，感觉头晕恶心。这期间冯颖洁来过两次电话，吞吞吐吐欲言又止，他也没当回事，简短应付几句。这天刘涛忙完工作，风风火火地来到总医院。原来，心上人将被派往京城骨伤总医院手术室，节后进修三个月。这既是好事也是坏事，刘涛要忍受漫长的相思之苦，上次出差仅十天，在西安已是坐卧不宁，未来三个月的单身寂寞日子，将如何打发。刘涛主动提出："颖洁，你临走前，咱们都在单位开出同意登记结婚的证明信，回京城拿户口本直接办结婚证。"冯颖洁吃惊道："你的节奏未免太快了，我还没来得及跟家人商量。"刘涛劝道："长辈早就暗示过多次，盼大龄青年抓紧办事，早点儿抱孙子。"冯颖洁羞红了脸，嗔怪道："你倒是脸大，没羞没臊。"刘涛呵呵笑道："我喜欢直来直去，图个省事。"说罢，将冯颖洁揽在怀里一通热吻，这事就算定下。冯颖洁听说刘涛的棉被里的棉絮早都成了渔网，破败得不成样子，让刘涛把自己的厚棉被拿去用。刘涛担心地问："你盖什么？"冯颖洁白了一眼说："我还有一床薄被子，加上毛毯，不会冷。"刘涛带着恋人的厚棉被回井下，写了结婚申请书，请负责机关婚育的工会委员石会计签字同意，叮嘱暂且保密。石会计笑着挤眼道："小刘，过完春节，办妥大事再回来，别忘了捎带在京城买两本财务管理的新书，还是算你出差，报销往返路费，给两天出差补助。"

  刘涛开出单位同意结婚的证明信，整理好行装，先去找曾宏伟报喜。曾宏伟让媳妇炒个葱花鸡蛋，拿出一盘炸花生米，跟刘涛把酒作贺。曾宏伟好笑道："刘涛学会速战速决，这都成了知青恋爱成家的普遍现象，既然都已到成熟年龄，没理由再去幼稚地玩什么感情考验把戏，马拉松般的瞎折腾，追求漫长的恋爱过程，谁都难以承受这种宝贵时间的无端损耗。知青下乡已经损失了太多宝贵青春，现在恨不能把损失的时光补回来，谁能把复杂的男女感情处理得简单妥当，谁就会赢得时间补偿。抢回失去的青春，对我们是难能可贵，这也是个本事，或可称为一门独到的艺术。"刘涛敬佩道："老兄的哲学功底扎实，分析事物头头是道，令人无话可说。"曾宏伟开心笑道："哈哈，还是当年兵团号召全民学哲学那会儿，连队组织了学哲学小组，让钻研马克思主义哲学，号召活学活用，我通读了《矛盾论》《实践论》《反杜林论》，至今受益匪浅。"刘涛感慨道："当知青虽有虚度青春之嫌，却也有意外收获，塞翁失马，焉知非福。"曾宏伟顺情描了一句道："失之东隅，收之桑榆。据对立统一的辩证法分析，世上所有的得失，都是相对的。"

  刘涛兴冲冲回到京城，见了母亲，听到一个好消息，冯伯伯代转的父亲冤案申诉材料受到上边重视，有关部门已经查找到历史证据，结论也已经上报待批。

  晚饭后，母亲说到父亲冤案，忍不住潸然泪下，姐姐也跟着哽咽流泪。刘涛赶紧劝道："你们都别哭了，我爸盼到这一天可不容易，分明是大好事，亏了冯伯伯位高权重，说话有分量，爸爸的冤案才能受到上面重视，冤案多的是，大冤案还有没平反的，我们如果能优先给予平反，真算幸运。"

母亲擦着眼睛道："小涛说得有理，蔡阿姨专程来家里透露情况，就想让咱家过个舒心的春节。我把小涛寄来的家信给蔡阿姨看了，蔡阿姨眉开眼笑，改口叫我亲家母，一块儿商量了你们两个的婚事。你姐和小陈刚领了结婚证，初定劳动节或者国庆节前办事，就看你爸的平反大会什么时候召开了。"刘涛咧嘴笑道："当姐姐理应先行一步，我们过完春节就去领证，颖洁在节后去京城骨伤总医院进修三个月，我们把单位同意结婚的证明信都开出来了，节后上班头一天，就去领证。"母亲拍巴掌笑道："好哇，无怪今儿早晨喜鹊在树上喳喳叫，原来双喜临门，老话说，山不转水转，咱家倒霉了这些年，该着时来运转。"姐姐插话说："妈，文杰刚调到家具公司团委当干事，工作很忙，可是办事该准备的家具也不能含糊，现在返城知青结婚扎堆儿，家具极其难买，尤其大衣柜的票没处淘腾，咱家既然有小涛从北大荒带回的现成木料，都是打家具上好的板材和方子，白放着走形开裂，不如就米下锅，找木工师傅打出两套家具，我和小涛办事的家具就不用犯愁了。文杰的意思，三月中旬气候适宜，找个休息日在咱家院子开工，他负责请厂里师傅来，拉点儿晚就把家具做成型了，刮腻子打磨自己都能干，家具干透了，再让油漆师傅来两趟，刷几遍油，配上门把手，比家具厂买的实惠多了，样子自行设计，还能可心儿。到时候伺候请来的木工师傅吃喝，一天三顿饭，只靠我和咱妈忙不过来，小涛和颖洁也要回来搭把手，文杰负责筹备木料板材一应辅料，好在有家具二厂的一帮师兄弟做后盾，小涛给打下手，颖洁跟我买菜做饭。"刘涛嬉笑道："还是姐夫有心计，姐姐会过日子，一切听姐姐安排，我和颖洁一准儿回来，听喝就是，儿女的婚事可不能让当妈的累趴下，家具样子也要靠姐姐把关，两套一样，省得让外人说当妈的偏向谁。"母亲点着儿子脑袋，好笑道："小涛在外面这些年没白混，学会说便宜话了……快娶媳妇的人，也该懂点儿事了，你们的婚事，妈妈一视同仁，穿的用的铺的盖的不偏不向，只等你们爸爸平反大会开了，定下好日子办事。"刘涛忽然记起，石油单位给成家职工每户要发双人铁床和一套折叠餐桌椅，还有液化气罐和燃气灶，趁机打个招呼。母亲惊叹道："哎呀，石油单位的福利待遇真好，这笔钱省下，给你们再添一台洗衣机，小兰可别忘了，回头跟文杰说清楚，不是当妈的偏向儿子。"姐姐依偎着母亲笑道："妈，瞧您说的……我们结婚后，文杰也要搬到咱家来一起住，往后成了一家人，怎么会跟您隔着心，更不会有怨言。"

八

平反冤案

母亲和姐姐大年初一早起就忙开了,煎炒烹炸,准备丰盛的年饭。刘涛除夕守夜,没睡多会儿,也只得爬起来跟着打下手。姐姐让弟弟准备葱蒜,刘涛剥蒜手慢,姐姐等不及,抢过蒜头剥着,呵斥道:"笨样儿,吃屎都赶不上热乎的。"刘涛笑吟吟道:"啥人啥命,我生来就不是干这些的。"姐姐骂道:"光会吃就是猪,会吃就得会干活儿。"刘涛故意哼哼两声,逗得姐姐笑弯了腰。

近午时分,陈文杰来了,一身藏蓝呢子大衣,一辆崭新飞鸽牌自行车,车把上挂着糕点匣子和一兜苹果。刘涛犹豫一下,改口叫:"姐夫过年好。"陈文杰沉稳道:"小涛回来了。"母亲从厨房迎出来,陈文杰改口喊:"妈,您过年好。"母亲乐颠颠说:"文杰屋里坐,小涛给姐夫沏茶上烟。"正说着,蔡阿姨和冯颖洁也来了,提着一大包东西,刘涛上前接过,提进屋。冯颖洁见了刘涛的母亲也改口喊妈,母亲笑道:"亲家母过年好,小涛叫人,陪亲家母进屋坐,跟着沏茶,颖洁来厨房帮忙,也好跟我一起说话。"刘涛赶紧迎着蔡阿姨喊妈,蔡阿姨兴高采烈地应声,又与亲家母握手寒暄。母亲笑问:"亲家母,颖洁的姐姐怎么没见来？"蔡阿姨笑答："赶上单位安排值班，来不了。"刘涛陪着准岳母进堂屋，赶忙介绍道："妈，这是我的姐夫，姐姐也快办事了。"陈文杰起身，恭谦地让座道："亲娘过年好，我叫陈文杰，您快请坐，叫我文杰就成。"蔡阿姨坐下相看，抿嘴笑道："还是小兰有眼力，文杰不错，是当干部的好苗子。"陈文杰拿起壶倒茶说："谢谢亲娘的鼓励，您先喝口茶润润嗓子，我是插队知青，没学历，工代干身份，有机会还要多学习。"蔡阿姨啜了口茶，咕噜咽下道："你们知青都吃过苦，再想法子补上专业知识，将来错不了。"刘涛又跟着聊了几句，冯颖洁端着凉菜碟子进来，刘涛会意道："该吃饭了。"说罢，他收起茶壶和茶杯，把八仙桌拉到堂屋中央，摆放椅子和餐具，好一通忙乎。

院门一响，冯伯伯爽朗的笑声传来："哈哈，来迟一步，老嫂子过年好，给你拜年了。"屋门推开，陈文杰迎上去，接过冯伯伯手里的两瓶泸州老窖酒说："您是亲爹，过年好，我叫陈文杰。"刘涛接过冯伯伯脱下的呢子大衣挂在衣架上，亲切道："爸爸过年好，这是我姐夫。"冯伯伯开心道："小兰够厉害哦，大眼睛抓到个好小伙子，文杰不错，小涛学着点儿。"刘涛赶忙说："我姐夫已调到公司团委重点培养，我是望尘莫及。"陈文杰拍了下刘涛肩头说："小涛是笔杆子，又懂经济，早晚堪当大用。"冯伯伯呵呵笑道："看着你们都长起来，才知道我们已经过午了，没几年蹦跶劲儿，当前经济建设急需大量人才，你们赶上了好时候，只有加倍努力，才能不辱没这个来之不易的年代。"蔡阿姨招手说："老冯，快坐下，该喝酒了，家里可用不着你来做什么政治报告。"冯伯伯坐下张罗说："小涛，快开酒瓶子，酒盅都满上，这可是朋友托人从四川带来的正宗老窖，美得很。"

八仙桌摆满菜肴，冯伯伯恭敬地在正中给刘涛爸爸的遗像留个空位，亲手斟满酒盅，哽咽道："子峰老兄，过年了，我来看你，告诉你两个好消息，一是你的冤案平反指日可待，二是你我结成了儿女亲家，两家人合成一家人，愿你在天有灵，保佑儿女们平安幸福。"说罢，他对遗像鞠躬，众人跟着鞠躬，方才各自落座。

母亲笑道："我们欢迎老冯一家人都来过年，如今咱们成了儿女亲家，今后就是一家子，从此不说两家话，希望家里人过年都交好运，心想事成，好事成双。"刘涛起身接过母亲的酒盅，代为一饮而尽，才发觉泸州老窖酒清爽微甜，醇香余味绵绵。祝福过后便是拉家常，众人边吃边聊。冯伯伯估计平反大会三月份可以召开，表示过节后上班的头一件事就是打电话催问一下。母亲提起打家具的事，蔡阿姨忙说："打家具也是婚姻大事，市面凭票证购买家具，唯有大衣柜的票奇缺，据说许多人家都是半夜去家具店门口排长队，等着凭结婚证领大衣柜票，没有大衣柜结婚就不成样子，说句玩笑话，现在弄大衣柜票比找对象都难多了，多亏文杰在家具二厂干过，有打家具的能力，辛苦亲家母跟着操心，文杰和小兰也要多受累，好在小洁马上在京城骨伤总医院进修，周日可以过来搭把手。"刘涛插话说："颖洁会烧鱼，在手术室干活儿利索有名。"冯颖洁嗔怪道："就数你嘴快，谁不会做饭？"母亲会心一笑说："自个儿婚姻大事，都不能含糊，打家具是个要紧的日子，小涛也要跟单位请假，回家一起忙活儿。"饭后，家人一起商量家具的种类，陈文杰带来一册家具公司市面上家具产品的图样集，冯伯伯定调说："简朴实用为原则，现在住房都不大，没有更多地方摆家具，当初我们结婚就是两张单人床并在一起，两套被褥一只木箱子，公家借给一张两屉桌，两把木椅……"蔡阿姨忙说："那是五十年代的事情了，现在是八十年代，人家结婚讲究，要家具多少条腿，五屉柜、大衣柜、写字台、橱柜必不可少，时髦的有酒柜、高低柜、书架子……"刘涛看了姐夫一眼说："我要书架子，姐夫也离不开书架子。"姐姐小兰跟颖洁耳语一阵，大声说："客厅摆个高低柜不仅有情调，而且实用。"冯伯伯喝口茶，起身说："我还有杂事，先走一步，你们慢慢商量。""我也走了，"蔡阿姨也起身，边说边从书包里拿出一沓十元票子说："这是我和老冯的一点儿心意，给孩子们打家具用，算是小洁的嫁妆。"母亲忙上前推辞道："亲家母别这么客气，打家具有现成木料，花不了多少，手头够用。"蔡阿姨笑道："亲家母别生分了，这是我们早就预备出来，给女儿办事的一部分，一定要花的。"母亲只好说："那我就先拿着，办事时再给颖洁，留着小两口儿，压箱子底儿。"

　　李停战一路顺风顺水，如愿考上京城的外贸学校，初三下午兴冲冲找到刘涛，一起去俞卫青那里。在熟悉的临建棚里，居然看到分手多年的同学加荒友韩江平。俞卫青百无聊赖躺在床上听半导体收音机广播，脚脖子肿得像发面馒头，韩江平提着热气腾腾水壶往竹编暖水瓶里灌开水。刘涛揉揉眼睛说："我不是眼花了，看错了，韩江平，是你吗？"韩江平放下水壶，上前轻杵了刘涛一下说："忘了在连里吃我炒的土豆丝儿，忘了一起生日聚会喝醉了耍酒疯？"说罢，二人拥抱在一起。刘涛眼睛湿润了，轻拍他肩头说："真以为你在北大荒回不来了。"

韩江平松开手，坐在椅子上，擦一下夺眶而出的泪水说："差点儿就真的烂在黑土地，送你们一个个离开连队，男宿舍走空了，我独自睡一铺火炕，那滋味……嗨，翻来覆去睡不着，可家里没任何办法，我爸是老右派，早就沦为劳改犯自身难保，我姐户口还在插队的农村办不回来，我真有心在连队找个老职工的女儿结婚算了，可是那阵子老职工的女儿也不敢轻易找知青，怕靠不住，知青一拍屁股走了，两地分居没法过日子。万般无奈我才申请办病退，反正死马当活马医，谁知手续已经出奇好办，在北大荒一路绿灯，不到三个月拿到京城户口准迁证。"

俞卫青插话说："这都是我们搞病退那会儿，给你们趟出来的顺当路子。"

韩江平没搭茬儿，接着说："两个本地知青帮我托运行李，带回一堆板子和方子，准备给弟妹打家具的木料。我在集贤火车站旁的饭馆里请送行人吃饭，一起喝酒之际，调到农场公安股的杜华林说，韩江平是个大实在人，走得最晚，受的委屈最大。这话可算戳到人的痛处，我抱头失声痛哭……"

李停战插话说："我记起那年元旦去你们连，韩江平当炊事班长，炒的土豆丝儿特脆，酸溜溜，香喷喷。"

俞卫青叹道："韩江平在同学里最不容易，他爸一直在天津板桥劳改农场劳改，不仅没工资，而且没身份，妈妈在京城当小学老师，拉扯四个孩子吃尽苦头，家里仅有一间房子，四个成年兄弟姐妹挤住一起很别扭，韩江平迫不得已找我来，打算合住临建棚，反正他平常在家吃饭，晚上就是来这儿睡觉，我上大学住校，乐得有人给看门儿，节假日还有同学做伴闲聊，省得寂寞，他返城在街道蹬了几个月平板三轮车，又去沙子口铁道货场当临时工卸货，总算有份工资，可以为母亲分担养家糊口的压力。"

刘涛同情道："韩江平能赶上返城的末班车，也算不幸中的万幸，俞卫青行侠仗义，关键时刻拉了患难兄弟一把，知青要改变返城后一无所有的不利窘境，只有靠自我搏命奋争，李停战考上中专挺不错，确保有学历能直接转干。我还漂泊在石油单位，工代干会计朝不保夕，眼下又要忙着筹备婚事，生活窘境接踵而至，疲于应付，时代正在考验我们，是否有能力改变这种处处被动的局面。"

俞卫青发牢骚道："知青都是被耽误的一代，读书年代下乡劳改，恋爱年代自我救赎，成家立业年代再想读书，养育后代又赶上独生子女政策，一系列的尴尬令人无所适从，保不齐再遇到什么人生尴尬。"

李停战拿出几个笔记本递给俞卫青，挑起大拇指笑道："这些笔记真帮了我大忙，你的'传家宝'完璧归赵，我们虽遭遇种种尴尬，可至少还算幸运儿，上学搭上末班车，老三届多数哥哥姐姐返城后，因年龄所迫，一旦有了工资，就忙着婚恋，陷进小家庭难以自拔，很快淹没在城市的平庸河流里……"

韩江平皱眉道："什么叫淹没在城市的平庸河流里？我们每个人都生活在现实里，过日子不能靠不切实际的幻想麻醉大脑。"

刘涛颇不服气道："人生绝不能失去梦想，没有梦想，只有被平庸的河流淹没；实现梦想，才可能获得自由和幸福。卫青和停战就是我们最好的例子。"

李停战拍着胸脯说："我决不食言，节后在老莫请客，关键是刘涛能否在京赶上这种口福。"刘涛瞪眼道："请客不能落下我，要不你就单请一次。"李停战喝着牙花子说："啧啧，这可难了，谁知道你老人家啥日子口儿回来？"刘涛转着眼珠说："要不，就等我结婚的时候，有几天婚假，哥儿们总会再聚。"俞卫青瞪大眼睛不无嫉妒道："刘涛都准备婚事了，处处走在咱们前边儿，我们的对象还不知在谁的腿肚子里转筋呢！"刘涛得意道："这叫否极泰来，只等我爸的冤案平反大会召开，就可以确定大婚之日，到时候你们都去，见证哥们儿幸福时刻，都不能含糊。"李停战坏笑道："刘涛背靠全民企业大树好乘凉，打着滚儿享受好岗位高福利。"刘涛辩解道："别光说好听的，我这是寄人篱下，漂泊在外，孤军奋战，哪头儿都指不上，倍感寂寞与凄凉，你们整天享受家人亲情，同学友情，荒友旧情的温暖，怎能体会出我的那种苦涩，这跟俞卫青早先的孤独感没什么两样儿。"俞卫青叹口气道："这话我信，都是实情。"

韩江平翻着俞卫青的笔记本，惊喜道："啊哈，这可是难得的宝贝，借给我用正合适，咱也沾沾俞卫青金榜题名的福气，哪怕跟李停战同样，考上中专，至少能改变整天汗流浃背卖苦力卸货的临时工困境。"俞卫青得意道："这些笔记本可没白花工夫，如果能成全更多哥们儿拿到学历，就算建立丰功伟绩了。"

韩江平拿起桌上一瓶二锅头，在一只瓷碗里倒出些，酒香弥散开。李停战抽动鼻翼闻着，抢着说："正好，先润润嗓子。"刘涛坏笑道："人家不是让你喝酒，别自作多情。"韩江平也笑了，用火柴点燃酒碗，跳动起蓝色的火焰，手蘸了一把烧酒，给俞卫青揉搓受伤的脚脖子。俞卫青疼得哼了两声说："赶上倒霉，打球受伤，过年甭想出屋，这叫什么事。"韩江平继续揉着，自鸣得意道："知足吧，有人给你揉脚脖子治疗，肿消得多快，比昨儿强多了。"俞卫青玩笑道："你什么时候脚脖子崴了，我也好有个机会报恩。"韩江平委屈道："哪有这样儿的哥们儿，大过年的，诅咒哥们儿伤脚脖子，我可一直毫无怨言地伺候你。"

离开临建棚已是半夜时分，路过街角一家小酒馆，李停战下车招手说："反正也睡不着，忙着那么早回去干什么，刚才让韩江平逗出了酒虫子，不拘什么菜，进去闹一口。"刘涛也感觉有点儿冷，锁好车进了小酒馆说："我请客。"李停战摸出一张五元票子拍在柜台上说："待会儿算账。"刘涛要了一盘拌白菜心，一盘炸花生米，二两散白酒，二人坐在清冷的小桌旁对酌。李停战喝了几口闷酒，忍不住问："你怎么不说话？"刘涛装傻道："等着你说。"李停战古怪地笑道："嘿嘿，你小子真够鬼，怎知我有话要说？"刘涛一语点破道："人的心里其实都藏不住事，脸上最容易挂相儿，我党的政策历来是，坦白从宽，抗拒从严。"

李停战俯首道："我坦白，忘不掉李秀荣，这么多年，总想忘掉她，却怎么也忘不掉，总怀着对初恋那份纯真的感情，至今贼心不死，返城后却没了接触机会，说来也怪，思念之情却与日俱增，令人苦不堪言……"刘涛同情道："你不会写封信倾诉一下，或者直截了当，当面锣对面鼓地捅破这层窗户纸。"李停战抓住自己头发，有气无力道："如果遭到拒绝或者被她讽刺两句，我还怎么活下去……"刘涛打断道："你怎么变得这么懦弱，男子汉大丈夫，早晚也要捅破这层纸，成与不成一念之间，何苦忍受单相思的感情折磨。"李停战涌出泪水道："这是人生最宝贵的记忆，我不想失去，可又很怕失去。"刘涛劝道："是你的，跑不了，不是你的，白惦记，天涯何处无芳草，对女人千万不要过于痴情。"李停战端起酒杯一饮而尽，长出一口气说："一吐为快，心里不再那么憋得慌了，走，回家睡觉去，老板——结账。"

刘涛很晚才入睡，梦回北大荒，在皑皑白雪里跋涉……惊出一身冷汗，黎明时分醒来，才发现被子全踢开了，无怪梦中冷得哆嗦。他索性起床，冷水擦把脸，去买早点，出门恰好碰见李秀荣，问了过年好。李秀荣也是去买早点的，二人溜达到早点铺，一起排长队买炸油饼。刘涛趁机告诉，李停战考上外贸学校。李秀荣勉强笑道:"真替他高兴,早就看出他不甘人下。"刘涛趁热打铁说:"既知他有出息,何不就答应他,知根知底的同学加上荒友,多宝贵的感情,省得人家对你茶饭不思。"李秀荣付之一笑说:"茶饭不思?没那么严重,我不过是个普通女工,犯不上让他走这么大的心思,找对象应该门当户对,我们相差的距离太大,就算勉强凑合到一起,也没意思,返城后不比下乡那会儿,一个人的成熟标志,就是要学会面对现实,婚恋嫁娶有数不清的难题摆在那儿,没工夫浪漫,浪漫或者变成了一种奢侈。"刘涛强调说:"初恋总会让人倍加珍惜,北大荒那份患难感情多不容易。"李秀荣冷下脸子说:"你怎么知道我不珍惜北大荒的患难感情,正因为珍惜,才不愿轻易破坏或失掉,让它埋在心底慢慢发酵,什么时候回忆,都会有甜滋滋的感觉。如果美好的记忆撕破了,失掉了,回忆只剩下苦涩,痛苦折磨人将会漫无边际。"刘涛一狠心,干脆捅破窗户纸说:"李停战昨晚跟我一起喝酒诉苦,得了严重的相思病,恐怕难以治愈,你不出面救一把,他会痛苦不堪。"李秀荣一怔,沉吟片刻说:"长痛不如短痛,请你转告他,我已经答应国棉二厂一个保全工了,技校毕业,比我大三岁,这事真的再也没商量,我不能脚踩两只船,对不起那个保全工。"刘涛惊愕道:"小荣,真的?"李秀荣涌出泪水说:"小涛,我真的很抱歉,也请他……原谅。"

刘涛叹口气,苦笑无语,事已至此,还能说什么。

这顿早餐,刘涛吃得心不在焉。姐姐却高兴道:"难得享受小涛买来的豆浆和炸油饼,今儿准有什么好事。"刘涛沉默,渐渐眼圈红了。母亲关切地问:"小涛,哪儿不舒服?"刘涛把李秀荣的事说了,替李停战惋惜一番。姐姐却说:"小荣老大不小,找个门当户对的保全工也是好事,李停战个儿不高,心高气傲,小荣没看上,他一厢情愿也没用。"母亲却说:"李停战虽个子不高,却有真本事,没怎么费力就考上外贸学校,基础好,脑子灵,比小涛都强。俗话说,姻缘本是一根红线牵,前世有缘才能结成夫妻,小涛不如劝他看开点儿,等着自个儿媳妇来结缘才好。"刘涛不以为然道:"妈,您又讲封建迷信。"母亲不满道:"这都是老辈子传下来的,有准头儿,谁敢不信?"刘涛心中一动,对了,不如以此为题,给李停战写封信说明白,劝他别再平白无故的单相思,自误了大好年华。

吃过破五的饺子,收拾利索,刘涛骑车找冯颖洁,带着她一起去办结婚登记证。冯颖洁一身深蓝色便装,唯一不同是里面穿了件深红色毛衣。刘涛让母亲逼着换了一身学生蓝色中山装,黑皮鞋,颇有新郎官样子,临出发,刘涛又穿上当知青的那件军绿色棉大衣,玩笑道:"这才踏实。"登记手续很简单,验过户口本和单位证明信,询问双方是否自愿登记,冯颖洁嚅嚅道:"自愿。"办证人员故意说:"没听清,一定要大声说。"冯颖洁看了刘涛一眼,尖着嗓子说:"自愿——登记。"办证人员才笑道:"恭喜你们结成革命伴侣。"刘涛从挎包里摸出一把什锦水果糖,撒到桌上说:"大家同喜。"办证人员忙着填写结婚证书,盖好公章递过来说:"一式两份,每人保存一份,祝贺你们!"出了门,冯颖洁埋怨道:"贫不贫,谁来都是这套话儿。"刘涛取笑道:"干这种事才有意思,每天喜糖吃不完。"冯颖洁嘲笑道:"糖吃多了,不怕齁着嗓子。"

早就说好了,办完婚姻登记,二人回颖洁家吃午饭。

进了家门,颖洁一头扑到母亲怀里,呜呜痛哭,好像受了天大委屈。刘涛一怔,忙对岳母解释说:"妈,刚才登记还好好的,颖洁这是怎么了?"岳母亲昵笑道:"没你的事,妈都清楚。"说罢,抚摸着女儿头说:"小洁,哭吧,哭痛快了,女大当嫁,舍不得妈妈,是吧?"颖洁哭够了,扬起脸问:"刘涛,我这辈子都交给你了,今后可别欺侮我。"刘涛面对满脸泪光的颖洁,想起"梨花带雨"一词,不无怜惜之意,好笑道:"原来为这个哭,到现在你还不放心,我就不好说什么了。"颖洁撒娇道:"不行,你当着我妈的面,一定要说清楚。"刘涛只好说:"妈,您给作证,我爱媳妇还爱不过来,怎会平白无故地欺侮。"颖洁孩子般的仰起脸,甜笑道:"嘻嘻,妈,您可都听见了,他保证不欺侮人。"岳母点着颖洁说:"你呀,多大了,还是一身孩子气。"姐姐颖雪从厨房出来,冷着脸子说:"妈,这不都是您惯的,小洁娇惯得忒没人样儿。"岳母对女婿刘涛亲昵笑道:"办完大事,一定都折腾饿了,快摆桌子,吃你们的喜面,卤子早打好了,我炒两个菜,小雪煮面。"

有了婚姻登记证,刘涛多了一份感情牵挂,日子过得飞快。转眼春暖渐绿,他赶个周五请假回京,着手打家具开工筹备诸事。转天周末,多亏了姐夫背靠家具二厂,带来一辆轻型货车,开到家门口,姐夫下车,进门招呼刘涛动手,先卸下两只木板条的包装箱,箱子里有几包钉子、合页、鳔胶等辅料,再帮着把一堆三合板五合板陆续抬进小院。母亲看到女婿和儿子累得满头是汗,递过毛巾说:"哥俩儿擦把汗,干力气活儿还是男孩儿顶用,文杰受累了。"姐夫拿毛巾擦脸说："妈，您甭客气，这是给自个儿干活儿，心里痛快，趁着天亮把小涛带回的木料都倒腾出来，备齐了，明儿师傅赶早儿来破料，打两套家具的工夫够紧巴，恐怕要拉晚儿。"正说着，冯颖洁下班进门，母亲张罗吃面条，姐夫马上跟着说："炸酱拌面足矣，赶紧扒拉一口，还有好多活儿要干。"母亲痛快道："都听文杰安排。"

吃饭时，姐夫才匆忙说："妈，真不凑巧，明天公司领导临时安排了团员活动，去郊区植树，我是组织者，必须到场，明儿赶早送师傅过来，我就得去公司安排出发的杂事，还要跟车去郊区，午饭别等我，估计下午才能回来，家里全靠小涛支撑，妈跟着受累。"母亲认真地说："公家的正事不敢耽误，你去忙吧，家里有我们。"刘涛表态说："姐夫交代清楚，我尽量干好，反正有妈掌舵，我姐和颖洁把关，错不了。"姐姐好笑道："瞧你这张巧八哥嘴，真会说。"冯颖洁叮嘱道："姐夫可要交代明白，刘涛脑子不转弯，明天留神看我们的眼色行事。"刘涛深施一礼道："小生遵命。"放下碗筷，冯颖洁收拾厨房，母亲准备明天待客的炖肉炖鸡。姐夫规整施工场地，接电源插座。刘涛找邻居李叔借来平板三轮车，跟姐姐去商店拉回几箱啤酒一箱白酒，几大包调料。此时，天色已暗，姐夫拉出屋两个灯口，装上高瓦数电灯泡，将院子照得明晃晃，一应板材、木方子、五合板、刚拆开的杂木板条，分门别类有序摆放，各类辅料在窗台摆得十分拥挤，小院除了留条小路通向堂屋，已是满当当。

姐夫交代说："明儿家具二厂加工车间主任老白带队，还有要好的师兄弟和懂事的徒弟，有事只管跟老白说，我是他的入党介绍人，也是他徒弟，车间一起搭过班子，他挺照顾我，关系没得说。他们来了不用敬烟，只敬茶，花茶沏酽点儿，为防火灾，木工干活儿都不准抽烟，干力气活儿都能吃，午饭的炸酱面量大点儿，不上酒，晚饭的啤酒管够，临走每人两瓶白酒加两盒烟，不用给工钱。"母亲插话说："这么着多不合适，好像故意占人便宜。"姐夫忙说："妈，这是家具厂木工师傅们定下的规矩，关系不错的师徒互助换工，谁家有事都要伸手帮忙，主家只管吃喝，带回烟酒，不能提工钱，否则就显得生分了，我调到公司了，今后帮老白他们办事都挺方便，这份人情容易还上，您就踏实地把心放肚子里。"母亲夸奖道："文杰能办事，还有什么不放心。"

家里厨房都收拾得差不多了，已是凌晨一点多，姐夫才骑车走。刘涛困得睁不开眼，擦把脸，倒头睡下，仿佛才迷糊片刻，被母亲唤醒，早点已摆上八仙桌，一堆热乎乎芝麻酱烧饼和炸油饼，芥菜疙瘩丝儿拌香油，还有一大锅豆浆。刘涛懵懂道："妈，您没睡会儿？"母亲微笑道："这都几点了，快吃吧，你姐夫他们快来了。"天刚蒙蒙亮，就听到院外人声杂乱，姐夫领着一群人进来，为首是老白。母亲迎上前，热情握手说："孩子们的婚事，惊动了白主任亲自挂帅，您多操心受累。"老白年近半百，略有驼背，一双大眼睛滴溜溜乱转，客气道："给大姐您提前道喜了，文杰是我最得意的高徒，直线升到公司机关前途无量，我还指望他今后多照看一眼，这个大事我要是不来招呼，可没脸来喝喜酒。"众人跟着陆续道喜，进屋吃早餐。

  姐夫吃过早餐，匆匆告辞。老白招呼众人忙起来，钉操作台、电锯和电刨子定位，接通电源，人分三组，一组负责大衣柜五屉柜，一组负责高低柜和书架子，一组负责写字台餐桌椅子，一个打杂兼做所有家具的腿子，老白摊开家具图纸，样式和尺寸了然于心，亲手放线，布置开料。电锯欢快地叫起来，板材和方子按线下料，先走一遍电刨子，划出榫卯的墨线，诸匠人凿子手锯见了真章，一个多时辰，大衣柜方子备齐，老白一声号令，开始组装架子，膘胶涂在榫子上，稍加力插入，卯白严丝合缝，精准度令人咋舌，接下做柜门，五合板四周涂鳔胶嵌入扁平方子槽里，方子卯榫合一，组成长方形柜门。负责写字台和餐桌椅的那组，按尺寸拼接桌椅面的板材，拼接讲求对准木纹，同一原木破出的柞木板材，年轮花纹有规律地绵延，拼成一幅幅含着朦胧之美的木纹山水图画。

  刘涛里外忙着，手疾眼快地添茶续水，供师傅们辅料。家里几个暖瓶早都灌满，还有一大壶开水，匠人们都自备带套的特号玻璃罐头瓶子当茶杯用，一遍茶水倒满杯子，备下的开水下去多半，又催姐姐烧开水。刘涛第一次看到木工家具产业化生产流程，目不暇接，赞誉道："各位师傅手艺达到精湛程度。"老白付之一笑道："外行看热闹，内行看门道，让我说，都有各自的毛病，他们没一个不服气的。"刘涛诧异道："当真么？"老白自信道："那是当然，俗话说长木匠短铁匠，会干横平竖直的榫子活儿，只算学到一半手艺，会斜线榫子活儿才够六分手艺，要凭一股子灵气，木工考七级以上，才是硬碰硬，没几个能一遍过关，八级木匠顶天了，能做扁圆的木桶，上了箍子，打腻子刷清漆，滴水不漏才算过关。"刘涛咂舌道："妈呀，每块木片接口严丝合缝，恐怕只有鲁班爷再世了。"老白含着一口茶水，在嘴里咕噜几声，徐徐咽下说："外行以为木匠是粗笨体力活儿,其实木匠讲究精准二字,最难考的是木型工,技术要求木工六级以上,做出的木头模型用卡尺量分毫不差。"刘涛惊讶道:"我当过车工,卡尺是用来测量钢铁加工成品的,差不过丝毫。"老白神秘一笑道:"过去没有电锯和电刨子,全靠手工感觉,非得熟能生巧,有股子灵性不可,名师才能出高徒,过去高手选徒弟都挑剔,可谓百里挑一,为的是能带出名徒,师傅脸上有光。"刘涛暗叹,师徒口传心授,带出成名徒弟谈何容易。他再给匠人续一遍茶水,书架子也组装起来,老白招呼贴大衣柜正面侧面的五合板,背面贴三合板。刘涛捧着鳔胶罐子跟着转,衣柜基本成型,老白咚咚地敲着五合板贴面说:"紫椴方子框,五层板面,这家具才叫结实,用几十年还是它。"午餐炸酱面,黄瓜丝、萝卜丝、焯黄豆芽、芹菜等六样面码。老白理所当然吃头一锅,大海碗面条拌上油汪汪的炸酱,点上炸辣椒油,面码五颜六色勾人食欲。他咬蒜瓣尝一口,连呼地道:"正宗老京城炸酱面,下去顺当。"老白吃饱了,跟刘涛的母亲聊几句家常话,招呼一声,接茬儿干活儿。大衣柜装上腿子和成型的书架子都贴院墙摆放,院里腾出地方,再贴五屉柜和高低柜的面板,匠人们陆续吃完饭,谁也没好意思歇会儿。母亲直劲儿劝:"各位师傅喘口气再干。"老白好笑道:"老嫂子,您就甭操心了,我这半大老头子都没事,何况他们正当年的汉子,只要吃饱了,有的是力气,给自家干活儿,早干完了多踏实。"正说着话,刘涛的姐夫也赶回来,接替刘涛打下手,刘涛帮着母亲做晚餐打杂。暮色降临,写字台工艺复杂,煞后才组装完工。

夜幕被徐徐地拉开,繁星顽皮地眨眼,吃惊地望着京城这家异常热闹的小院落。院子里灯光通明,喜庆气氛四处洋溢,似乎胜过除夕之夜。老白招呼众人收拾起各类电动工具,家具贴墙摆放,院里腾出一块空间,摆放姐姐那套刚打出来的白茬儿餐桌椅,铺上几张旧报纸当临时餐桌。堂屋里八仙桌为主,母亲和姐夫陪着老白和几个班组长,院里是副桌,刘涛陪客,在座的每人一瓶啤酒打开,对着瓶口吹喇叭般,咕咚咚灌下几口,啤酒既解渴又解饿。刘涛依次敬酒,给各位师傅道辛苦。众人纷纭道:"该当的,陈主任在车间没少照顾师兄弟,如今当上了公司领导,成了家具二厂老少爷们儿的指望,厂长书记见面都要另眼相看。""大兄弟这会儿不用再说客气话,我们哥们儿能来为陈主任出把子力气,在加工车间也算挣足了面子。感谢陈主任给了效力机会还来不及,大兄弟就不要谢字不离口了。"母亲和姐夫也出来敬酒,姐夫质朴道:"感谢话不多说了，我结婚时哪个不来喝喜酒，唯老白是问。"众人都说："一定来道喜，有好事不来，岂不自讨没趣。"母亲实话说："都累了一天，大家吃好喝好，小涛紧着招呼。"

家具打好，堆在院里不敢耽搁，刘涛赶上周末再回京，姐夫领着一起上色刮腻子，砂纸再打磨两遍。刘涛再回来一趟，忙着上底漆，再打磨，累得腰酸腿疼。姐姐叨咕说："这些都没花钱，文杰的师兄弟主动送来材料，最后三遍清漆和门把手，在厂里直接交款开票，只花内部成本价，库房领出最好的材料，省钱又实惠。"

家具都打好了，屋里摆进一多半，少半放院里，露天蒙上塑料布，就怕下雨。可巧，一场暴雨无情袭来，大风刮起了塑料布，家具还是淋湿了，受潮的大衣柜门子走形，姐夫只好找师傅修补一次，母亲被迫给儿子打长途电话，催刘涛在单位找个便车，把自己那套家具都拉到石油单位，预备婚后过日子用。

要车去京城拉趟家具不算难，可是拉来放在哪儿。刘涛犯愁了，石油单位分房以女方为主，不可能指望在京城进修的冯颖洁，这会儿找总医院要住房，在井下基地一时三刻找间空房存家具，恐怕比登天还难，何况人家曾宏伟还在供应站男宿舍打游击住，可是辛辛苦苦打出的家具，万一再遭漏雨，门子变形，不够费事找师傅修补的，婚后用起来也难免心里别扭。

卢科长出差，已走了几天。石会计发现刘涛闷闷不乐，私下问了一句，刘涛如实说了烦心的事儿。石会计马上找主管领导郭副指挥反映属下的难处，正巧副总地质师李畅然在郭副指挥办公室里一起商量工作，无意听到这个事儿，笑着说："我住的套间儿，外屋白空着，现在不怎么开火做饭，可以借给京城老乡小刘，暂时存放家具，以解燃眉之急。"石会计当然是千恩万谢，回科里让刘涛快去找李副总接头儿。

李畅然副总地质师住在机关平房第二排东头的里外套间，外屋只有一只木箱和一套液化气灶台，显得空荡荡，里间是办公室兼卧室，一张写字台和文件柜，两张单人铁床，还有统一配发给处级领导的一组沙发和衣帽架。李副总虽年过半百，缺了几颗牙齿，可相貌和善，刚见面就笑盈盈递过一把钥匙说："我的媳妇和孩子都在京城，现在没工夫来探亲，基本算老光棍儿，你来跟我做伴儿正好，省得我自己寂寞，平时跑基层作业队多，正好你来帮我照看宿舍，空着那张床，你干脆来住。"刘涛接过钥匙，激动道："李副总可算雪中送炭，我们刚登记，对象在总医院排队等着分配婚房，预备结婚的家具最多存放几个月，我过来一起搭伴儿住也好，至少可以帮您接个电话，转告要紧的事。"李畅然开心道："太好了，主要是怕我媳妇万一有事来电话，赶上我不在，没人接电话，耽误家里急事儿，你来帮着记下电话内容，纸条放在办公桌上就行，我回来准能及时看到，先谢谢小兄弟了。"刘涛好笑道："我都不知道怎么感谢您的热心照顾。"李副总开朗笑道："哈哈，咱们都是京城老乡，当老哥的，怎么也要照顾好小兄弟。"

刘涛拿到房间的钥匙不再耽搁，石会计帮着找调度室要辆卡车，专程去京城拉来一套家具，曾宏伟叫来保卫科两个民工，帮着卸车，家具安顿进屋才算踏实。刘涛的行李也从财务科库房搬过来，李副总的办公室兼卧室也有一部对外直拨电话机，卧室房间比财务科那间库房宽敞。赶上李副总回来，二人晚上还能聊会儿家常。曾宏伟通过机修厂长，临时借一间单身宿舍，离自家近便，总算告别了打游击借住供应站集体男宿舍的尴尬局面。帮忙卸家具时，曾宏伟见到刘涛这套时尚家具羡慕不已，调侃道："我结婚那会儿纯属瞎凑合，只买了大衣柜、高低柜和梳妆台，刘涛的结婚家具又是大衣柜又是五屉柜、高低柜、橱柜、书架子……快成土豪了，关键时刻刘涛还有贵人关照，提供了现成的地方存家具，八成是神仙下凡。"刘涛擦汗道："世上没有救世主，也不靠神仙和皇帝，要解放自己，除了奋发努力，也靠几分运气……对了，曾老兄，井下那两栋家属楼已经动工了，你们两口子都在井下，有争取分房的可能性，关键看是否有主要领导帮你们说话。"曾宏伟含蓄道："没错儿，该找的人，我都拜过一遍。"刘涛随口说："那就再看你们的运气了，你们孩子那么小，值得领导同情。"

父亲的平反大会在三月底召开，单位居然查到父亲当年火化的骨灰存放处，一直暂存在八宝山公墓管理处，平反大会在八宝山公墓告别厅举行，刘涛和姐姐搀扶着悲痛万分的母亲，姐夫和冯颖洁跟在身后，胸佩白花、臂戴黑纱，提前来到告别厅，为父亲守灵。告别厅中央横幅黑布白字写着：刘子峰同志平反追悼大会。父亲大幅遗像挂在横幅下方，似笑非笑的神态栩栩如生，遗像前摆放着骨灰盒，上面覆盖着红色的党旗。上午九时，告别厅里站满了人，哀乐低回，主持人宣布平反追悼大会开始。默哀毕，父亲单位的一把手亲自宣读平反文件，总结父亲一生的成就，做出高度政治评价。捎带提一下以前因受迫害，蒙冤不幸故去。刘涛泪流满面，只记住"工作有开创魄力，具备了坚定的革命性"这两句话。他的心底甚至涌上某种怨恨，父亲在天之灵能否有知……这些恐怕都来得太迟了。母亲身子始终在颤抖，虽说事先吃了点儿镇静药，刘涛还是惶恐不安，紧紧挽住母亲的胳膊，生怕母亲支撑不住，突然倒下……告别仪式结束，岳父和岳母上前，陆续握手，岳父安慰道："为了咱们的孩子，老嫂子千万咬牙挺住，咱们一起坐车回去。"岳父母钻进一辆黑色吉普小轿车，刘涛的姐姐搀着母亲也坐在了里面。刘涛捧着骨灰盒，跟颖洁乘坐姐夫单位派来的吉普车。回家后，遵照母亲的吩咐，骨灰盒供在堂屋的父亲遗像下面，一家人煮面条简单吃过，姐姐忽然提起当年小院里的葡萄架，刘涛也想起学习小组同学们，一起在葡萄架下写作业。可惜，后来父亲主动拆了葡萄架，激情地说："告别葡萄架下看书喝茶的闲情逸致，坚决革命到底……"

刘涛照看母亲睡下，在家里陪了一天。晚上躺在床上，他想起小学四年级挨打的往事，春季一天下午，放学跟同学去公园玩，忘记写语文作业，老师让没完成作业的同学留校，通知家长领回，赶巧父亲下班早，回家闻讯追问实情，刘涛谎说学校搞活动，耽误了写作业，父亲一眼识破，发怒了，坚硬的拳头擂在他屁股上，又让他面壁罚站，反省如何做个诚实的孩子……父亲的严厉责罚，也成为弥足珍贵的记忆。刘涛擦去眼角的泪水，昏昏睡去。

转天，刘涛见到母亲神色好些，赶回石油单位上班，下个周末再回家看望母亲，听到姐姐已调到父亲单位机关办公室的好消息。母亲解释说："你爸单位一把手做主，让在京成年子女直接进机关顶替接班，这也算一种照顾和安慰。"

母亲招呼姐弟俩说家务，提出父亲补发的工资五千多元，给子女各一千五百元办婚事，余下的存银行以备急需。刘涛和姐姐都说："有个千儿八百结婚足够了，您留下大头儿当念性儿。"姐姐与母亲商量说："我跟陈文杰陪着公婆回了一趟老家，看了文杰的奶奶，商量了好日子，定在四月二十六，公历农历都是双日子，适宜婚嫁，婚后文杰的单位无房，文杰搬到咱家住，这样省得妈一个人住着孤单。文杰打算在家具二厂的食堂办婚礼，到时候厂里来车接送咱家人。"母亲含笑道："我没别的讲究，都随你们定，先把你嫁了，你弟弟也好定下娶媳妇的好日子。你们都成家立业了，我也能省了大半心思，你爸在天上看着，也会高兴的。小涛，你姐的好日子定了，到时候你还要请假，最好提前回来帮忙。"刘涛玩笑道："这段儿日子，鞋底儿快跑破了。"姐姐不满道："家里多少大事，你都没怎么管，整个是大松心，家具上三遍漆，打磨和装把手，好多细活儿都靠我和你姐夫，咱爸补发工资手续也是我经手办理，你无非多跑了几趟，这会儿还要跟咱妈抱屈。"刘涛赶紧哄道："谁让我有个好姐姐，再加上好姐夫，石油单位离着家还是远了一点儿，横竖够不上，你们只好多担待点儿，姐姐大婚，当弟弟的也不会买什么，干脆出三百块钱，姐去买点儿自己喜欢的。"姐姐啐道："呸，就会耍巧嘴八哥儿，你结婚，我还得多给一点儿。"刘涛开心道："谁让你是姐，我小。"姐姐悻悻地指着弟弟说："倚小卖小，别得意，早晚有人治你，颖洁不是善茬子。"母亲赶紧说："颖洁人贤惠，干活儿也利索，小涛能娶进门，算是有福气，凭你是谁，总会有个脾气，只要明事理，孝敬长辈，就是好孩子。"姐姐噘嘴道："您就偏心眼吧，儿媳妇还没娶进家门儿，您就开始护着，将来再养个大孙子，您就等着烧包儿伺候吧，不得当成眼珠子，心头肉儿，捧着怕飞了，含着怕化了。"母亲生气道："我就是打小儿把你宠得忒不像样儿，现在才敢跟我这样儿说话。"刘涛忙说："妈，我姐想学说相声，可就是练不好大贯口，耍贫嘴的基本功太差，没事又想玩票儿，今儿可算玩儿现了。"母亲扑哧儿一下笑道："你小子，就会逗人招笑儿，小时候可没这么臭贫。"姐姐不依不饶，趁机发泄道："小涛这纯属——得便宜卖乖。"

九

姐弟婚事

刘涛提前一天回家,打算给姐姐的婚事帮忙,实际却没帮上什么。

母亲见面告知儿子:"经与冯家商量,你们的婚期订在五月份最后那个星期日。"又吩咐道:"小涛一会儿盯着厨房做晚饭,把菜洗净切好,等颖洁回家炒菜。"刘涛不耐烦做家务,可这个日子口儿,再不敢偷懒,耐着性子干活儿,一心巴望颖洁早点儿回来下厨。姐姐一会儿喊母亲看婚礼穿的新衣服,一会儿又忙着梳洗头和烫发。厨房基本收拾妥当,天色已晚,冯颖洁才姗姗来迟,刘涛埋怨道:"明知家里有大事,怎不早点儿过来?"冯颖洁歉意道:"早出来了,等了半天公共汽车,谁知遇到长安街交通管制,所以这会儿才回来。"说罢,放下挎包,下厨炒菜,饭菜上桌,又叫母亲和姐姐来吃。母亲进了堂屋,从五屉柜抽屉里拿出一沓十元票子,交给准儿媳妇说:"颖洁,这是我给你结婚买东西的钱,有空儿去商场看看,总要置办两身衣服,穿得体面些。"冯颖洁眨几下眼,笑吟吟推辞道:"妈,我工资够花的,您真的不用再给了。"母亲正色道:"你有的存起来,以后跟小涛过日子用,这是当老家儿的一份心意,必须拿着。"颖洁这才收下，歪头甜笑道："谢谢妈。"

饭后刘涛收拾碗筷，厨房搞完卫生，又忙着收拾院子，院门上对称贴上大红喜字儿。冯颖洁跟着母亲布置姐姐的新房，门窗上都贴了喜字儿，屋里对角挂拉花，双人铁床上换了里外三新的床褥子，铺上龙凤图案新床单，被子暂且用旧的，新被子明儿起早才能换。姐姐找出新郎官全套内衣衬衫，摆在五屉柜上，崭新的银灰色中山装挂在大衣柜里，黑皮鞋擦得一尘不染，放在写字台下，预备姐夫过来接人时换上里外三新的婚礼衣服。全家折腾到后半夜才睡，冯颖洁和母亲一起住堂屋，娘俩没少叨咕私房话。天蒙蒙亮，都被母亲叫起，先进新房撤掉旧被子，换上两床新呢绒锦缎被子，红色被面是金色的龙腾图，绿色被面是金色的凤舞图。刘涛看着眼热，感叹道："老传统可不得了，龙凤是中华民族男女的至尊象征。"母亲平淡地说："这是老辈子留下的规矩，孩子婚配是人生的最大喜事，讲究吉庆礼仪，也是长辈对新人的祝福……妈也给你们都预备了，对你们姐弟两个不偏不向。"母亲说罢，又去厨房抓来两把花生和大枣，塞进被子。刘涛装傻说："这东西，多硌人。"母亲抿嘴笑道："这船上没你的货，躲一边去。"冯颖洁悄声对刘涛说："相声里有这个掌故，早立子，花着生。"刘涛挤眼道："我学过相声创作，用你这会儿班门弄斧。"

姐夫开着吉普车来了，姐姐抽动鼻翼说："文杰，怎么弄得满头都是油烟子味儿……快去洗一下，再换上新郎衣服。"姐夫在厕所里边洗边说："昨晚儿在食堂敲定菜谱，厨师忙着炸丸子，不承想，让我的头发也跟着沾光了。"姐夫还没换完衣服，大舅的开朗笑声在门外响起，进门就说："恭喜大妹子，今个儿是我的大外甥女好日子，开门见喜。"说罢他掏出个红包递给小兰说："大舅的一份心意，可别嫌少，我还开了辆吉普车来。"正说着，刘涛的岳父母也进来，道喜时给了红包，并说门外有一辆小卧车，一会儿新人和母亲就坐这辆车。

一身笔挺中山装的姐夫走出屋门，浑身透着股子帅气劲儿。刘涛逗趣道："人在衣裳马在鞍，这话不假，我都快不认识姐夫了。"姐夫摇头说："穿中山装架架哄哄地浑身不自在，还是穿工服随便，哪儿都敢坐。"屋里忽然传出一阵嘤嘤的哭声，一身光鲜衣服的姐姐，勾着母亲手臂，母女依偎着，满脸泪光地出门。母亲好笑道："傻丫头，哪有不出嫁的大闺女。"大舅劝道："小兰，好日子不作兴哭。过去大闺女出门子哭嫁，那是包办婚姻的罪过，新媳妇见不到女婿，只听媒人说得天花乱坠，当真嫁鸡随鸡嫁狗随狗，还有嫁了瘫痪在床的丈夫，跟公鸡拜堂成亲。"刘涛插话说："我姐亲眼相中的姐夫，可心儿，更可意。"姐姐白了一眼说："你不也是，还用着这会子来说嘴。"母亲取笑道："这日子口儿了，姐弟俩还要争竞几句，没个消停时候。"冯颖洁在后面，给姐姐提着挎包，提醒道："妈，时候不早了。"大舅也催促说："大妹子，抓紧吧，人家厂里上下都盼着迎新人呢！"

众人陆续出了院门，分头乘车。刘涛锁好院门，钻进大舅开来的吉普车里，跟石柳珂表姐打开话匣子。刘涛逗趣道："表姐啥时也让我们喝喜酒？"石柳珂没好气地说："那得看缘分儿，你以为别人都像你，总能碰见好事，万事不操心……我先得解决饭碗问题，才能考虑成家立业的大事。"大舅透露："柳珂准备进我们会办企业搞财务。"刘涛开心道："咱姐俩儿成了同行。"石柳珂哼了一声说："八字没一撇的事，再说我也没学过，对这行摸不着门儿。"刘涛安慰道："凭表姐的聪明劲儿，干这行没问题。"

小卧车开入厂门，一阵锣鼓热闹地敲响。姐夫先下车，恭敬打开车门，搀扶姐姐下车，一群人簇拥着走向大食堂。冯颖洁跟着刘涛下车说："怎么不放个鞭炮？"刘涛瞪眼道："这是家具厂，没看见库房墙上的大字标语：严禁烟火。"走过成品库，到了食堂门口，聚集的人群发出欢快的尖叫声，有人朝着新人头上撒五彩纸屑。刘涛和冯颖洁陪着母亲进了食堂，有人引导他们在主席台前位置入座，身后几十张圆桌周围很快坐满人，墙上领袖像下方贴着大红喜字。家具二厂的杜厂长主持婚礼，家具公司党委的常副书记当主婚人，大舅代表女方亲属讲话，姐夫爸爸代表男方家长致谢，姐夫代表新人即席感言，表达了对家具二厂的深情厚谊。

简短的典礼结束，母亲、大舅和岳父母被引到小餐厅主桌用餐。一对新人和刘涛、冯颖洁，在小餐厅的小餐桌设座。杜厂长举杯致辞道："借着小陈的婚礼，家具二厂有幸请到国家燃化委清查办的冯主任和市工商会筹备组的石副组长、市家具公司常副书记大驾光临，还有这对新人的长辈及亲属，我们对各位领导和来宾表示最热烈欢迎和诚挚祝贺，干杯！"说罢，他一饮而尽。家具公司常副书记跟着举杯说："小陈是家具二厂输送给我们公司的优秀团干，我提前透露个好消息，公司党委决定给小陈压担子，团委副书记任命下周发文。我代表家具公司党委，热烈欢迎国家燃化委和市工商会的领导莅临我公司下属企业视察，对陈文杰同志新婚加升职的双喜临门，表示诚挚祝贺，对新娘及新人亲属长期支持文杰工作表示衷心感谢。"东道主致辞后，主宾也跟着表态。冯伯伯举杯说："有幸跟京城家具行业老大攀亲，我来个公私兼顾行否……打算让原单位沾点儿光，远的不说，我离开京南石油不久，没少听分管后勤的头儿报怨，木制办公家具难买，机关长期瞎凑合，能否及时补充一批，就看在座领导的态度了，咱们都是全民企业，签了买家具合同，石油单位可先付部分货款为定金，如何？"常副书记喜笑颜开道："跟全民大企业打交道就是痛快，只要有了钱，还愁办事？这事我就敢做主，合同签下，优先给杜厂长派任务，组织加班突击一下，二厂上下都辛苦点儿，怎么也得满足国家大油田机关办公家具的基本需求。"大舅跟着举杯说："外甥女婿大喜的日子，我这个当大舅的也要努把力，眼下我正抓会员发展工作，借此良机，打算把京城家具老大企业发展入会，多一个京城工商界的交流平台，家具公司是否愿意？"常副书记兴冲冲地说："这是打着灯笼难找的好事，感谢家具公司的姻亲们，为京城家具行业发展出谋划策，杜厂长的这场婚礼办得够水平，让各位嘉宾满载而归。"满桌人不禁为之喜笑颜开。刘涛一旁暗笑，笑谈之余，各得其所，这真是门高深的社交艺术。

新人挨桌敬酒，刘涛和冯颖洁跟在一对新人身后，拿着酒瓶酒盅倒酒伺候，主桌敬酒，姐夫依次感谢，酒盅沾湿嘴唇即可，到了老白为首的加工车间那桌，姐夫被逼着喝了一盅，老白才罢休，呵呵笑着落座。新人一圈转下来，婚宴接近尾声。母亲早已盛出两碗米饭，刘涛朝着冯颖洁使个眼色，端起饭碗大口扒拉菜吃。

食堂门口堆着一大撂搪瓷洗脸盆和十多个带纸盒包装的铁皮印花暖瓶。临走时，姐夫招呼刘涛把东西都装上吉普车。回家卸车，母亲发愁道："这老多东西，啥时才能用完。"姐夫含笑道："各班组工友凑份子钱的心意，真不好推辞，妈先挑喜欢的花色留着用，剩下的我和小涛对半分。"母亲满意道："就依你的心思。"

晚上家里摆了两桌，姥姥家亲属都来祝贺，有送毛巾被和枕巾的，也有送闹钟和花瓶的，都算实用。饭后长辈先告辞，几个弟妹闹洞房，让新人出节目"啃苹果"，笑声绵绵。

忙完姐姐的婚事，刘涛和冯颖洁也紧锣密鼓地筹办婚事，母亲私下告诫，

九 ········ 姐弟婚事

没道理再去麻烦家具二厂，咱家没有企业的背景，办事量力而行。家人一起商量婚事，刘涛力主在家办，母亲提出别忘记请打家具的师傅，姐夫提出少花钱多办事原则，请厂里食堂的厨师来家掌勺，师兄弟在院里搭大棚做流水席，家里只能摆三桌，中午翻一次桌，客人分成两拨，冯颖洁娘家请的人十点半来，打家具的师傅和刘涛请的人十二点半来，晚上是亲属祝贺。刘涛跟冯颖洁斟酌再三，确定只通知往来密切的同学和知青好友。

劳动节到了。刘涛和冯颖洁趁着婚前假期，赶早到火车站，乘车去八达岭爬长城。

刘涛背着书包，装了沉甸甸的面包汽水香肠榨菜丝，冯颖洁的书包里装遮阳伞和相机、军用水壶。天晴气朗，柔软的阳光照在身上，人就添了精神。刘涛甩开大步登长城，冯颖洁在后面喊："您赶火车呢？"刘涛一摸后脑勺笑了，等着她上来，接过遮阳伞打着，二人牵手拾级而上。登上城楼，冯颖洁指着前方的箭楼说："多有气势，不到长城非好汉，登上长城不遗憾。"刘涛卖弄道："宇宙飞船在太空看地球，只能看到万里长城，这是最让中华民族自豪的事。"冯颖洁含笑道："考考你，知道长城用什么砌的？"刘涛漫不经心道："摆在眼前的青砖，据说有人开始收藏青砖了，这东西年头儿多了算古董，也值钱。"冯颖洁跺脚道："哼，谁不知道青砖，用什么灌浆勾缝？"刘涛玩笑道："这是小儿科——水泥。"冯颖洁笑弯了腰，指着他说："水泥可是现代工业化的产物，您忒不靠谱儿了。"刘涛逗趣道："我也没说错儿，所谓古代水泥也，黄土加石灰捣碎了，用江米熬汤和泥，经历数百年不变，比当代水泥还结实。"冯颖洁嗔责道："就会强词夺理，再考你一个，先有京城还是先有潭柘寺？"刘涛瞪眼道："怎么净出幺蛾子问题，当然是先有京城，后有潭柘寺。相传京城是哪吒闹海时发现燕山以东平原是个大龟盖子，适宜建都，元朝才建成大都……"冯颖洁得意道："你这是神话传说，不靠谱儿。你没去过潭柘寺吧，元朝才七八百年的历史，潭柘寺已有上千年历史，据说唐朝就有了，山门前有几颗千年银杏树为证，还有寺里铜鼎铭文为证。"刘涛感叹道："京城古迹不可胜数，随手拎出一个就是几百年沧桑，听说在美国，有百年历史就算文物了。"冯颖洁涌出几分失意感，叹气说："唉，我们虽是京城户口，却不能在京城定居，只是匆匆过客，石油单位的日子始终感觉漂泊不定。"刘涛劝道："我们的岗位都不错，待遇也挺好，虽说离家半天路程，距离真不算远，不知结婚后回石油单位,总医院能否分到住房,哪怕只给一间,至少有地方摆放家具,二人吃饭睡觉怎么都能将就。"冯颖洁凝眉道:"唉,这是未知数,办完事回单位再争取,还要看运气。"刘涛抓住冯颖洁的手说:"咱们过去都吃过苦,不会轻言放弃,只要有百分之一的希望,就会付出百分之百的努力。"冯颖洁甩开手,轻笑道:"喊,早就看出你的犟脾气,追人家不到黄河不死心。"刘涛揶揄道:"你呢,换句通俗的话说,心眼活泛,窍儿灵,招儿也多,够本还哭,不是盏省油的灯。"冯颖洁啐了一口,略带得意地笑了。

新婚令人神往,筹备就不觉得疲惫。刘涛抱定了能者多劳的主意,凡事听从长辈安排,媳妇拿主见。母亲找出几块积攒的布料,催着到裁缝铺去量尺寸,给儿子定做一身卡其布中山装,给冯颖洁做了件桃红色尼龙锦缎面的中式袄、一条深蓝西裤,颜色很配的那种。冯颖洁执意给母亲也做件素花上衣和藏蓝西裤。三套衣服都付了加急费。一星期后去试衣服样子,刘涛路上发牢骚,嫌试衣服样子麻烦。母亲训道:"别犯懒,人活着就不能怕麻烦。"冯颖洁帮着婆婆说:"这是裁缝量身定做,不亲身去试一下,怎知是否合体,不听老人言吃亏在眼前。"刘涛举起双手说:"我投降了,幸亏这辈子只结一次婚。"冯颖洁讥笑道:"你还想结几次婚,怎么总盼着当俘虏。"刘涛坏笑道:"我不幸被敌军俘虏。"冯颖洁悻悻道:"哼,说不准,谁先被俘虏了。"逢周日公休,小两口又回京,去逛商场,大包小包提回家。晚饭后,刘涛陪着颖洁回娘家,在闺房里整理箱子。冯颖洁献宝似的找出一堆白棉线钩织的桌布和台布等装饰品。刘涛惊讶道:"妈呀,一针一线地钩织,这得花多少工夫。"颖洁歪头甜笑道:"还不是忙里偷闲,这都是当姑娘的一个梦想,把小家庭尽量布置得温馨点儿。"刘涛涌出一股暖流,感叹道:"真难为你了,当初温馨的梦想,即将实现。"颖洁一怔,皱眉道:"你别美,不知回单位能否有一间婚房,那些家具总不能长期摆在人家办公室里。"刘涛心里冷得一哆嗦,强作笑颜道:"全凭撞大运。"

刘涛的婚事简单操办。姐夫请来家具二厂的师兄弟帮忙,提前半天用帐篷苫布给院子搭好棚子,院子角落砌了临时灶,点火后,压进几十斤煤球,转天上午厨师来,挑开灶口,火势熊熊,恰好烹饪得用。上午姐姐陪着刘涛去冯家接新娘,乘公共汽车来,无非走个婚礼的程序。冯颖洁的父母也来到,招呼女方家亲戚,母亲陪着说几句话,冯颖洁的同学和兵团战友来了不少,婚宴开始,满三桌还加了座儿。事先有约,第一拨儿来宾十一点半准时告辞,其间第二拨儿来宾有提前到的,只好挤在狭小的新房里喝茶。十二点半,三桌开始翻台,宾客陆续到了,主要是刘涛知己、同学和荒友,还有二厂打家具的师傅们,满三桌依然加座儿,八凉十热的菜品,厨师手下利索,菜肴上得及时。刘涛和冯颖洁依次敬酒,姐夫事先关照了,敬酒以水代酒,宾客们也都不强求新人喝酒。可是打家具的师傅们难得不干活儿,还能聚在一起,老白带头白酒和啤酒一块儿招呼,刘涛的荒友们聚在一起也算机会难得,李停战带头打开白酒瓶,刘涛被俞卫青拉入其中,喝得都有几分酒意,听到韩江平动情地诉说,大返城后的空荡荡连队知青宿舍,众人都动容了,端起酒杯咕咚一饮而尽。俞卫青骂道:"这人啊,属贱骨头的,在北大荒那会儿,恨不能一步离开那个鬼地方,可一旦返城,又无数次梦见那里,皑皑白雪,湿透的绑腿,眉毛上结的冰碴儿……人生这辈子,真不知是个什么滋味。"荒友们正聊到热闹处,老白和几个师傅过来敬酒,老白领头说:"听说都是小涛不错的同学。"刘涛忙介绍说:"白主任,这都是我的同学加荒友,诸位,这是帮我打家具的家具二厂加工车间白主任和师傅们。"李停战可能误会了,霍地站起,举着玻璃酒杯说:"既然师傅们要喝酒,北大荒知青没有含糊的,大家都满上,一起喝!"老白手下的师傅不干了,有个壮汉拍着胸脯说:"喝酒怕什么,不是喝毒药,装什么英雄,来,一对一地干杯。"说罢,壮汉端起桌上杯子,拿酒瓶倒满,跟李停战碰一下杯,喝凉水一般干了。李停战毫不示弱,也干下去,接着拿酒瓶倒。刘涛一看这么拼酒不是事,忙喊姐夫过来两边劝。谁知越劝越是火上浇油,二人干掉第二杯酒,杯子索性摔在地上粉碎。母亲出来大声喝道:"这是干什么,憋着劲儿来砸场子呀?"老白赶紧示意,把自己人拉进堂屋。刘涛和姐夫劝李停战坐下吃饭,干待了会儿,两拨人陆续强作笑颜告辞,母亲躲在屋里生气,也没出来送客。刘涛和姐夫陆续送客,皮笑肉不笑地应酬着,有人逞了一时口舌之快,闹出了动静儿,宾主都觉得有点儿别扭。冯颖洁跟在客人身后,白赔了不少好话。宾客都走了,母亲对儿子后悔地说:"或许不该让家具二厂的师傅一块儿来凑热闹,不如过后再找补儿。"刘涛安慰道:"两拨人都喝高了,话赶话的事儿,估计过后没人再计较。"

晚上是会亲的家宴,冯颖洁的父母和姐姐冯颖雪都来了,一起喝酒聊天,气氛融洽。母亲请小涛的表姐石柳珂掌勺,着实露了一手,红烧黄花鱼配上红绿辣椒丝，既美观又微辣适口，屋里屋外亲属们都叫好。大舅玩笑道："这段儿日子，我闺女练做饭手艺挺刻苦，要是开个饭馆，保不齐能赚钱。"冯伯伯和大舅早已熟悉，关切地问起石柳珂有否对象，大舅不好意思地说："刚调到我们的会办企业当出纳，总算有了稳定的饭碗，没来得及谈对象。"冯伯伯热心道："我手下有个不错的小伙子，好像也是插队知青，返城时间不长，也没对象，有机会给他们搭个桥试试。"母亲开心道："亲家公要是能给牵上线，成就一对好姻缘，胜造七级浮屠。"大舅哈哈笑道："大妹子说的胜造七级浮屠是佛家之事，咱们都是亲戚，知根知底，成不成的都要万分感谢，这些孩子不容易，当知青耽误几年，返城又忙着工作和学业，婚恋都顾不上。"

　　刘涛和冯颖洁来到厨房里，给表姐石柳珂敬酒，道了辛苦。表姐快人快语道："我刚进会办企业当出纳，正好来找小涛取经，怎样才能干好这份儿财务。"刘涛称赞说："表姐的敬业精神值得学习，当出纳有规定，金库日清月结，现金流水账每天要与库存核对，我有这种书，你拿去参考。"说罢回房，拿来一册《会计核算读本》递给表姐。表姐高兴道："多谢小涛，看完了再还你。"刘涛忙说："我早就用不着了，送给你当参考。"颖洁顺便把父亲准备给手下干部牵线的好事，给表姐打个招呼，表姐谢过说："返城忙着求生存，脑子没顾上走这根弦儿。"冯颖洁顺情道："表姐能干加贤惠，模样也出众，小伙子说不定一见钟情。"刘涛玩笑道："未来的表姐夫，至少不输给我姐夫。"冯表姐凛然道："反正没个像样儿的，我绝不会将就。"饭后弟妹们涌进狭小的新房，冯颖洁笑嘻嘻地拿出一把一元钱新票子，每人给一张，柔声说："给你们买书看。"弟妹们都争着喊："谢谢大嫂！"闹洞房，谁也没好意思出幺蛾子节目。

　　期盼许久的新婚之夜来了，令人激动万分。新房虽小，却很温馨。刘涛迫不及待地上床，扒光了妻子的衣服，只剩遮羞的三点。冯颖洁钻进被子里，涨红脸说："灯都没关，急什么，谁还能抢走了，你不能温柔点儿。"刘涛傻了吧唧说："能不急吗？等了多少年，才盼到今儿。"二人一阵疾风暴雨过后，床上复归于平静。冯颖洁抚摸着丈夫硬撅撅的头发说："睡吧，累了几天，该睡个安稳觉了。"天色微曦，刘涛起身小解，冯颖洁也睁开眼说："人家渴了。"刘涛拿起杯子倒了开水，先喝一口，又跪到床上喂媳妇。冯颖洁在被子里扭着身子撒娇道："人家口渴，你却先喝水。"刘涛使劲儿亲了一口，软软地说："我怕水烫，先试一下。"冯颖洁扑哧儿笑道："巧嘴八哥儿。"刘涛上床又来事儿，这次稳住了神儿，从上到下仔细亲吻，冯颖洁咬着枕巾，渐渐呻吟起来，呜呜有声。二人春风再渡，达到巅峰时刻，如胶似漆地抱在一起。刘涛附耳说："合二为一，感觉飘飘欲仙。"冯颖洁呸了一声说："就会耍流氓。"早晨，媳妇见红了，刘涛扫兴道："怎不早点儿来月经。"冯颖洁委屈道："还不是你昨晚给折腾的。"母亲闻讯嘱咐说："注意别让冯颖洁沾了凉水。"晚上，冯颖洁含笑问："你还想不想当神仙？"刘涛不耐烦道："成心逗我呀，狐狸再狡猾，猎人也不会轻易上当。"冯颖洁正色道："骗你干什么，真的没来月经。"刘涛欣喜若狂道："真是我的好老婆，当然不能闲着，我真以为今儿不能再当神仙了，原来是见了处女红，亏你还是学医的，连这个都不懂。"冯颖洁颇不服气道："就你懂，学医的怎么啦，卫校也没教过学生耍流氓。"

"亲爱的，这叫耍流氓？"刘涛俯身亲吻着，笑得眼泪都出来了。

刘涛回到单位，没再声张新婚之事，只跟石会计简单汇报两句。转天，石会计私下对刘涛说："你悄没声儿地结婚，这怎么行，郭副指挥听说了，吩咐我找个时间，他要亲自表示一下对属下祝贺的心意。"刘涛茫然道："什么时间合适？"石会计微笑道："干脆这个周日中午，你把小冯接到井下，我在家里摆一桌，大家热闹一下，也不费事儿。"刘涛依照石会计的主意，请井下财务科同事和好友曾宏伟周日一起参加，恳请郭副指挥和卢科长光临。受到邀请的来宾，当然也都不空手，凑了笔份子钱，由石会计一总交给刘涛，表示新婚祝贺。周日中午，石会计在家备了一桌丰盛的菜肴。刘涛开着摩托车把冯颖洁接到井下，郭副指挥还拿来一瓶五粮液白酒，刘涛和冯颖洁给众人依次敬酒，表示答谢。郭副指挥玩笑道："小刘有本事，找了冯部长的二小姐当媳妇，财务科人以后去总医院看病方便了。"卢科长只说了一句，祝贺小刘成家了，再没说别的，刘涛没有觉察出什么。冯颖洁心细，餐毕出门后，私下说："我怎么感觉不太对劲儿，你们卢科长好像有点儿不高兴。"刘涛满不在乎道："这段儿日子，我赶上周末就开溜，没少往京城跑，最快周一傍晚才能赶回单位，总会耽误点儿工作，科长能高兴？反正我筹备终身大事，谁都可以理解，科长虽不满意，也说不出什么。"冯颖洁告诫道："在财务科要努力表现，争取科长改变对你的不良印象。"刘涛不痛不痒道："我又不是科长肚子里的蛔虫，怎会知道他的想法，顺其自然罢了。"

刘涛的同学陈晓明，春节回大连市结婚，不过比刘涛结婚早了几个月，回到总医院居然分到一套一间半的平房住宅。陈晓明两口子在新房张罗同学朋友聚会，还是选了周日，郑克建、于虹等男女方要好的同学朋友来了不少，也都凑了份子钱，祝贺刘涛和冯颖洁新婚，也为陈晓明两口子温居。众人挤在一张圆桌旁喝酒聊天。刘涛主动敬酒，给陈晓明的媳妇谢春华和冯颖洁好友于虹，各干了一杯啤酒，说了不少感谢话。于虹提醒道："谢春华怀孕了，喝酒要小心点儿。"谢春华微笑道："我有酒量，一杯啤酒应该没事儿。"陈晓明提到找总医院后勤要婚房的话题，谢春华深有感触说："现在的人都讲实惠，求人办事多少要表示点儿意思。"于虹帮衬说："结婚的机会正好，冯颖洁打着送喜糖喜烟的旗号，捎带手就给后勤打点了。"

这招儿果然奏效，冯颖洁背着一个书包，装了两条礼花牌香烟和几袋什锦奶糖，找总务科长要婚房，优先分到四合院女宿舍把角一间漏雨的闲房。总务科长派维修工趁着雨季到来前，维修一次，用油毡纸和融化的沥青重做房顶的防水层，房间里用石灰浆刷了一遍，冯颖洁利用施工剩下的一块油毡纸和木板条，弄个遮雨棚，求维修工人用粗铁丝固定在窗户上方遮雨，下面可放置东西和做饭。房间晾干后，四壁白得耀眼，屋里感觉宽绰儿。刘涛喜洋洋地跟冯颖洁去后勤库房领出双人铁床、一套电镀钢管折叠餐桌椅，还有液化石油气罐和燃气灶，再把女宿舍的单人铁床和床头柜、木箱子行李等归置到新房，因陋就简开火，煮一锅西红柿面条，就着凉拌黄瓜混饱肚子。

趁热打铁，刘涛找了一辆顺路卡车，把暂存井下李副总办公室的家具拉到总医院宿舍。李副总又跑基层作业队了，刘涛给办公桌上留张字条，写了几句感谢话，等李副总回来后再交房门钥匙。于虹帮着谋划新房里的家具摆放，还说刘涛他们占便宜了，这间房子在四合院里把角儿，比别的屋子宽两尺。单人铁床拆开，放入双人床底下，家具顶天立地叠放，屋子变得满当当，仅留出床前几平方米空间，摆放折叠圆餐桌吃饭。窗前写字台上摞起高低柜，写字台下仅留一平方米空间放折叠椅坐人，台面剩得尺余宽，可勉强读书写字。液化气罐和燃气灶摞在门口，做饭时把燃气灶端到窗外台阶上用。油盐酱醋摆在窗台上，窗户不开，幸好木门往外开，不占屋里空间，后墙上的小透气窗也可打开，屋里空气对流，早晚觉得室温尚可。橱柜没处摆，忍痛丢到窗外的遮雨棚下，茶几倒扣在橱柜顶，蒙上塑料布压好砖头防雨。

九 　　　　 姐弟婚事

母亲打来长途电话，得知儿媳分到婚房，催着把家里该用的衣服铺盖取走。刘涛在井下车队要一辆大屁股吉普车，二人再跑一趟京城，从双方家里拿走书籍和衣物，还有脸盆暖瓶餐具等杂物，双方家里各留一套被褥备用。满当当一车东西拉回总医院宿舍，已是晚上，卸车后东西塞满屋子，床上堆满大小包袱。二人顾不上吃饭，分头整理，刘涛把工具书和常用书摆入书架子上方，储存的书打捆置入书架下方，剩了十多捆书，一股脑塞进双人床下的单人床板上。冯颖洁整理出衣物，常穿用的分类摆在衣柜隔断板上，不常用的装入包袱，堆入大衣柜，锅碗拿出三分之一常用，余下装盒都储在窗外橱柜里锁上。收拾毕，刘涛提起暖瓶去水房打开水，夫妻吃了几块京城带回的糕点充饥，洗把脸倒在床上，疲惫地连神仙也不想做了。刘涛玩笑道："忽然发现咱们算是富有人家。"冯颖洁嗤之以鼻道："哼，家有万贯紫金吗？你连银行存折都没有，还敢说有钱。"刘涛合上眼道："这么多书，都是知识，也是财富。"冯颖洁遗憾道："书再多，读书人也要有用武之地才好。"刘涛扫兴道："睡吧，明儿还要早起上班。"

刘涛筹备婚事期间，常往来京城，卢科长干脆让他把摩托车钥匙交给石会计保管。婚后，刘涛在总医院分了住房，再也不用在井下机关当单身汉，一心巴望重新接管那辆摩托车，上下班开着多方便。卢科长却装聋作哑，摩托车闲在石会计手里，可望而不可即。不久，那辆摩托车被井下机关粮站借去运货，谁也不提"归还"二字，卢科长权当没事人一般。刘涛心怀不满，却很无奈，只得骑自己那辆旧自行车上下班。

刘涛提前十分钟到井下财务科，谁知办公室门敞着，卢科长坐在办公桌前看上个月的成本报表。刘涛打招呼说："卢科长来得真早。"卢科长放下报表说："你也不晚，吃早饭了？"刘涛点头说："在家吃了。"卢科长羡慕道："有家的感觉真好，我昨晚没回去，这些日子媳妇闹别扭，我就是不搭理她。"刘涛没敢搭茬儿，锁好自行车，赶快提着暖瓶打开水，回来给卢科长茶杯沏茶，再给自己杯子沏上，屋里充盈着茉莉花茶芳香。卢科长脸色不再那么严肃，苦笑道："有得就有失，这是个规律。这些日子我忙于工作，有时顾不上回家，媳妇就闹意见，没根据瞎猜，胡说八道我搞破鞋，神经病一般来井下机关又哭又闹，咱惹不起，躲得起……"刘涛谨慎地说："卢科长的敬业精神值得我们年轻人学习，这段儿日子，我净顾了忙自己的私事，耽误了工作，给领导增加了压力,也给您的家庭造成误会,真对不起了,如果需要,我可以去解释一下。"卢科长好笑道:"你能解释什么,只能越描越黑,冷处理只怕还好些,石会计是个热心肠,她去劝一下,可能还管用。"刘涛忽然想起周萍萍说过,卢科长对属下的评价都不怎么好,说不定科长骨子里有股子傲气,看不起手下人……他正胡思乱想,卢科长咚咚地敲着桌子说:"小刘,成家了,也算踏实了,今后要把心思多放在工作上,成本管理任务很重,领导要求越来越高。有个事给你通报一下,总部教育处和厦门大学财经学院合办一个石油财会大专班,学制两年,分给井下财务科一个保送入学指标,考虑到你这段儿新婚,不忍心让你和媳妇两地分居,我给郭副指挥汇报了,定了科里负责总账的小朱去学习。小朱也是你保定财校培训班同学,比你年轻,还没谈对象,正好无牵无挂去专心学习,今后如果再有拿学历的机会,科里会优先考虑你,希望你正确对待这件事,继续努力工作。"刘涛嘴上说一定努力工作,心里却是又酸又苦的滋味儿,懊悔自己结婚不是时候,错过了轻而易举拿大专学历的良机。

  刘涛借着报销差费机会,到财务科的大办公室,打算顺便给石会计道谢,可不巧,石会计正在接手小朱交回的总账,忙着核对当月凭证与账本是否相符。小朱年轻英俊的脸上,荡漾着春风得意的笑容说:"刘兄,小弟先走一步,听说厦门那鬼地方热得很,海滨城市又潮湿,不知咱北方人能受得了这个罪吗?"这分明是得便宜卖乖的嘴脸。刘涛不由得恶从心头起,嘴里拐个弯,挖苦道:"你们河北山旮旯人,估计去海边够呛,又湿又热还不弄个满脸青春疙瘩痘儿,可惜了这么帅的小伙子,要是找不到对象,还不憋坏了,你想打退堂鼓还来得及,老哥替你去吃苦受罪。"小朱笑得就有些尴尬了,恭维道:"刘兄是财务科成本管理挑大梁的,你要是去了,谁管井下成本这摊子,基层各单位年底还指望你手下留情,多挣几个奖金呢!"刘涛假笑道:"地球离了谁都照样儿转。"小朱卖弄道:"咱是财校老同学,透露个消息,据说这个大专班连办三届,老兄明年还有机会。"刘涛酸涩地说:"我明年再轮到机会,也只能是你学弟。"小朱急着说:"刘兄永远是我的好哥哥,兄弟一直很敬重你。"刘涛缓和口气说:"东西收拾好了,啥时走,我送你。"石会计收起凭证和总账,和颜悦色道:"没事了,小朱快回去收拾行李。"小朱应声走了,刘涛等来道谢机会,上前悄声说:"感谢您费心张罗,还破费一笔,我和冯颖洁都过意不去。"石会计淡笑道:"给你祝贺一下新婚,该当的,不周全的地方,还要请颖洁原谅。"刘涛问起卢科长闹家务的事。石会计附耳说："去我家吃午饭,顺便再说。"刘涛会意说："好,我过会儿就去。"

　　进了石会计的家,刘涛才知,今儿是她爱人老王的生日,餐桌摆着几个菜,主食卤面。刘涛空手而来,埋怨道："不知老王过生日,啥也没预备。"老王憨笑道："人能来,就是最大的情分儿,正好一起喝酒。"刘涛点头说："下午还要工作,喝一小盅表示个意思。"石会计面带愁容说："科里人多嘴杂不方便,家里消停得说话。卢科长这件事儿,可算让我作难了,俗话说无风不起浪,关键是你和家具搬到李副总的办公室,给他腾出地方,从那以后,卢科长借口忙工作,时常不回家,留下出纳小赵讲业务……小赵名义归我管,可我能议论顶头上司卢科长的长短吗?据说,他早就有这方面的毛病,喜欢拉拢没谈对象的小姑娘,他爱人为了这种事,据说闹了也不是一两次了。"刘涛恍然大悟道："原来如此,小赵性情温顺,岂不是羊入虎口,凶多吉少。"石会计叹道："唉,理儿是这么个理儿,可谁也不愿多管这种闲事儿,何况也没人拿住什么把柄,他媳妇不知从哪儿听到了风声,来井下找郭副指挥哭闹一场,好歹算被人劝走,卢科长怀疑是我给透风的,故意让我去劝他媳妇,我就算去了,清官难断家务事,怎么开这个口……这次厦门大专班推荐名额,我替你说了句话,不料却得罪他,后来才听说,他力主科里小朱去学习,跟我却说,让小朱拿学历是郭副指挥的意思。还听说他要把京城大队财务组负责人老黄,调到财务科当成本组长,跟我这个总账组长分权抗衡,我现在反倒落得里外不是人。"刘涛倒吸一口凉气,不料小小财务科还有如此深的一潭水。他从感情上对石会计亲近,坦诚地把卢科长上午谈话内容和盘托出,沉默片刻,建议道："咱们既如此被动,不如以静制动,静观其变,抓住时机,改变不利处境。"石会计如梦初醒道："哦,郭副指挥老伴儿托过我,让给他们女儿介绍对象,我其实早就该探探小朱的口气。"刘涛含蓄笑道："据我所知,小朱没对象,这事如果能办成了,别的事儿再难,也会迎刃而解。"石会计拍着巴掌说："小刘有见识,到底是当过知青的京城人,见多识广,一句话点醒梦中人。"老王也举起酒盅说："小刘脑子特别清楚,小说写得才华横溢。"刘涛分辩道："我是初出茅庐的文学青年,王老哥过奖了,对了,祝你生日快乐,干杯。"

　　从石会计家出来,刘涛满面愁容。无怪卢科长近来对自己冷淡许多,摩托车也借出去再不提起,原来背后竟有这些名堂。自己和科长同屋办公,曾经自认为是科长亲信，其实不然，早就当了碍眼的"电灯泡"，自己对这些竟然一无所知，某种程度上限制了科长"爱好"的施展，幸好有暂存家具的难题出现，搬过去跟李副总做伴儿，等于"一石二鸟"，无形中解了那个难题。此时反思，与上司关系走得近，看似好事，实则不然，人与人愈接近，愈容易产生嫌隙。石会计被卢科长误解，自己跟石会计一向不错，恐怕也难逃干系。小朱没准儿可成为郭副指挥的乘龙快婿，自己对小朱不该无端妒忌和嘲讽，更应保持财校的同窗之谊，那些对小朱的妒忌话，万一传到郭副指挥耳朵里，至少会留下不良印象，何时发作也就难说了，京城大队财务组长老黄调来当成本组长，由过去财务科业务指导对象，反过来变成顶头上司，手握下属生杀大权，其情凶险，惊出人一身冷汗，幸好过去没得罪老黄，否则将会遭遇"穿水晶玻璃小鞋"待遇，挤脚难受却说不出……石会计跟老黄一定有过摩擦，两强相遇，难免明争暗斗，财务科诸位身陷争斗漩涡，难求明哲保身，偏袒一方必遭对手无情打击……如此这番凤虎争斗，总会有人当替死鬼，找借口下放基层财务组也合情理，去掉谁的工代干身份，发回原单位当工人，也都说不准……当然，谁也不是纸糊的，兔子急了还咬人呢！

郑克建忽然打来个电话，问刘涛是否知道石油单位保送厦门大学财会大专班的事，刘涛立马猜到几分，支吾一句，话筒果然传来得意笑声说："哈哈，我也去拿大专学历，你也争取一下，咱们再当同学，再创作班歌，再得奖。"刘涛无奈道："这次我可没有你这么好的运气，井下已定了，小朱去，也是财校培训班同学。"话筒沉默了，又补充一句说："咱们啥时还能再聚会？"刘涛叹道："唉，我和陈晓明都是拉家带口了，好容易盼到公休日，一堆家务活儿等着，真没多少闲工夫磨牙了。"话筒里吃吃地笑道："都后悔了吧，你们放弃快乐的单身汉日子，套上生活小夹板埋头拉车，将来再有个拖油瓶的孩子，更没工夫喘气儿了……"

刘涛犹豫道："话可不能这么讲，婚姻大事往往得失相抵、各有乐趣，反正你也不能总当单身汉，迟早躲不开套上生活小夹板埋头拉车的必由之路，再说，成家立业也是成年男女的本分。"

这个电话，惹得人浮想联翩、心绪不宁。

十

复习考试

  公休日的早晨，阳光炫目。总医院四合院的家，房顶只有一层水泥预制板，一晒就透，午后屋里热得像蒸笼。刘涛上午在屋里看了半天书，冯颖洁劝丈夫换一下脑子，不妨干些家务。他就抱着水盆洗床单和衣物，院里自来水池恰好在一棵柳树下，享受在柳荫里戏弄自来水的清凉，颇为惬意。湿衣物晾好，刘涛一身短打扮，拿本书坐在柳荫下继续读。临近傍晚时分，屋里依然闷热不减，冯颖洁忙着切菜，不时擦把汗。难得一股清风徐来，头顶上柳枝婀娜多姿地摇摆起来。刘涛倍觉欣慰，放下书叹道："好风，真凉快儿。"冯颖洁出屋回应丈夫嫣然一笑，转身在台阶上的液化气灶前炒菜，回头说："还是在屋里吃晚饭。刘涛把树下的折叠椅拿回屋，在床前支起餐桌。"

  井下财务科人际关系的琐事，刘涛从没在家提起，让冯颖洁跟着一起操心无济于事。可是丈夫的心思，终难逃过媳妇体贴入微的眼睛。晚饭后，冯颖洁并不急于收拾餐桌，温柔笑道："看你眉头皱得，发什么呆，究竟碰到什么为难事了，不妨说来听听。"刘涛遮掩道："还不是科里人争权夺利的事，跟我其实也没多少关系。"冯颖洁警觉的眉毛一挑道："你身在其中，怎么会没关系，在石会计家吃饭，我就感觉到卢科长对你不像以前说的那样儿亲近，分明疏远了许多，相信我，我的第六感觉很准。"刘涛只好将事情原委和盘托出，叹道："唉，再为这些芝麻事，惊动了井下的段书记，没那个必要。"冯颖洁凝神思索，点头道："可不是，你都成家立业了，还好意思去麻烦长辈，恭喜你……提早知道这些真相，考虑得也都对路子，至少目前不会吃大亏，你只需牢记一条，以不得罪人为原则，跟领导对着干历来没有好果子吃。再说咱们在总医院已经有了住房，井下基地偏僻，没什么可留恋的，总医院对面就是商业公司和百货大楼，石油单位生活的中心区，而且咱家宝宝也在肚子里了，今后家里生活方便至关重要……"刘涛惊喜道："真的……太好了，让我听听宝贝的声音……"说罢，所有的不快都抛到脑后，乐颠颠儿地搂着冯颖洁，平稳躺在床上，趴在微凸的肚子上倾听。冯颖洁开心地笑，半含羞涩道："成什么样子，你快起来，都听到什么了……"刘涛跪在床上振臂高呼："啊——听到了——宝贝的心跳，咚咚有力……像男孩儿，我喜欢男孩子。"冯颖洁闭上眼，不悦道："看把你能的，居然听出宝贝的性别……难道，你就不喜欢女孩儿。"刘涛改口说："都喜欢，自己的孩子，怎能不喜欢，咱们的宝贝，爱情的结晶，为你倾倒，为你歌唱，你是父母的骄傲，国家的未来……"

冯颖洁起身收拾碗筷，劝道："快把餐桌收起来，谁也没让你写诗，别疯了，陈晓明这会儿正在为失去孩子而苦恼，谢春华不幸流产了，据说是个成形男孩儿，可惜了……说不定跟你也有关，那天在他家吃饭，你跟谢春华和于虹分别喝了一杯啤酒，怀孕人不适宜喝酒，我这会儿都觉得对不起谢春华……"刘涛惊讶不已，忏悔道："如果真是我的过错，那就太对不起陈晓明了，一会儿咱们带点儿东西去看望一下，捎带脚给晓明赔罪。"冯颖洁摇头道："女人流产的因素很多，我只说有喝酒的可能性，不一定准是唯一原因，同学的媳妇小产，你是男人，绝对不能去，再说，人家很可能不希望个人隐私扩散，你不如装作不知道，等谢春华再怀孕生孩子，记着送份厚礼，多少也算一种补偿。"刘涛抢着收拾碗筷，心里疙疙瘩瘩地极不舒服。

卢科长保持"家庭冷战"姿态，媳妇又来井下财务科哭闹一场。卢科长闻风仓皇而逃，财务科附近不少人围过来看热闹。刘涛假说卢科长外出开会，石会计只得出面，好言安抚一番，再找辆汽车把卢科长的夫人护送回家。卢科长索性找机会出差,广东省的茂名石油单位有个财务管理研讨会,去一趟半个多月。

　　科长不在,石会计主政。这天早晨,石会计派刘涛参加井下基层现场办公会,郭副指挥带队,机关有关科室干部,连开面包车的司机,满满一车。两个多小时,面包车赶到京城附近的作业大队驻地,进门就开会。作业大队领导班子和下属作业队干部坐满会议室,郭副指挥亲自掌握议题,不听班子汇报,只要书面材料,专听生产中出现的问题,现场协调各科室解决。刘涛仅记录有关财务问题和郭副指挥现场拍板表态的有关意见,回去再向石会计汇报。这个办公会的形式,据说是大庆石油为基层服务的好传统,如今得以发扬光大。作业大队干部总要借机哭穷,千方百计争取上新项目,申请项目资金,有钱才好办事。郭副指挥当过作业大队长,对京城作业大队提出的要钱项目,拦腰打了一半折扣,当场拍板,让有关科室配合实施,叮嘱财务科资金及时到位。刘涛大声应答,郭副指挥夸一句"小刘的嗓子蛮好的",满屋人都笑了。大队领导要到钱,喜笑颜开,现场办公会富有成果,秘书科负责会后发纪要和简报。办公会高效率结束。京城大队班子热情留饭,郭副指挥带头握手告辞,只办实事,不给基层增加负担,这是现场办公会的好传统。上了面包车,郭副指挥故意问:"去哪儿吃午饭?"石会计的爱人、秘书科老王有经验,接茬儿说:"还是老规矩,京城四川饭店,每人出三元饭费,加上误餐补助费,差不多够了。"郭副指挥说一句:"财神爷小刘落实。"说罢闭目养神。刘涛没经验,先让司机交钱,司机冷下脸子说:"我是车夫,你们去哪儿,我只管开车,别的事不管。"老王附耳说:"小刘别管司机的事,人家单报销,你只收科室干部的钱,不够我垫上,记着要发票,回去好报销。"刘涛一时懵懂,乖乖按吩咐办。面包车很快开到了京城,拐进一条狭窄的胡同,停在一个带牌楼的院门附近,这就是著名的四川饭店。十人正好一桌,郭副指挥是熟客,要了瓶五粮液,点了特色菜和主食。酒瓶打开,酒香扑鼻,菜品甜辣和麻辣相辉映,色香味俱全。郭副指挥自己倒了一杯酒,示意瓶里剩下的酒,众人分光,刘涛也分了一盅。众人少不得举杯祝贺领导有方,这次办公会成效显著。郭副指挥呵呵笑道:"我办事历来喜欢快刀斩乱麻,有事就说,没事散会,别耽误正经吃喝。"老王不失时机地说:"跟着这样领导外出开会,大家感觉都很舒服。"郭副指挥笑得更开心了,点名说:"哈哈,王宝忠,不许乱拍领导马屁。"

老王垫上不足的钱，餐费换了一张发票，老王签字经手人，下午回财务科，石会计记下会议要点说："小刘按照郭副指挥定下的事办，明天就把这笔项目资金转账给京城大队财务组，餐费发票给我，签字报销，小刘把干部的误餐补助费一起领出来，别忘了给当事人都分别送去，咱们服务上门。"刘涛填写报销单时才明白，餐费发票以秘书科招待费名义开支，现场办公会误餐补助费只发给机关干部，司机另有出车补助费，月底才核算一次。刘涛报销时换了一堆零钱，按人头分别给送去误餐补助费和预收的三元饭费，听到一片感谢声音，唯独郭副指挥只说了一句，"小刘办事挺机灵"。刘涛回家，把这事当笑话说，冯颖洁叮嘱道："人家老王办事多老练，你在机关可要留心学着点儿，懂得看领导的眉眼高低，办事方法也要灵活多样，注意别到处乱说，记住祸从口出。"刘涛含蓄笑道："这种事儿，只可意会，不可言传。"

卢科长出差归来，回家住了一夜，媳妇果真得到了安抚，家庭复归于平静。

京城大队财务组负责人老黄，很快调入井下财务科，科里开了欢迎会。卢科长明确宣布，老黄是成本组长。这自然成了刘涛的顶头上司。刘涛就不好再多接触总账组长石会计了，至少要遮人耳目，做出个避嫌姿态，心里抱定两边组长都不得罪的原则，尽量少说为佳。好在老黄初来乍到，为了稳住人心，并不多事，无论与谁都是商量口吻，整天笑嘻嘻的，并不怎么管事。卢科长找老黄个别谈话，要他敢于负责任，提出成本管理的好法子。老黄哼哼哈哈，未置可否。拖了一个月，卢科长忽然调走了。郭副指挥亲自来财务科宣布，财务科两个组长各负其责，石会计和老黄的争斗逐渐半公开化，二人轮番找郭副指挥汇报各自情况，捎带攻击对方不配合工作。财务科一时群龙无首，两个组长各行其是。刘涛瞅准机会，没事就脚底板抹油，提前打道回府，顺带分担媳妇的家务。财务科乱了一个月，井下党委一纸红头文件下发，石会计被提为副科长，主持全科工作，她爱人、秘书科王宝忠同时提为党委秘书科长。老黄这才闷声不语了，彻底踏实下来，郭副指挥耳朵根子，方清静许多。

冯颖洁过日子颇能筹划家计，周日买回半斤猪肉，三分之一包顿饺子改善生活，三分之二切成丝炒熟，多放酱油、盐和油，密封放置通风的后窗台上储存，每天炒菜用一点儿，借个肉味菜香，小两口儿过得倒也滋润儿。刘涛骑着旧自行车来回跑路，下午没事提前回家，顺路去农贸市场捎回肉蛋蔬菜，晚上吃，主食去总医院食堂买现成的米饭或馒头，家里再做个汤，干稀搭配适口。下班时分，去总医院的水房打一大铝壶开水，灌满两个暖水瓶，临睡热水烫脚，睡觉解乏。

秋凉了，于虹特意送来见诸报端的消息："中央电视大学在成功招生理科计算机专业基础上，决定举办文科的中文专业首次招生，年底前举行全国统考，入学考试只考政治、语文、历史地理三门课，不考数学和外语，凡具备相当于高中以上文化程度的有志青年均可报考，各省教育部门要成立电大工作站，组织报考和阅卷工作，考生凭入学考试分数择优录取。"冯颖洁看过报纸上的消息，欣喜道："这可是千载难逢的好机会，过去高考必考高中数学和外语，荒废多年，这道门槛不知挡住多少文科有才华的人，这个新政策针对你这样的人，再不争取就可惜了。"于虹也说："小刘有文学专长，还有发表的作品，正是发挥长处的好机会，试一试才知道自己长短。"刘涛喜不自胜道："值得去拼，争取挤上电视大学中文专业的独木桥。"他赶忙把俞卫青的历史地理笔记本找出来，逐条制作成复习卡片，随身携带背诵，晚上复习到深夜。冯颖洁坐在床上陪伴着，准备未来的婴儿用品，主动给刘涛倒水喝。临睡前，刘涛总要放松一下，趴在冯颖洁凸起的肚子上，倾听孩子的心声，那砰砰有力地跳动，总是那样蓬蓬勃勃，媳妇腹中的那个心动声音，对他如此亲切，仿佛裹着一股浓郁的奶香味儿。

冯颖洁的孕期不算容易，三个月后反应加大，每日吃过早餐，不到十几分钟就呕吐，晚上八九点钟，再呕吐一次，食物在胃里存不住，还要坚持在手术室上班，有时赶上大手术，连续站台六七个小时，人就显出营养不良的症状，脸色不好看，有一次近于虚脱，摔了一下，随后出现流产征兆，需要卧床保胎。刘涛不免忧心忡忡，感觉自己上下班骑车往返十多里路，照顾媳妇多有不便，业余时间不够用了，索性申请调到总医院工作，也好离开井下财务科是非之地。于虹帮助联系了总医院人事科，冯颖洁陪着刘涛去人事科填写申请调动表，很快有了消息，安排到总医院所属卫生学校财务组，那里正好缺一个会计。井下财务科石科长签字同意放人，惋惜道："挺好的二级单位成本会计，屈尊到三级单位财务组打杂儿，真有点儿大材小用。"刘涛歉意道："石科长请多理解我，就为了图个离家近，照顾媳妇方便，一个科级单位能有多少业务，清闲下来正好借机复习考试，电大招考首届文科生，我已经报名了。"石科长慈眉善目笑道："小刘考上了，别忘了给科里来送喜糖吃。"刘涛把井下成本一摊子事，都甩给了组长。老黄几乎成了光杆司令，脸色就不大好看，阴阳怪气道："舍大家顾小家，小刘结婚后成了模范丈夫，到了那个科级单位，整天闲得蛋痒痒，不如留在生产单位钻研成本业务。"刘涛嬉笑道："我是半路出家的会计，比不上大组座，您是专科毕业，科班出身，我急流勇退才是明智之举，主要是为了缓解家庭生活困难。"老黄不悦道："你这不是讽刺我，我家还在京城大队，往返一趟要大半天，比你困难多了。"刘涛忙解释说："我媳妇身体不好，怀孕以后反应大，需要静养保胎，我不在床前伺候能行？"老黄叹一声"唉，年轻人！"摇头不再说话。刘涛对老黄的阴阳怪气不当回事，笑吟吟地转身去办调动手续，到了郭副指挥办公室，递上单子需要主管领导签字放行，郭副指挥故意不理睬单子，反倒打听起小朱有关情况。刘涛已从石会计口中得知，小朱跟郭副指挥的千金小姐谈起恋爱了，经常鸿雁传书，便说起小朱在财校培训脑瓜子好使，连玩带学，结业成绩也是优秀，人也长得精神，身体好……郭副指挥没听完话，便开心地大笑，在单子上痛快签字道："小刘懂事，将来我去总医院看病，你可要给我开个后门儿。"刘涛恭敬道："您是我敬重的长辈，当然要尽力照顾，只要是权限之内，我肯定全力以赴。"郭副指挥问了一句："你觉得小朱学习回来，搞成本行吗？"刘涛已然猜出几分对方用意，称赞道："小朱脑子清楚，搞成本核算有前途，您是慧眼识珠。"郭副指挥又是一阵哈哈大笑，指点道："哈哈，好你个小刘，真是鬼机灵。"

  刘涛把工资关系调拨单，交给总医院的人事科长。科长严肃道："明天上午你去卫校，找丁校长报到……你目前只是工代干身份，既可当干部使用，也可当工人使用，看你今后表现如何。"

  刘涛不卑不亢地付之一笑，点头认可，转身告辞。

  丁校长见到刘涛，客气道："哈哈，欢迎你来，财务组一直缺人，这下有了生力军。"说罢，他带着刘涛来到宿舍楼一层的财务室。屋里只有两员女将，中年人是云会计、财务组目前负责人，年轻人是出纳小宋，刚从石油单位的首届中专班毕业分来，是教务处宋主任的妹妹。校长说了几句原则的话，就忙别的事去了。云会计客套几句，开始交代食堂账目和公章及保险柜。刘涛的座位在云会计对面，紧靠窗户。小宋的办公桌在云会计那边儿，刘涛这边闲着一张桌子。食堂账目类似流水账，收入栏每月登记一次，发行多少饭票，这就是收入现金数额，支出栏登记管理员采购物品金额，每周报账一次，按照支出额支付现金，补足管理员手中定额流动资金。食堂收回的一次性使用的纸饭票，由云会计监督，管理员和炊事班长定期销毁。另有一本粮票账本，也是流水账，每月登记一次收入多少粮票，管理员如数取走购粮，结余数都在食堂集体购粮证上。因粮食统购政策已经放开，管理员可以购买不要粮票的当地农民手中的溢价粮，便对粮票不那么感兴趣，据说集体购粮证余额数字惊人。刘涛接手岗位，忙着核对凭证和库存，研究伙食账目，弄得头晕眼花。

转天，刘涛上班进屋坐定，尝试新岗位的具体工作，在云会计指导下，在准备发行的一本本崭新的纸饭票上，加盖食堂财务专用章，刘涛刚接手感觉陌生，盖章的动作有些僵硬。云会计和小宋嬉笑着，轮换帮着他盖章，啪啪啪地有节奏盖章声响，像架子鼓在演奏，带来快乐氛围。三人也扯开闲篇了，刘涛玩笑道："找个总医院的姑娘算有福气，从石油郊区调到市中心工作，每天节省一小时骑自行车的路程，累计下来，一年可就赚大发了。"云会计说起丈夫——普外科的老白："我家老白跟你家媳妇冯颖洁很熟，为了安排手术，常给人说笑话，人笑了，就好说话，办事方便。"刘涛记起，冯颖洁说过普外科的白大夫，幽默加开朗，喜欢吹黑管，便接着云会计的话头儿说："白大夫会吹黑管，多才多艺，孩子自然错不了。"这下可碰到云会计的痒痒筋儿了，神采飞扬地说起自家一双上中学的儿女，儿子比姐姐小两岁，贪玩加聪明，女儿机灵加用功，即将高考，还是班干部和局级三好生，可享受加分政策。小宋交口称赞道："云会计两口子文化高，教子有方。"云会计谦虚道："什么教子有方，还不是靠棍棒教育，求爷爷告奶奶地跟孩子说好听的，都当作耳旁风，还是传统的打骂，加上面壁思过——罚站，这招儿最管用，孩子准能记住。"云会计又提起刘涛未来的孩子，关切地问，是男是女，就算做B超，也不见得百分之百准确。小宋说到家乡河北献县，当乡村教师的老人思想守旧，重男轻女，省吃俭用供哥哥上大学，轮到闺女，死活不让报考高中，还是哥哥心疼妹子，弄到石油单位，报考了首届中专班，入学考试拿到第三名。刘涛顺情说："过去科举考试，第三名叫探花。"他又恭维小宋说："你长得有点儿像电影明星李某某，笑起来很甜美。"云会计接茬儿说："小宋还没对象，卫校六个护士班三百多人都是女生，两个检验班七十多人只有五个男生，医科大专班一多半女生，卫校接触好小伙子的机会太少，总医院上千人，百分之九十是女人，不知井下可有合适的小伙子，你不妨给小宋介绍一下。"刘涛想起井下团委干事小杜，当年刘涛兼任机修厂加工车间团支书，通过参加机关团委活动，二人成为朋友，刘涛留在财务科，归入机关单身汉哥们儿，小杜晚上没事，常邀刘涛去团委办公室喝一口，一包花生米，聊到半夜。小杜借着总部团委举办的一次活动，弄到通讯处团委有名的美人当媳妇。刘涛想起这些往事，好笑道："我跟井下团委的小杜是哥们儿，托他给物色一个。"说罢，一个电话打过去，小杜正好在办公室。刘涛说起找对象的事，卫校美女如云，办公桌对面就有个像电影明星的姑娘，首届中专班毕业当出纳。话筒里朗声笑道："团委系统好几个没对象的干事，让我想想，嗯，最好找有学历的，河北人行不，勘探二部团委干事小范，机灵能干，保定一师毕业。"刘涛故意重复一遍话筒里小杜的话，眼睛盯着对面的小宋眨眼示意。小宋满面绯红地低下头。云会计忙说："听着还般配，小刘约来见个面。"说罢，捅捅小宋说："你快表态。"小宋含羞带笑轻轻点头。刘涛跟小杜约定，下午上班来卫校宿舍楼的一层，卫校财务组见面儿。话筒里笑道："我这就去勘探二部找小范，天大的好事砸在脑袋上，这小子怎敢不请客。"刘涛玩笑道："我也去蹭饭行不？"小杜笑道："怎么不行？这事儿成了，咱们就是大媒人，该当喝一杯谢媒人的喜酒。"刘涛心满意足道："你的哥们儿，以后有的是机会，我今儿有事，就不去蹭饭了。"

接近午饭时分，云会计带着刘涛进了食堂，悄声说："咱都按照食堂人员待遇，午饭免费，下午买主食记账，晚餐自理，月底管理员小韩负责结算。"伙房里除了忙碌的炊事人员，还有一个身着蓝制服的中年人，胖乎乎的，眉眼传神。云会计对他招手说："小韩，这是新来的小刘，接管伙食账了，你们接个头，也好方便工作。"刘涛伸手笑道："刘涛，浪涛的涛，新来乍到，两眼一抹黑，还要韩老师关照。"韩管理员上前热情握手，不住摇着手说："我的名字好记，韩聚财，刘会计大驾光临，我在财神爷领导下，还请领导多关照。"刘涛玩笑道："韩老师看来从不缺钱，这年头儿能聚财，就是本事。"韩聚财不疼不痒道："惭愧，惭愧，现在政策这么好，我真没挣过什么大钱。"

说话到了开饭时间，云会计比画说，大家都去帮着卖饭。

刘涛站在一个窗口前，想到了微笑服务，便和颜悦色做个手势，见到窗口外晃动着青春靓丽的面孔，随着递过的饭盒，听清饭菜品种数量，依次递到菜盆前复述一遍，韩管理员负责掌勺打菜，炊事班长负责掌握饭量，卖饭人收取饭票和找零。忙过十多分钟，买饭学生不用排队了，云会计示意关闭一半窗口，剩下的窗口由炊事员看守。多数人去伙房吃饭。韩管理员让财务组的人进了小餐厅，与校领导一起用餐。丁校长边吃边问："小刘还适应吧，卫校财务没多复杂，和生产单位成本核算没法比。"教务处宋主任个子不高，眼睛很亮，上前与刘涛握手说："欢迎刘会计，卫校男爷们儿又多了一个生力军，往后参加总医院文体活动，就不会缺兵少将了。"刘涛开心道："我喜欢踢足球，可惜卫校没有场地。"宋主任指着身边的小伙子说："这是我的助手小袁，他也喜欢踢足球，你们如果能凑齐人，不妨找石油一中的足球队约一场比赛，他们有个标准足球场，还有学生业余足球队。"

　　食堂午餐不错，干炸小黄鱼、麻婆豆腐、肉片菜花、凉拌粉皮，西红柿鸡蛋汤。云会计悄声说："小餐厅常有招待餐，卫校给学生食堂每学期定额补贴两万元，亏不了。"小宋跟哥哥低声说话，可能说起介绍对象的事，宋主任对刘涛投来感谢的目光，刘涛也明白几分，点头示意。餐后还有午休时间，刘涛骑着自行车回家，在床上迷糊一会儿，下午踩着钟点进门上班，喝口茶，抖擞起精神，张罗待客的茶杯和茶叶。小宋起身忙碌一番说："刘会计，都预备齐了，只等客人来。"话音未落，走廊传来爽朗的笑声，刘涛熟悉小杜，忙迎出门，见到小杜高大身材后面跟着个稍矮的小伙子，白皙面孔，眼睛大而亮，一副文绉绉相貌。刘涛顿时有数儿了，握手寒暄，让客人进屋，落座后，介绍说："哥们儿小杜顺路来，这是他的哥们儿，勘探二部团委的小范。"小宋赶忙沏茶待客，云会计夸道："小刘热情，朋友多，才好办事。"小杜开朗笑道："在井下机关一起当了两年多的单身汉，晚上没事炒花生米就酒，结婚成家也都没少帮忙，刘涛调到卫校见不到了，怪想的，今儿正好去局里办事，碰见勘探二部哥们儿，中午在小范的单位食堂吃饭，商量了团员联谊活动方案，一块儿去井下敲定具体内容，顺路看望一下老朋友，听说刘涛陷入了美女如云的卫校，打算拉一把。"刘涛顺情说："你要不来捞我，恐怕就遗憾了，我快被淹没了，被女人淹没，往往很幸福。"正说着，宋主任推门进来，递上报销单，故意说："哎呀，刘会计来客了，我待会儿再来报销。"刘涛忍住笑说："没关系，这是我的老朋友，井下团委的小杜，那位是勘探二部团委的小范，都是哥们儿。"宋主任打量一眼小范，点头微笑着退出门说："我的事不急，你们先聊。"刘涛介绍了云会计和小宋，小杜忙说："刘涛带我去方便一下。"刘涛起身会意，带着去楼道对面的卫生间方便。小杜得意地问:"刘兄,我的眼力够不错。"刘涛认可说:"这事儿真有门儿,刚才,二人眼睛都没少放电。"出了卫生间,小杜又说:"第一次来卫校,看一眼教学大楼。"刘涛直言不讳道:"想看美女,你暂且没这个机会,这会儿学生都上课,下午四点以后,才能见到满操场花团锦簇。"小杜妒忌道:"你小子悠着点儿,眼福不浅。"他们进了教学楼,正巧碰见云会计从教导处出来。刘涛解释道:"带着小杜参观一下咱们的教学楼。"云会计指着一楼门口说:"边上这间就是解剖教研室。"小杜脸色突变,疾步出门说:"快走吧,我最怕见到死人。"刘涛皱眉道:"用福尔马林浸泡的人体五脏,一想就恶心。"阳光下,小杜惊魂未定说:"卫校的人也都不容易,整天跟人体器官打交道,得有多大胆子。"刘涛安慰道:"司空见惯了,已经麻木不仁。"他们在操场上聊一会儿,再回财务组,小宋和小范聊得正热乎,小宋忽然收住话头儿,低头呈羞涩状。小杜拍了下脑门,从衣兜掏出一张盖着公章的介绍信说:"差点儿忘了,你调动工作走得急,团组织关系没转,我顺便给你带来了,团费交到什么时候,上个月?"说罢,在介绍信背书处填好月份递过来。刘涛道谢说:"盘算自己都超龄了,所以没及时转团组织关系。"小杜说:"只要没办退团手续,总要随着工资关系转团组织关系。"小范站起说:"小杜,抓紧时间去井下敲定咱们两家青年联谊活动的细节。"小宋抬头盯住小范说:"你,怎么说走就走,茶也没顾上喝一口。"小范歉意一笑,赶紧端起茶杯,喝了一大口,抹下嘴巴说:"工作要紧,我们走了。"云会计刚好进屋,忙说:"先别走,如果愿意,留个电话号码,以后好联系。"小宋在纸上写了财务组电话号码递给小范。刘涛多嘴说:"小范的电话号码。"云会计好笑道:"人家自己的事,咱就不用多操心了。"刘涛恍然大悟,一般都是男方主动给女方打电话,女方主动联系男方的很少。

　　出门送客,云会计和小宋送到门口,依次道别。出了楼门,刘涛问小杜:"怎么来的?"小范做个手势说:"我骑三轮胯斗摩托,带着杜哥。"小杜玩笑道:"小范眼睛本来就漂亮,刚才放了不少电,更亮了。"小范不好意思道:"说起来我们都是河北献县的老乡,小宋人也挺实在。"小杜悄声说:"刘涛有眼力,小宋挺像那个女电影明星,就是稍矮点儿。"刘涛比画说:"女孩子的个儿,过了男孩子肩膀就算及格,到耳根子就是般配,我看小宋跟小范挺般配的。"小杜嘻嘻哈哈说:"《西厢记》里戏词儿说,'新人进了房,媒人搁过墙',

佳人见面，能否到手，今后就看小范的本事了。"刘涛鼓劲儿道："小范的沉稳劲儿拿得住人，既然看准了，就要穷追不舍，千万别怕麻烦。"小范走到一辆军绿色三轮胯斗摩托旁，握手道别说："多谢刘哥费心。"小杜玩笑说："刘涛有空儿去井下郊区怀旧。"小范忽然扭头说："透露个秘密，杜哥可能不久要上调到局机关团委。"刘涛羡慕道："早就发觉小杜不是等闲之辈，井下团委庙小，养不住本事大的……小范，我差点儿忘了告诉你，小宋的哥哥刚才也来看过你，个儿也不高，卫校的教务处主任。"小范发动了摩托车，微笑道："兄妹俩儿挺像的，哥哥脸色黑些。"刘涛补充说："宋主任是河北医学院科班出身，主抓卫校招生、教学和毕业分配。"小范摆手，小杜迈进胯斗里坐稳，摆手说："哥们儿，后会有期。"话音未落，摩托车像箭一般射出去。

刘涛绕道教学楼一层教导处，敲门进去，见正副主任都在。刘涛玩笑说："来拜两位领导的码头，初来乍到，还望多关照。"宋主任点头笑道："刘会计不错，有才华，在报上常发表大作，卫校两个快毕业的护士班都是高中毕业生入学，学生中有不少喜欢文学的。合适机会，你给学生们讲一课，保证受欢迎。"刘涛一时窘住，迟疑道："我很少登台讲课，容我有空儿准备一下。"宋主任摆手说："不急，等合适机会再说，你先熟悉财务组工作情况，涉及学生的事，跟我们及时沟通，教导处和学生处一个机构两块牌子，袁副主任兼任学生处副主任，主抓在校生管理。"当着袁副主任的面儿，谁都未提及介绍对象小范的事。刘涛揣度，宋与袁二位八成互有戒备，给小宋介绍对象是八字没一撇的事，别闹得满城风雨。宋主任指着袁副主任说："小袁还没对象，刘会计有机会一定给帮忙。"刘涛惊讶道："不会吧，管着几百女学生，找对象还不是手到擒来。"袁副主任眯起眼睛，正色道："教师有严格的工作纪律，对学生要求更严，严禁在校生谈恋爱，要是闹出师生恋的桃色丑闻，不仅没法再当教师，而且也败坏了卫校声誉，谁家女孩儿还敢报考卫校，岂不影响总医院后继有人的事业。"刘涛自我解嘲道："不过说句玩笑话，别当真，袁主任身在女儿国，心无旁骛，敬业精神令人敬佩，总医院里姑娘多，找对象还是有便利条件的。"说罢，他顿了顿，会心一笑又说："你们忙，不敢再多打扰了。"

刘涛借口转团组织关系，先去一趟石油报社，韩玉琪编辑已荣升报社要闻部兼文艺部主任，文艺部新配个年轻编辑，韩主任介绍说："这是刘涛，我们报纸副刊培养出的骨干作者。这是首届中专班毕业的小战，我要去开会，你们多聊聊。"刘涛主动握手，自我介绍。小战身材魁梧，戴着一副眼镜，有几分学者的风度说："战英杰，战斗的战，英雄的英，杰出的杰。"刘涛赞叹道："名字英武，有气魄。"小战朗声笑道："其实我父母都在乡村，父亲是乡中学的教师，通过在石油单位的大伯，我考上石油单位首届中专班，一直喜欢文学，写过诗歌。听说你是知青，小说写得不错，还望继续支持副刊，我刚接手编辑，感觉陌生，巧妇难为无米之炊，打算联系一批重点作者，组织一批文艺稿件。"刘涛涌上几分酸涩，如果自己有个中专学历，或许这个位置就姓刘了。临别时，刘涛留下了卫校财务组电话，声明刚从井下调到卫校，今后业余时间比较充足，一定努力创作，积极投稿。他同小战聊了几句，告辞回到总医院，去机关团委转组织关系。

团委办公室里有个精瘦的小伙子捣鼓一台新收录机，双喇叭的个儿不小。刘涛递过介绍信，小伙子扫一眼，满脸堆笑说："欢迎，听说是手术室小冯的爱人，还是作家。"刘涛惭愧道："目前离着作家头衔还远，文学青年而已。"对方伸出手说："我叫齐强，喜欢文体活动，有机会跟你学习写作。"刘涛忙说："我也喜欢文体活动，以后积极参加你们的活动。"齐强更正道："你是骨干团员，积极参加咱院的团组织活动。"刘涛悲观道："我都超龄了，能否申请办理退团手续？"齐强果断道："刚来就打退堂鼓，从我这儿就通不过，这也不是青年应有的作风，等你入党了，再申请退团不迟。"刘涛好笑道："你的雄心壮志真不小。"齐强认真道："共青团是党组织助手，也是可靠后备军，团员谁不想上进，申请入党是积极的政治态度。"刘涛无奈道："好吧，我听组织的安排。"

"谁在团委冒充组织了。"门外一个声音飞进来，随着话音，一个慈眉善目的矮胖子进来。齐强介绍说："这是团委郝书记。这是手术室小冯的爱人刘涛，刚调到卫校财务组，来转组织关系。"郝书记伸出胖乎乎的手，点头笑道："小刘组织观念强，挺不错。"刘涛双手握住对方肉墩墩的手，恭谦道："今后还要仰仗郝书记多多关照。"郝书记呵呵笑道："小刘素质不错，培养青年团员成长，是团委的本职工作。"齐强补充说："小刘有文学才能，在报上发表过作品。"郝书记啧啧说："当会计有点儿屈才了，你先干着，有机会再说。"刘涛受宠若惊道："今后全靠组织关心和培养。"离开团委办公室，刘涛又去教育科转电大文科报考手续，教育科长做了登记，表态说："听说总部教育处快核发电大中文专业的准考证了，回头我们尽快把你的报考手续直接转到总医院，回去等我电话通知。"

冯颖洁的身孕已明显凸起，受到手术室贝护士长的照顾，不再值夜班。晚饭后，冯颖洁抢着收拾碗筷，让刘涛在餐桌上抓紧复习，距电大文科全国统考不足一个月。刘涛重点看文学常识和历史地理，重点题反复记忆，问答题背要点。于虹送来一堆过期报纸说："在办公室没事挑出来的，上面有些政治大事，弄些重点题背背。"冯颖洁调侃道："人家临阵磨枪，不快也光。"于虹鼓励道："只要小刘努力耕耘，总会有收获。"

电大文科统考那天是周日，上午的阳光不错，干冷无风。总医院教育科要了辆面包车送六名考生，加上教育科长，座位绰绰有余，冯颖洁陪着丈夫上车，来到局机关子弟学校考场。面包车停在校门外，教育科长下车送考生进校门。学校操场上人流涌动，不少人站在那里看资料、背题。校门口分手时，冯颖洁有些担忧道："这么多人报考电大文科，你恐怕希望不大，随大流儿混一次，也算长个见识。"刘涛不服道："哪有临阵动摇军心的，论罪当斩。"冯颖洁抚摸肚子，骄傲地说："好哇，连我和宝贝一起杀了，留下你独自冲锋陷阵。"刘涛叹道："唉，积压了十多年，国家首次放宽成人文科高考政策，免考数学和外语，对所有人都是机会，谁不想来试一把？"冯颖洁推了丈夫一下说："你快进去吧，找到自己的考场预备考试，我跟车回家包饺子，祝你考出好成绩。"刘涛释然道："这还像句话。"

刘涛沿着一片红砖平房教室走到尽头，这间教室门上白纸黑字标注第十九考场，里面有三十多个座位，找到后排座位，核对准考证号与课桌标注号码相符，按照要求把准考证放在课桌左上角。两名监考老师正在依次核对考生的准考证。刘涛赶紧拿出笔记本，再浏览一眼语文重点题。没几分钟，预备铃声响起，监考老师要求考生收起所有复习资料，统一交到门口的空闲课桌上。考场气氛顿时紧张起来。老师当场拆开密封考卷档案袋，长长的考卷令人吃惊。刘涛喘口粗气，准备冲刺。试卷果然题量很大，监考极其严格，有人上厕所，监考老师派专人跟在身后。所幸试题都不算偏，刘涛多数题目涉猎过，思路像泉水汩汩地涌出，分秒必争地答卷。上午考语文和政治，两场终于考完，他答卷累得手腕子发酸，用力甩几下，赶紧乘车回家。冯颖洁已包好了白菜猪肉馅饺子，忙下锅煮。下午考历史地理，刘涛趁机浏览历史和地理的重点题，匆忙吃过，和衣倒在床上稍事休息。冯颖洁推醒丈夫说："到点儿了，擦把脸，快去坐车，检查一下钢笔墨水和准考证。"他懵懂地看了一眼钢笔和准考证，背起书包去乘车。

经历了考场上一番拼杀，刘涛右手腕子酸胀，眼睛发涩，头重脚轻地走出考场门，感觉口渴，找到露天水池子，有一组自来水龙头，打开一个龙头，哗哗地灌个水饱，顺便洗了把脸，紧绷的神经才算松弛下来。午后的阳光正浓，暖融融地怡人。他眯起眼睛朝天上望去，蓝色天际带着光晕涟漪的白亮亮太阳，那样明媚，那样热情，似正在朝下招手，拉扯他沿着光的波纹游过去……瞬间的感觉极其美妙，人变得身轻如燕，在天际里展翅，随心所欲地飞翔，突然，一阵飓风迎面扑来，好像一个跟头栽到地上，屁股似乎也跌得生疼。渐渐地，他从幻觉中回到现实，甩开步子走向校门。考生们涌出校门，刘涛裹在人流里，局促不安地想，今年石油单位报考电大文科的人太多，淘汰率肯定不低，几个月勤奋复习，换来的多半儿是名落孙山。一旦想到这个令人生畏的成语，他顿时有些沮丧了。

晚饭后，于虹来家里串门儿，聊起电大中文考试话题。刘涛听到"估分"二字，凭借记忆中的考题，翻看复习资料找答案核对，经过粗略匡算，自己大约能得一百七八十分，于虹赞许道："蛮不错，总分三百分，能拿到过半分数，估计有希望录取。"冯颖洁劝道："既然考过了，犯不着再去瞎琢磨，费那个脑子干啥，不如多看点儿有用的书。"刘涛把上午临考前冯颖洁说的泄气话都抖搂出来，于虹转着眼珠说："颖洁这是从反面激励你，用的激将法。"刘涛不满道："反正都是你们的理儿，我笨嘴拙舌，说不过巧嘴八哥儿。"

两个女人很开心，叽叽嘎嘎，笑声响亮。

十一

三喜临门

刘涛遵照总医院妇产科马主任的医嘱,护送媳妇回京城娘家休病假保胎。回家小住,换个心情,冯颖洁的妊娠反应有所减缓,胃口好转。刘涛在岳父母家陪了一天,帮着岳母备足米面肉蛋,换了液化气罐,顺便又回母亲家看一眼。姐姐也处于围产期,在家休假准备临产冲刺。母亲刚准备出两套婴儿被褥及一堆旧衣服拆成的尿片子,分做两份,一份给女儿即将临产用,一份给儿媳备着。刘涛欣喜地告诉母亲:"颖洁悄悄做了腹部B超,从影相看,是个男孩儿。"母亲大喜过望说:"你姐怀的可能是女孩儿,这样咱家男女孩子又齐了,下一代还像你们姐俩儿。"母亲在丈夫遗像前祷告:"子峰,儿媳怀上了男孩儿,老刘家有接香火的大孙子了,还有个外孙女当姐姐,能照顾弟弟,你在天有灵,保佑孙辈平安诞生……"

姐夫已升任家具公司团委书记,忙到半夜才回家。刘涛闻声在院里打了招呼,祝贺姐夫荣升科长。姐夫摆手说:"公司里的正科和副科差不多,相当于局机关大头干事,都是干活儿加操心的碎催,没什么值得炫耀的。"刘涛又问:

"给孩子起名儿了吗？"姐夫说："早就定规好了，让咱妈给起名儿，厂里师傅们都说，长辈给孙辈起名儿，压得住下一代阵脚，孩子好养活。"

刘涛回石油单位，要去燃化委机关大楼门口乘长途班车。刘涛在班车上碰见报社文艺部编辑小战，二人凑到车厢的双人座椅上，聊了一路。小战赴京城公干，买回几册新出版的诗集，喜出望外地说："正打算跟你联系，谁知不期而遇，当下拨乱反正深入人心，文学作品产生了社会轰动效应，省委宣传部委托刚恢复工作的省作协，准备下周在石油单位召开全省中青年作者座谈会，局党委宣传部承办，一应会务都交给下属文化科负责，他们只有三个人，哪里忙得过来，让报社文艺部推荐一批骨干作者，跟着听会，都给会议代表名义，捎带脚帮忙会务，我已经推荐了十八人名单，你名列第三。"刘涛开心道："嘿嘿，正好没事，见识这种高级别的文学座谈会，说不定对创作有帮助。"小战提醒道："别高兴太早，宣传部文化科上午还要坚持日常办公，主要是下午和晚上筹备会务，业余时间居多。"刘涛轻松道："刚把怀孕的媳妇送回京城静养，又回到单身汉的快乐日子，筹备会务就算耽搁再晚也不怕。"小战随口说："我刚参加了电大文科考试，不知结果如何。"刘涛惊异道："哎呀，这世界似乎太小了，我也参加了这次文科统考，那天在局机关子弟校，怎么没见到你？"小战闷闷不乐道："几百考生在校园里乱糟糟的，我直接进了考场，忙着背题，哪有心思跟熟人打招呼，据说，局机关年轻人几乎都参加考试了，竞争必定很激烈，估计考上的希望不大。"刘涛叹道："全国首届电大文科考试，淘汰率一定不低，咱们没便宜可占。"小战苦笑道："至少我们参与过这次全国性的电大高考竞争。"刘涛无奈道："只当撞大运了。"

转天下午，刘涛如约来到局党委宣传部的办公楼，文化科在三层办公，戴着近视镜的副科长柯求理主持工作，还有小成和小李两名干事。小战赶来，为刘涛做了引见，又赶回报社编稿子。柯求理一把握住刘涛的手，用力晃动说："太好了，欢迎你，第一个来文化科报到的石油作者代表，我们有一封公函，带回去给你单位党委宣传部知会一下，一来临时借用你下午半天时间协助筹备会务，二来你是石油出席座谈会的正式代表，给个双重身份，主要是方便会务，距离会议开幕还有一周时间，杂事繁多，干不完的活儿，晚上恐怕还要加班，我们管夜班饭，可发不了夜班补助费。将来局里办了文艺刊物，优先用你的稿子，稿费从优，我就这么多权利，请你尽量理解。"刘涛听着已经很痛快了，直陈己见道："为了文学事业在石油单位发展壮大，才愿意参加这种会务服务，没想到还能当上会议代表，多好的长见识机会，让我碰上了。"柯求理一拍桌子道："好哇，咱们想到一块儿了，组织既然把我放到这个位子上，就不能整天碌碌无为地混日子，总要不辱使命，干出些响动来。"刘涛听出对方鼻音重，典型西北口音，笑问："你比我大吧？我是京城六九届知青，下乡北大荒，七六年参加京南石油初期会战。"柯求理比画道："我是石油子弟，共和国同龄人，你跟我妹妹同岁，她在油田指挥部机动处，老爷子是当年玉门石油师的副团长，刚搬到新建的石油干休所，母亲在油田政治部任职。"刘涛肃然起敬道："玉门石油师整建制转业，是新中国石油工业奠基的主力军，老爷子是石油功臣，该享享清福了。"柯求理失笑道："离休在家变成牢骚大王，横竖都看不惯，上周我妹妹托人买台三洋牌收录机学外语，老爷子知道了发脾气，摔茶杯，骂她崇洋媚外，没有中国人骨气，我看不过去，替妹妹说句公道话，'您的思想太守旧了，爱国也不是这种爱法。'老爷子干脆连我一块骂，数落我忘了祖宗八辈儿，忘了贫农出身的根本，写诗追求资产阶级个人情调，早晚会犯政治错误、跌跟头。"刘涛开心道："你家真热闹，分明是小说创作的好素材。"柯求理取笑道："有偿提供素材，小说发表了，别忘了分我稿费。"二人说笑着很快熟悉了。柯求理叫过小成和小李，宣布全力以赴筹备省委在石油单位召开的这次大规模文学座谈会。小成戴副黑框眼镜，嘴上茸茸胡须，少年老成相，刚从河北大学中文系毕业，负责会议交流材料编辑、打印、装订；小李是石油单位首届中专班毕业生，跟报社文艺编辑小战是同学，一表人才，大眼睛透着深沉，负责对外联络，拟定会议出席作者名单、汇总分组名单、联系油田参观路线、住宿安排、餐饮杂事儿。

　　刘涛跟着柯求理当助手，落实会场、会议议程、主席台名单、石油文学创作情况汇报材料的起草、修改、打印、装订、参观地点路线和车辆落实。陆续来帮忙的石油作者，随后分在各组一起忙碌。柯求理开会强调："这个会议筹备的工作原则，分工不分家，确保会议如期顺利召开，三天的会期，大家要互相拾遗补漏。"柯求理带着刘涛，先去机关第一招待所落实会场。局党委宣传部办公室已电话通知了局接待处，确定了会议地点在"一招"，柯求理直接找到招待所办公室负责人小杨，通知会议人员住宿用餐规模五百人以内，主会场也是这个数，分十六个组。小杨很壮实，胖乎乎的圆脸上一双眼睛颇灵活，寒暄后恭敬地说:"我们接待能力也就是这个极限数,有一半客房要加床,接待处来电话强调,全力保证这次会议开好,代表吃好住好,达到省委和石油局领导都满意,为了参会首长安全,散客都疏解到'二招',作为一名文学爱好者,能为这次会议服务,我很荣幸。"柯求理惊讶道:"你也喜欢文学,写过什么?"小杨不好意思道:"发表过两次报屁股,顺口溜之类,算不得正经诗歌。"柯求理跟刘涛对视一眼,拍板说:"为了方便工作,你也是石油作者代表。"小杨深觉意外地说:"我能当代表?"柯求理扶扶眼镜说:"报上有诗歌作品,怎么不行,我们科小李负责会议代表住宿和用餐,他年轻,也没多少经验,我回去让他跟你接头,以你为主,妥善安排,会议涉及石油单位和地方的关系,会场布置要有气势,别给石油单位丢脸。"小杨积极性高涨起来,主动说:"事不宜迟,我去文化科找小李请示。"柯求理摆手笑道:"原则是以你为主,拿大主意,敲定会议接待的每个环节,小李全力配合,你不需要再请示谁,这一块工作,我就不再过问了。"小杨拍着胸脯说:"科长尽管放心,会场安排和吃住有问题,唯我是问。"

　　局党委宣传部于副部长,主管办公室、政研室和文化科,挂帅这次会议的筹备组长。柯求理带着刘涛前往于副部长办公室,汇报场地和住宿初步安排,请示代表参观地点和线路。路上,刘涛称赞道:"科长办事有魄力,让小杨当会议代表一举多得。"柯求理笑道:"所谓机关办事,就是化繁为简,我无非让小杨挂名代表,主要是鼓励他干好本职工作,调动出主观能动性,这种办事积极性一旦发挥出来,无坚不摧,何乐不为?如果不给个代表名义,他照样跟着会议吃喝,什么都不耽误,却让他感觉不够风光,可能造成接待方面,事不关己,高高挂起,弄不好某个环节临时掉链子,会涉及会议服务质量,万一会议期间出现重大失误,岂不是给自己砌墙堵路,砸了石油单位在省里的牌子。"他停顿一下,又说:"小刘,你千万记住,为人处事往长远看,多交朋友,广结善缘,事情才能越干越大,道路才能越走越宽。"刘涛敬佩地说:"此话有理,深入浅出。"

　　他们进了于副部长办公室,柯求理介绍了刘涛。于副部长赞赏道:"小柯聪明,学会动员群众了,这样能事半功倍。小刘不错,对青年工人感情深,你的小说有股子积极向上的力量。"刘涛受宠若惊道:"感谢于部长关注文学青年。"柯求理言简意赅地汇报了筹备情况,于副部长并没评价,而是换个话题,严肃地问："小柯，你对省委召开这次座谈会怎么看？"柯求理胸有成竹地说："省委善于抓大事，借着拨乱反正期间文学产生的轰动效应，实施文学振兴全省经济的计划，促进社会全面振兴，同时促进了石油文学事业的发展。"于副部长笑道："嘿嘿，小柯回答基本合格，分析也正确，可是，石油文学目前处在什么样层面上，怎样借好这次省委文学座谈会的东风，你作为职能科长，有什么打算？"柯求理眼睛一亮，兴奋地说："领导问得好，我说几句掏心窝子话，借省委这次文学座谈会的东风，把石油单位各基层单位文学爱好者组织起来，初步建立一支业余文学作者队伍，为宣传石油做贡献。"于副部长拍着巴掌说："精彩，我要为你鼓掌了，这种理解，才对得起我们承办省委文学座谈会的意义，石油单位具体的文学组织形式要借会议的东风起步，我看不要贪大求全，可以先打个基础，初期叫个文学社就不错，等我们培养出一批作家、诗人，再逐步过渡到作协组织。"柯求理还要说什么，于副部长起身看手表道："我还要赶去参加部务会议，具体事情你就不用一项项地汇报了，我相信你办事很妥当，放手去干，有了难处，再来找我。"

二人回到文化科长办公室，柯求理沉默片刻，深有感触道："跟着这种开明领导，以身作则地教你学会抓大事，才能进步快……对了，咱们先谋划文学社成立的事，我说，你来记录，春雷、油花儿、启新……算了，这些名称都不理想，干脆就是京南石油文学社，是我局职工文学爱好者自发成立的文学组织，主动接受局党委宣传部文化科的领导，设立理事会负责日常工作，下设诗歌、小说、散文报告文学三个组，将来办刊物，文化科就是编辑部，目前在石油单位有点儿名气的作者都当理事。小刘，按照这个原则，你负责起草文学社章程，设计入会资格，会费争取找局财务处要一部分，主要是办刊发稿费用。让小成设计会员证样式，再拟出将来文学刊物名称，我的意思也是先打基础，办个油印诗刊，内部交流，不用花多少经费。"

刘涛为一系列突如其来的石油文学好事所痴迷，伏案奋笔疾书，几乎忘记吃饭。天色已晚，柯求理收住笔说："小刘回家也没人做饭，干脆去我家混口吃的，干休所离得近，吃完还要赶回来加班。"刘涛开心道："没问题，为了自己钟爱的文学事业，再苦再累也心甘。"二人骑车上路，围着石油文学发展说个不停，几分钟骑到干休所，进了柯家宽敞的客厅。家里挺热闹，十多口人正准备吃饭，大餐桌摆好整齐的餐具，晚饭是西北人常吃的拉条子，备好浇头，类似京城人的打卤面，四碟子凉菜，猪头肉、炸花生米、拌茄泥、拌黄瓜丝。老爷子正在自斟独饮，见到儿子和客人，笑着招呼一起坐下喝酒。柯求理介绍了刘涛，又说工作忙，晚上还要加班，二人不客气地坐在餐桌上，两大碗拉条子端上来，调好浇头，稀里呼噜地开吃。刘涛第一次品尝这种西北风味餐，感觉比面条筋道耐嚼，味道鲜美，微带酸辣味促进食欲，很快风卷残云吃个干净，打饱嗝儿。柯求理咿呀学语的女儿扑过来，连声喊"爸爸，爸爸……"旁边站着个漂亮温柔的少妇，抿嘴笑道："女儿菲菲早就想爸爸了，见了爸爸可亲了。"刘涛猜到是孩子妈妈，点头示意。少妇忙问："家里没啥好吃的，小刘吃饱了没？"刘涛拍着肚子说："拉条子好吃，第一次吃这种风味餐。"柯求理举起女儿，在那白皙光滑的脸颊上亲吻着。刘涛见了这感人一幕，心里滚过一股热浪，想到自己即将诞生的孩子，会是怎样的淘气可爱，不觉间，精神抖擞地起身。

饭后，二人返回文化科，小成和小李已在忙碌。柯求理问一句："你们都吃了吗？"小成答："在食堂吃了，还订了四份儿夜班饭。"柯求理笑道："有夜班饭保证，先踏实干活儿，小刘你继续起草文学社章程，我起草汇报材料，十一点吃夜班饭，然后回家休息。"刘涛和柯求理对面坐下，柯求理先问一句："加入文学社的门槛，你是怎么设计的？"刘涛思索片刻说："我觉得，至少在报纸副刊发表三首诗歌或者小说散文两篇。"柯求理不以为然道："你测算一下，报纸副刊一次能发表几篇作品，每周两版副刊，每年发表总量才多少，再者说，诗歌和小说、散文、报告文学只是文学种类不同，创作都要付出辛苦，加入门槛不宜过高，古代诗人都说，两句三年得，一吟双泪流。"刘涛沉吟片刻才说："要不改成小说、散文、报告文学发表一篇就行，诗歌两首如何？"柯求理点头说："先这样写上，到时候再征求大家意见。小刘，目前石油文学状况怎么定位？我觉得如果保持低调，座谈会上，石油单位领导的脸面恐怕过不去，要是闭着眼唱高调，又涉嫌吹牛皮。"刘涛转动几下眼珠道："实事求是为我党历来原则，不过对当前基层创作状况，你们掌握多少，是否全面？"柯求理眼睛一亮说："对呀，目前掌握的情况并不全面。"说罢，喊过小李，吩咐道："你明天上午赶紧打电话，问一遍各单位宣传部，调查基层单位创作有一定成绩的作者情况。"

在局机关食堂吃过夜班饭，柯求理和刘涛去车棚取自行车，刘涛打开车锁告辞。柯求理推车说:"咱们一路走,送你先到家,我媳妇小韩在油田工会工作,单位分了间住房,吃饭在父母家,晚上回油田家里睡觉。"

夜深了。会战大道人车稀少,夜风有些凉。刘涛浑身热乎乎,跟着不紧不慢地蹬车子。柯求理关切地问:"加班累得够呛?"刘涛轻笑道:"嘻,不觉得累,给自己热爱的文学干活儿,觉得是两股劲儿。"柯求理激动道:"我就欣赏你这种很强的事业心,人要是没有这点儿精神,很难成就一番事业。"刘涛坦言道:"我以前当逍遥派,跟同学换书看,不知不觉喜欢读小说,当知青没书看,跟同学抄宋词选都感觉新鲜,稀里糊涂地迷上诗歌,碰巧发表几首,参加两次北大荒兵团的创作班,又喜欢上小说创作,参加石油会战,在机修厂当车工,有点生活感想,写出来居然也能发表,自我感觉,文学创作的运气不错。"柯求理称赞道:"你小子有才华,我一眼能看出来,对人和事都很敏感,感觉都合理,咱们是志同道合的文友,努力在石油文化战线干出一番事业。"刘涛身子一晃,差点儿从车子上掉下来,激动不已道:"科长,你是石油文学的扛旗人,从今天起跟定你,当好助手,我绝不会半途而废,为了喜爱的文学事业全力以赴。"柯求理开心道:"红花再好也要绿叶扶,没几个像样儿的左膀右臂,我扛起的这面石油文学旗帜,也不一定撑得下去。好了,你先回家,明儿下午见。"

转天上午,刘涛把局党委宣传部的公函转交总医院党委宣传部,黄部长去开会了,只有副部长老徐在,接了公函看一眼,笑道:"既然上级部门有指示,你是总医院的参会代表,我们大力支持,回头我给丁校长打电话知会一声,你去帮忙和开会的时间肯定有保证。"

刘涛回到卫校,抓紧时间处理日常工作,下午按时去文化科帮忙。柯求理一见面就说:"石油会战队伍来自四面八方,藏龙卧虎一点儿不假,小李刚从电话里得到消息,京城勘探指挥部机关宣传干事、也是插队知青,加入了吉林省作协,写的通俗小说《亲王传奇》在京城热卖,卫生所一个女医生有一部中篇小说正在修改,这都是宝贵的文学人才。"刘涛出主意说:"再加上报纸副刊培养的文学作者队伍,成立文学社也算拿得出手。"柯求理胸有成竹地说:"于副部长强调了党委宣传部一贯重视报纸宣传导向,积极把握政治方向,从报社班子配备到专业人才选拔,都做了大量工作。"刘涛拍手说:"领导就是站得高看得远,善于提纲挈领,纲举目张。"柯求理轻轻敲着桌子说:"看来咱们又要加班，尽快把汇报材料初稿和文学社章程都拿出来，你还要起草'致石油文学爱好者的倡议书'。"刘涛不解地问："谁的倡议？"柯求理笑道："当然是以文学社名义，现在拟出理事人选初步名单，你记录，你、我和报社老韩、小战，文化科小成和小李，还有刚才说的京城勘探两个，会长请于副部长担任，我是秘书长兼诗歌组长，小战是副组长，报社老韩是副秘书长兼散文报告文学组长，写通俗小说那个是小说组长，你是副组长。"刘涛谦虚道："我当副组长恐怕不够资格。"柯求理瞪眼道："这可不是谦虚的时候，以为白给你一顶便宜的乌纱帽戴，没那回事，其实就是个干活儿的，你住在总医院，离局机关近，卫校工作也算清闲，文学社以后办起刊物，你要帮着编发稿子，联系和吸收新人入会。"刘涛不好意思道："我可不是成心偷懒。"柯求理好笑道："这会儿需要无私奉献，可不是你玩儿假谦虚的时候儿。"

刘涛跟着柯求理忙得脚打后脑勺，临会前一天，所有材料备齐，连带石油赞助会议的纪念品，提前半天运到"一招"接待前厅。下午，省委宣传部文化处处长、省作协主席和秘书长都来参与筹备。石油文学骨干编到各组当工作人员，刘涛留在会议秘书处打杂儿，负责核对文学社成员、理事会名单，倡议书征求意见稿，送柯求理审阅后打印。晚饭后，柯求理让刘涛找"一招"的小杨，打开一间会议室，召开石油文学社成立会。参会者轮流自我介绍，通过了文学社章程，公布全体成员名单，根据提名选举理事会，一切都顺理成章通过。京城勘探在机关当宣传干事的叫钱镇，京城六七届初中毕业去吉林插队的男知青，戴眼镜文质彬彬，说话快了喜欢眨眼，发言提出石油单位发表小说的阵地太少，只有报纸副刊能发表三千字以内小说，充其量只能算小小说，不利于石油文学的发展，石油文学社应该创办文学刊物，让作者有发表中短篇小说的阵地。柯求理当场叫好，启发道："在座的都是这次会议代表，后天分组讨论，各位要围绕石油文学发展的话题，多提宝贵建议，让与会的石油局级领导能听到基层文学青年的呼声。"

刘涛通过石油文学社成立会，结识了总医院的普外科大夫陈长荣，散会时二人见面，刘涛赞叹道："陈大夫相貌堪称一表人才。"陈长荣借机闲聊道："听说刘会计的夫人是冯颖洁，在手术室很能干，家里外边都是一把手，你是有福之人，我夫人不会做饭，是个娇小姐。"刘涛询问："陈大夫喜欢写什么？"陈长荣谦逊道："我是北大荒本地知青，作为工农兵学员去上海学医，毕业分到石油总医院，没学过文科，近来尝试写几篇小品文，在报屁股上发表两篇豆腐块儿。"刘涛惊喜道："太好了，你也是北大荒出来的，我是京城六九届，在北大荒当知青六年多。"陈长荣高兴地说："咱们是同龄人，经历相似，又是一个单位的，今后多交流。"

刘涛与柯求理住同一房间。半夜时分，柯求理才回屋，兴奋地说："刘涛写小说今后要加把劲儿，京城勘探卫生所那个女大夫马芝兰，带来一部中篇小说稿，我带她拜会了省作协的徐主席，答应推荐到省作协刚创办的大型文学刊物上争取发表，马芝兰也是北大荒知青，跟我同龄，石油单位这批文学骨干，当过知青的占了一多半。"刘涛笑问："你也当过知青吗？"柯求理点头道："我也算知青，在玉门石油农场劳动三年，吃不上细粮，直到现在胃口总闹不舒服，在马架子里的马灯下坚持读书，看坏了眼睛。"刘涛感叹道："知青在社会底层尝过贫困滋味，现在开始成熟了，正好干事业。"柯求理听到事业二字，兴奋不已道："石油文学社成立了，迈出的第一步很扎实，省作协的徐主席已表态大力支持，准备在会上宣布，接受石油文学社为省作协的团体会员，同意我作为文学社秘书长加入省作协个人会员，这样石油文学社和省作协有了畅通的联系渠道，可以陆续推荐符合条件的作者加入省作协个人会员，一旦条件成熟，我们文学社升格为文学协会、再升格到局级作家分会。"刘涛忙问："省作协个人会员入会门槛是什么？"柯求理皱眉道："不容易呀，发表小说散文十五万字以上，或者荣获一次省级文学奖；诗人入会，在省以上报刊发表三次以上组诗，或者荣获一次省级以上诗歌奖。"刘涛沮丧道："妈呀，猴年马月才能登上这么高的门槛，入会真难。"柯求理若有所思道："不错，目前入会门槛不低，而且今后门槛还可能水涨船高，但是我们要有非我莫属的雄心壮志，首先办好文学社，团结文学骨干，多渠道培养作者成才，争取五到十年，至少有十人成为省级知名作家，石油文学成为省作协不可忽视的创作力量。"刘涛悲观道："这是石油汇报材料的展望部分，石油文学发展的五年至十年规划，我曾经怀疑是空中楼阁。"柯求理激昂道："只要定位准确、措施得当，完全有可能实现……你可不要当怀疑派、动摇派，要当坚定的革命派、顽固的创作派。"刘涛戏谑道："只要不当反动派就好。"柯求理忽然变得有些吞吞吐吐说："小刘，你说真话，我……像个病人？"刘涛嘿嘿笑道："你精气神儿这么足，要是个病人，我们岂不都该住院了？"柯求理将信将疑道："我也这么觉得，可是马芝兰初次见面，跟我半开玩笑说，你该去医院检查一下，看身体某处会不会有问题。"刘涛嘿嘿笑道："这就像卖伞的盼着下雨，卖冰棍的盼着天热，当医生习惯于职业敏感症，看谁都像病人。"柯求理也笑了，释然道："她觉得我脸色黑，有些不正常。"刘涛更开心道："哈哈，脸黑脸白都是爹妈给的色儿，谁也奈何不得，你看总医院外科大夫陈长荣，典型小白脸，漂亮得几乎让所有男人嫉妒。"柯求理摆手道："你不知道他的传闻？"刘涛一怔，茫然摇头。柯求理微笑道："听说总医院有个姑娘为了跟他谈恋爱被拒，吃安眠药自杀了……"刘涛摇头说："我刚调到卫校，不知道这类绯闻，爱美之心人皆有之，陈长荣是普外科大夫，身份、相貌、学历、好事占全了，当然是姑娘们的争夺目标，失意者一时想不开，寻短见，可惜了大好年华……"柯求理窃笑道："听说自杀未遂，抢救过来，调走了事。"刘涛玩笑道："这故事是不错的小说素材，可惜没有切身体会，我写不了，当事人感触深，能写一篇好小说。"柯求理摇头说："陈长荣只发过两个报屁股，恐怕心有余而力不足。"

  会议签到开始忙碌起来。各地市作协分会都格外重视这次全省文学盛会，编外代表居然一下子多出十个，用餐问题不大，住宿遇到难题，因房间数量有限，缺床位，住不下。招待所办公室的小杨满头是汗，找来诉苦说："柯科长，部分代表已入住，再调整加床来不及，缺十个床位没法解决。"柯求理只好给文学社成员临时开会，动员在石油基地有住房的人发扬风格，回家住。刘涛带头响应，让出床位给京城勘探的钱镇，由此，腾出招待所十几个床位，解决了住宿难题。柯求理强调说："回家住的人，可以赶来吃早餐，绝不能耽误会议服务。"陈长荣笑着对刘涛说："咱俩正好搭伴儿，好在距离不远。"刘涛玩笑道："来回骑车也是锻炼身体，也好多吃饭。"

  会议盛况空前，有写出名篇《小兵张嘎》的老作家，也有发表《哦，香雪》的成名新秀，大会议厅座无虚席。主管意识形态的省委副书记主持会议，省委书记莅临讲话，提出文化强省，促进经济发展的战略，石油管理局的主要领导也出席，于副部长汇报了石油文学现状和发展规划，赢得省委领导赞许，柯求理代表石油文学社宣读倡议书，为弘扬石油艰苦创业精神鼓与呼，力争五到十年，培养出一批在全省知名的京南石油作家。

  分组座谈，刘涛分在保定地区组，省委主管文教的副书记曾任保定市委一把手，专程来分组会问候老友新朋，成名文学新秀恰好也在这组。代表们发言踊跃，畅谈体会，汇报创作，地区文学刊物编辑顺便征稿，省报副刊编辑也来相约，有满意的稿子直接寄来。刘涛犹如听到一首激昂的振兴文学交响曲，眼前推开了色彩斑斓的创作之窗，心海泛起鼓足干劲儿的风帆，催促思绪像离弦的箭，义无反顾地飞驰，寻找自己的文学彼岸。

好日子觉得格外短暂，在忙碌中会议结束，众文友相约，今后让作品说话，报刊上凭作者姓名再相聚。柯求理断言，石油文学的春天来了。散会时，文学社初建的成员在招待所门前合影全家福，每人拿到一帧放大的黑白照片留念。

刘涛回单位如常上班。母亲打来长途电话，抱怨前儿天打电话找不到儿子，接茬儿报喜说："你姐姐生了女儿，六斤三两，母女平安。"刘涛汇报说："参加省委在石油单位召开的文学座谈会，会务跟着忙了十来天，给您道喜，有了外孙女，伺候月子别累坏了。"母亲接着说："只顾高兴，不觉得累，孩子满月，你回来给小外甥女准备见面礼。"刘涛赶紧给媳妇写信，问候身体，询问给小外甥女准备什么见面礼。冯颖洁的回信很快寄来，撒娇写道："在家吃得胖了一圈，成肥猪可怎么好……给小外甥女的见面礼，你甭操心，干好工作，写好小说，给未来的儿子多挣稿费。"

趁媳妇不在家，刘涛全力投入创作，上班闲暇，回忆近年趣事，陆续记下三个故事核儿：其一，车工意外获得一笔安全奖，买书读，考上夜校大专班，弘扬青工自强精神；其二，井下地质师李副总讲述的掉几颗牙的经历，赞扬石油单位老知识分子"老牛"敬业精神；其三，钻井队司钻受伤，回家养伤未痊愈，提前归队的爱岗敬业精神。他在卫校食堂吃过晚饭再回家，坐在写字台前一杯浓茶，摊开稿纸，沿着成形的故事核儿展开想象的翅膀，拧开钢笔，恣肆汪洋，写至凌晨，一口气拿出三篇长短不一的小说初稿，《机遇》《牙史》《妻子》，小说的初稿照例要冷却一段儿，他如释重负，匆忙请假回京城，给外甥女过满月。

姐姐的女儿取名陈若曦，小名希希，姐夫选个周日中午给孩子过满月，家里摆了两桌，家具二厂的老白和师傅们凑了份子钱，又来喝酒，姐夫陪酒喝高了，倒头沉睡。姐姐骂姐夫没德行，母亲抱着外孙女制止道："小兰，文杰难得高兴，喝醉了不值得生气。"冯颖洁送来一兜婴儿玩具，拨浪鼓、铃铛和积木等，又塞给孩子一叠一元钱嘎嘎新的票子。刘涛一旁开心地笑，姐姐故作埋怨道："颖洁干什么这样儿宠着，孩子还小。"冯颖洁挺着大肚子说："人家都说女孩子要娇惯点儿,将来才能找个好人家嫁出去。"刘涛接过外甥女抱着,打量道:"脸型像姐夫、肤色白、眼睛大像姐姐……这是下一代,还是姐姐打头儿,弟弟跟在后面。"姐姐玩笑道:"怎么,你不服气呀,早说,重新投胎另找人家,有本事别姓刘。"刘涛好笑道:"姐姐说这话好没良心,弟弟可不客气了,咱家要不是因为有我,刘姓就可能断了香火。"姐姐呸了一声,赌气不再说话。母亲嗔怪道:"小涛说话没深没浅,这可是你姐的高兴日子。"冯颖洁也劝道:"姐姐,别跟刘涛一般见识,他一旦得意忘形,就喜欢臭贫,老毛病了。"

年底,京城接连传来好消息,岳父受命出任燃化委组织部的领导班子成员,工作更忙了。刘涛的姐姐刘小兰,考上本局职工夜大的经济管理班,春节后开学,姐姐又要工作,又要上学,还要带孩子,多亏有母亲搭把手。石油单位也有好消息传来,总医院分房领导小组根据群众意见,修改了分房政策,重点照顾本单位双职工家庭,冯颖洁和刘涛是总医院双职工,当知青都算工龄,加上晚婚晚育等加分,意外分到新建宿舍一号楼的小两居住宅,春节前可交新房钥匙入住。冯颖洁最先得到了消息,兴高采烈地告诉刘涛,筹备搬家事宜,发愁床底下堆着这老多书籍放哪儿。刘涛胸有成竹道:"有了房子,家具有地方摆了。"搬家前收拾东西,刘涛从床底下拖出一个大纸箱,里面都是数年积下的旧稿,冯颖洁坚持要精简杂物,这些破纸片不要往新房里搬,省得带来晦气。刘涛觉得可惜了,苦笑道:"这些虽都没能发表,也是花了不少心思写的。"冯颖洁没好气儿地说:"你还打算留着变钱花?"刘涛苦笑道:"都是屡投不中的退稿,也好,告别令人伤心的退稿日子,一把火烧出以后的旺运。"元旦后,果然拿到新房钥匙,四十多平方米小两居,客厅小得只能放折叠餐桌,三口人吃饭,所幸主卧较大,大衣柜和书架子、酒柜等家具直接搬进,贴墙翘首弄姿颇为体面,次卧摆入双人铁床、五屉柜和一组套箱,缝纫机把走道挤占得仅能一人通过,家里空间被家具堆得满满当当。

搬家前夜,刘涛叮嘱道:"颖洁,搬家有我,你万不可用力搬东西,动了胎气不得了。"谁知,搬家后,冯颖洁还是再次出现先兆流产,只好又找总医院妇产科马主任看过,照样让静养保胎。马主任警告说:"本着优生优育原则,如果再次出现流产征兆,这个孩子就不能要了。"刘涛得知后,脑袋嗡地大了一圈儿,路上气鼓鼓地不说话,回家一个劲儿追问:"这一切,到底是怎么回事？"冯颖洁只好坦白，搬家时看着乱糟糟的东西，有点儿着急，偷着提了半袋面。刘涛忍不住喊起来："我用得着你？"冯颖洁软语劝道："没事儿，我自己身体，心里有数儿。"刘涛委屈道："如果这个男孩子保不住，不仅前功尽弃，说不定后悔一辈子。"

新居安顿好，离刘涛上班的路更近，只隔一条会战大道，步行只需两三分钟路程。临近春节，井下的曾宏伟打来电话，告知他也分到井下新建宿舍楼一套偏单，搬完家刚收拾利索，相约周末去做客。刘涛喜出望外道："那还用说，一定给老兄温居。"

曾宏伟的新居虽是顶层，却难得采光好，没上层打扰，居室清静。刘涛骑车去井下故地重游，新建两栋宿舍楼紧邻会战大道，爬上顶层，单元门口摆着放鞋的木架子，刘涛自觉地换了拖鞋，才敲响房门。李秀云闻声笑盈盈开门道："欢迎大作家光临。"刘涛呈上刚买的镜子镶嵌画，道贺说："恭喜嫂子，嫁对了人，祝贺乔迁之喜。"李秀云接过镶嵌画说："快进屋，小刘还是喜欢说笑话，嘛叫嫁对了人，不过是大龄女知青，闭着眼让人扒拉，嫁狗随狗，嫁个公鸡抱怀里。"刘涛跟着学天津腔调，逗趣道："要是不嫁给宏伟老兄，嫂子能住上这么好楼房，地上还铺了时髦的地板革，介要是在天津，做梦都不敢想。"曾宏伟让座，沙发上聊了几句，又忙着摆放餐桌椅，张罗喝酒，煮饺子吃。李秀云说起井下分房一波三折，感慨道："差点儿玩悬儿，还是石油单位好，不欺生，你们都算有根儿有袢儿的干部子弟，分房政策规定向双职工倾斜，知青工龄长也占了便宜，要不然，真够呛。"曾宏伟坦言道："关键时刻，段书记拍板，照顾双职工和孩子小的家庭，我们才能排上分房户倒数第三号。"刘涛含笑道："我不知道总医院的分房内幕，估计多少沾了我岳父在燃化委职位的光。"曾宏伟满足道："虽然没能一步调回京城，但咱们也算不错，比返城知青并不差，住上宿舍楼的偏单，工作和收入都不错，我考了电大文科，万一不成，还可以报考公安函授大专班。"刘涛会心一笑说："我也考了电大文科，考不上还可以争取上保送的厦门大学财会班。反正媳妇要跟着受累两年，又要照顾孩子，又要坚持上班挣钱。"曾宏伟玩笑道："女人生养孩子吃苦，也算苦中有乐，孩子长大了，比男人更有成就感。"刘涛夸赞道："咱们都遇到了贤惠女人，能干加吃苦耐劳。"李秀云得意道："介叫嘛话，中国女人大多数都这样儿，介就叫传统文化，从打爹妈那儿，就介样儿教给，下乡当知青又锻炼介些年，咬牙担起这个家，保着你们男人干事业、挣学历，女人和孩子眼巴巴地，也好有个指望呀……"

正月里，曾宏伟选个周日上午，带着媳妇孩子来刘涛的新居坐客。刘涛谦虚道："我家房子不如你家宽绰，地上也没铺地板革，光线也不如你家敞亮。"曾宏伟摇头说："还是你家好，地理位置处在中心区，二楼最理想，不潮也不高，如果换煤气罐，我要比你多扛上三层楼，总得歇口气，才能到家，你一口气就扛到家了。"李秀云也说："小刘介叫得便宜卖乖。"冯颖洁很喜欢他们的女儿曾瑜，大眼睛像洋娃娃，嘴也乖巧，奶声奶气嗓子亮。李秀云指着冯颖洁凸起的腹部，玩笑说："阿姨肚子里怀着小弟弟，你喜欢不？"孩子奶声奶气地说："喜欢弟弟，玩过家家。"这话逗得都笑了。曾宏伟感慨道："童真纯洁无瑕，最为珍贵。"

天气渐暖，财务组又给新发行的纸饭票盖章，三人轮换干，又是闲聊机会。云会计玩笑道："小宋啥时请我们吃喜糖？"刘涛已明白了几分，探问道："小宋春节回家了，两边儿的老人都好？"小宋脸色微红道："没见过这么蔫唧唧的男人，去我家待了一天，总共没说上几句话。"刘涛接茬儿道："初次登门，拜见长辈，都会拘束，男女差不多。"小宋不满道："小范跟我哥喝酒也没多少话，问一句答一句，惹人不痛快。"云会计劝道："可不是嘛，我第一次见公婆，吓得心里突突乱跳，就怕一时疏忽，让长辈挑眼，过去可守旧了，找对象都是经人介绍，自己悄悄找对象容易招人说三道四，就怕让人说不正经。"刘涛夸赞道："我哥们儿小杜，对小范的评价可不低，说话有分量，有心计，是个干部苗子。"云会计附和道："小范像那种'大学漏儿'，话虽不多，心里有数。"话没说完，电话铃响了，云会计拿起话筒说："您哪位，哦，丁校长，让刘涛去总医院教育科拿电大录取通知书。好的，刘涛快去……有大喜事。"

刘涛一阵风跑到总医院教育科，科长指着办公桌上一个信封，呵呵笑道："小刘给总医院争光了，你考上全国首届电大文科，报纸上公布电大文科全国统一录取线一百四十分，你考了一百四十七分，全院只有你考上了，全局仅考上三十六人，组成一个班，下半年开学。"刘涛几乎不信自己的耳朵，估分一百七八十左右，分数怎会考得这么低。科长玩笑道："都考上了，你还不满意。"

拿到录取通知书，刘涛怎么也高兴不起来，感觉灰溜溜的，回到财务组，依然抬不起头,脸上火辣辣地发烧。云会计劝解道:"考过录取线就是本事,全国统考不容易,哪次都是淘汰率很高。"小宋也安慰说:"刘会计是以前小学文化,一下考入大专,俺老家话说,鲤鱼跃过龙门,靠自学打下这样基础,确实不容易。"云会计玩笑道:"小刘乔迁新居、金榜题名,已经双喜临门,再加上两个月后喜得贵子,那可是三喜临门,这客也算请定了……"刘涛被两个女人的恭维话说得暖融融,脸色渐渐缓过来。电话铃声再次响起,云会计努嘴示意道:"小刘,说不定还是找你的。"刘涛拿起话筒,居然是局宣传部文化科柯求理的电话:"小刘,我刚去局教育处看了电大文科录取名单,按照考分排名,我考了一百八十五分,全局第三名,你是第二十五名,报社小战是第二十八名,局组织部小李第三十名,'一招'小杨是第三十二名,想不到咱们几个都有缘分儿,成了电大文科班的同学。"刘涛委屈道:"我估分一百七八,才得了一百四十七分。"话筒里说:"分数都差不多,我估分二百出头,据说地区教育局组织判分,省教育厅有个内部规定,判分从严掌握,加上石油单位没有满足地方教育部门要求赞助经费的条件,判卷更加苛刻,石油单位考生的分数普遍吃亏了,咱们都算幸运者,好歹考过了全国录取线,听说七月份开学,三年的半脱产上课。"刘涛放下话筒,又兴致勃勃给曾宏伟打电话,得到一个失望的答复,曾宏伟没考上电大文科,准备报考公安函授大专班。刘涛遗憾之余,彻底跳出考分低的阴影,悄悄勾画未来学业的蓝图。

住上新居,丈夫考上电大文科班,一系列喜讯带给冯颖洁好心情,再加上自己母亲准备来伺候月子,这一段儿胃口大开,食量惊人,又胖了一圈儿。刘涛找辆便车去京城,拿回母亲为孙子预备的全套婴儿被褥枕头和宝宝服,顺便把岳母接到新居,准备围产期迎接新生儿。

比预产期迟了一天,小家伙儿一声响亮的啼哭,呱呱坠地,果然是个男孩儿,六斤半重。三喜临门,成为现实。

刘涛在产房、家门、农贸市场、百货大楼骑车东奔西跑,脚不沾地,累得脚脖子发酸、腿肚子发胀、脚后跟儿生疼,这才明白,有孩子不仅仅是添了口人的简单事,啼哭是八零后的郑重昭示:随着知青这代人成熟季节到来,爱情果实注定瓜熟蒂落。按照外科陈长荣大夫的解释,男人和女人组成的小家庭,再加上孩子,拥有三个可靠的支点,构成稳定的三角形。刘涛心里暗想,家里有三口人,小家庭是三驾马车,他是驾辕的那匹马,关键位置岂能闲得住。

十二

三驾马车

冯颖洁生儿子不顺，孩子没出生开始腰疼，出现了生产征兆。刘涛用自行车推着媳妇送进本院妇产科的产房，足有一天没生下，把刘涛和丈母娘急得坐卧不宁。儿子在冯颖洁肚子里折腾期间，刘涛等在产房外，整夜没合眼，历经了担惊受怕和心疼媳妇的复杂感情波澜。

冯颖洁的同学和好友轮流陪伴在产房，都希望她能顺产。从优生学角度讲，孩子大脑经过产道挤压刺激也会聪明些，有利于产妇康复。待产的时间过长，刘涛和岳母不安地在产房走廊等候。凌晨三点多，值班医生让刘涛快去请妇产科马主任。刘涛跑出楼门，骑上自行车直奔家属区，心里骂道："臭小子太狠了，没出世就这么折磨亲妈，看我将来怎么收拾你。"

天际刚出现一抹鱼肚白，影绰绰出现平房区的房屋轮廓，他来到马主任家平房院门前，咚咚地敲着院门喊："马主任，科里请您快去医院——我媳妇难产。"话音未落，马主任家窗口的灯亮了，片刻马主任出门探头，边穿外衣边摆手示意道："小声点儿，别吵了邻居。"刘涛低声道："对不起，打搅了，我

十二 ········ 三驾马车

是卫校财务组的刘涛，媳妇是手术室的冯颖洁，难产，请您快去看看。"马主任吃惊道："还没生下？"刘涛觉出事态严重，紧张道："您，您坐我的车。"马主任坐在自行车后倚架上，刘涛车把一晃，用力蹬车。马主任安慰道："别怕，我有经验。"车子飞到楼门前，马主任下车二话不说，径直去产科病区，刘涛把车放到车棚里锁好，飞快地往病区跑，在走廊里，见到岳母焦急地望着产房门帘，急切地问："妈，马主任进去了？"岳母紧锁眉头，轻轻点头，没回答，隔着一层淡蓝色门帘儿，产房里依然静悄悄。

　　这静寂似乎很可怕，刘涛好像听到自己咚咚的心跳声，默默祈祷：亲爱的孩子，快点儿出来吧，求你别再这么调皮了……忽听得门帘里有杂乱脚步声，谁喊一声"出来了"，又听得啪啪两声，一声响亮的啼哭传出，略带疲惫和沙哑，似乎有些不情愿。岳母抚着胸脯长出一口气，叹道："我的——天呀！"刘涛见到岳母流露出欣慰的目光，一颗吊着的心才回归原处。冯颖洁的好友小陈抱着一个红扑扑皱巴巴的婴儿出来喊："小刘，快看你儿子，恭喜你母子平安。"岳母上前接过孩子仔细打量，眼泪直在眼睛里打转。刘涛追问："难产么？"小陈轻笑道："算不上难产，胎位不正，孩子头靠下了，马主任做个侧切，手指轻轻一托，孩子脑袋就出来了，小脸憋得发紫，马主任提起孩子，拍了后背两下，才哭出声。"刘涛激动道："多亏了马主任。"小陈要过孩子送婴儿室喂奶，刘涛担心地喊："小陈，可别弄错了。"小陈回头嫣然笑道："孩子都拴着脚牌儿，错不了。"

　　冯颖洁被担架车推出来，刘涛赶忙接过车把，推进病房，抱起车上柔软身子的瞬间，忍不住在略显疲惫的脸颊上亲了一口，小心安顿在床上，转身还车，连声道谢。刘涛再进病房，冯颖洁疲惫至极，轻声说："看到宝贝了？"刘涛感激道："可让你遭了大罪。"冯颖洁合上眼，有气无力地说："记着孩子的生辰，凌晨四点半，属狗的……我歇会儿，你也回去歇会儿。"刘涛感到一阵困意袭来，打哈欠伸个懒腰。正巧马主任收拾停当，岳母善解人意地说："小涛，快去送马主任，顺便回家做早饭送来，鸡汤挂面。"刘涛应声，骑车带着马主任回家，路上感激话说了一箩筐。马主任轻笑道："嘻，这些我们早都习惯了，几十年都是这样过来的，说不上辛苦，敬业倒是真的。"刘涛感叹道："医生和护士的职业道德，极其崇高。"马主任幽默道："毛主席语录，'救死扶伤，实行革命的人道主义'。"

— 145 —

刘涛回家稍事休息，赶紧爬起来煮鸡汤，担心冯颖洁吃不饱，挂面下多了，面汤变成稠粥样儿，趁热乎劲儿，盛进饭盒，飞车奔产科病房。冯颖洁的精神稍见好转，见了丈夫埋怨道："怎么才来，你走时都没看一眼暖瓶，刚才我渴醒了，喝了几口凉水。"刘涛埋怨道："你怎么不叫值班护士？"冯颖洁一撇嘴说："都跟我折腾累了，不忍心打搅人家睡觉。"岳母歉意道："也怨我，不知不觉睡过去了，颖洁一定是渴急眼了。"刘涛隐忍不快，打开饭盒说："快吃饭，挂面下多了，有点儿稠。"冯颖洁瞥一眼，皱眉惊叫道："妈呀，一盒糨子，谁吃得下去。"刘涛委屈道："怕你吃不饱，卧了四个鸡蛋。"岳母接过饭盒看一眼，忍俊不禁道："傻小子，产妇要多喝鸡汤，奶水才旺。"刘涛赌气道："我拿回去倒了，重做。"冯颖洁裹着气儿说："让你回家，什么都干不好……我饿了半天，吃什么？"岳母给饭盒里加些开水说："小洁，先凑合垫垫肚子，一会儿我回去给你做顺口儿的。"冯颖洁勉强吃了几口，推开饭盒说："直劲儿犯恶心。"刘涛不安道："你别生气，我是好心办了错事儿。"岳母哄道："你看，小涛都主动认错儿了，俗话说，不知者，不怪罪。闺女，再吃几口，为了宝宝……"冯颖洁这才缓和了脸色，又吃几口，撒娇道："妈，您看刘涛，煮个挂面汤，都笨得个灵巧。"岳母劝道："闺女，夫妻本是鸳鸯配，无论谁怎么笨，还是灵巧，都是各走一筋，小涛的本事，你也学不来。"

孩子的名字是姥爷提前定下，取两家的姓氏组合而成：刘冯，颇为中性，男孩儿或者女孩儿都适用。出生那天，冯颖洁给儿子起了个乳名：京京，含意是父母都是京城人，别忘了京城的根儿。

儿子出院那天，是个好天气。趁着上午阳光不算强，刘涛推着自行车回家，车把上挂着网兜，里面是洗脸盆等杂物，冯颖洁扶着自行车座，侧身坐在后倚架上。路上，岳母走在前，抱着斗篷裹着的孩子，笑眯眯地不时跟孩子说："乖乖醒了啊，看见太阳公公了吗？蓝天白云多美好，咱们回家家喽，睡觉觉……"冯颖洁听了好笑道："妈，您说这些，孩子听得懂吗？"岳母回头看了女儿一眼说："怎么不懂，心里明白着呢，就是嘴上还不会说。"刘涛呵呵地傻笑。岳母不安道："小涛，笑什么，我说的是这个理儿。"刘涛赶紧说："妈说得有道理，有本书说过，亲人之间有生物电或者磁场感应，重大情感互有影响。"冯颖洁一撇嘴道："我怎么没发现儿子在肚子里有感应。"刘涛自信地说："我可有感应，那天凌晨请来马主任，我不住祷告，儿子快出来吧，求你别再调皮了……结果才几分钟,儿子就出来了。"冯颖洁撒娇道:"你就会编故事,哄我妈高兴。"岳母不悦道:"傻闺女,怎么说话呢,你妈这么好哄。"刘涛辩解道:"我说的都是实情,不信,等儿子长大了,一问便知。"冯颖洁抿嘴笑道:"嘻嘻,过去那么多年,谁还记得这种事。"岳母告诫说:"千万别盼着孩子长大,眨眼工夫,父母就都老了。"

听说鲫鱼汤下奶,刘涛买来十条活鲫鱼收拾好,裹着生鸡蛋炸了,熬出一大锅奶白色浓汤,岳母做了一大海碗鸡蛋挂面汤,冯颖洁吃得颇为适口,让刘涛拿热毛巾来擦汗。捞出的鲫鱼,虽没什么滋味,还是舍不得倒掉,刘涛剔出细刺,蘸着醋汁吃了。冯颖洁奶水不足,可怜兮兮的奶水不够儿子吃,刘涛赶忙去商场买回奶粉搭配着吃。孩子吃奶粉消化不良,拉出奶瓣儿。刘涛担心道:"去请儿科大夫看看。"岳母自信道:"用不着,给孩子加点儿果汁儿就行"。刘涛买来浓缩橘子汁儿,兑开水给儿子喝,岂料,孩子喝过有滋味的果汁儿,再不肯喝白开水,只要尝到水瓶里没滋味,就委屈得放声大哭。弄得夫妻一筹莫展,问老人怎么办。岳母直劲儿夸外孙聪明,小嘴儿刁。小两口儿只好依着儿子脾气,给橘子汁儿兑水喝,冯颖洁埋怨道:"都是你,娇惯得儿子忒不像话,谁家婴儿总喝果汁儿。"刘涛解释道:"咱们小时候,家长工资低,哪有闲钱买果汁儿,只好喝白开水,咱孩子出生在新时代,现在当然比五十年代生活好,改革开放以来物品供应丰富多了,记得当知青那会儿,连队老职工家属生孩子,买奶粉还要凭团部卫生队开出的婴儿出生证明。"冯颖洁不满道:"你总有道理可讲。"刘涛得意道:"知识面很重要,看书多,知识面就宽。"冯颖洁讥笑道:"在家自吹自擂,你骄傲自满的臭毛病总也改不了,电大文科快开学了,你自己去大屋单人床住,好用功读书,我和妈带着京京睡小屋,省得半夜喂奶,吵醒你。"岳母也说:"小涛上大学还是要多读书,才能学到当用的知识。"刘涛感激道:"妈和颖洁总起夜,奶孩子很辛苦。"岳母微笑道:"我和小洁是老传统,生养孩子是女人的本分,不能拖累男人,你们出去干大事,才是正经。"

虽有岳母在家伺候月子,刘涛也不能当甩手掌柜,下班顺道采买,捎带去水房打开水、换液化气罐、洗尿布等。晚饭后坐在写字台前,才是脑子构思创作的驰骋天地。受柯求理影响,他惦记在有影响的文学刊物上发表小说,陆续改出几篇小说寄出,不久遭遇接连退稿,望着大小不一的退稿信封,几张油印的退稿信，在写字台前发愣。儿子哭了，刘涛闻声过去换块干爽的尿布，沮丧道："编辑有眼不识泰山，连遭退稿，都是打印的退稿签，指着小说挣稿费，恐怕没多少希望。"冯颖洁软语劝道："没准儿，编辑口味不同，你不妨再换个杂志寄去？"刘涛如梦初醒，再次修改，稿子换着寄出，试着撞大运。

周日休息，刘涛没敢睡懒觉，进卫生间抱着大铝盆洗衣物。岳母去逛商场附近的农贸市场，买回一块排骨，直劲儿说价格便宜。刘涛眼尖，发现排骨上有一些白色斑点儿，疑似痘猪，担心吃出问题，私下跟冯颖洁说了，趁着岳母上厕所，排骨直接丢进垃圾道。岳母进厨房没找到刚买的排骨，忙质问，冯颖洁解释说："妈，您年岁大，眼睛花了，没看出痘猪，排骨又不能退，还是扔了安全，反正花钱不多……"岳母一言不发，一屁股坐在床上，生闷气。刘涛做好了午饭，喊岳母到餐桌吃饭，岳母依然不理。冯颖洁催着吃饭，岳母甩出一句："我早气饱了。"冯颖洁赔笑道："妈，这点儿小事儿，您还值得生气。"刘涛赶紧赔礼道歉说："妈，我错了，刚才应该跟您打个招呼，说清楚是痘猪再扔，您别生气了。"岳母紧绷着脸，总算进了饭厅。冯颖洁刚喂完奶，发现孩子又拉了，招呼快换尿布。刘涛在厨房放下盛饭勺和饭碗，跟着换过脏尿布，放到盆里，顺手端进厨房的水池子上接水，不料龙头开得过大，水流浇到脏尿布上，屎点子居然溅到旁边的案板上，岳母正在厨房盛饭，一眼看到此景，关了水龙头，一摔饭勺子，碗里米饭重新倒进锅里，闷闷不乐地转身出去看孩子，任凭女儿女婿怎么劝，直说犯恶心，吃不下去。冯颖洁悄声埋怨丈夫道："干活忒不注意，一点儿也不讲卫生，洗尿布怎么能图方便去厨房接水，应该去卫生间洗。"晚上，岳母做出了惊人决定，明天回京城。孩子还差几天才满月，刘涛惊讶之余，很快明白，已没有挽回余地，只好叹口气说："好吧，明儿早上，我骑车送您到总部的石油班车站。"

岳母走后，冯颖洁独自照看儿子，每天喂五次奶和八次水，难得闲下，抽空拿着空杯子等着给孩子接尿，以少洗几块尿布为乐趣。刘涛家里家外忙得脚不沾地儿，索性把创作放下，忙里偷闲，临睡前有计划地读了几本文学名著，准备迎接电大文科开班的日子。

儿子满月了。冯颖洁张罗办一桌满月酒，邀请同学好友来家里庆贺，刘涛备下鸡鸭鱼肉和时令蔬菜。周日早晨，趁着孩子睡觉机会，两口子忙碌起来，有个要好同学也来帮忙。中午客人登门，带来不少婴儿礼品。冯颖洁上灶炒菜，摆满餐桌。刘涛陪客喝酒，因女性居多，备了红酒和啤酒，冯颖洁有个女同学颇能折腾，非闹着跟刘涛喝白酒不可，冯颖洁磨不过这种情面，拿出一瓶陈年双沟曲酒，客人车轮般敬酒，恭喜刘涛住上新房、喜得贵子、考上电大文科，三喜临门。刘涛不觉喝高了，晕乎乎倒头睡去，醒来天色已晚，冯颖洁不住数落道："喝点儿猫尿儿就得意忘形，满桌残羹剩菜没人收拾……"刘涛内疚道："不承想，喝多了，让你忙得够呛，我做晚饭，你歇会儿。"冯颖洁好笑道："用你做什么，剩菜足够吃了。"刘涛费解道："半杯红酒，我怎么会醉，估计有人趁我去厨房端菜功夫，给杯里掺了白酒。"冯颖洁嗔怪道："没德行，你要不跟着张罗喝酒，让她们自己喝酒，不就省事多了。"刘涛委屈道："能不喝吗？人生能有几次三喜临门。"冯颖洁啐道："呸，就你烧包儿。"

冯颖洁接茬儿休了晚婚晚育奖励假，在小屋双人床陪着儿子睡觉。刘涛在大屋单人床养精蓄锐，媳妇体贴入微的关心无以回报，每晚临睡前，他都要给小屋床头柜上，备好奶瓶、奶粉和暖水瓶、凉开水缸子，深情地看一眼熟睡的儿子，亲吻媳妇日渐消瘦的脸颊。不久，卫校放暑假了，冯颖洁开心道："寒暑假是难得好机会，你放开了搞创作。"刘涛除了两次去卫校假期值班，剩下时间专心在家修改小说旧稿，改换门庭再次分批寄出。

卫校暑假行将结束，迎来石油电大文科班开学仪式。文科班挂靠在石油单位刚组建的教育学院，院方领导班子搭起架子，急于招兵买马，没顾上安排电大文科的班主任。

石油电大文科班仓促上马，开学仪式未免寒酸。主管教学的副院长带着教务处主任操办学员注册登记，宣布临时管理措施，文科班自我管理，自主听课，自觉参加期中和期末考试。随后发给学员四门主课的教科书及阅读资料，班里听课磁带及一台四喇叭调频收录机，存放在学院教务处，每次听课前派人去取，用后及时归还。学员报到当天，电大就开课了，上午半天两节大课，每节一个半小时，集中收听授课老师的录音磁带，做课堂笔记，课间休息十五分钟，学员回单位利用业余时间阅读资料，复习重点，参加考试。第一学年开四门主课，中国历史、古代汉语、现代汉语、应用写作，每学年期中、期末两次考试，期中考试分数占百分之二十，期末考试分数占百分之八十，总分达及格线才算单科合格，获得相应学分，三年的半脱产学业，共十二门主课，第二年开选修课，修满五到七门课，拿到二十学分，再加上毕业论文十五学分，方可获得国家承认的全日制两年大专毕业证书。

刘涛和女学员吉宁同岁，同桌听课，下课同路骑车回家，聊天儿才知，她是总医院已离休的吉老院长大女儿，石油子弟，爱人是上海知青，在油田研究所搞技术，有个儿子放在父母家照看。她肤色稍黑，留着短发，说话直率，告诫刘涛上课尽量少抽烟，熏得同桌受不了，最好忌了，这陋习会影响孩子身体发育。刘涛坦白说，自从有了儿子，不敢在屋里放肆抽烟，只能躲到阳台上过瘾，当知青染上这个嗜好，很难忌掉。她嘲笑刘涛意志薄弱，应该学习战争年代闯过来的父辈，脑袋别在裤腰带上闹革命，出生入死都不怕，难道还在乎忌烟？刘涛玩笑道："你爱人当过知青，抽烟吗？"她笑道："跟你一样没出息。"刘涛得意道："抽烟或许是成熟男人的标志。"她气哼哼地不再搭话，径直去父母家看望儿子。

晚上，冯颖洁问起电大开学情况，提醒道："做好课前预习能提高听课效率。"刘涛叹道："唉，电大文科的学业，可不是轻而易举就能拿下来，只能靠日积月累听课读书学习，扎实打牢基础，否则很难蒙混过关。"冯颖洁得意道："幸亏你当初听了我的主意，及时离开井下，避开生产单位财务科成本核算的繁忙，卫校财务多轻松，不然你这会儿就是个焦头烂额，两头儿都顾不上。"刘涛皱眉道："何止是两头儿，双职工都要上班，加上孩子小，家务多，学业和工作都不能松劲儿，三驾马车的夹板算是套上了，只剩下埋头拉车的份儿，应了那句名诗，'老牛自知夕阳晚，无须扬鞭自奋蹄'。"冯颖洁做摇鞭状，开心地吆喝道："驾，哦，吁——"

两口子正在家说笑，忽听窗外摩托车响，声音由远及近，恰好停在单元门口。片刻有人敲门，刘涛诧异道："这么晚了，谁会来？"冯颖洁催促道："你快去开门，别冷落了客人。"说罢，两口子到了门前，刘涛疑惑地打开门，冯颖洁尖声道："哦，原来是秦水仙，快进来。"冯颖洁笑着转身跟丈夫介绍道："这是我在县医院的卫校同学，也在手术室，特能干。"秦水仙有些胖，身后跟着一个穿警服的男人，有些干瘦，秦水仙努嘴说："我丈夫葛宇新，在县公安局办公室，快进来。"刘涛端来两杯热茶，四人客厅坐定。秦水仙犹豫地说："这么晚来打扰你们，真不好意思，我们超生一个儿子，挨罚了，仗着我公公当过县委书记，卖老面子，单位让我们写书面检查，给记过处分，计生办限期交罚款，手里钱不够，只好来找石油单位的同学凑一下，你们如果手头方便，最好能救急。"冯颖洁忙含笑道:"正好还有点儿,等我数一下。"说罢,拉开写字台抽屉,数出二百多元,递过去说:"就这些了,你可别嫌少。"秦水仙接过钱,又数一遍,退回几张票子说:"凑个整儿,二百元好记,你们还要过日子,不能空手,二百元争取明年年底还清,我写张借条。"冯颖洁甜笑道:"甭费那个事儿,你先还急用钱的人,我们的钱不急用。"葛宇新趁机诉苦道:"多谢了,我们头胎是个闺女,父母都是老观念,家里没儿子算绝户,怕我们将来老了受人欺负,我又是长子,非让再要个儿子,可算真的如愿以偿,靠我爸的老面子,侥幸单位没开除公职,可是交罚款一分钱不能少,我们只好舍脸到处来借。"冯颖洁劝道:"老同学之间没的说,再说,谁家没个难处,你们不用客气。"送走了客人,冯颖洁进卫生间洗漱,叹道:"唉,独生子女政策真够厉害,二胎罚款没有半点儿通融余地。"刘涛也挤进来方便,打个寒战说:"人家还算有门路的干部子弟,地方掌握政策也算活分,写检查,给记过处分算最轻的。"冯颖洁沉下脸说:"哼,咱们要超生二胎,石油单位肯定开除公职。"刘涛含笑道:"留得青山在,不怕没柴烧,人家得个儿子也算赚大发了。"冯颖洁白了丈夫一眼说:"你没赚呀,头胎是儿子,一边儿烧包儿去。"

　　教育学院教务处主任授意,各班选举班委。电大文科首次自主召开班会,众人面面相觑,没有班主任,没人敢贸然出面主持,教室沉默好一阵子。柯求理在同学里职位最高,率先站起说:"同学中,局教育处老许的年龄最大,我建议担任班长,报社小战和卫校小刘都是文学创作骨干,加上油田小学女校长吉宁,可组成临时班委。"刘涛迅疾站起,插话说:"柯求理也应当担任班委。"话音刚落,"一招"办公室的小杨带头叫好,这些提议获得一致通过,班委名单报给学院的教务处备案。

　　岳母写信来,询问外孙子状况,倾诉思念之情,希望女儿带孩子回京一趟。冯颖洁把信给丈夫看了,商量道:"我还有半个月的晚育假,趁着天气暖和,带孩子回京一趟。"刘涛感觉到电大文科开学后,家里外面都忙,痛快说:"我送你们回去。"

　　周末,刘涛搭便车回京城,冯颖洁和孩子直接送到岳母家小住。岳父特意留在家里迎接外孙,抱起来亲不够、笑不够,拉住刘涛喝酒庆贺。刘涛汇报了入学情况,岳父嘱咐道:"电大文科深造,关键是打牢基础,要舍得花时间读书,知识到手,终身受益,当年你父亲在华北联大政教系以好脑子闻名,读书过目不忘,出口成章,写得一手好文章。小涛也要继承父辈好传统,读书再忙,也要兼顾工作和家庭,有余力再搞文学创作。"刘涛坦言道:"颖洁干家务活儿手脚利索,照顾孩子细心周到,保证我把主要精力用在学业上。"岳父满意道:"这点儿像她妈妈。"吃过饭,岳母揽过收拾碗筷的活儿,悄声说:"小涛,你姥姥上个月去世了,我和你爸去祭奠了,亲家母怕你分心,加上孩子小离不开,没让告诉你们。你快回去看看亲家母,代我们问候你大舅身体。"刘涛闻讯悲从心头起,急忙告别媳妇和孩子,乘公共汽车赶回家。

母亲略有消瘦,鬓角白发增多,勉强翘起嘴角,难掩眉宇间的蹙容,依然臂戴黑纱。刘涛埋怨道:"您怎么不及时告诉我,至少回来见最后一面。"母亲解释道:"人死如灯灭,就算你赶回来,也帮不上什么,我跟亲家母商量过,你回来总要在京耽搁两天,颖洁那时正在坐月子,身边儿没人伺候哪儿成……只要你有对姥姥的这份心思,晚些日子回来也没关系。"

刘涛陪着母亲去看望大舅,转达了岳父母的问候。大舅气色不错,只说了两句:"老人走得安详,虚岁八十也算喜丧。等天凉了,找个合适日子,骨灰跟你姥爷合葬,一切有我和你妈做主。"母亲嘱咐说:"小涛当晚辈儿的,记着老人在世的好处就算有孝心。"大舅又说:"整天忙工作,不提这个,今儿有桩喜事要去应酬,老蒙添个胖孙女,今儿请老朋友喝满月酒,对了,小涛见过,就是老蒙大公子奎子的媳妇,头胎生了闺女。"刘涛一时来了兴致,试探道:"如果不碍事,跟您一块儿去凑个热闹,我们都是北大荒知青战友。"大舅拿起一个红包放进衣兜说:"图热闹还怕人多,快走吧——"

蒙家小院里搭起大棚,摆了三桌,堂屋宽绰,摆了两桌。大舅进门抱拳道:"恭喜老蒙,得个大孙女。"老蒙也抱拳道:"大家同喜,找个名目老朋友聚会。"大舅被让到堂屋的主桌坐下。蒙方奎见到刘涛,惊讶道:"想不到你也能来,欢迎作家光临寒舍,给小女贺满月。"刘涛握手笑道:"赶上相声名家的好日子不容易,讨杯喜酒喝。我儿子满月时,我让人灌醉了,落了许多埋怨。"蒙方奎朗声笑道:"哈哈,还是媳妇厉害,北大荒男人喜欢得时髦病——气管炎(妻管严)。"刘涛笑道:"你说相声的包袱越抖越响,相声《谁是孙子》在广播里播出才几个月,笑遍了大江南北,声名更响了,荒友都跟着脸上有光。"蒙方奎谦虚道:"差得远,让您见笑了。"说着,让刘涛到院里荒友们那桌落座,介绍道:"我爸老友的外甥,荒友刘涛,你好像是三师的。"刘涛恭维道:

"一别两年多,难得蒙兄好记性,三师五十九团荒友。"桌上都是蒙方奎老同学加同团知青,提起蒙方奎,亲切地喊他"奎子"。"嘿,奎子真叫有福不用忙,自从吃上开口饭,路子越走越顺,成名后演出机会越来越多,挣钱机会也多了。"有两个在蒙方奎原单位东部运输公司二场的荒友,聊起他当年恋爱轶事:"那年元旦假期,奎子经亲戚介绍,跟一个银行会计姑娘见面,二人约会下个周末再见,奎子准时赴约,可没见女方人影儿,心里未免有点儿打鼓,耐性子等了十多分钟,女方姗姗来迟,见面就说,对不起,临时有点儿事耽搁了,大冷天儿的,让奎子站这儿白挨冻。这话听着多暖和!奎子当即认定,这就是他知冷知热的好媳妇,接茬儿一阵儿穷追猛打,一个月速成,领证儿赶上春节办喜事。"刘涛有同感,插话道,荒友哥们儿中,很少有人玩儿"马拉松恋爱"咂摸滋味儿。另一个荒友说:"那是,从打奎子说相声干专业,见天东奔西跑演出,哥们儿都捞不着个影儿,同学聚会喝个滋润酒都难了。"蒙方奎端着酒盅过来,给满桌的哥们儿敬酒,豪爽地一饮而尽,抹着嘴说:"平时在京城的工夫有限,没时间参加战友聚会,今儿敬了这杯酒,就算补上多年的战友情意,再忙也要惦记这些哥们儿,下乡共患难才见真情,这辈子忘不了。"刘涛探问:"蒙兄,这两年走南闯北见多识广,肚子里攒下不少故事吧?"蒙方奎顺便坐下,绘声绘色道:"那年参加中央慰问团,去老山前线感受战争的残酷场面,对人的影响最大,周围一群活蹦乱跳的战士,上战场转眼就倒下几个,理解了生命的珍贵和祖国的意义。在北大荒兵团,咱们虽也打过枪,可那是备战训练,还有值夜班打狼,跟战场的残酷劲儿绝不一样,总归一句话,珍惜生活,热爱人生。"蒙方奎的媳妇抱着襁褓中的女儿出来,跟宾客见面,众人赞叹不已,都说白净漂亮。蒙方奎激动道:"下一代的日子肯定比咱们强。"刘涛感悟道:"为了下一代美好的明天,咱们就算再辛苦,谁也不会在乎。"蒙方奎又斟满酒杯,举起说:"刘涛战友虽萍水相逢,聊过一次,感觉有不少共同语言,这话说到心坎上了,咱们现在辛苦打拼,不就是惦记孩子往后少吃苦,笑得更甜……来,大家都走一个,为下一代过上甜美的日子——干杯。"

  刘涛独自回单位,索性在卫校食堂吃三顿饭,上午踏实在文科班听课。这天课间休息,同学议论纷纷,除了听磁带录音课,感觉不到多少校园氛围,没有班主任组织,同学之间缺少交流,与想象中的校园生活相去甚远。柯求理建议道:"班委应该发挥作用,既然自我管理,咱们配合应用写作课,不如搞一次写作实战,选出范文,轮换讲评,同学之间也好取长补短。"小战附和道:"好主意,好稿子可在报纸副刊上发表。"刘涛插话说:"总要有个题目才好。"柯求理顺口说:"你是搞创作的,找个题目还不容易?"刘涛推辞道:"我怎好自作主张。"柯求理鼓励道:"你试着来,大家一起合计。"刘涛忽然记起七七年参加高考的作文题,颇受启发,自语道:"记一件小事……难忘的。"柯求理笑道:"好呀,就是它。"小战建议道:"从语法上看,'难忘的'放在小事前面比较顺畅。"课后,班长老许站起,拍手示意:"同学都先别动,班委决定搞一次记叙文征文,下周六前每人交一篇,限一千五百字以内,题目《记一件难忘的小事》,内容提倡写石油生活,报纸副刊择优发表。"话音未落,同学都兴奋起来,交头接耳地议论。

刘涛和吉宁不紧不慢地骑车回家。吉宁羡慕道:"写这种文章对搞创作的人还不是小菜一碟。"刘涛不以为然道:"文学创作最怕命题作文,这种小题目其实并不好写,'难忘'二字含义深,既要新奇,又要有意义。"吉宁反驳道:"不一定追求新奇,只要有意思就成,就像小学生的命题作文。"同桌二人路上逐渐争执起来,骑车到了总医院门口,二人分手时,谁也不能说服对方。吉宁悻悻道:"只有写出来再看,同学们自会有公论。"

刘涛打算写电大入学考试进考场的感受,吃过午饭动笔,一气呵成,沉淀两天后修改,工整抄到稿纸上,自我感觉良好,周一上课,率先交给班长老许。下课时,老许果然口头表扬,刘涛第一个交稿,希望同学们抓紧完成征文。吉宁妒忌道:"我还没考虑成熟写什么,你居然写完交差了,真是个'刘大闲人'。"刘涛故意说:"吉大校长日理万机,干脆找人代写,好歹也能交差。"吉宁不悦道:"你喜欢弄虚作假呀,我开始怀疑你的小说有抄袭成分。"刘涛嘲弄道:"天下文章一大抄,就看你会不会用剪刀。"

按时收齐了班里的征文稿,老许给柯求理先浏览一遍,柯求理依据题材,分做三份,给小战、刘涛、吉宁三人分头看,每人选出好稿一至两篇,负责在班上点评,选个周末下午开班会。

刘涛分到十几篇稿子,看过惊出一身冷汗,多数人笔力不弱,写的内容多是电大入学考试,同学们好像不谋而合,静心细想,电大入学考试确属人生重要转折,可是算不得小事,选题与命题内容出入较大。难忘的小事应选取一个人生细节,有意思就好。同学程光明是水电厂子弟小学教师,与众不同地写了回乡探亲,副标题《田间劳动》,形象写出父亲与土地的感情,在田间耕作的辛劳。他再读一遍,确认是好稿,写出点评要点,不禁佩服吉宁,她的见地比较准确,"难忘"二字,包含有意思的成分更多。

这次班会开得热闹。班长老许主持,带头自我介绍,除了姓名单位和爱好,还包括鲜为人知的外号。众人照方抓药,跟着依次自我画像,以漫画手法居多,还有几个男女声明,未婚的单身族。柯求理自我介绍之余,郑重申明《婚姻法》规定,恋爱和结婚自愿为原则,严禁父母包办。这个暗示引得哄堂大笑。吉宁低声不满道:"电大文科班不是婚姻介绍所,有心谈恋爱也都悠着点儿,别引起教育学院领导的误会才好。"征文点评开始了,刘涛上讲台打头炮,先亮出自己对征文题目的理解,再点评程光明的《田间劳动》,称赞文中精彩描写,"看到父亲在田间那黝黑闪光的脊梁,不禁一阵亲切,一阵难受,一阵骄傲。"父亲在阳光下耕作,汗流浃背,作者远远看去,才会有这种发自肺腑的形象化语言,包含了作者对家乡和父亲的真情实感,既生动又活泼。刘涛点评的头炮打响,班里气氛活跃起来。吉宁点评柯求理的《难忘的考试》,感情充沛写出见到电大首届文科试卷的心情,诗歌化的语言形象生动,递进的层次,结尾点题立意深刻,点出站在改革开放初期潮头的青年,通过勇敢参加电大首届文科入学考试,接受祖国挑选的时代担当。小战点评了班长老许的《开学第一课》,实写电大文科班开学条件简陋,处境艰难,首次班会被同学们推举,担起班长重任,为同学服务虽琐碎,但意义不凡,点出文科班在石油单位开办的时代意义。老许最后发言,总结班会特点,分析这次征文得失。"通过征文认清了我们知识水平差距大的现实,端正了学习目的,同学们不只为混一纸大专文凭而来,而是要通过新兴的电教化方式,系统学习文科,不断积累学识,为今后的人生精彩而奠定扎实基础。同学们通过这次班会,彼此都熟悉了,班里增强了凝聚力,希望我们三年的半脱产学业,全班团结一致,克服各类难题,不让一个同学掉队,毕业合影争取谁都不能少。"班会上被点评的几篇范文,小战分别找作者提出修改意见,报纸副刊辟出专栏陆续发表,在石油单位产生了一定影响。

又逢课间休息,柯求理透露说:"内部最新消息,局党委组织部领导开始关注咱班学员了,让干部科长找局教育处要了一份电大文科班名单备案。"同学李文章恰好是局组织部干部科的干事,当即补充道:"科长找我详细了解文科班同学的情况，称赞文科才子都聚集在这个班里，已经列入局党委组织部党政后备干部人选。"

  文科班受关注不久，考分离全国录取线差了十分之内的十几个考生，找到石油单位总部教育处，请求批准旁听，依据是保定市教育局已开了先例。经请示省电大工作站，石油单位主管教育的副局长亲自批条子，同意其中五名差五分之内的考生，作为旁听生到班里跟着试听课和参加考试，与正式生差别在于，不能履行学员注册手续，不能担任文科班干部，第一学年考试须一次过关，没有补考资格，否则只能挂科，如果主课挂科，拿不到规定学分，没资格参加毕业论文答辩，拿不到大专毕业证，只能发给肄业证。旁听生如果第一学年期末的主科考试顺利过关，第二学年可转为正式学员。吉宁揶揄道："咱们班已经四十一人了，这五个人真算走运。"刘涛讥讽道："电大文科全国统考的政策都是人定的，总会有空子可钻。"吉宁皱眉道："你别这么刻薄，这也反映出社会上的文科人才奇缺，'不拘一格降人才'。"

  柯求理在班上号召，符合条件的同学可直接填表，加入石油文学社，小战呼吁同学们积极为报纸副刊投稿，老许多次出面，代表班里请求教育学院及时给文科班配备班主任和主课辅导老师。迫于各种因素，教育学院对电大文科班开始重视，把刚从天津市名校调入，有教授和副教授头衔的三名教师组成中文系，主抓文科班，天津师大副教授尚老师担任班主任，兼现代汉语和应用写作辅导教师，南开大学教授张老师兼任古代汉语辅导教师，副教授郑老师担任中国历史辅导教师。

  尚老师在电大文科班一亮相，就直陈肺腑道："你们是被耽误的一代，获得深造机会不容易，同学们都希望获得真才实学，我虽自己教学水平有限，可是教育学院的领导寄予厚望，把管理和辅导文科青年才俊的重任压在肩上，我绝不辜负组织信任，与大家同舟共济，教学相长，为你们顺利毕业保驾护航。"尚老师这番慷慨激昂亮相，获得文科班学员一致赞誉。吉宁悄声对刘涛说："这下咱们可算有了主心骨，主课辅导至关重要，理解记忆知识点方面如果遇到难处，就有现成的学习拐杖了。"刘涛笑道："老师都是名牌大学的精英，辅导一群高等教育入门者，岂不是手拿把攥儿。"

  听张老师的古代汉语辅导课是一种享受。他戴一副近视镜，人虽瘦小，但表情生动，从古代汉字"走"字的发音及释意入手，讲解古代汉字发音形成和代表意思的局限性，解释如何用好《古代汉语字典》，引导同学进入古汉字追根溯源的瀚海之中，涉猎深奥的训诂学。课间休息，刘涛深有感触道："张教授辅导的都是真知灼见，过去缺乏系统学习，对汉字不求甚解，读错音闹笑话都在其次，关键是用错词意，词不达意，投稿自然会遭到编辑的嗤笑。"柯求理习惯性推推眼镜，瞪大眼睛说："喂，闹笑话呀，古汉语训诂学是文科硕博连读的研究生主课，学生埋在故纸堆里查证五年，毕业论文就是出一本古汉语辨音正义的著作。张教授是古汉语名门弟子，南开大学是国家古汉语训诂学鼻祖之一。"吉宁好笑道："你怎么知道得这么具体？"柯求理满脸幸福感说："我哥哥和弟弟都喜欢古汉语，哥哥已经考上硕博连读的研究生了。"吉宁也兴奋道："想必你的古汉语基础不错，我们有不懂的地方，你也是现成的老师。"柯求理谦虚道："这儿哪敢乱说呀，咱们找张教授多好。"小战发问："这些名校精英怎舍得离开自己专业，跻身石油单位新建的教育学院，教授电大的二流学生？"柯求理正色道："你别自暴自弃，我绝不承认自己是二流学生，首届文科意味着什么，积累十年，大浪淘沙，凭本事参加全国统考脱颖而出的文科才俊，名校教授委身石油单位，还不是跟众多外来者目的差不多，为让子女吃上商品粮，今后方便招工就业。"老许认真地说："教育学院新成立的中文系有三名教授，尚老师是系主任，郑老师是副主任兼党支部书记，张老师的教授头衔硬邦邦，中文系三驾马车为咱班保驾护航，多亏了咱们不甘寂寞，自发举办一次征文，同学们发挥各自优势，造出点儿舆论，文科班已经获得了教育学院首肯。"吉宁忧虑道："班长也别光说好听的，说话就到期中考试复习阶段，第一次考试，谁都不摸门儿，班里总要有应对措施。"柯求理建议道："请吉宁和刘涛先走一步，抓工夫整理课堂笔记，弄出重点复习题。"老许点头说："没错儿，同学之间多交流，方可取长补短。"

产假和晚婚晚育假，总共三个半月，冯颖洁休假期满，只好捏着鼻子上班，儿子入托总医院幼儿园。刘冯初次在哺乳班的陌生环境里不适应，大声哭闹发脾气，冯颖洁狠心离开幼儿园，抹着眼泪去手术室，工作也勉为其难，分心应对，好不容易盼到喂奶时间，心神不宁地跑到哺乳班，看见刘冯躺在婴儿床上，还扑腾着手脚止不住抽泣，当妈的疼在心里，泪如泉涌。晚上回家吃饭，冯颖洁说至伤心处，眼圈又红了。刘涛也挺难受，抱起儿子深情亲吻，儿子居然甜美地笑了。

刘涛纵然心疼媳妇和儿子，却也万般无奈。冯颖洁红着眼圈，反过来劝道："哪个双职工家庭不是如此，孩子刚去哺乳班，难免认生，哭闹都属正常，慢慢习惯就好了，咱们总不能因噎废食。"刘涛提起蒙方奎，佩服人家抱定主意，不让孩子受委屈，打算让媳妇晚婚晚育假期满了，再休病假，不怕吃劳保，专职在家伺候孩子到三岁上幼儿园。人家说相声已成名，节假日"走穴"转一圈，赶场演出说相声虽累点儿，可一趟收入赶上半年多工资，有钱不愁吃喝，衣食无忧怕什么。冯颖洁嘲弄道："你现在才拿三级工的工资，加上石油单位固定的十二元野外津贴才五十九元，每月比我还少几块钱，哪够养家糊口？"刘涛服软道："确实学不了人家，我正在爬坡儿，既要上学，又要工作，还要挤出业余时间爬格子，好不容易发表一篇小说，才几块钱稿费，就值几盒烟钱。"冯颖洁好笑道："好啦，你也别不知足，咱爸常说，知足者常乐。比起那些返城后在底层挣扎的知青，咱们也算混得好，至少有不错的工作，工资旱涝保收，还有额外野外津贴，结婚有了儿子，住上宿舍楼单元房子，我中专毕业，你有电大学业……比上不足，比下有余。"

刘涛叹道："唉，算啦，不敢攀比，也不能攀比，有句俗话，人比人得死，货比货得扔。"冯颖洁笑道："过好自家小日子，把儿子拉扯大，咱们就算受点儿委屈，忍一下就过去了。"刘涛苦笑道："这正是鲁迅先生嘲讽国人的那种自我精神胜利法，阿Q精神虽可笑，却也可怜，当代的阿Q——大有人在，比如你和我，还有很多的知青兄弟姐妹。"

十三

电大学业

  石油电大文科班首次期中考试,省电大工作站特派监考老师亲临石油教育学院坐镇,每门课开考前,都要逐人核对准考证,中途有上厕所的学员,也要派监考老师紧跟身后,考场纪律极严格。据省电大监考老师说,中央电大有个内部掌握的精神,为确保首届文科毕业生质量,学员每学年两次考试,从考场纪律到试卷判分一律从严,宁可淘汰百分之五到十的学员。不久有传说,全国各类院校的学年考试,电大文科以严格居首,在教育界居然流出一句口头禅,电大文科考试——硬碰硬。所谓的"软茬子",就是那些宁可被淘汰的百分之五到十的学员。京南石油文科班期中考试也出现考分不及格,班委和多数学员都过关了,五名旁听生也一次过关,唯有两名正式生因工作忙,有几次缺课,一人古代汉语考了五十七分,另一个应用写作考了五十二分。期中考试不及格无须补考,与期末分数按规定比例相加,总分不及格,才能补考一次,补考成绩不给具体分数,只有及格或不及格两类。刘涛自我感觉最有把握的主课应用写作,才考了六十八分,勉强过关。柯求理四门主课都考过省电大规定的优秀线，八十分以上，理所当然成为期中初评的优秀学员。刘涛委屈道："我费了不少劲儿复习重点，谁知应用写作分数考得这么低，柯求理没怎么费劲儿，背过经我手整理出的复习题，居然考了九十分，这不是奇了？"柯求理笑道："你临考复习重点只能确保及格，属于临阵磨枪不快也光，我除了复习你提供的重点题，还凭积累的写作知识面，才能考到这个分数，写作基础非一日之功，不像你，以前是小学毕业，现在直接上大专，属于沙滩上盖大楼——基础不牢。"刘涛挖空心思找辙说："你是六六届初中毕业生，比我们'小六九'基础当然强多了。"

体验到电大文科考试的滋味，学员们胸中有数儿，知道应对方法，反倒都松了口气。两个单科不及格的学员也警醒了，再不敢轻易缺课，万一无奈缺课，事后也要找教务处打张条子，借出授课的录音磁带，回家抽时间补听。教育学院中文系三位老师的隔周辅导课，没人敢缺课，一来辅导内容重要，二来课上有师生问答形式，气氛生动活泼，三来可借机与辅导老师拉近关系，以备毕业论文选题方向。据说毕业论文指导老师和答辩评审组，都是由石油教育学院中文系全权负责。

刘涛下午回卫校财务组，工作之余仍有闲暇出来抽烟、晒太阳。教务处袁副主任从库房找出一只旧足球，打足气，和几个检验班的男生在校园内操场上踢着玩。宋主任打电话请刘涛过去商量事，刘涛自然不敢怠慢，走到教学楼门前，那个足球居然滚到脚下，袁副主任做手势喊道："刘会计，给一脚。"刘涛穿着皮鞋停球，一个脚外侧踢球动作，足球旋转着飞向袁副主任，随之听到称赞声："刘会计，球技不错，有时间来活动。"刘涛笑道："小学时踢过球，这些年再没碰过。"说罢，去了教导处，见到宋主任笑问："领导有何指示？"宋主任让座说："哪敢指示财神爷，商量个事，小范正式向我小妹求婚，小妹让我拍板拿主意，我还想麻烦你，打听一下小范在单位的真实情况，不知有熟人说得上话吗？"刘涛成竹在胸道："没问题，我给小杜打电话，他已经调到局团委当干事了。"说罢，直接用宋主任桌上电话机拨号，小杜恰好在，刘涛问了小范情况，小杜说小范干得不错，已被二勘探的组织部门列为科级干部后备人选。刘涛多个心眼，追问："小范的生活作风如何，经常接触女青年，有没有拈花惹草的毛病？"宋主任一旁使劲儿点头，朝着刘涛竖起大拇指。话筒那头开心笑道："哈哈，谁那么傻，提拔的关键时期给自己找病，就算有贼心，也没贼胆。"刘涛重复一遍，看办公桌对面的神色，见到宋主任松了口气，才说："小杜，等着喝喜酒吧！"放下话筒，刘涛踏实许多，含蓄道："至少目前小范还没那个毛病，以后如果当了官，谁也不敢保证，常在河边走，就敢不湿鞋。"宋主任连声道谢说："回老家给小妹办了婚事……回来再请你喝喜酒。"

　　刘涛心情不错地出了教学楼，见到几个人还在踢球，忍不住脚痒，回财务组换双运动鞋，去操场跟着凑手，先练传球，连跑带踢出了通身大汗，才想起该下班，回去忙家务。

　　有家室的人，下班后一小时最为紧张，刘涛两口子惜时如金。冯颖洁顺路去总医院幼儿园接儿子。在这期间，刘涛要回家洗菜，骑自行车先奔食堂买馒头或米饭主食，顺便去公用水房打回一大壶开水，煤气灶上烧开了，灌满两只暖瓶，以备晚上用。冯颖洁进门放下儿子，顾不上说句话，挽起袖子进厨房炒菜，刘涛抱着儿子玩一会儿，菜熟了，刘涛先吃饭，冯颖洁趁空给儿子喂饭。刘涛饭后收拾厨房带刷碗，再哄儿子玩，冯颖洁得空儿扒拉几口饭，放下饭碗，再给儿子喂水，更换衣物，带着孩子玩会儿。刘涛趁机洗尿布和孩子的衣物，晾在阳台。两口子跟儿子再玩会儿，儿子困了，冯颖洁抱进小屋大床上哄着睡下，刘涛备好半夜喂奶物品，才能稳当当地坐在大屋的写字台前，对着台灯读书复习，整理课堂笔记。

　　日子周而复始，平淡中，儿子不断有了喜人的变化，会翻身了，能坐起，扶着墙能站直……摇晃着学步，咿咿呀呀学语，由哺乳班升入小班。

　　练了几次足球，袁副主任不满足，想去一中的正规球场操练一次，可惜缺一个人，凑不成十一人足球队，无法跟一中的学生足球队约比赛。刘涛忽然记起，冯颖洁的一个女同学和一中的祝老师结婚了，冯颖洁和刘涛参加婚礼，见过一中的祝老师，也是老三届陕西插队知青，说过喜欢踢球。刘涛就给一中的教务处打电话，找祝老师，还真找到，提起约球赛的事，祝老师一口应承说："我跟负责学生足球队的体育老师熟，明天下午回话。"转天下午，祝老师打电话让卫校的人下午四点钟去踢半场球。学生足球队的球技一般，可是身体素质好，爆发力强。卫校都是些球痞子，加上祝老师球技不错，可惜体力有限，被学生足球队压着半场打，连着灌进两个球，一中的体育老师吹响终场哨。这半场球只打了四十分钟。体育老师解释说，学生要回宿舍洗换，晚饭后有自习课。刘涛场上司职后卫，几次防守跟学生球员对脚，觉得右脚大拇脚趾有些疼，忍着回卫校换衣服，脱下袜子一看，大拇脚指甲被顶起来，出血了，更糟的是下面一层淤血。祝老师小腿上一块青紫痕迹，走路一瘸一拐，袁副主任脚脖子崴了，几乎都铩羽而归。祝老师直劲儿说："倒退五年，不服他们。"刘涛解嘲道："毕竟坐多年办公室，心有余而力不足。"

刘涛踢球受伤了，照旧要干家务。冯颖洁发现丈夫一瘸一拐地打开水回来，问明原因，好一阵子唠叨："这么大人了，不知自己吃几碗干饭，要是万一踢断腿，看你怎么去电大听课。"饭后，冯颖洁带儿子出去溜达，碰见同学，知道祝老师也受伤了，回家又絮叨："你可真有本事，卫校半天工作还闲得难受，把一中的祝老师也拉去踢球，跟你一起受伤，吃瓜落儿……不是女人跟你没完没了，男人成家立业，少不了一份儿责任心，再不能由着性子玩悬儿。"刘涛付之一笑说："袁副主任有球瘾，我们不过是陪太子读书。"冯颖洁不以为然道："你不会婉言谢绝，还要强词夺理，装得哪门子大瓣儿蒜。"

刘涛闲暇给井下荒友曾宏伟打个电话，问他跟井下粮站关系如何。话筒里曾宏伟笑道："家里缺什么，你直说得了，我想法子给弄。"刘涛说家里大米快断顿了。晚上，曾宏伟开着一辆胯斗摩托车，送来一麻袋小站稻米，帮着抬到二楼家里。刘涛给了米钱，问对方近来情况，曾宏伟皱眉说："上幼儿园的女儿逆反心强，你不让干什么，她偏要干什么，因为这个两口子没少闹气，还因为打孩子，跟李秀云起冲突。"刘涛说起上电大文科的难处。曾宏伟说了上函授大学的难处，感叹井下基地生活偏僻，对孩子将来教育不利，局公安处想调他过去搞刑侦技术。刘涛鼓动道："为了孩子，还是调到公安处好，搞刑侦是专业技术，能干长远，想法子把嫂子也调到局里，再分房子能快些。"曾宏伟嬉笑道："好呀，就拿把秀云调到局公安处当唯一条件，跟局公安处的头儿谈判。"冯颖洁插话道："公安处那帮人可牛了，安排个把家属调动还算事儿，你一说，没有不成的。"曾宏伟起身道："告辞了，借你们的吉言，我赶紧给公安处领导回电话。"

电大文科班期末复习来临，每门主课都发了一册较厚的复习大纲，知识点面面俱到，众人感觉知识点量太大了，短时间挤进脑子难以承受，几乎快要爆炸，好像搅成一锅糨子。课间休息，有人拿着复习大纲互相提问，答题人没少闹出张冠李戴的笑话。老许代表学员，请求辅导老师帮着减少题量，再划一次重点。尚老师主持召开文科班专题研讨会，决定辅导老师分科串讲，帮着理清主课需要掌握的知识脉络，无形的脉络好像一条线，穿起一串儿珍珠般知识点，学员的记忆由此变得层次分明。刘涛对吉宁说："咱们刚开始复习是眉毛胡子一把抓，把汉朝的事记成宋朝，差了几百年。"吉宁深有感触道："辅导老师串讲等于抓住课程的灵魂。"柯求理推一下眼镜，称赞道："串讲确实解渴，咱是成年人，理解力强，老师帮你在理解的基础上，沿着知识脉络加强记忆，比不分主次的死记硬背强多了。"

期末考试延续了期中考试"硬碰硬"规定，石油文科班复习得法，成绩均顺利过关，主课总分没有不及格的学员，包括旁听生也都一次过关，顺利转为正式学员。

或许是经过电大文科班系统读书的文科知识熏陶，刘涛的小说创作异军突起，《机遇》发表在省作协主办的文联报纸副刊上，七千多字配插图近一整版，获得好评。《妻子》发表在号称全国"四小天鹅"的著名地级文学刊物《无名文学》杂志上，三千多字。借着文科班上课之际，刘涛把样报和样刊拿给同学们传阅。柯求理兴奋地说："好呀，这就算奠定了刘涛在石油文学上的小说创作地位，目前还没有几个作者，能在有影响的报刊上发表石油题材小说。"小战也说："刘涛的文学社理事当之无愧，再有合适小说稿子，别忘了支持同学办好石油报纸副刊。"两篇小说的稿费陆续寄来，一百多元。冯颖洁见到两张绿色汇款单，会心笑道："嘻嘻，这才是你凭本事挣来的外快，比两个月工资还拐弯儿。"刘涛故意问："家里过日子够用吗？"冯颖洁吩咐道："你索性另外存起来，看你这辈子能挣多少稿费。"刘涛美滋滋地到邮局取款，顺便进了银行门，变为三年定期存单，拿回家在冯颖洁面前炫耀一下，顺手塞进写字台抽屉。

这天下午上班，刘涛奉了云会计之命，去总医院财务科送卫校的上半年财务报表，见到刚从厦门大学毕业归来的陈晓明，顺便问候一句。陈晓明玩笑道："刘涛在卫校自由自在，过得挺滋润。"刘涛牢骚道："比不了你那么走运，石油大专班保送生轻松拿到学历，我们电大文科班考试——硬碰硬，不下点儿真功夫，很难蒙混过关。"陈晓明似信非信道："有那么严重，不过为混一纸文凭。"刘涛委屈道："你没切身体会，很难理解考试'硬碰硬'的含义。"

出了总医院楼门，刘涛居然碰见当年井下机修厂加工车间的徒弟小张，提着几包中药袋子正要去存车处。小张也很意外，拘谨地说："师傅好，想不到在这儿碰见你。"刘涛诧异道:"怎么还叫我师傅,今后叫我刘哥就可以了,你和小严都好吗?还在加工车间?"小张开心道:"我和小严去年都考上石油职工大学了,我是自动化控制专业,小严是企业管理专业,理科三年全日制大专班,现在放暑假回来看父母,来总医院帮着我妈取中药。"刘涛欣喜道:"祝贺你们,自强不息,奋发有为,早晚有用武之地。"小张感激之情溢于言表道:"当年多亏了师傅及时点拨,我们没有过早沉湎小家庭的束缚,俩人铆着劲儿,参加井下业余高中补习班复习,连着考石油职工大学,总算如愿以偿。"刘涛赞叹道:"早就感觉你们两个不俗,果然有志向,早晚堪当大用。"小张得意道:"您发表小说《向往》的那份报纸,我还一直留着,对女朋友夸口说,这是我和小严那年一起找师傅汇报思想,师傅针对我们的情况专门写的小说。"刘涛忙谦虚道:"早年的习作,不值一提。"而后,刘涛简介了自己近况,托小张转达对小严的问候,目送小张骑车上了会战大道。

卫校即将毕业的两个护士班,各派一名班委来财务组找刘涛,请他讲一次文学辅导课。刘涛推辞道:"我都没给初中学生讲过课,更何况你们都是高中毕业生,真怕误人子弟。"两个女学生都是伶牙俐齿,护一班的副班长叫段秋华,面庞白皙,戴着黑框眼镜,梳小辫,稍有羞涩。护二班的班长叫蔡丽影,高个儿,鼓鼻梁,大眼睛,留着短发。蔡丽影说:"我们两个班同学中,喜欢文学的居多,早听教导处宋主任说过,有个石油作家调到卫校,我们一直盼着近水楼台先得月,请您给同学讲一次文学课,谈一下如何读书与创作。"段秋华说:"我们都是石油的女儿,对如何写出石油生活很感兴趣,您就别谦虚了,我爸早就知道你。"刘涛一怔,反问:"你爸是谁?"段秋华含笑道:"井下的段书记。"刘涛一惊,恍然大悟道:"原来你是段书记的女儿。"段秋华歪头说:"我是段家老二,您就答应了吧,不看僧面看佛面。"刘涛心头一热,忙应允说:"我可说明白了,目前还不是作家,讲文学课勉为其难,我至少需要一个星期准备时间。"蔡丽影直言道:"刘老师,我们拿不出讲课费,学校学生处答应给您报销二十元书费。"刘涛脸上发烧说:"我岂敢讲课,只不过找个机会,跟同学们一起交流读书体会罢了,不在乎什么讲课费。"

文学辅导课在教学楼的阶梯大教室举办,卫校学生处事先贴出海报。那天阶梯教室里座无虚席。教导处宋主任主持讲座,先介绍了刘涛的简况,感谢支持教学工作。刘涛初登讲台,往台下扫一眼,看见一双双期待的眼睛,不少学生拿着笔记本准备记录，忽然心跳加剧，幸亏事先预备了一份较为具体的提纲，从自己少年时代喜爱读书谈起，说到后来跟同学秘密交换当时的禁书，偷看中外小说名著，好像打开一扇人生百科全书之窗，阅历由此开阔。阶梯教室静下了，刘涛渐趋平静，语速放缓，好像聊家常一般，沿着讲课提纲的思路从容举例，从诗歌讲到小说创作体会，提到青少年时期读书的重要性，略谈读书要点，强调不能像书呆子那般死读书，要千方百计读活书，把书中的智慧变为有用的知识，确实有些选择读书内容和读书方法的问题，需要在实践中不断摸索，形成良好阅读习惯……阶梯教室爆发出一阵热烈掌声，宋主任宣布："下课。"刘涛走下讲台，后背湿透竟然没有察觉。为了学生处许诺的报销二十元买书发票，刘涛电大课后，顺路跑一趟新华书店，选中苏联文学翻译的长篇小说《远离莫斯科的地方》。可是买了这套新书却没空儿读，仅翻了两页，随手丢在书架上。

天气渐凉。这日下午，丁校长笑吟吟地来到财务组，拿着一份"工代干转干审批表"递给刘涛说："上面有文件，统一解决'工代干'的历史遗留问题，规定凡是在工代干岗位三年以上，具有中等专业学校毕业以上或同等学力，可以转为国家正式干部，小刘上电大文科班快毕业了，按照政策应视为符合转干规定条件，你抓紧办了这手续。"刘涛接过审批表并没在意，如实填写后交上去，隔月，冯颖洁眼尖，发现工资条儿上多了两元，问明缘由。媳妇高兴道："两元钱无所谓，关键是你的干部身份解决了，现在咱俩工资差不多，我比你多五角钱的女同志卫生费。"刘涛悻悻道："我还能挣稿费。"冯颖洁瞪眼道："我过日子，偏不用你的稿费。"临近年底，企业内部有文件规定，百分之三人员奖励一级浮动工资，为了扩大奖励面，各单位把一级浮动工资变成半级浮动工资，奖励面增为百分之六。冯颖洁获得了手术室的奖励工资提名，候选名单提交总医院的院务会议讨论，有的科室认为外科党总支名额多占了半个指标，应该拿下一个护士。行政医疗一把手尤院长曾是普外科主任，在会上坚持说："外科医护人员一贯工作辛苦，遇到外伤事故急诊抢救，哪次都是加班加点，随叫随到，从不分节假日，外科党总支提交的名额不能动，如果非要压缩名额，我看机关可以减一个。"冯颖洁由此多得半级浮动工资的奖励，每月多挣三元五角钱。有人透露了院务会议内幕，刘涛当作新闻回家透露。冯颖洁轻笑道："嘻嘻，你这已经是旧闻，外科党总支的郝书记早就打电话告诉我内幕了，怎样，我的工资始终比你高，你就在后面慢慢爬吧，咱们是龟兔赛跑。"刘涛牢骚道："这年头儿阴盛阳衰，咱家也算赶时髦儿。"

年底前。下午刚上班，丁校长打来电话，让刘涛来一趟校长室。刘涛不知校领导有什么吩咐，敲门时居然有些紧张。丁校长笑着让座，开门见山地说："找你说个事，总医院党委决定，调你去总医院党委宣传部，改行搞政工，你不是喜欢文学创作吗，这正好和你的兴趣相结合。"刘涛心里扑通一声，好像折了跟头，表面却强装镇定地说："坚决服从组织调动。"丁校长微笑道："党委宣传部是领导机关，小刘今后当了领导，别忘了卫校的培养，也希望给我们留下宝贵的意见。"刘涛如实说："真舍不得离开卫校，每年享受寒暑假确实宝贵，上班离家近，忘不了丁校长的培养之恩，支持我半脱产上电大两年多，及时转干……只有感谢，没有意见。"他恍惚地出了校长室，蓝天如洗，冬日难得无风，阳光异常的暖和，教学楼和宿舍楼，还有操场，似乎都荡漾着不舍柔情。他张开双臂，深吸了一口鲜凉空气，环顾熟悉的校区，升腾起眷恋之意："唉，白干了这么多年会计，又要像当年离开北大荒那样，一切归零。搞政工就像眼前铺开一张白纸，只能从头学起。"刘涛隐隐地感觉不安，幼儿学步，总会多次摔倒，没有不付出代价的。

回到办公室，刘涛忙打电话给柯求理，告之改行进了党委宣传系统，顺便求教今后有哪些注意事项。话筒里柯求理呵呵笑道："恭喜呀，这才是正招儿，学文科的人就是当党政干部的好材料，总医院用人之长，说明党委领导有眼光……"听到了几条注意事项，刘涛兴犹未尽地放下话筒。对面的云会计吃惊道："小刘高升了，这份儿食堂会计又要让我兼起来，真没办法，卫校庙小，养不住能干大事的人。"小宋恭维道："刘会计高升党委机关，早晚要当领导，到时别忘了我们。"刘涛玩笑道："你是我介绍成功的第一对儿，还等着喝你们的喜酒呢，怎么会忘了，我也要恭喜你，你家小范也是当领导的好苗子，将来少不了你一个领导夫人称号。"丁校长来到财务组，让云会计重新接手食堂会计账，叮嘱刘涛抓紧交代工作，明天上班直接去总医院党委宣传部报到，那边急等用人。刘涛应声，赶紧理账，一五一十交代明白，连同保险柜钥匙一并交出。云会计填写财务人员交接单，自己先签字，再让小宋和刘涛签字。刘涛收起属于自己那份儿留底的交接单，又拿出办公桌里杂物，连同踢球的球衣和训练鞋，提着两只兜子，告辞出门。云会计送出门，客气道："小刘，有空回来玩。"小宋实话实说："刘干事恐怕很难再有空儿回来。"刘涛留恋地看一眼财务室，应声道："你们有事打电话联系，院内往来也都方便。"黄昏时分，他走出校门，寒风扑来，不禁打个寒战，摇头自叹道："唉，温馨的卫校，美好的寒暑假，都只能保留在记忆深处。"

冯颖洁下夜班在家休息，午后睡醒了，对付一口吃的，忙着做晚饭，见到丈夫提着两兜子东西回家，惊诧道："怎么，你不在卫校干了，犯什么错误了？"刘涛告知原委，感叹道："卫校真是个悠闲的好地方，从此再不能享受寒暑假了。"冯颖洁马上喜上眉梢，透露说："这是大好事……最近外科大夫陈长荣也调到院办公室当秘书，你调来搞宣传也对路子，至少你学文科，喜欢写作，有用武之地，只是总医院有背景的人不少，人际关系异常复杂，今后为人处事一定要谨慎，尽量少得罪人，你要是在机关得罪人了，我在手术室也会受影响。"刘涛也担心这些，直言道："按理说，夫妻在同一单位并不好，一损俱损。"冯颖洁无奈道："就算一个能得志，另一个也不一定能沾光。"刘涛叹道："唉，石油单位这种情况很普遍，我的财会班同学郑克建，你见过的，石油子弟，他那个家族在油田有五个职工，大姐夫刚升任油田党委书记，二姐夫跟着提了供应站长，大姐也跟着当上工会副主席，二姐提了机动科副科长，克建从厦门大专班毕业回油田财务，没一年当上总账组长，将来提个副科长也不是难事，再找个机关干部当媳妇，家族就有六个干部把着关键岗位，万一碰到什么好事，谁也落不下。"冯颖洁想到某些往事，好笑道："要不是咱爸在部里任职，咱们未必能赶上总医院第一批分宿舍楼。"刘涛辩解道："据我所知，咱爸可没跟总医院任何人打过分房招呼。"冯颖洁白了一眼说："这种事还用爸爸亲自打招呼，有人上赶着拍马屁还嫌晚了。"刘涛调侃道："大树底下好乘凉。"冯颖洁告诫道："别指望一辈子在长辈的树荫下面乘凉，凭本事吃饭，才算男子汉。"刘涛拍着胸脯说："我考电大文科，全凭自己努力，没靠任何人。"冯颖洁反驳道："胡说，难道我没陪着你复习，没陪你去考场，没给你做饭吃，还有你儿子，在妈妈肚子里也没少给爸爸鼓劲儿，说起来，你多少也算沾了我运气的光。"刘涛颇为不服道："我发表小说，难道也沾了你运气的光不成？"冯颖洁卖弄道："要不是跟我结婚，你恐怕还在石油郊区的井下财务科打光棍儿，人家都说你结婚后调到总医院卫校，考上电大，才时来运转。"刘涛没辙了，只好丢出一句："谁要是非跟媳妇讲道理，就是天底下最大的傻瓜。"冯颖洁开心道："嘻，你理屈词穷。"刘涛愤愤道："你没理也要狡辩三分。"

　　刘涛回家无事，骑车去幼儿园接儿子，儿子正在有滋有味儿地吃果丹皮，一个没留神，沾着口水的果丹皮蹭在两边腮帮子上，好像长了两撇胡子。刘涛故意视而不见，儿子进家，冯颖洁笑得直不起腰说："嘻嘻，看这个灶王爷样儿，你爸也不管管。"说罢，一边用湿毛巾给儿子擦干净脸，一边调侃道："你爸又去阳台抽烟了，他不好好工作，净抽烟，让卫校给开除了，明天只好跑到总医院上班。"儿子鹦鹉学舌般重复妈妈的话。刘涛听到带着奶气儿的声音，忙捻灭了香烟，笑着过来，抱起儿子亲了一口说："小东西，跟你妈学会编故事了，说得跟真事儿似的，挺好玩儿。"

　　党委宣传部在总医院门诊楼顶层东头的大房间，与总护理部对门。宣传部的门虚掩着，下午上班，刘涛提前五分钟到了门口，轻声敲门。副部长老徐起身开门，揉着鼻子，嚷嚷道："早就盼着你来，这两天感冒了，我浑身发冷，也不敢去输液，黄部长升任政治处主任，小王调到人事科，就剩下我自己看大门，啥也干不成。"刘涛同情道："你可能发烧了，徐部长赶紧去看病，输液管用，回家歇会儿，我看大门没问题，接电话做个记录，有急事就去家里找你。"老徐正色道："小刘，我现在只是副部长，不是正职，称谓上不要省了那个副字儿，对了，给你一把办公室钥匙，先熟悉一下环境，我头晕得厉害，估计发烧了，让老二输点儿液去，二丫头在内二科当护士。"刘涛进屋接过门钥匙，又送老徐出门，嘱咐道："头晕就慢点儿下楼梯。"

　　总护理部的贝副主任是手术室的前任护士长，闻声探出头，见到刘涛玩笑道："小刘来啦，新官上任三把火，什么时候请我们吃喜糖？"刘涛敞开门说："贝老师别取笑我，刚来报到，跟当官不沾边儿，就是个看大门的，老徐发烧看病去了，贝老师屋里坐。"贝副主任坐在宣传部门口的沙发上说："当初冯颖洁不放心，托人打听你，井下传来杂七杂八的闲话，给你们关系雪上加霜，她挺苦恼的，跟我说了几句心里话，多亏听我一句劝，冯颖洁才算嫁对郎，嘻嘻……"刘涛心里明白，卫校首届护士班毕业前，贝老师去挑选了利索能干的冯颖洁，做了上下级加同事，关系越加亲密，二人好得像亲姐妹。刘涛谈恋爱时，颖洁带他去贝老师家吃过饭。此刻，刘涛听到这种新鲜话题，不禁好奇道："贝老师劝过颖洁什么话，不妨说来听听。"贝副主任成心吊胃口说："你猜猜看。"刘涛胡噜一把自己后脑勺儿说："你老人家就别让人猜谜了。"贝副主任笑道:"老百姓就信奉一句俗语——郎才女貌,男人就要看重才气。我当时夸你有才,有灵气,相貌也拿得出手,干什么像什么,前途不可'线'量。"刘涛嬉笑着回敬道:"嘿嘿……前途拿线儿怎么量,这话倒是挺新鲜,贝老师嘴巧,八成会说相声。"二人正在说笑,桌上电话铃响起。贝副主任摇手示意,起身走了。刘涛去接电话,回头说:"贝老师,有工夫再聊。"他几步赶到桌旁,拿起话筒说:"喂——您好。"

话筒传来一阵爽朗的笑声说:"徐马列,还当光杆司令呢?"刘涛忙应声道:"您是哪一位,我是卫校刚调来的小刘,徐副部长感冒发烧了。"话筒一怔,说:"哦,卫校小刘呀,这么快就上任了,我是老郝呀,现在外科党总支。"刘涛忽然记起机关团委的郝书记,忙说:"听声音您是团委的郝书记,听说在外科当党总支书记,祝贺您,高升了。"话筒里的郝书记呵呵笑道:"小刘,别客气,咱们是朋友,我在总医院党委会上积极推荐你来宣传部,党委王书记拍板说,小郝在团委没白干,对年轻人熟悉,推荐的人有培养前途。"刘涛忙说:"感谢郝书记力荐,有空儿我去登门拜访,现在离不开。"话筒里的郝书记又笑道:"不用客气,以后少打不了交道,小刘争取干出点儿名堂来,我脸上也好有光。"刘涛又问:"您,有别的事吗?"得到没事的回答,互道再见。他放下话筒,舒了口气,记起一句俗话,多个朋友多条路。郝书记为人热情,关心年轻人成长。

刘涛提着暖瓶去打开水,碰到刚荣升到政治处的黄主任,就帮着黄主任提暖水瓶上三楼,送到政治处主任室。黄主任道谢后,给自己茶杯沏茶说:"小刘是党委生力军,宣传工作有搞头,将来要看你们年轻人干出成绩。"刘涛恭敬地坐在沙发上,欠身说:"黄主任,我目前是一张白纸,正好向您求教,党委宣传工作都干什么活儿?"黄主任掠了一下花白的头发,憨厚笑道:"嘿嘿,没有秘密可言,党委喉舌部门,主管政治宣传意识形态领域,包括文化新闻、青工政治培训等项,小刘能写,我看负责文化新闻合适,现在你们人手少,理论学习和普法教育恐怕也要兼着,包括党委交办的临时工作,回头我跟老徐打个招呼,有机会再调两个人进来,宣传部要明确分工,各负其责。"忽听电话铃响,刘涛赶忙说:"您忙吧,有机会再来请教。"说罢,转身提起宣传部的暖瓶告辞。黄主任接电话说:"小刘才来上班,老徐休病假了,喂,小刘等一下——"刘涛听到喊声,忙收住脚,回头问:"黄主任还有事?"黄主任摆手示意说："你去王书记的办公室，跟一把手见面。"

党委一把手召见，刘涛岂敢怠慢，回宣传部放下暖瓶，拿起笔记本，赶到楼道西侧的党委书记办公室。屋门敞着，有个壮汉正倚门笑道："回头我帮您问问，这是一桩好事儿。"刘涛拘谨地说："王书记，我来向您报到。"王书记坐在办公桌后面，做个手势说："小刘来了，邱部长一起见面。"倚门的壮汉转过身，大眼睛盯住刘涛，伸手笑道："宣传部刚调来的刘涛，你好，认识一下，组织部的邱新田，昨天是我给丁校长打的电话，落实党委会决定，催着调你尽快过来工作。"刘涛握住对方温暖的大手，感觉邱部长为人热情、性格开朗。王书记介绍说："邱部长是局组织部派下来的干部，水平不一般。"邱部长谦虚道："王书记才是高水平领导，老石油人，我是来基层学习的，今后要靠王书记多指点，也希望小刘支持。"刘涛赶忙说："邱部长今后有事，请您随时吩咐我。"邱部长满意地拍拍刘涛的肩膀说："咱们有空再聊，王书记先找你谈话。"说罢离开，顺手把门带上。

王书记头发花白，大眼睛慈善地笑着示意说："小刘，坐吧，按惯例，党委调入新干部，我要见面提要求，具体业务由部门领导安排，我只强调一点，党委是领导机关，干部要注意维护党在群众中的声誉和自我形象，注意保持谦虚谨慎的态度，发扬我党实事求是的好作风，发现各种问题，要及时汇报，当好领导的耳目和参谋。"刘涛频频点头，逐项记在本子上。王书记换个口吻，轻松道："小刘办事认真，说来也不是外人，当年在大庆参加初期会战，我有幸给冯部长当过一年多党办秘书，老领导近来身体还那样硬实吧？"刘涛笑着欠身道："岳父身体还不错，就是太忙，一年也见不上几次面儿。"王书记摆手说："老领导重任在肩，岂能不忙，有机会回家，替我给老领导带个好儿。"刘涛起身道："请王书记放心，我一定带到，老爷子还是喜欢喝酒，逢年过节总要让我陪着喝一口。"王书记调侃道："喜欢你呗，俗话说，一个女婿半个儿。"

刘涛心情不错地出了书记办公室，迎面碰见陈长荣，正要打招呼，只见他连连摆手，拿着一张传真纸晃动几下，急匆匆往西侧快走，侧身过去时只说了一句："省卫生厅明传电报，给尤院长的急事，耽误不得。"刘涛招手说："你先忙，有时间再聊。"

刘涛没进宣传部，就听到屋里电话铃响个不停，赶忙跑去拿话筒，原来是石油报社的通联部，让各基层单位宣传部报一下新年度报社特约通讯员名单，限两天内确定人员上报，报社下周二要举办一期特约通讯员学习班。刘涛问清了通联部联系人和电话，上报通讯员的基本条件，顺手记下，已然心中有数儿。

宣传部办公室房间宽敞，贴墙放着两排资料柜和书柜，门口有报架子、脸盆架、衣帽架等杂物。老徐的办公桌对面拼放一张桌子，刘涛自度其意，先用老徐对面的桌子办公。另一侧也有两张办公桌拼放，桌上落着一层灰尘。刘涛拿着抹布脸盆，挽起袖子去洗手间，回来搞室内卫生，回味黄主任说过的话，宣传部有四名干部编制，觉得另有深意，没来得及推敲。擦桌子时，刘涛到老徐办公桌前看一眼，发现玻璃板下有一张京南石油宣传系统各单位电话联系表，确定以后用得着，顺手取出来，去院办公室复印。

院办在中间楼梯口有两间办公室，一间是院办杨主任专用，另一间是秘书陈长荣和女干事小崔使用，门口有一台复印机。陈长荣不在，刘涛找小崔复印，小崔给电话联系表加了一张复印审批单，指着门口另一侧说，找杨主任批一下。刘涛这才明白，复印材料不可自作主张。经过自我介绍，年过半百的杨主任笑着在单子上签字同意，叹一句："你和小陈都是笔杆子，年轻有为。"刘涛照例谦虚道："我们没经验，请主任随时教导。"杨主任脸转向窗外，好像自语一般说："虚度年华，不知不觉人就老了。"刘涛暗笑："怀才不遇的人，才容易发感慨。"小崔帮忙复印时，透露个人信息，和设备科的耿科长是一家子。刘涛调侃道："我也是总医院家属，从石油单位郊区的井下调到卫校，媳妇冯颖洁在手术室。"小崔玩笑道："能找上总医院的媳妇，在石油单位就算有本事的男人。"陈长荣回屋，凑趣说："刘涛的小说已小有名气。"小崔眼睛亮闪闪说："真让我想起来了，在报纸上看过你发表的小说。"刘涛感叹道："陈长荣，这世界似乎太小了，咱们居然有幸成为同事。"陈长荣兴奋道："你党，我政，今后少不了互相照应。"刘涛开心道："这还用说。"

临近下班，刘涛锁上宣传部的门，顺路先去老徐家看望一下。老徐刚睡醒，精神明显好转，微笑说："回家输液，睡了一觉，缓过劲儿了，这半天部里没什么事？"

刘涛简要说了工作情况，请示给报社上报特约通讯员的事。老徐果断道："就定你了，为了发挥你的长处，我觉得让你分管文化新闻工作合适，不知你有什么想法？"刘涛迟疑道："感谢领导信任，上报我当特约通讯员是好事，报社通联部强调各单位可报两人,我建议把陈长荣也报上去,他也喜欢写东西,多个人,多一点力量。"老徐点头说:"我原则同意,你直接找杨主任问一下,如果他没意见,就正式上报。你能很快进入工作角色,我就放心了,准备踏实在家歇几天,下周再上班。"刘涛安慰道:"我边学边干,好在离你家近,遇事问明白了,再干不迟,你快休息吧!"老徐看一眼屋里墙上的挂钟,摆手道:"不早了,你忙去吧,等我上班儿,有空儿再聊。"

晚饭时,媳妇问了来机关上班的情况,刘涛简要说了。冯颖洁轻笑道:"嘻嘻,你知道郝书记的背景吗,他老丈人是局组织部的副部长,人家在电话里点你名,要你领他的力荐之情,咱们总要有点儿表示才好,他还是我们外科三个病区和大手术室的一把手,当着总医院小半个家。"刘涛嬉笑道:"我说呢,郝书记职务和背景都够分量,以后常要接触,别忽视了。"说罢,他找出两瓶早年在井下买的汾酒说:"咱要给郝书记送去,多少也算表示点儿意思。"冯颖洁犹豫道:"就这么直眉愣眼地拿着酒瓶去串门儿,忒不招人待见。"说罢,用旧报纸裹起酒瓶,装入一个提兜。刘涛玩笑道:"还是你招儿多,有个遮掩,好看些。"媳妇在前面带路,刘涛领着孩子,一同来到平房区一户院门前,冯颖洁喊:"芬姐,在家吗?"郝书记剔着牙出门,招手笑道:"小冯两口子,小家伙都这么大了,快进来。"刘涛赶忙教儿子学着叫人,儿子稚气地喊:"郝大大好。"

郝家刚吃完饭,媳妇正收拾桌子。冯颖洁亲热道:"芬姐,我帮你收拾。"郝书记忙说:"你们快坐,一起说话,小刘来宣传部感觉如何?"刘涛实话实说:"没多少闲工夫,人少难干事。"郝书记点头道:"大实话,徐马列借着感冒又闹情绪,打算撂挑子,让院里的头儿引起注意,一来尽快给他扶正,二来赶快配人,这点小算盘拨拉得一清二楚。"刘涛恍然大悟道:"我说呢!"郝书记借题发挥说:"老徐从农村考入京城师大政教系,节粮度荒时期,因家里生活困难,本人生病,大学没毕业又回老家,小农意识浓,开口马列主义,私下都是为自己盘算。"冯颖洁插话道:"大学没毕业,只能拿肄业证,能算学历。"郝书记说:"他在大学连养病才两年,找了无数次,学校才给开了张证明,相当于大专文化,回老家通过关系当上公社宣传干事,总医院组建时,他申请调入,那会儿正当急着用人之际,谁也没拿学历当回事,我在党委组织部当干事,经手把他调来,开始跟我关系不错,后来他不知听到谁的挑拨,居然开始怀疑我，谈话也打起官腔，特招人烦，我索性叫他徐马列，这外号机关很快都知道了，有人背地里叫，只有我敢当面叫他。"刘涛含笑道："郝书记知根知底，敢说实话。"郝书记含蓄笑道："告诉你这些，肚子里有数儿就行，以后还是要和他相处好。"刘涛虚心道："谢谢郝书记力荐和指点。"郝书记自豪笑道："其实，无论什么岗位，独当一面才显出个人能力，我在大外科当书记，一个人干专职，事无巨细照样一把抓，老徐这么多年副职当惯了，离了别人都不知道怎么干活儿，水平低加上小心眼，恐怕不是那么容易能扶正。"刘涛顺情说："郝书记早晚还要高升，在团口干过，提副处是早晚的事。"芬姐收拾完，一起陪着聊了会儿家长里短。冯颖洁提醒道，孩子该睡觉了，刘涛从提兜里拿出报纸包裹的两瓶酒说："以前在井下买的，也不会喝酒，送给郝书记尝尝。"郝书记半推半就笑道："小刘客气了，你们没事还来我家玩，说起来都不是外人，我老丈人给小冯的爸爸当过助手，冯老部长没少关照过。"

  老徐准时来上班了，见面表扬刘涛上周进入角色快，思路清晰，坚持半日工作，认真负责。刘涛汇报了报社特约通讯员上报的情况，杨主任同意陈长荣兼职，明天都去参加报社学习班。说完正事，老徐又问刘涛是否写了入党申请书，还直言道，"在党委工作的干部，原则要求是党员，这样方便工作，我会督促机关党总支，优先考虑你的入党问题。"刘涛抽空去了一趟卫校，找丁校长取回自己的入党申请书，又按照老徐的要求，写一份这次调动工作的思想汇报，一并交给老徐。老徐看一眼刘涛的入党申请书，正式谈话，明确刘涛半日完成电大学业，下午半日抓紧工作，主要负责文化新闻岗位、开展宣传活动，老杜兼管党委理论学习和青工普法教育培训工作。

  元旦前夕，老徐私下问："小刘，元旦回京探亲吗？如果回去，算你公出，多待两天也行，给报销路费，顺便带着部里卖废报纸攒下的钱，买回两支金笔用。"刘涛暗自高兴，点头说："巴不得有这种机会。"

  刘涛让冯颖洁跟着一起调整了元旦倒休假期，夫妻带着孩子，搭便车回到京城。

十四

京城曙色

元旦前夜,见到儿孙回家,母亲喜得合不拢嘴,从学校同事手里匀了两张肉票,去菜市场买回五花肉和不要票的带鱼,炖肉和炸鱼香味萦绕在小院里,引得孙男外女快乐追逐。冯颖洁先回娘家看一眼,陪着自己母亲来婆家团聚,傍晚,刘涛的岳父和姐夫也都赶来,堂屋八仙桌座位有些拥挤。

趁着做饭机会,姐夫拉着刘涛站在院里抽烟。刘涛说起电大考试"硬碰硬"有难度。姐夫好笑道:"嘿嘿,你算是进错了校门,我考上局里职工夜大的大专班,经济管理专业与工作结合紧密,学起来省事多了,听课不过是点个卯,回家抽空儿看课程讲义,临考听辅导老师串讲,背过老师划出的重点题,考试基本都是概念题,难度不大,问答题只要结合工作实践答上要点,就能给分,轻松过关,不耽误工作,你姐的职工夜大也跟着我搭车复习,省了不少劲儿。刘涛只好改口说:"电大文科考试'硬碰硬'也好,逼着你系统学习知识,能积累不少东西,搞创作提高较快。"姐夫拍拍他肩头说:"小涛,咱们学习的侧重点不一样,我只能走从政的路子,有个学历就管用,你将来要是真能写出来，没准儿能当专业作家。"刘涛苦笑道："写出一鸣惊人的作品难于上青天，大舅曾经反对我把文学创作当饭碗，感觉不牢靠，认定了年轻人还是要有个职业当饭碗，业余创作就行。"姐夫提醒道："据我所知，业余创作爬格子，很辛苦。"刘涛认同道："点灯熬夜，费劲儿巴拉地写出作品，到了编辑手里，很可能是废品。"

刘涛的岳父自带一瓶泸州老窖，刘涛拿出酒杯倒酒，岳父怀里的刘冯闹着要尝，岳父用筷子蘸了一下酒杯，让外孙抿了一下，刘冯伸出舌头喊："真辣——"冯颖洁不悦道："哪有这样的姥爷，惯得孩子没边儿，酒精中毒怎么办？"岳母帮腔道："老没正经，孩子才多大点儿，就惯着喝酒，将来可千万别像你，嗜酒如命。"冯颖洁接过孩子，躲到一旁喂饭。刘涛缓和气氛说："我猜，爸爸这酒八成还是老战友送的。"岳父呵呵笑道："我早就说过，亏你还记得。"

吃过饭闲聊，母亲透露个消息，石柳珂处于热恋之中，打算春节前办大事。岳父惊讶道："就是我给介绍的那人，在单位居然没听到什么风声。"岳母道："你整天奔命似的忙工作，哪儿顾得上这种小事儿。"岳父皱眉道："你这是批评我犯了官僚主义错误，不关心群众疾苦……嗨，这几年确实有那么点儿，文杰、小涛，你们进了机关可别学我，整天身不由己，一切听秘书调遣，身陷文山会海。"刘涛顺口说："听我大舅说，国民党时期税多，共产党时期会多。"岳父一怔，提醒道："你大舅是党外人士，这样说情有可原，你可不一样，已是党委干部，代表党委形象，今后嘴上要多个把门的，注意自觉维护党在群众中的威信。"刘涛抱怨说："爸，我还不是党员。"姐夫接话茬儿说："那也要以党员标准严格要求自己，不可在群众中随波逐流。"岳父赞许道："文杰有水平，这几年公司团委书记没白干。"姐姐插话说："亲爹，文杰要调到二轻局党委组织部当干事。"刘涛羡慕道："姐夫从政路子越走越顺，眼看着步步高升。"姐姐撇嘴道："文杰的顶头上司调到局党委组织部当头儿，把老部下弄去，好跟着抬轿子。"岳父拍着脑门说："让我想想，对喽，是家具公司那个常副书记吧？还是你们在家具二厂办婚礼时见过一面。"姐夫点头说："亲爹不愧是领导，脑子好使，就是常书记，自从接了亲爹帮助搭桥的石油买家具的系列合同，当年为公司创造了几百万利润，声名大振，由此官运亨通，当上公司一把手，上个月又调到局组织部当头儿，进入局党委常委行列。"刘涛幽默道："如此说，爸爸带给了常书记官运。"岳父豪爽地干下一盅酒，喜笑颜开道："我是无意栽柳，柳成荫。"冯颖洁插话说："姐夫也算跟对了人，背靠大树好乘凉。"岳父皱眉道："小洁，不是你这个说法，我党组织原则是知人善任，应该这么解释，领导了解你，才能安排合适岗位，大胆使用你。"冯颖洁不服气道："爸爸就喜欢在家里说官话，我说的是这么个理儿。"刘涛只好帮着岳父辩解说："知人善任古来有之，明君清官史上留名。颖洁的民间说法含有封建色彩，有句俗语，一人得道，鸡犬升天，跟我党的组织原则区别不小。"岳父加重语气说："二者有本质区别，严格地说，二者格格不入。"岳母瞪了丈夫一眼说："你们这是在家里办公，还是聊家常？"母亲打圆场说："等石柳珂定了办事的准日子，再通知你们，他亲爹，你是大媒人，可不能缺席婚礼。"岳父笑着比画道："就算上边儿拿刀搁脖子上，我也要请假去讨杯喜酒喝，一来老石家的面子没法驳，二来我还想过把当主婚人的瘾，给自己的部下撑起门面。"母亲微笑道："有亲爹这句话，我就好给大哥家那边儿交代了。"

家人都散了，刘涛忙里偷闲，骑车去找李停战，打算到俞卫青那里聚会。不料，那间防震棚早就被街道督促拆除了。在楼道里见面后，李停战提议找个酒馆坐下聊。俞卫青喊来韩江平，又带来早年推荐上京城中医学院的荒友陈和平。刘涛喜出望外地说："和平，多少年没见面了，听说你毕业分在了市药研所。"陈和平苦笑道："说来是个笑话，工农兵学员在大学闹了三年革命，也算大学毕业，没学位让人瞧不起，只好给科室头儿当碎催，养实验用的小白鼠，没意思透了，幸好又有个政策，工农兵学员可以回炉重新深造，全所我头一个报名，半脱产回母校再学专业，拿到学士学位，摘掉了令人沮丧的'工农兵学员'帽子。"俞卫青感慨道："这顶帽子是特殊年代的产物，害人不浅，哥们儿白耽误多少工夫，现在恨不能一天当两天使唤。"

荒友们落座，要了几个凉菜和散装白酒，边喝边聊。

陈和平宣布道："韩江平考上市工贸学校贸易专业，总算逃离了在沙子口儿卸货的苦日子。"众人举杯祝贺，俞卫青玩笑说："韩江平有喜事，今儿掏银子请客。"韩江平掏出五元票子拍在桌上说："没问题，万一不够了，陈和平兜底儿。"俞卫青又说："韩江平别忘了把那些笔记本还给我，怎样，几个笔记本造就了一个大专和两个中专生，为哥们儿考学出了把子力气。"刘涛带头感谢俞卫青整理笔记本的功劳，俞卫青跟几人分别干了一杯酒。韩江平取笑道：

"哈哈，俞卫青酒量见长，我今儿喝酒可算有对手了。"

李停战又问："俞卫青大学毕业分配在哪儿？"俞卫青骂道："没路子分不到好工作，学校给塞到首钢集团轧钢厂教培科搞青工培训教育，整天讲初中语文课，兼个破班主任，累得要命，纯属浪费人才，我考大学之前就能闭着眼讲得头头是道，用得着进大学四年寒窗苦读，在教培科混了一年多，无奈之下抽空回趟母校，请熟悉的学生处副处长吃饭加诉苦，人家得知我还打着光棍，张罗介绍对象，提起这人，其实我早就认识，校女篮队员黎静，比我小两届的外语系学生，个儿不矮，肤色白净，大眼睛洋娃娃似的，笑起来挺甜，我同意处处看，谁知她却是急茬儿，刚约会一次，就让我去她家，让父母相看，去了才知道是高干家庭，父母都是局级领导，整天忙工作，对几个子女事情很少过问。早就听刘涛说过，找高干子女容易受气，我心里未免打鼓，正在犹豫不决……"刘涛赶忙说："你不用管家庭背景和父母身份，关键看这姑娘对你咋样，我虽受了点儿闲气，最终有情人终成眷属，婚后过得也算不错。"俞卫青苦笑道："我跟你情况不同，你知道黎静毕业打算干什么？一心想出国深造。"李停战插话道："这就弄不懂了，既然想出国，为何急着找对象，结婚组建了小家庭，变成甩不掉的包袱。"俞卫青皱眉道："你们不了解外语系学生，只要会几句英文，这会儿都在挖空心思出国镀金，公派名额太少，大学高层没路子，你边儿都沾不上，多数学生寻求毕业后自费出国留学，为了容易办签证，女学生都要婚后再办留学手续，尤其是漂亮女孩子，未婚出国被西方大使馆认为有移民倾向，十有八九会遭拒签。"李停战坏笑道："嘻嘻，我才明白，拒签等于劳民伤财，有了这种拒签案底儿，再想办这个国家的签证，多半会雪上加霜。"刘涛称赞道："李停战没白在外交口儿混饭，办签证和出国留学，都门儿清。"

陈和平听出点儿门道，气愤地说："俞卫青要是跟她谈成了，岂不成了人家出国留学镀金的跳板，当了女方的垫脚石，有损哥们儿形象。"韩江平反驳道："你别站着说话不腰疼，敢情陈和平早有女朋友，咱哥们儿返城晚了一步，没房子加没钱，如果哪个姑娘愿意嫁了，咱就得上赶着谢谢人家，都到了而立之年，还跟二十岁儿那阵儿端个臭架子，岂不是害人害己，非让家长急白了头。"李停战拍手叫道："痛快，韩江平说了大实话，值得哥们儿深思。"刘涛进而劝道："俞卫青还是慎重考虑周全为好，年龄、相貌、学历都相当，不是能轻易遇到的主儿,说明两个人有缘分,结婚了,赶紧让她生孩子,总不能孩子那么小就扔下,自顾自地出国,惦记躲清净。"俞卫青坏笑道:"嘿嘿,刘涛的招儿不错,让她生孩子,我有把握。"韩江平坏笑道:"俞卫青学过医药,深蕴此道。"刘涛又问李停战对象的事,李停战挠头说:"目前没人主动投怀,不行等到毕业现抓一个,你那个邻居,恐怕快结婚了。"刘涛摇头道:"谁知道,没见着面儿。"

这顿酒喝到黎明时分,荒友们醉醺醺晃出酒馆。李停战又带头唱起:"兵团战士胸有朝阳,胸有朝阳,屯垦戍边,披荆斩棘战斗在边疆……"众人乱糟糟地应和着,寂静的大街上,鬼哭狼嚎一般。

刘涛眼尖,看到东方楼宇之间出现一抹迷人的鱼肚白,感伤道:"哥们儿拼争这些年,前途与京城的黎明相似,刚见到点儿亮儿,或者说,有了一丁点儿起色。"

俞卫青杞人忧天道:"我们其实还在社会底层挣扎,革命经典小说《红旗谱》的主人公朱老忠,有句口头禅,'出水才看两腿泥'。"刘涛不甚理解这句话含义,看到俞卫青自负清高的可笑样子,懒得再去追问。

回到石油总医院上班,刘涛把两支金笔和发票,还有余款七十多元,一并交给老徐。老徐嘿嘿笑着留下一支黑色金笔,另一支笔和发票递给刘涛说:"我知道价格了,发票没用,你销毁就是,余下的钱存在你那儿,用于工作不好开发票的事儿。"刘涛谨慎地问:"需要建个账本吗?"老徐轻笑道:"嘻嘻,没几个钱,不用记账,我还信不着你?"说罢,他仔细打量金笔,惊叹道:"哦,英雄金笔,国产最好的。"刘涛眨眼道:"价格也是最好的,买得我有点儿肝儿颤。"老徐给金笔灌足墨水,在纸上试了几下,赞叹道:"真好使,一点儿不划纸。"刘涛嬉笑道:"21K,笔尖圆润度高,写字的流畅感觉绝对上乘。"老徐神秘笑道:"这是我年轻时一个梦想,总算实现了,小时候在老家上冬学,只能用毛笔,教室里点不起火炉,冷得要命,笔尖时常冻住,用嘴呵气,才能化开笔头写字,学习的难处很难想象,上中学时家里还离不开穷字,饭都吃不饱,用蘸水笔写字,一个不留神就把纸划破了,好不容易考上大学,有了人民助学金,我吃窝头咸菜也能填饱肚子,省钱打算买一支像样儿钢笔,谁知,钢笔买了,人却病倒,那个节粮度荒年月,老家饿死不少人,我被校医院误诊,治病也耽误了,养了大半年,身体才好转,可是功课跟不上,无奈选择退学,你不知我有多后悔，为了一支钢笔，把学业耽误了，弄个不伦不类，后来我不甘心，回母校找留校工作的同学帮着说情，开出证明承认相当于大专文化。我在老家才当上公社宣传委员，京南石油会战初期，亲戚透露，县里有几个干部招聘指标，我托亲戚帮忙，在县里先解决了招干，再挤进石油单位，后来全家户口迁来，两个女儿招工采油厂，总算过上舒心日子。"刘涛长舒一口气，叹道："哦，你原来还有这段儿传奇故事。"老徐嘱咐道："这不是什么光彩的事儿，可别写进你的小说。"二人正聊着，电话铃响，老徐接了，嗯了几声说："小刘就在旁边，我同意，你直接跟他说。"刘涛接过话筒，原来是柯求理电话通知，下周六召开局文学创作座谈会，刘涛和陈长荣二人出席，会议占用周日半天，在第一招待所。刘涛记下会议通知要点，暗自兴奋。老徐主动说："我去跟杨主任打招呼，顺便通知陈长荣。我全力支持你们搞创作，只要有益于开展宣传工作，你放开手脚去干，我做你小刘的坚强后盾。"刘涛只觉心头一热，承认老徐是个开明领导，尊重有加。

电大文科班多数人要参加局里召开的文学座谈会，班委与校方商量调课，周五听全天课，补周六的课。柯求理提前给刘涛打招呼："周五晚上有事，别忘了跟媳妇请假。"刘涛追问："有什么事？"柯求理神秘笑道："当然是大事，到时候就知道了。"刘涛被吊足胃口，听了一整天课，脑袋发胀。出了校门，小战、刘涛骑车，跟着柯求理直奔通讯处的宿舍区。进了灯光明晃晃的工会活动室，刘涛吃了一惊，这间宽敞活动室变成临时住户，门口是液化气罐和灶具橱柜，里面是餐桌和双人床，还有一只梳妆台，再往里是一堆纸箱子，堆成小山一般。有个敦实的汉子站在门口迎接，脸上堆着笑，连声说："欢迎诸位文友做客，家刚搬来，挺简陋，随便聊。"柯求理介绍说："吉林延边自治州刚调来的诗人洪旗。"汉子跟着说："洪水的洪，旗帜的旗，这是我媳妇，通讯处话务班的小郑。"刘涛这才注意到洪旗身后的少妇，高挑个儿、瓜子脸、肤色白净，挺着大肚子，不禁心里一沉，洪旗能力不凡，个子不高，相貌平平，居然搞到像样儿的媳妇。小郑笑吟吟道："你们先喝酒，慢慢聊，我烧几个家乡菜吃。"

洪旗拿出一大片鱼干，桌上酒杯斟满说："尝尝延边的特产，明太鱼干，敦化白烧酒。"几人落座后，洪旗撕着鱼干分给人尝。几人自我介绍一番，洪旗得意道："我们三个都是写诗的，就是刘涛写小说，只是，你的小说我可没听说过。"柯求理赞许道:"省作协《文论报》副刊、《无名文学》杂志都发表过,石油题材小说。"小战补充说:"还有咱报纸副刊发过几篇。"洪旗嗤之以鼻道:"这都算不得正经东西,要获得省级文学奖,在中央级文学刊物发表,那才作数,还得有评论跟进,才能受到社会关注。"刘涛顿时腾起一股反感,这小子傲得不可一世,自己有什么像样东西拿得出手?洪旗仿佛看出刘涛不服气神色,跑到纸箱堆前,打开一只,拿出几本诗集,回到餐桌说:"我才出版的《黑珊瑚》诗集,每人奉送一本。"柯求理高兴道:"一定要诗人亲笔签名,才有收藏价值。"洪旗掏出钢笔,飞快而熟练,只见签名龙飞凤舞,透出狂放不羁的个性。刘涛随手翻看诗集,头题组诗《黑珊瑚》韵味不错,后面注释,此诗发表于中央某报纸副刊。刘涛未免有些眼热,感觉这小子确实有点儿骄傲的资本。

洪旗兴致高涨,一口干了杯中酒,雄心勃勃地说:"我是冲着石油文学的事业才愿意调来,再一个是因为老婆怀孕了,石油双职工听说好分住房,名义上是解决夫妻两地分居困难,把我安排在通讯处工会落脚,两口子没地方住,头儿同意暂借活动室救急,都是小郑姑父一句话的事。"柯求理补充说:"小郑的姑父是局里的霍总地质师。"小战兴奋地说:"石油文学有洪旗助力,可以插上翅膀腾飞了。"柯求理切入主题说:"洪旗,你觉得石油文学社目前最要紧的是什么事?"洪旗笑道:"文学刊物是当务之急,一定要办得像回事,争取在全国石油系统里叫响,手里有发表阵地,你还用慌?踏踏实实搞创作,等着发表作品拿稿费就是了。"于是,众人沿着这个话题议论纷纷。

柯求理乘着酒兴,又说起当代诗歌的特点,最喜欢传统民歌体,强调诗歌要写实,真情实感通过某个事件的叙事与抒情,强烈表达诗人的美好理想。洪旗不以为然道:"当代诗歌属于新崛起的朦胧诗,由于时代性强,富于生命力,朦胧的感觉、朦胧的印象组合,构成一种虚虚实实的朦胧境界。"刘涛听着颇不舒服,讽刺道:"你干脆就说学孙悟空得啦,整天让读者腾云驾雾,云山雾罩地侃大山。"柯求理哈哈大笑道:"刘涛说得过于庸俗化了,也过于幽默。"洪旗正色道:"刘涛说得驴唇不对马嘴,这是蓄意糟蹋新崛起的朦胧诗,何为朦胧诗,我认为是虚实有机结合的叙事与抒情,这种结合达到近于完美的境界,构成一种独创的印象派油画意境,就像那副世界名画《向日葵》。"柯求理点头道:"洪旗的观点也不无道理,这是一种空灵境界的艺术再现。"刘涛尴尬笑道："嘿嘿，我们小说还是以讲故事为主，达到一种叙事境界的满足。"文友们的争论似乎并无止境，各有一套大道理，喋喋不休地争论，表达自我欲望强烈，却又很难说服对方。刘涛只顾了听洪旗和柯求理探讨对石油文学的理解，几乎不记得这顿饭吃了什么。

　　回家路上，柯求理兴奋道："等咱们有了办刊实力，一定会出现更多写石油题材的作品。"刘涛服气道："洪旗这小子像个干实事人，就是有点儿说话不注意分寸。"柯求理劝道："这是文人身上的傲骨，互不服气，俗话说，文人相轻，道理也在于此。"刘涛只好说："人无完人，金无足赤。"柯求理笑道："这话不错，干事业还是要不拘一格用人才，我把握这个大方向绝不会错，洪旗今后行事，只要不离谱儿就行，对他不应求全责备，谁身上都有长短之处。"刘涛对柯求理一向服气，说出的道理逻辑性强、深入浅出，具备相当的客观性。

　　刘涛按时到"一招"会场报到，领了会议材料，跟熟悉的代表打招呼。见到钱镇就问："老兄的大作想要一本，一睹为快。"钱镇恰好带来两本，痛快地掏出一本通俗小说《亲王传奇》，飞快地签名，递给刘涛说："请老弟多指教。"刘涛惶恐道："不敢指教，我只有拜读的份儿。"只见马芝兰从门外款款而来，刘涛又喊一声："马大姐，听说你的小说在省作协文学杂志创刊号上发表了，真不简单。"马芝兰得意道："他们还约我再写个短篇，都忙不过来了。"刘涛酸溜溜地说："马大姐几时也给咱推荐一把。"马芝兰轻蔑笑道："个人投稿就是了，只要是好稿子，编辑一眼就能看出来，凭实力发表作品，天经地义。"刘涛尴尬笑道："马大姐善于抓人生机遇，运气也不错。"马芝兰侧身而过，留下一股幽香。柯求理催促各位代表快进会场，会议马上召开。主席台上挂着大幅横标：京南石油文学座谈会暨局文学协会成立大会。会议规模达到百人，柯求理主持会议，局党委宣传部的于副部长已升任部长，亲临讲话，提倡写石油文学，树立石油人形象，为党的宣传工作鼓与呼。分组讨论，柯求理拉着于部长来到洪旗和刘涛所在的组，柯求理向于部长介绍了洪旗，于部长点将说："那就先听吉林刚调来的诗人小洪的高论。"洪旗出人意料地以谦辞为开场白说："我是石油战线文艺新兵，时刻听从党委于部长的召唤，抛砖引玉谈一下对石油文学现状分析和未来展望……"

　　刘涛暗自品味，洪旗并非凡人看不起，没有那种近乎迂腐的孤傲，而是熟知为人处事把握圆滑的火候，属于绝顶聪明那种，见什么人说什么话，不属凡品，早晚是石油文坛叫得响人物。

洪旗的头炮发言打响了，博得热烈掌声。于部长时而做记录，时而与柯求理耳语，此刻称赞道："小洪的发言很好，对石油文学的现状评价比较中肯，几条建议也都记下，宣传部文化科要专题研究可行性，再逐步落实，我先表态，有的建议可办，比如文学刊物，只要解决办刊经费，弄个准印证就行，我们文学创作实力已有长足发展，具备了拿得出手文学刊物的创办能力，借刊物继续扩大影响，团结更多文学爱好者，培养出一批石油作家，小洪有的建议要等条件成熟了再办，比如成立石油作协，我们至少要有十个以上省级作协会员，才敢硬气地亮出这块牌子。"刘涛跟着发言，谈到上电大文科收获很大，创作目标是发表有分量的小说，表达树立石油文学形象的愿望。于部长谈道："电大首届文科班在石油单位的影响不小，得力部下小柯成了石油文学的扛旗人，已被批准加入省作协个人会员，石油文学社在这次会议上也要升格为文学协会，我们的文化宣传工作成绩显著，寄希望于文学协会早日培养出一批有实力的作家，出大批好作品是关键，要大力书写石油人，树立石油单位的良好社会形象，争取像当年宣传大庆油田那样，宣传京南石油对国家做出的重要贡献。"

会上，柯求理主持召开文协第一届理事会，兴高采烈地说道："于部长已原则同意以石油文协的名义创办文学刊物，正在酝酿刊名，在座的都是京南石油文坛精英，不妨各抒己见，多提建议，再就是必须无条件支持自己刊物的创刊号，每人一篇力作，一个月内交稿，洪旗来了，我该卸任了，他任诗歌组长，小战是副组长不变，小说和散文报告文学组原负责人不变，我准备请于部长担任刊物主编，我是副主编兼执行主编，各位理事兼任刊物的编辑，文化科干事也是刊物编辑，宣传部已经打报告给局财务处，申请办刊经费每年五万元，初定季刊，包括印刷费和稿费都够了。各位编辑都有本职工作和工资，兼职没有编辑费，只算尽个义务。"洪旗带头说："尽义务没得说，没编辑费是小事，只要能发稿费，就好办了，编辑的稿费从优，权当补偿编辑费了。"这话赢得一片掌声。

这次文学创作座谈会的新闻，登上石油报纸副刊头题，配发会议照片，小战用笔名发表一篇会议侧记，在石油单位产生了影响。电大课间休息，小战抱怨地说："报社来稿量成倍增长，副刊稿件处理，一个人几乎忙不过来了，我经常加班加点，准备从基层借调一个人手帮忙。"柯求理满意地说："忙是好事,说明文学热已在石油兴起,对了,小刘联系总医院,争取写一篇医疗代表人物的报告文学,创刊号缺这类稿子,我只好上阵亲自操刀,小刘跟着一起弄。"跟着柯求理做事,几乎每次都能得到人生启示。刘涛痛快地应允道:"我找陈长荣问一下。"柯求理摇头说:"他仅是个院办秘书,哪能做得了这个主,你通过部门领导,直接向王书记汇报,让党委定夺,岂不省事。"

刘涛回单位跟老徐打招呼:"局宣传部创办文学刊物,希望发一篇报告文学,选定总医院医疗一线人物。"老徐眼睛一亮,热心道:"这是大好事,咱们一起去找王书记汇报,这是局党委意图。"王书记果然喜笑颜开,让老徐喊来组织部邱部长。老徐简述了写报告文学的事,邱部长问老徐:"我院哪个科室最有代表性?"老徐盯着王书记脸色,试探说:"选外科合适吗?"王书记果断道:"干脆,写咱院的行政一把手尤院长,他是普外科原主任,手术一把刀赫赫有名,目前没人能比。"老徐顾虑道:"尤院长一直保持低调做人,早先报社记者点名要采访他,我去说了,不料被他婉拒了。"王书记自信地笑道:"哈哈,这次可大不同,局党委宣传部布置工作,总医院党委敲定,需要宣传他,借以树立总医院在社会上良好形象,于公于私,尤明晨都不能推辞。我去找他直接谈话。"邱部长表态说:"党委组织部全力支持,负责提供尤院长的简历材料作参考。"老徐热情高涨地说道:"党委宣传部当作近期大事来抓,我派刘涛同志主办。"王书记高兴道:"这是院党委为医疗一线保驾护航做的一件实事。"果然,王书记亲自出面谈话,尤院长爽快答应。老徐及时找尤院长定下采访日期,先跟王书记打了招呼,又让刘涛通知柯求理,又找院办杨主任订了机关小会议室,顺便办了食堂小餐厅招待餐手续。邱部长事先复印两份尤院长的档案材料备用,诸事俱备。柯求理准时赶到总医院宣传部,拿起复印的两份尤明晨档案材料扫一眼,递给刘涛一份,起身叮嘱刘涛带上记录本,做好采访记录。

采访前,王书记和邱部长、老徐搞个开场白,接着都说有会议,一同告辞。柯求理和刘涛对尤院长的采访进行得很顺,有问必答,尤院长情绪饱满,聊起几件趣事。近午时分,老徐来问:"是否差不多了?余下的采访,可以在餐桌上补充,小餐厅里都准备好了。"柯求理客气两句,跟着去吃饭。邱部长候在小餐厅门口迎接,尤院长因下午有手术,陪了会儿用餐,提前告辞。邱部长和老徐陪客,共同举杯,感谢局党委宣传部重视总医院的医疗一线人物宣传。刘涛动员柯求理喝酒助兴。柯求理端起酒杯前,与刘涛说了起草初稿的思路，征求邱和徐的意见，二人认为可以放开了写，稿子要经尤院长本人认可，王书记也会亲自把关。喝酒时，柯求理又点出报告文学要坚持真实性原则，适当含有文学典型化描写，通过几件事写出人物性格。刘涛默记在心，利用工作时间在家静心构思，动笔一气呵成，感觉颇为顺手。柯求理看后说："小刘悟性高，领会意图准确。"说罢，他对初稿几个段落稍加调整，语言修饰一番，定名《手术刀之歌》，让刘涛回单位征求意见。尤院长只提出个别两处事实有出入，动笔改过，笑着认可。刘涛听顶头上司老徐透露，组织部部长邱新田给王书记在技校当老师的女儿介绍了局组织部一个不错的对象，王书记近来心情不错。果不其然，王书记对这篇报告文学偏重政治把关，浏览一遍，满意地签字放行。电大课间休息，刘涛正式交稿。柯求理接过稿子说："小刘，咱两人各有诗歌和小说作品在创刊号上发表，这篇报告文学只能用笔名发表。我的笔名，小草，你的笔名是什么？"刘涛笑道："以前在《中国青年报》上发表文艺评论，用过一个笔名，亦言。"柯求理点头说："你的笔名有含义，挺不错的。"

　　刘涛起草报告文学的同时，抓紧起草小说，早有一篇取材井下机修厂生活的构思，伏案动笔写到凌晨完成初稿，冷却几天，找个周末晚上再润色，又沉淀两天，再推敲定稿，取名《年关》，八千多字，自认为拿得出手，又趁着电大课间休息，交给柯求理指点。柯求理连声说好："你是第二个交稿的，洪旗已经给了组诗《石油与古潜山》，我的组诗《钻台抒情》还在推敲之中。"

　　陈长荣来宣传部，给了刘涛一篇小小说稿《病房里》，取病区一个小镜头，写医生与病人的关系。刘涛留下稿子说："转给柯求理看看，再谈意见。"再逢电大课间休息，刘涛把《病房里》交给柯求理，柯求理当即浏览一遍，觉得人物概念化，内容空泛。刘涛回单位转告了柯求理的意见，对陈长荣建议道："你或者扩充故事，写出人物性格，或者压缩文字，变成一篇小品文。"陈长荣面露难色说："隔行如隔山，我没学过文学，基本功差，再说时间也来不及，你是行家里手，干脆简单点儿，帮我压缩成小品文，能赶上刊物创刊号发表。"刘涛有数了，应声道："我帮着弄一稿，再请你指正。"陈长荣笑道："你都通过了，我还看什么，直接转给刊物多省事。"刘涛犹豫地说："还是给你看一眼，我怕领会错了你的创作意图。"陈长荣客气道："那就麻烦你了。"刘涛把原稿砍掉一半苍白的文字，稍加润色，果然有了情趣感觉。再给陈长荣看，得到赞扬声："到底是学文科的，比我这门外汉可强多了。"刘涛恭谦道："你在医疗行政方面，绝对是我当之无愧的老师。"

《年关》被柯求理冷着脸子退回，并转告了小说组长钱镇的原话，故事尚可，语言生涩，应再精细加工。柯求理严肃道："你的文学描写语言还没算正式过关，我感觉对汉语规范用词的修养不足。"刘涛只好拿回家，读给媳妇听，冯颖洁没听完，就笑了，指出多处不合适的地方，建议他扬长避短，增强小说的口语化，克服自己词汇不足的短处。刘涛被媳妇这句话点醒，再次强化口语叙述，这篇小说也算过关。

刊物名已确定，《石油神》三个字既体现出石油本色，又富诗意。于部长的书法颇有名气，柯求理向他请求为刊物名称泼墨，于部长题字三张纸，柯求理从中选出一张满意之作，把墨迹未干的宣纸晾在办公桌上，召集洪旗、小战、刘涛和文化科干部一起开编前会。洪旗欣赏题字道："行楷潇洒，兼有精气神，恰好印在刊物的神字上。"柯求理点头说："神字还是你的功劳。"洪旗自鸣得意道："我查了字典，石油二字，只有神字才是绝配。"柯求理拿出一沓稿子，分给几人说："这些稿子，文化科都通过了，大约十五万字，编辑再做一次出刊前的文字润色，按时交回，洪旗组织划版式，我们负责送报社印厂及时铅字排版，然后组织初校，杂志的二校由洪旗把关，我负责三校，大概一个多月能见样刊。"

刘涛分到几篇小说稿，除了自己的《年关》，还有钱镇的短篇《蟋蟀王爷》写得京味十足，故事幽默。马芝兰的短篇《病人》等，回家连夜突击润色，核对错别字和标点符号，连着三天总算弄完，便赶快交差。初校就感觉省事多了，文字润色时印象深刻，只看铅印纸样儿的错别字。洪旗二校很细心，又查出十多处错别字和标点，发牢骚说："刘涛的编辑水平最差，小说稿子错了多处，柯求理，如果有编辑费，二校查出谁错的，都要扣钱。"柯求理笑道："目前没有这项支出，只好白让你辛苦把关。"洪旗要的就是这句话，嬉笑道："给我稿费从优待遇。"

《石油神》创刊号印好，刘涛闻讯去局里取回两捆，老徐拿起几本说："我给有关领导送去，你给各科室发一下。"刘涛去各科室转一圈，听到一片赞叹声，都说报告文学写得好，写出尤院长的性格，总医院这下名声在外。刘涛却暗自失望，多数人并不是把创刊号当作文学杂志欣赏，而是当成宣传手册看待，凡是赞叹者，多少有点儿拍院长马屁的嫌疑。王书记在科室干部会上，表扬了党委宣传部，简要介绍采访经过，尤院长发言，感谢党委的培养，这是鞭策自己钻研医疗管理的动力。医院的党政领导班子空前团结，不久总医院党委下发了红头文件，老徐如愿以偿提为宣传部的正职。

柯求理带着洪旗去省会城市，登门拜访省作协，一来送《石油神》创刊号，二来洪旗去转作协个人会员组织关系。中午，省作协招待石油文协的代表，找了几个中青年诗人作陪，席间洪旗酒量不错，不仅结识了诗友，而且得到省作协新创办诗歌杂志负责人约稿。不久，洪旗与柯求理合作的组诗《石油城抒怀》，果真发表在该杂志创刊号上。洪旗不辞辛苦再跑省会，扛回两捆杂志，发给石油局机关各处室和通讯处各科室，赢得良好声誉，很快被通讯处党委提升为工会副主席，柯求理趁机任命洪旗为局文协的副秘书长。

电大课间休息，同学争相传阅省作协诗歌杂志创刊号，小战激情朗诵《石油城抒怀》组诗的前三首：

《崛起的石油城》
由八颗油砂奠基
沿着钻塔搭起的脚手架
这座盐碱洼里的小城
在大平原上震人心魄地崛起
积存亿万年的热望喷涌
黑色的激动涌进管道
钢铁的脉搏激醒了
这片早被锈蚀的土地

《平原与古潜山》
平原如沉默的父亲
黄褐色的胸膛铺展开
书写小麦玉米的记忆
东海与西山送来的诱惑
沉默的你
把巍峨与激荡埋在心底

时光无垠地飘洒
钻塔的犁铧缓缓划破
古潜山的历史情感
黑色的血浆喷发
化作悠久的岁月涟漪

《石油与诗人》
我们是一群流浪的孩子
荡起青春的浪花
钻塔隆隆地召唤
集合在古潜山头
期待着海的凝固，我的融化
我们是历史更生代的幼林
勾起历史沉沦的一片钻塔
铿锵肌体矗立在平原
钢筋铁骨的信念也开始强大

吉宁拍巴掌赞道："这些诗，写得真有味儿，虽感觉朦朦胧胧，细品却又都是摸得着和看得见的系列图像。"柯求理笑道："按诗人专业术语讲，这叫诗歌的臆像，石油诗人要做的事，就是对石油生活臆像的捕捉与有机组合。"

刘涛除了羡慕和隐隐的妒忌，还有淡淡的郁闷感觉，回单位上班，在机关楼道见到陈长荣，发牢骚说："石油诗歌创作强势崛起，压住了小说和散文创作风头。洪旗这小子不简单，混进石油单位没几天，三拳两脚打开局面，实现了自己职务快步上台阶的目标。"陈长荣叹道："搞文学创作可不是一朝一夕能提高的，门外汉更要多下功夫，心急吃不了热豆腐。洪旗其实是绝顶聪明之人，精于世故，关键是人情练达，方能通幽，官场上要会钻营，晋升机会就多，这一点儿，比你我都略胜一筹。"刘涛点头称是，模仿洪旗模样，取笑道："这小子无论到哪儿，眼都很尖，眼珠子滴溜溜转得极快……"陈长荣也被逗笑了，又正色道："这是咱们应该学他的地方。"刘涛摇头说："这恐怕是性格，极难改变，你我都不是他那种性格，估计很难学会。"

十五

悲喜之间

养孩子真不是轻松事儿。自从添了儿子刘冯，刘涛逐渐感到手头愈发地拮据，买香烟主动从中档降到低档。儿子十个月大，刘涛当月工资仅够买十一袋一斤装全脂奶粉，回家把奶粉放进橱柜，自信地对冯颖洁说："这个月奶粉够孩子吃了。"冯颖洁轻笑道："嘻嘻，未必够，儿子正贪长，饭量大了。"果然让冯颖洁说中，这些奶粉仅维持二十多天。冯颖洁只得又去商场，再买回十袋全脂奶粉，取笑道："幸好我还有工资，如果指着你那点儿钱养家糊口，儿子就断顿挨饿了。"刘涛发牢骚道："当爸的月工资，竟然养不活一个儿子，这叫什么事，咱们小时候，父母百十元工资，就算养活五六个孩子，日子也照样儿过得去，现在各家基本都是独生子女，双职工收入一百多元，却闹个嘴顶嘴，日子过得紧巴巴。"冯颖洁反问："过去猪肉和鸡蛋多少钱一斤？现在多少钱？"刘涛气恼道："近来物价上涨太快了，每月固定发给两块五的副食补贴早就跟不上趟儿，工资更是多少年都难见个动静。"冯颖洁玩笑道："人家说改革开放犹如国家打开窗户，呼吸到外面的新鲜空气，看到窗外美景，可是苍蝇蚊子也跟着飞进来了。"刘涛省悟道:"可不是,外面的高物价也跟着闯进来,大陆的东西不跟着涨价,出口价格就明显吃了大亏,低物价低工资的大锅饭时代,我看迟早要终结。"冯颖洁忙说:"这都是国家大事,咱们平头百姓,操那么多闲心干什么。"

两年眨眼之间。又逢星期日休息,临近中午,突发急事,不满三岁的儿子刘冯找不见了。冯颖洁一时急火攻心,倒在丈夫怀里。刘涛急忙掐冯颖洁的人中,又呼唤左邻右舍帮忙寻找儿子。冯颖洁的同学买菜回来,大惊小叫地摇醒了冯颖洁。冯颖洁睁开眼,失声道:"孩子没了!""别急,再去找找看,"同学安慰道,又对刘涛说,"你骑车去找呀!"刘涛扭头骑车,围着总医院大楼转一圈,连小花园都看过,回来看了幼儿园门前和家属平房区,依然没见到儿子踪影,一股火儿拱脑门,恶狠狠骂道:"都是这台该死的电冰箱!"冯颖洁见到丈夫空手而归,认为儿子确实丢了,忍不住放大悲声地哭喊:"京京啊,妈的心头肉,你可去哪儿啦——"

家里早就盼着有台电冰箱,石油商场仅有几种双开门日本产的原装舶来品,且价格不菲。冯颖洁羡慕道:"贝老师两口子收入高,人家买了东芝双开门电冰箱,夏天喝上自制冰镇酸梅汤,储存食物也方便多了,剩的菜饭不至于变馊了,忍痛倒掉。"刘涛颇有同感道:"当过知青的人,尝过耕作辛苦,对浪费粮食绝不会容忍,有电冰箱方便食物储存。"过了谷雨节气,今年炎热的夏季开始露头儿,正午时分回家吃饭,热得人短衣裤相见,露出肢体捂了一冬的肤色,刘涛忍不住揽过媳妇,在白腻的脸上亲一口,冯颖洁故意道:"讨厌,热得人心烦,还不快去刷碗。"刘涛进小厨房更觉闷热,收拾利索出来,背心都湿透了,又跟媳妇提起电冰箱的话题,故意想象冰镇酸梅汤的清凉爽口。冯颖洁咯咯地笑道:"看把你馋的,流哈喇子了,等我数数钱。"说罢,打开写字台抽屉,坐在椅子上数了片刻,惊喜道:"你猜咱们有多少啦,九百二十八元。"刘涛失望道:"还差得远,东芝那种双开门至少要两千多元。"事有凑巧,冯颖洁的县医院同学秦水仙跑来还钱,还带来几斤绿豆,同时告诉冯颖洁:"最近运气不错,夫妻超生二胎,单位早年给的处分都给撤销了,葛新宇调到下面派出所提了副所长,有职有权,气儿也顺了,超生罚款借的债基本还清,那个派出所紧靠白洋淀,有空让他开车接你们,一起去白洋淀乘船游玩。"

没两日,冯颖洁听说商场新进一批单开门苏联电冰箱,质量不错,虽其貌不扬，可价格才千元出头，比双开门日本货价格便宜一半还拐弯，不由得动心了，赶着星期日上午，带上钱，拉着刘涛一同去商场。儿子在宿舍区大院里和小朋友跑着玩，冯颖洁喊住儿子，嘱咐一句："京京，别去大铁门外边玩，妈妈爸爸去商场买东西，一会儿就回来。"刘涛也是买电冰箱心切，骑车带着冯颖洁直奔商场家电区，刘涛看中一款明斯克牌电冰箱，冯颖洁觉得样子虽稍嫌蠢笨，但容量合适，白颜色显贵气。刘涛毫不犹豫去开票交款，拿着提货单又去库房验货，冯颖洁在门外雇了辆三轮车，把冰箱拉到家门口，刘涛跟着抬进门厅，拆了包装箱安置平稳，接通电源，压缩机嗡嗡响起，开始制冷。他随手擦把汗，才要喝口水，冯颖洁忽然打了个愣症，直眉瞪眼地问："你见到儿子了？"刘涛奇怪道："我骑车跟着三轮车，又忙着抬电冰箱进家，哪儿顾上盯着儿子，刚才在门外，好像没见着影儿……"冯颖洁立时拧眉顿足，"哎呀"一声，一阵风儿地跑下楼，喊起儿子乳名"京京——"

刘涛骑车在总医院区域内找了一圈儿，铩羽而归。冯颖洁的哭喊变得声嘶力竭，哭喊声惊动左邻右舍同事，纷纷帮着在宿舍楼附近挨门询问。正当刘涛两口子六神无主，焦急万状之时，突然，一个天籁般的声音飞来，"京京在这儿！"儿子被人领出1号楼7单元的楼门。见到妈妈哭喊，儿子飞跑过来，一头扑进妈妈怀里。冯颖洁喜极而泣，抱起儿子狠狠地亲一下，问道："京京，跑哪儿去玩儿啦，妈妈都吓死了！"儿子稚气答道："跟着大勇哥哥，去他家玩了。"

冯颖洁领着儿子进家，丢开手，无力地倒在床上，感到耳朵好像火车般隆隆地轰鸣，天旋地转，头晕眼花。刘涛找出镇静药，让她服用睡了，边照看儿子，边做饭。片刻，忽听得冯颖洁在卧室又哭喊"儿子没了——"刘涛赶紧领着儿子到床前，儿子搂住脖子，哭着喊"妈妈"，冯颖洁才清醒过来，搂着儿子默默地流泪，刘涛也不禁潸然泪下，暗自感叹，孩子是父母的心血结晶，更是家庭的未来，无价之宝啊！

误以为儿子丢了，冯颖洁一时急火攻心，转天耳鸣稍有好转，可是晕眩症状加重。刘涛陪着媳妇去门诊看病，做了多项检查，又观察两天，症状依然不减。两口子只好找内科左主任，再细查，诊断为急性心肌炎。对症治疗效果显著，冯颖洁躺了几天，终于能起床活动了。

刘涛去外科党总支办事，郝书记说完公事，玩笑道："你家买电冰箱和丢儿子的事,整个大外科都知道了,白大夫幽默,编个顺口溜,冰箱一千零八,两口子搬回家,儿子不见啦,当妈的都吓傻。"刘涛自嘲道:"媳妇耳鸣晕眩,得了急性心肌炎,卧床五六天,你说冤不冤。"郝书记开怀笑道:"哈哈,小刘也会编顺口溜了。"说笑毕,郝书记又说起马上开展的党员重新登记工作:"徐马列兼任这个临时办公室主任,可算是又有用武之地了。"刘涛借题发挥道:"老徐很关心我入党的事儿,提出可以优先解决。"郝书记拍着巴掌说:"这话对头儿,在党委工作,张开翅膀一直飞(非)着,确实挺别扭的,党委文件不能随时看,不了解党的政策,咋搞政工,几时方便了,我找王书记叨咕几句。"刘涛起身道:"多谢老哥,一如既往地关心小兄弟。"

这天下午上班,老徐拿着一份文件传阅夹,让刘涛抓紧看。刘涛一看是局党委组织部转发中组部关于党员重新登记的红头文件,左上角标注秘密字样儿,犹豫道:"我不是党员,目前……看这种文件不合适吧?"老徐解释道:"你入党是早晚的事儿,现在因工作需要,我批准你看这份文件,我兼任总医院党委委员、党员重新登记办公室主任,你作为干事,怎能不闻不问,我下一步要找有关人员分批谈话,你要跟着一起做记录,还要起草党员重新登记工作总结,我让你放开手脚,大胆干工作,绝不会有错儿。"老徐的高度政治信任如一股暖流注入心田,刘涛坦然了,看过文件才知,党员重新登记工作是中央拨乱反正战略的重要组成部分。

快下班时,电话铃响,老徐不在,刘涛拿起话筒,喂了几声不见动静,只有沙沙声,好一会儿才有声音,话筒喂了一声说:"我找刘涛。"刘涛感觉这声音不算太熟,应声问:"我是刘涛,您是哪位?"话筒回答:"我是姐夫陈文杰,京城长途。"刘涛顿时慌了,忙问:"姐夫,家里有事?"话筒里笑道:"哈哈,别担心,家里都挺好,有个事需要你和颖洁赶紧想法子帮忙,联系一下你们那里石油单位运销处的头儿,京城有个单位急需轻质油,我的朋友手里有批件。记一下我办公室的电话号码,联系好了赶紧回电话,我坐你们石油单位的班车跑一趟,这个事儿注意别声张,更要办扎实了。"

刘涛记下电话号码,回家跟媳妇念叨如何去办。冯颖洁提醒一句:"你的同学柯求理在局机关党委宣传部任职,什么人不认识?"刘涛顿时有了主意,上课前见到柯求理,求他引见石油局运销处的头儿。柯求理笑道:"小刘也参与这种倒卖国家计划内统购物资的事儿,凑巧,我妈当过运销处的组织部部长，跟运销处的头儿都挺熟，可是我妈这人属于'老八板儿'，绝不会为倒卖统购物资的事出面求人。"刘涛只好直言相告："我的亲姐夫专门来电话托付，没法推掉，如果打着你母亲的旗号，你出面邀请石油单位运销处的头儿，是否可以？"柯求理为难道："如果让我妈知道，敢假传圣旨，不得骂死我呀！"刘涛神秘笑道："只要私下保密，你我守口如瓶，伯母毫不知情，绝不会忽然问起这个事儿。"柯求理迟疑片刻，无奈地叹道："唉，看在你对石油文学忠心耿耿的份儿上，我也豁出去了，帮你试一把，不过千万要保密。"刘涛忙不迭道："要是没有这个基本信誉，谁就不是人。"

转天下午，柯求理打电话给刘涛，含蓄告诉，已和那边打招呼了，人家让约个见面时间和地点。刘涛让柯求理跟那边人商定准确时间，再通知姐夫来。事不宜迟，那边很快定下本周日上午，在"一招"见面，顺便一起吃饭，好商量具体的事儿。刘涛去了院办公室，找陈长荣帮忙，趁着临近中午，办公室没别人，通过对外直拨电话机，接通了京城姐夫的办公室电话，谁知电话没人接。好不容易联系上的事，别给耽误了，刘涛一时心急如焚，额头溢出汗。陈长荣劝道："你等会儿，再试试。"已到中午下班时间，陈长荣先走了，叮嘱刘涛办完事儿，别忘记带上办公室的门锁。刘涛又连拨几次长途，终于盼来姐夫接电话，话筒说："我刚散会，小涛，快说具体事。"得知石油单位这边儿办事挺顺，姐夫连声道谢，应允周末从京城乘坐石油单位长途班车专程来京南石油见面。

周末到了，姐夫乘车来到石油单位已近傍晚。班车在总医院门前有一站。刘涛下班推着自行车接站，见到姐夫才松了口气，一路聊着往家走。刘涛简介电大文科班同学柯求理，强调了彼此是宣传系统上下级兼知心文友，关系绝对可靠。姐夫含蓄说："京城背景深的人倒卖批件，挣钱也忒容易啦，咱哥们儿背景浅，不过挣点儿磨鞋底子钱，办事环节必须稳妥，一旦有大事，咱可担待不起，中间人要绝对可靠，关键是别乱打听京城的背景，知道的事儿多了，反而不好。"刘涛傻笑道："嘻嘻，都听姐夫安排。"进了家门，冯颖洁笑道："难得姐夫大老远来一趟，您喝杯茶，先歇会儿，我去炒菜。"姐夫客气一句："让小洁受累了。"说罢，揽过刘冯，抱起亲吻说："叫姑父。"孩子奶声奶气说："姑父胡子扎扎。"逗得家人都笑了。姐夫自嘲道："忙着赶班车，没顾上收拾自己的门面。"说罢，姐夫放下孩子，从书包里掏出京城捎来的儿童玩具和小食品，跟刘涛一起哄孩子。酒足饭饱，姐夫喝茶闲说："你姐近来提了副科级，工资也涨了，女儿希希很调皮，不好管。"冯颖洁恭维道："若曦从相貌到性格，都吸收了父母的优点，将来肯定错不了。"姐夫几分得意道："你姐倒是严格要求女儿，可是孩子一直跟着姥姥，一旦撒娇、耍脾气，老人连哄带护着，真担心惯坏了……"冯颖洁轻笑道："嘻嘻，娇小姐才招人疼爱，女孩子就是要娇养，才能嫁得如意郎君。"姐夫坦言道："这一代孩子都是八零后的独生子女，恐怕指望不上给父母养老送终，能为他们今后少操点儿心，就阿弥陀佛了。"刘涛让烟，劝道："儿孙自有儿孙福，一代更比一代强。"姐夫吸烟说："孩子们赶上改革开放的好日子，眼见得吃大米白面不犯愁了，隔三岔五有肉有鱼，比咱小时候吃糠咽菜度饥荒强百倍。"刘涛叹道："唉，可惜咱们工资挣得太少，养孩子勉强顾上嘴。"姐夫神秘一笑，含蓄地说："所以才要耐得辛苦，我千方百计挖关系，找时机成人之美，咱多少也能沾点儿露水儿。"

  时候不早了，刘涛等姐夫刮过胡子，洗个澡，骑车送姐夫去"一招"。事先已打电话找电大同学小杨预定了房间，到前台办了入住手续，109号房间。刘涛欣赏小杨会办事，这房间号与自己的吉祥数字相符，告辞时提醒道："姐夫，约好明儿上午十点半在这儿见面，一起吃午饭。"姐夫轻松道："难得时间宽裕，可以踏踏实实睡个懒觉。"

  事情进展出奇顺利。柯求理陪着运销处的头儿和主办人，准时出现在房间门口，刘涛和姐夫敞着门已恭候多时。出乎意外，刘涛竟然见到老朋友小杜，原来小杜已从局团委调到运销处的销售科当上主持工作的副科长，小杜变得持重多了，面露意外之喜道："咦，怎么是井下的老朋友刘涛呀！"彼此见面寒暄，再加上刘涛和小杜是老友重逢。柯求理调侃道："都是有缘人，上辈子修来的福。"几人直接进了柯求理预定的小餐厅，落座喝口茶，对方直奔主题，姐夫拿出书包里的批件交给对方过目，小杜留下一份批件的复印件，得到了肯定答复，只要预付款到账，周内发货。姐夫记下运销处财务科账号，承诺下周汇出预付款，闲聊提到自己从家具二厂出来的，在二轻局机关感觉京城的天宽地阔。对方随口询问京城家具种类和价格，姐夫应承可拿到优惠的出厂价，需要什么家具，报个数量清单，预付款到账，周内提货。彼此交换了电话号码，小杜挤挤眼对刘涛说："咱可都不是外人，事情好办多了。"对方叫过服务员，熟练地点菜，姐夫声明："我做东请各位。"对方笑而不答，只管招呼高档菜，要了几条中华烟,喝了一瓶陈年五粮液方作罢,每人又带上两条烟,对方连同109号客房住宿费一并签单。姐夫过意不去说:"我初次来石油单位,求各位帮忙,怎好让兄弟单位破费买单。"对方老成作答道:"有机会当东道主不胜荣幸,招待京城来的陈科长求之不得,万一我们哪天去京城没赶上饭辙,少不得要找陈科长蹭饭吃。"众人都笑得开心,恋恋不舍地告辞。刘涛事先联系了已调入局公安处搞刑侦的荒友曾宏伟,公安处常有警车跑京城办公务,姐夫搭上曾宏伟办案子的警车,及时打道回府,曾宏伟抱歉道:"委屈姐夫坐一次警车,别嫌晦气。"姐夫玩笑道:"享受警车开道,京城的中央大员才有这种高规格待遇。"临走时,姐夫满意地握手道:"小涛,这事儿办得漂亮,加上具体经办人跟你居然是老朋友,可靠度绝无问题,彼此都能放心办事。"刘涛连说:"这是运气,也是沾了姐夫的福气。"

听课时再见柯求理,刘涛私下说:"运销处的人沉稳老练,我的老朋友小杜也变了不少,不像搞团的工作那会儿,喜欢咋咋呼呼,这些人办事低调,出手大方,不得不服。"柯求理玩笑道:"把你安排过去任职,不出十天也能学会这类应酬,知道怎么利用有价值的人,其实并不算难。"刘涛顿悟,直言不讳道:"油水足了,润滑度才高,事儿才好办,出手大方,才能挣大钱。"柯求理含蓄道:"在京城能拿到批件,都是手眼通天的人物,人家问过你家背景,我如实相告了你岳父任职情况,人家才肯见面办事。"刘涛恍然大悟,见面不过是表象过程,这类事说不定背后关系错综复杂,倘若没有岳父在燃化委关键部门任职的招牌,人家未必肯轻易见面,更别说买账和办具体事了。柯求理坏笑道:"这年头儿,有权不使,过期作废,权势加上人情润滑剂,才好办事。"刘涛叹道:"封建传统文化,似乎又借尸还魂了。"柯求理摇头道:"你这是一种极其庸俗的解释,一孔之见罢了。"刘涛悻悻道:"我刚进宣传口儿不久,理论水平有限,理解力不高,赶不上你这石油诗人的悟性高。"柯求理无奈道:"你又跑偏了,这些都跟诗人的悟性高低无关。"

临近电大首届文科班"硬碰硬"的期末考试,这学期新开了四门主课,其中古代文学课难度较高,教育学院中文系张教授多次讲授辅导课,提供阅读古代文学的方法,重要篇目都要求背过,坦言自己小时候在私塾读书,主要是靠死记硬背,并选了几篇古代散文名篇与学员一同赏析。学员们都有些零碎的功底,经这次系统学习,基本掌握了理解古文的方法,学员们的学习兴趣渐入胜境。期末复习大纲明确标注考古诗文背诵，占二十分，共有十九篇（首）。刘涛突击一把，发力记忆，每天三五篇（首），早起诵读多遍，晚上分别背诵，果然熟能生巧，一星期达到全部背过的程度。冯颖洁陪着丈夫背了这些古诗文，满意道："你就专走这根筋，只要沾了文学，身上就有灵气，脑子比别人稍微快一点儿。"刘涛轻飘飘地翘起尾巴说："若不是当知青虚度了年华，咱们说不定都能考上正规大学。"冯颖洁遗憾道："那年推荐工农兵学员，我差一票就被推荐上医学院了，还不是因为党员而告吹，其实我都填写了入党志愿书，就因为年龄小不懂事，领着排里女知青跟连长吵架，结果入党的事儿告吹。"刘涛冷静道："当知青时咱们才多大，幼稚并不可怕，可怕的是成人再犯幼稚病。"说来也怪，这一段儿刘涛腹中多了古诗文名篇，好像建大厦有了扎实基础，在文字驾驭能力上有了底气。古代文学期末考试结果，柯求理考了全班最高的八十八分，刘涛名列第三，考了八十五分。骑车路上，柯求理含笑道："小刘的文科水平提高真快，跟我的差距已明显缩小。"刘涛兴犹未尽道："比你差远了，步你后尘，我就知足。"柯求理正色道："青出于蓝而胜于蓝，冰源于水而寒于水，其中道理寓意深刻，你比我年龄小，今后的路比我长，只要扎实学步，早晚会甩开膀子飞奔，实现人生梦想。"刘涛深有感触道："开弓没有回头箭，人在路上，功利心驱使，往往很难停下来，舍不得擦把汗。"柯求理深有同感道："你这话不无道理，我打算电大毕业后先擦把汗，身体稍事休息，甩开膀子再大干一场，争取咱们在全国石油单位扛起文学事业的大旗。"刘涛敬佩道："你的既定目标，给我们增添了奋斗的勇气，争取多写力作，早日跻身省作协个人会员行列。"

学员程光明别出心裁地给班里提建议，电大最好组织一次外出活动，提供放松身体和学员相互联络感情的机会。班长老许召集班委讨论，班主任尚老师建议去爬泰山，时间定在五一节前夕，为了不耽误听课，又确定了集体补课时间。尚老师代表中文系，找教育学院领导申请批准电大文科班春游，领导开恩，同意免费派教育学院的大轿车跑一趟，吃饭住宿费用学员自理，老许让报名参加者补交一次班费，邀请三位辅导老师一同前往。柯求理另有工作任务，放弃了参加春游。刘涛惋惜道："好不容易盼到春游机会，你却遗憾地弃权。"柯求理皱眉道："你们无官一身轻，无拘无束出去玩，我是官身不由己，只好听命于部长。"文科班绝大多数学员都报名了，三十多学员加上中文系老师，凑满了大轿车。

清晨，刘涛到总医院大门口等候教育学院的大轿车沿途接学员。吉宁比他到的早，讥笑他又睡了懒觉。刘涛嘲讽她像个咯咯叫的老母鸡，忙到何时算一站。吉宁坦言："昨晚老爸感冒发烧，在父母家帮着扎针输液，弄到很晚，哪儿像你，家务都扔给小冯，整个儿大松心。"刘涛惊异道："你也懂护理？"吉宁笑道："从小在医院圈里长大，近朱者赤，近墨者黑，上中专放假，看过家里书架上的《护理学》，扎针有什么难，只要敢下手。"刘涛调侃道："你就是假小子性格。"吉宁解嘲道："他们都说我和先生倒个儿了，他是上海里弄的小男人，一手把儿子带大，遇事斤斤计较，我习惯大大咧咧，喜欢多管闲事。"坐上了大轿车，吉宁忽然宣布："同学们都坚持爬到泰山金顶，有人要在上面办大事，内容暂且保密。"刘涛坐在吉宁身边，悄声问："提前给同桌透露一下，照顾关系户。"吉宁扭脸看着车窗外道："做人不能没信誉，我既答应人家保密，不能出尔反尔。"车到泰山脚下，已是傍晚，众人吃过便餐，商议连夜爬山，凌晨差不多能登上泰山金顶——争取看到日出。

泰山的夜色清朗，山色错落有致，山道上游人如织。刘涛和吉宁陪伴尚老师步履匆匆，路上核心话题是毕业论文选题。这之前同桌早有预谋，吉宁提醒刘涛早点儿选题，论文写作和修改阶段方可从容。刘涛出主意说："这趟爬泰山，咱们陪着尚老师一起走，也好趁机在路上讨教。"尚老师得知二人提早选题的想法，兴致不错地说："俗话说，早起三光，晚起三慌，你们这种想法对头，依我多年指导毕业论文的经验，总结出论文选题两大原则，其一，既能体现专业特点，又能满足个人兴趣；其二熟悉选题领域，充分掌握资料，容易归纳出准确的立论。"刘涛和吉宁思路由此拓展开来，不时提出某选题，依次与尚老师商量。这条皇家登山路线很陡，石阶似乎望不到尽头。上到中天门，三人都觉腿软，歇息片刻，开始享受"快活三里"的平坦路，登上南天门时，都觉膝盖骨疼得几欲断裂，咬牙坚持再登玉皇顶，凌晨的山风寒气浓重，不得已都租来棉大衣裹住身子方觉暖和，穿天街到达观日出地点，同学们聚在那里期待着辉煌时刻到来。可惜张老师和郑老师都相伴留在中天门，放弃了泰山登顶。尚老师祖籍山东胶州湾，对泰山颇熟，给大家绘声绘色讲起古代泰山故事和坊间传闻轶事。

在玉皇顶等候观赏日出的不觉间，吉宁眼尖，发现东方云层里露出明亮的天光，很快转换成一片迷人的橘黄色早霞。刘涛惊喜有加，诗兴大发道："太阳宛若半含羞涩的少女，从云层里露出奇异的光芒，变幻的霞光由深变浅，仿佛开始燃烧一般，燃烧的早霞，点燃了每一张期待的笑脸……"尚老师连声赞叹道："看呀，脚下云雾缭绕，日出气势磅礴，天地完美结合，景色如诗如画，宛若置身仙境一般……"

燃烧的太阳从云层露出半个笑脸，云层也宛如燃烧起来，天光也渲染般的由浓变淡。太阳终于摆脱了桎梏般的云层，腾身一跃而起，周身发出炽热的光芒，东方的天际浑然一色，豁然开朗，令人神清智明。朝阳带来温热气息传导至山顶，棉大衣已成赘物，众人纷纷脱下，抱在怀里，三五成群说笑着去退押金。水电厂子弟校教师程光明忽然大声宣布，向本班的同学加同行、二勘探子弟校的女教师小杨求婚，尚老师惊讶道："哦，想起来了，吉宁在车上宣布泰山登顶有人要办大事，八成就是这个求婚的秘密。"在辉煌的朝霞里，程光明单膝跪在小杨面前，手举一朵淡粉色鲜花。小杨激动地流泪，搀起程光明，二人相拥，纵情亲吻。刘涛激动不已地喊："程光明，你小子在山顶玩这种浪漫，出奇制胜呀！"吉宁颇有成就感地尖叫："哦——程光明和小杨恋爱成功，电大文科班主任尚老师和同学们，在泰山上集体为证。"

下山早餐后，众人上车昏昏欲睡，返程顺路参观了孔林和孔庙，觐见先贤圣人孔子圣殿。傍晚，疲惫不堪的众人又赶到济南，入住旅社，倒头香甜一梦。再逢早晨，阳光灿然，春意正浓，众人饶有兴趣地游览了大明湖，品尝趵突泉的甘甜泉水。泰山登顶求婚，成为电大文科班的佳话。归程路上，众人在车里七嘴八舌称赞程光明的大胆创意求婚，这趟收获最大，媳妇和旅游双丰收。刘涛在孔庙买了只先贤孔子圣像的工艺瓷盘，恭敬地供奉在自家书架上，游览大明湖时，灌满一瓶趵突泉水，回家烧开了，沏一杯花茶，感到水轻如雾，茶香似腾云驾雾一般。

这学期电大文科新开了选修课，全班遭遇挫折。选修课逻辑学八学分，分值较高，诱惑得全班学员都报考这门选修课。临考辅导课，教育学院派来哲学系的一个年轻老师，喜欢较真，上课见到只有二十人听课，便沉下脸，拿出花名册点名，扬言凡是今日缺课学员，不能获得考试及格分数。有几个学员因事请假了，在场人推举老许与辅导老师交涉，依然没效果。老许赌气说："既如此，我们决定罢课抗议。"随着班长一声号令，众人乐不得，纷纷拍屁股走人。

罢课结果，逻辑学考试都不及格，全班的成绩推了光头。老许义愤填膺，再找教育学院院长告状。教育学院惹不起顶头上司的局教育处，老许在处里恰好分管石油院校拨款这项关键业务，教育学院领导颇为忌惮，为息事宁人，调换了逻辑学选修课辅导老师，经过协商敲定日期，重开辅导课，补考全体过关。程光明编了句歇后语，"逻辑老师讲课没逻辑——满脑子糨子"。这话成为文科班的一时笑柄。

　　文科班企盼的最后一个学期到来。电大放学，在骑车回单位路上，吉宁跟刘涛说起两个要好的女同学，通讯处的淑女型小曼，供应处的浪漫型小兰。小曼喜读书，二十六岁还没有合适对象，发动大家帮忙物色。刘涛摇头道："这怎么会，小曼的身条出色，气质上乘，怎会没人追求？"吉宁含蓄道："小曼身后其实不乏追求者，可是一个都没看上，她一门心思追求男人那种阳刚之气、成熟之美，可惜咱班条件合适的都有家室了。"刘涛玩笑道："那就只好当第三者插足。"吉宁瞪眼道："没正形儿，你是惦记白占人家便宜，想得倒美。"刘涛改口说："遇到合适的，再给她介绍。"吉宁又说起小兰，结婚没一年就离婚了，嫌弃前夫没志向。小兰喜欢追求时尚和浪漫，自学剪裁做衣服，花钱不多，样式标新立异，电大毕业后打算申请停薪留职，去京城开时尚服装店，下海挣钱。刘涛想起供应处的男同学小武，崇拜费孝通的社会学，曾经给过一本《人口学简论》的小册子，让通读入门。吉宁不屑说："文科班这帮同学，没几个安分守己的，都惦记将来当擎天柱。"刘涛玩笑道："只有敝人无才，愿学曹雪芹当补天石。"吉宁没好气儿地说："你也是狂妄分子，如果学到曹雪芹的皮毛，八成就能写出传世之作。"分手时，二人说起下午去尚老师家商量毕业论文选题。吉宁提醒道："别去太早，让尚老师睡个午觉，精神好才能心情顺。"刘涛领悟道："对呀，心情顺畅，商量事才痛快，那就下午三点去。"

　　尚老师的夫人在石油一中任语文教研组长，家住一中的家属区宿舍楼，在总医院对面的百货大楼后面，刘涛骑车过去才几分钟。吉宁已等候在楼门口，见面埋怨道："您老人家姗姗来迟，是个烟不出火不进的慢性子。"刘涛提着一兜香瓜说："初次登门，拜见师母，总不好空手。"吉宁嗤之以鼻道："哼，多事，未必管用。"果然，师母上班去了，尚老师独自在沙发上喝茶看报，见到刘涛的香瓜网兜，微笑道："小刘还这么客气，咱们用不着这个。"刘涛解释道："刚下来的香瓜，送您尝个鲜。"

落座后，尚老师发牢骚说："局教育处硬是给'拉郎配'，把技校后来接管的那半个电大文科班合并到我们学院的电大文科班，两个班合并六十多人，都要指导毕业论文，教育学院中文系满打满算，现在仅有五名老师，人均指导十多个学员，哪里忙得过来，只好选几个重点论文指导，以点带面。中文系初定方案，每个老师选三篇重点论文指导，共十五篇论文内定优秀论文候选范畴，答辩后，根据个人总分，前十名为优秀论文。"刘涛迫不及待说："我和吉宁爬泰山那会儿就向您请教过，今儿登门希望敲定选题，干脆就把我们归入您主选的三个重点名额之内。"吉宁敲边鼓道："哪有这样厚脸皮的学生，你的水平够得上重点论文候选吗？"尚老师宽厚地笑道："小刘的话，正合我意，这边几个班委都是文科精英，老师也熟悉，系里开会研究过，内定为指导的重点论文人选。不过内定的事，千万不要外传，彼此心照不宣为好。"尚老师又说："技校那半个文科班办得不伦不类，是整建制后调来的油建二部和勘探四部电大文科零散学员临时拼凑的，在技校听课才一年多，处于松散管理状态，技校没有具备文科副教授以上资格的论文指导老师，那边学员无法完成毕业论文答辩，只好靠长官意志跟这边合并，他们比你们的文科水平有明显差距。"刘涛和吉宁欣慰地相视而笑，开始各自商量选题，刘涛自报选题《新时期工业题材小说人物悲喜剧初探》，吉宁的选题为《小学语文教学之我见》。尚老师透露了文科论文的字数和基本要求，立论要敢于出新，论据充实，论点鲜明，结论正确，论文富于起承转合的逻辑性，达到语句精炼，自然就成功，强调了老师指导论文提纲的重要性，学员尽早拿出提纲，获得指导教师首肯，动笔写起来就从容多了。刘涛记下要点，已然胸中有数。吉宁带头儿起身告辞，恰巧师母下班进家。尚老师介绍说"这是一中的孙老师"，二人忙躬身道："孙老师好。"尚老师拍着脑门儿说："瞧我这记性，上午，孙老师说起上火牙疼，想去总医院看一下，听说口腔科挂号难。"刘涛接茬儿道："明天上午孙老师抽空去看吧，口腔科挂号包在我身上。"说罢给尚老师留下自己的办公室电话。尚老师连声道谢，吉宁不屑道："学生给老师帮忙应该应分，您就别给刘涛这个脸。"刘涛赶紧说："老师教学生知识恩重如山，我们要仰仗尚老师指导毕业论文。"孙老师插话说："师生之谊，千古佳话，尚老师常说，有你们这些石油单位首届文科精英当学生，也是一种荣幸。"

转天早晨，刘涛顶门到挂号处，要个口腔科门诊号，骑车送到尚老师家，再回家吃早饭。冯颖洁已上班了，顺路送儿子去幼儿园。

上午课间休息。柯求理点着刘涛笑道："小刘该请客了，预备掏银子请客，作品连着获奖，今晚去洪旗那里，一来祝贺他乔迁之喜，二来捎带商量一下，咱们怎么去山东石油领奖的事。"刘涛这才知晓，与柯求理合作的报告文学《手术刀之歌》已被汇集成册，获局文协首次征文报告文学一等奖，发表在《石油神》创刊号的小说《年关》，被局文协推荐到国家燃化委工会，获得首届燃化系统文学征文小说三等奖。柯求理得意道："别看你的小说仅获三等奖，这可是省部级文学奖，分量不一般，报告文学获局级一等奖也不容易，这些都是衡量作者创作水平的资本，今后推荐加入省作协个人会员的关键依据。"刘涛惊喜之余说："还不都是你文协秘书长伯乐的力荐之功，你们的诗歌也都获奖了吧？"柯求理叹口气说："唉，我和洪旗的组诗都拿到燃化委首届文学征文诗歌二等奖，小战的组诗获三等奖，没法子，咱的诗名不如人家，只好屈居亚军。"

晚饭后，刘涛如约来到通讯处宿舍区，柯求理和小战推着自行车，已候在新建宿舍楼附近。洪旗与媳妇分到两居室偏单，刚搬完家，洪旗忙着整理存书，书房里新定做四个书架顶天立地，占用了整面墙，已然摆上多半藏书，至少千册。小战惊奇道："你的藏书真多。"洪旗随口说："从延边来石油单位，淘汰之余，侥幸剩下的，仅当代诗集就收集百余册……"柯求理笑道："这么多诗集看得过来吗？"洪旗嘿嘿笑道："诗人怎能不读诗，好诗句都是偷来的，化用前人的名句，我看书其实很挑剔，只看最精彩部分。"洪旗的女儿躺在摇篮里已会笑了，柯求理逗了两下，转身说起去山东石油领征文奖的事。洪旗起身骂道："这帮评委都从哪儿弄来的，根本不懂诗，只看作者名气，闭着眼评审，纯属糊弄人，依我的脾气，偏不去领这个奖，要他们好看。"柯求理安抚道："咱们代表京南石油文协，好歹也是一级组织，不能凭意气用事。"洪旗笑道："我也就是看在你老兄的面子，才同意跑这趟山东，大丈夫能屈能伸，委曲求全也掉不了一块肉。"柯求理首肯道："这才是正理儿，我已向于部长汇报了文协成员的获奖情况，部领导很高兴，答应派辆专车，咱们正好坐满，早上六点出发，几百公里路程，估计下午能赶到会场，不耽误提前半日报到的要求。"刘涛翻看书架上《顾城朦胧诗》和《北岛诗选》，颇想借阅。洪旗玩笑道："我有个规矩，书和老婆恕不外借，今儿乔迁之喜，破例让哥们儿打借条，写明何时归还，你须一诺千金，否则别怪我翻脸不认人。"刘涛喜不自胜道："我做人最讲信誉，怎会坏了你的规矩。"说罢，打张借条，注明一个月归还。洪旗笑着把借条夹在书架的那个位置上，强调说："我的书真是从不外借，不信你问我媳妇。"小郑抱起女儿喂水，埋怨道："洪旗脸酸，为了几本破书，没少给我得罪人。"柯求理好笑道："读书人喜欢书没错儿，我也碰到过借书不还的主儿，说起来都是朋友，真不好意思为一本书撕破脸。"洪旗不客气道："我绝对好意思，对不讲信誉的人，干脆跟他绝交，连基本人格都不顾，岂能配称朋友。"小战点头道："此话有理，失去做人底线，分明是小人，君子羞与为伍。"刘涛嘲弄道："俗话说脸皮儿厚，吃个够，脸皮薄，吃不着。"柯求理激动地说："如果让这号人混进文坛，当真有辱斯文。"小郑打开折叠桌子，摆上凉菜，催促道："你们都过来慢慢喝酒，我去炒几个菜。"

十六

毕业前后

刘涛去山东领奖前，诸事繁忙。刘涛突击加夜班，总算拿出毕业论文写作提纲初稿，随后约尚老师见面指点，还是下午去尚老师家，顺便问了孙老师看牙情况。尚老师感谢道："亏了你出面，口腔科的王大夫很给面子，复诊就不用孙老师再去排队挂号。"刘涛微笑道："我去口腔科办事关照过，孙老师工作忙，王大夫刚调来不久，喜欢玩乐器，我们酝酿过成立业余小乐队的事，熟人还是好办事。"尚老师提出两处完善论文写作提纲的建议，嘱咐说："你修改后，可以直接起草论文了，争取春节前拿出初稿，趁着春节休息时间充裕，我帮你仔细琢磨一下。"刘涛感谢之余，说起自己作品获奖的事，都归功电大辅导老师的辛勤培养。尚老师开心道："什么是才华，勤奋加灵气，尽量避免少走人生的弯路，老师所谓指点，是把自己走过弯路的经验告诉你们，期望换来桃李满园的欣慰，还是刚接手文科班我说过的那句话，你们这届学员是十年积累的精华，早晚要出一批在石油单位有影响的人物。"刘涛听得心花怒放，尽力隐藏洋洋自得之情，毕恭毕敬道："尚老师过奖了，我一定再接再厉，不辜负老师厚望。"

柯求理组织的文协理事年会暨首届征文颁奖会如期召开。于部长亲自颁发一等奖品，一个拉绒毛毯，鼓励道："祝贺你们获得一等奖，小刘好好写，多出好作品。"刘涛提着奖品，受宠若惊地与于部长合影留念。颁奖仪式后，柯求理主持了局文协的理事年会，筹备文协会刊《石油神》新一期组稿事宜，自然投稿分给各组编辑筛选，刘涛拿到一个沉甸甸牛皮纸公文袋，至少二十几篇小说稿。会议结束，文化科的小成发放创刊号的稿费，刘涛美滋滋领到百十元稿费。洪旗起哄道："我带头，每人交五元稿费，不够我兜着，一起去饭馆喝酒。"

总医院临街新开张一家饭馆，名号"上一当"。这饭馆平时食客不多。刘涛引导众人，鱼贯而入，选定包间里大圆桌围坐。洪旗招呼点菜，跟服务员开玩笑道："我们坚决来'上一当'，你们下手狠点儿，不宰疼了，可没人买单。"经理闻讯赶来，竟然是卫校的原食堂管理员韩聚财。刘涛再遇熟人，不免好笑道："老韩，想不到从卫校食堂管理员跳槽到这儿当经理啦？"老韩晃着大脑袋说："早就相中了这块临街风水宝地，在繁华商业区开饭馆肯定挣钱，我舍脸找主管后勤的院长毛遂自荐，自愿来搞'三产'，宁当鸡头不做凤尾。"刘涛介绍道："在座的都是石油单位著名文人骚客，你关照厨师别给饭馆丢脸。"老韩点头笑道："几位算有口福，厨师从局'二招'餐厅刚挖过来，一手正宗的鲁菜手艺。"柯求理取笑道："我记得这儿原是一座公共厕所，你们居然原地翻盖成饭馆了，这事听着有点儿不靠谱儿，想起来也不是个滋味。"洪旗朗声笑道："哈哈，下水道改成上水道，也算世间一宗奇闻了，今儿就不服这个劲儿，偏要来尝个独家味道，这家饭馆的名号也怪里怪气，反正我们都豁出去'上一当'，韩经理最好把刀磨快点儿，再下家伙。"老韩自信笑道："让各位贵客见笑了，所谓上、下水道，不过是人的主观印象罢了，当今社会，敢于打破传统观念，凭本事吃饭，才能找到赶潮流的立足之地。"刘涛借机说："努力改变原有厕所的不良印象，争取大量回头客，才显出你老韩的聚财本事。"老韩点头哈腰道："老上级说得没错儿，我虽店小，今晚斗胆做主，酒水除外，餐费八五折，只求贵客出门，口中留德，帮着小店扬名。"刘涛摆手道："老上级我可不敢当，老韩一会儿嘱咐厨师利索点儿，几位可都饿了。"韩聚财果然没说错，厨师鲁菜手艺正宗，咕咾肉、焦熘丸子、糖醋鱼等主菜，色香味俱佳，上菜速度也不算慢。

洪旗一通豪饮，酒意半酣，高谈民歌体与朦胧体新诗的区别与争论，断言朦胧体新诗早晚风靡诗坛，成为当代诗歌新潮。小战附和洪旗的宏论，透露自己的电大文科毕业论文选题就是《试论崛起的朦胧诗特点》。刘涛与柯求理对民歌体偏爱有加，断言民歌体不会从此告别诗坛，尤其"五四运动"以来的新诗名篇《大堰河，我的保姆》《老马》等，自有其旺盛的生命力。几人为朦胧体新诗与传统的民歌体诗歌的存亡，喋喋不休地争执不下。韩聚财过来笑问："贵客吃得怎么样？"柯求理看一下手表，才知已近子时，提醒洪旗赶紧买单。出门后，冷风袭来，刘涛一阵晕眩，扶着墙勉强站住。洪旗咕噜一声，弯腰哇哇地吐了。柯求理舌头根子发硬，含混地说："都……喝大了。"

局小车队派一辆新型日本吉普车跑长途，柯求理带队去山东领奖。车过河北界，明显感觉山东境内柏油路宽了许多，路也平坦，华北大平原上，远处的地平线一览无余。柯求理感叹道："改革开放初期，河北与山东两省经济实力相当，才几年工夫，山东超过河北一倍有余，听说就是靠沿海城市走私韩国小汽车，挣来第一笔铺路资金，道路变得畅通，招商引资速度加快，山东省的经济几何式增长。"车过大汶口，洪旗打算下车看一眼父系社会遗址。柯求理不悦道："咱们赶路要紧，别耽误时间，一堆破砖烂瓦有什么看头儿。"洪旗坏笑道："破砖烂瓦也是文化，父系社会关乎男人的家庭地位。"柯求理也笑了，说起学马列著作，读过恩格斯《家庭、私有制、国家起源》。刘涛也跟着说，当知青时读过这篇名著。小战卖弄道："父系社会出现对偶婚姻萌芽，比起群婚制母系社会进步多了。"洪旗思索道："我准备写组诗，面对一片残垣断壁，发出系列对远古拷问的幽思，追溯人类爱情的起源。"小战朗声道："这是人类永恒的话题，文人骚客写了几千年，也没写尽。"柯求理嘲弄道："人类的爱情起源，毕竟离我们太远了，不如脚踏实地多写点儿石油诗，弘扬石油人的硬汉品格，别愧对了石油单位发给我们的工资和优厚福利待遇。"车里沉默片刻，洪旗一阵坏笑道："我最佩服柯求理的敬业精神，时刻不忘党委宣传干部神圣职责。"柯求理淡笑道："干什么就得吆喝什么。"刘涛听出洪旗的旁敲侧击的含意，骨子里透出来些许不满与无奈。

领奖人员入住山东石油黄河宾馆，刘涛与柯求理同屋，陪着修改颁奖会上的发言稿，介绍京南石油文学社到文学协会的发展过程，石油诗人群体崛起，石油题材小说初见端倪。柯求理对标题不满意，让刘涛帮忙出主意，刘涛说了句大实话，石油人写石油。柯求理拍手叫绝道："太好了，就以你这句话为标题，大实话才容易记忆。"

地处黄河入海口的山东石油，也是一片盐碱洼，开发年代早，规模也比京南石油大，生活设施配套齐全。东道主组织各地石油获奖者，走马观花地参观初具规模的石油城，而后与山东石油文学内刊《太阳神》杂志编辑部座谈，柯求理即兴发言道："我们刊物名是《石油神》，你们的是《太阳神》，更具文学意味，凑巧我们刊物的几个兼职编辑都来领奖，咱们两家刊物顺便可以对口交流。"刘涛恰好坐在《太阳神》小说编辑孙林身旁，二人同龄，就石油题材小说展开话题，同时互相约稿，留下办公电话。孙林的小说《年夜》获得此次征文的二等奖。刘涛调侃道："咱俩有缘，我那篇获奖小说的题目《年关》，都是讲的石油人过年故事。"孙林憨厚笑道："俗话说，小孩盼过年——吃肉，大人怕过年——还债。"刘涛也笑道："那是过去低工资年代，吃炖肉难，现在炖肉成了平常事儿。"孙林眨眼道："现在小孩盼过年——给压岁钱。"刘涛附和道："我儿子压岁钱不少挣，过个年能挣十几元钱，给孩子买身新衣服没问题。"

颁奖会上，洪旗借口肚子疼，始终没露面，柯求理只好代他上台领奖品和证书，奖品都是时髦的石英钟，等级差别不大。柯求理领奖后牢骚道："洪旗故意不来上台领奖，充什么大尾巴鹰。"会后聚餐，孙林找到刘涛，介绍了一个戴眼镜的年轻人，华东师院中文系教师小武，希望饭后聊一次关于石油题材文学社会定位的话题。既然饭后有事，刘涛用餐不敢饮酒，饭后先回房间洗把脸，孙林和小武就敲门进来了。刘涛曾与柯求理议论过多次，改革开放新时期文学产生的轰动效应，引发石油企业的文学青年焕发出创作活力，打破了以前的文学禁区，创作了一批贴近石油生活的作品，写出有血有肉的石油人。石油文学的兴起，不过呈昙花一现态势，石油题材小说作者并不算多，发表数量屈指可数，社会影响有限，感觉像初生婴儿那样，不好定性。刘涛直言不讳道："石油文学研究可以尝试涉猎，毕竟发展时间短暂，不宜花过多精力去深入研究。"小武坦言道："我在读本校当代文学硕士研究生，毕业论文选题是写十五万字以上的书《石油文学初论》。"孙林与刘涛简要介绍了各自石油题材小说创作简况，刘涛答应给小武寄来自己发表作品的报刊当作研究资料，支持写这部毕业论文。柯求理回到房间，刘涛简要介绍了孙林和小武的来意。听到

《石油文学初论》的话题，柯求理兴致高涨，从新时期石油文学崛起说起，一通高谈阔论，直到夜深人静，众人才兴犹未尽地分手。柯求理由此想到了文学评论对提高文学创作水平的重要性，遗憾道："小刘，《石油神》创刊号上没有作品评论，岂不是文学阵地缺了一条腿？"刘涛提醒道："听尚老师说，教育学院中文系刚调来的金老师专搞当代文学评论，可以约他写一篇《石油神》创刊号作品评述。"柯求理喜滋滋地递过香烟道："好主意，回去就办，你全权负责约稿和编发，兼文学评论编辑。"刘涛无奈笑道："我不过出个主意，你就手派我干活儿，明目张胆地鞭打快牛。"柯求理笑道："年轻人多干事只有好处，绝无害处。"

　　刘涛从山东石油归来，把奖品石英钟挂在家里大房间墙上，正在欣赏，意外发现沙发旁的茶几上多了一部电话机，提示栏写有本机号码319。冯颖洁下班接孩子归来，打个招呼就钻进厨房忙碌，刘涛一问才知，冯颖洁提为手术室副护士长，按规定家里装上内部程控电话，遇有医院的紧急抢救任务，能随叫随到。几个菜摆上餐桌，刘涛抽动鼻翼说："干炸带鱼真香。"冯颖洁招呼儿子洗手吃饭。刘涛打开一瓶果酒，边倒酒，边玩笑道："恭喜媳妇升官，享受京城部级干部待遇，家里装了专用电话。"冯颖洁举起酒杯跟丈夫碰响说："恭喜你连续得奖，挣回毛毯和石英钟，特意买带鱼炸了，让你们爷俩解馋。"刘涛拿起淡黄色带鱼段儿择去鱼刺后夹给儿子，儿子胃口大开，就着米饭狼吞虎咽。冯颖洁亲昵道："京京是个小馋猫儿，你爸是大馋猫儿。"刘涛就势学了两声猫叫，"喵——"逗得媳妇和儿子都笑了。冯颖洁又说起手术室在卫校这届两个毕业班挑了几个毕业生，这届高中毕业的护士班，总医院破天荒，直接留下四十多人，将近一个班，分到各病区护理部，姑娘们都是所谓"大学漏"，个儿顶个儿地出色。刘涛想起在卫校给这两个护士班讲文学辅导课的事："二班的班长叫蔡丽影，东北人，要个儿有个儿，要相貌有相貌，还有段书记的女儿段秋华，是一班的副班长，肤色白皙，二人都是人尖子。"冯颖洁好笑道："真巧，这两个姑娘实习阶段就给我印象深，这次都留在手术室了，我带着她们操练独立上台，二人进入角色很快。"刘涛欣慰道："你也是好眼力，算人尽其才。"

　　饭后，刘涛忽有兴致，想给京城打个长途电话，可怎么拨号也出不去。冯颖洁一旁笑道："傻瓜，这是内部程控电话，本院内部直接拨电话三位数号码，

十六 ……… 毕业前后

石油单位内部拨号，先拨0，有了回音，才能再拨其他单位四位数电话号码，打京城外线是长途电话，只有院办秘书那屋专设直拨机才能打，你有事私下去找陈长荣行个方便。"刘涛嬉笑道："没正经急事，谁找那个麻烦？"冯颖洁笑道："我昨天找他帮忙，用直拨机给爸妈两家都打了长途电话，告诉咱家新装的电话号码和直拨石油单位的区号，爸妈两家今后在京城，可以直接给咱家打电话，有事说话方便多了，省得写信再去邮局贴邮票，寄来寄去多麻烦。"刘涛喜出望外道："现代通信工具就是先进，将来一旦电话普及，邮局的事就少多了，估计电报就没人打了。"冯颖洁嗔怪道："你就喜欢咸吃萝卜淡操心，普及电话说不定是猴年马月的事，快刷碗去。"

利用电大课间休息，刘涛找到教育学院中文系刚调来的金老师，聊几句才知，金老师是刘涛顶头上司总医院宣传部老徐的京城师大同学，从京城调来为解决子女吃商品粮难题。刘涛给了金老师一本《石油神》创刊号，约写一篇文学评论。金老师一口应承，计划写一篇创刊号上发表的小说和散文作品概览综述。

入夏不久的周日早晨，葛宇新开着一辆大屁股吉普车，来总医院接人，邀约去白洋淀游玩。总医院的冯颖洁和卫校要好的同学两家六口人，在吉普车里有些拥挤，所幸路不远，车开了二十多分钟就到了。秦水仙带着儿女已等在白洋淀边的派出所门口，三个家庭六个大人四个孩子见面了，谈笑间得知葛宇新已荣升派出所所长。刘涛恭维道："小葛能干，由此官运亨通。"秦水仙撇嘴道："你还夸他，更不知自己吃几碗干饭了，还不是仗着他爸的老面子，这世上能干的中国人有的是，不一定都能当官儿。"葛新宇笑道："这是托我媳妇洪福，家有贤妻是一宝。"秦水仙咯咯笑道："你不用这会子嘴头子抹了蜜，快去干正经的，找一条船去游玩儿。"工夫不大，葛宇新弄来一条老式木船，众人坐上去。船主不紧不慢地摇着木桨，船沿着水路往白洋淀深处荡去。阳光怡人，正值荷叶蓬勃，荷花初绽，水面荡漾着浓郁的藕荷芳香，水波清凌凌，稍有凉风拂面，感觉极舒适。刘涛把手插入水中，撩着水花儿，分外惬意，记起读过著名荷花淀派作家孙犁的名著《荷花淀》，卖弄地背诵了几句。秦水仙赞叹道："小刘真是好脑子，不愧学文科的。"葛宇新不甘落后地说："我读的公安函授大专班也快毕业了。"秦水仙抢白道："你也能，在报上登一篇小说我看看。"冯颖洁忙说："各走一筋罢了，人家小葛天生是当官儿的坯子，用不着费那个脑子，点灯熬夜，还是挣不到几个稿费。"刘涛不咸不淡说："当官儿总要有些背景才好。"午餐，小葛安排在淀里的庄户人家，吃闻名的侉炖活鱼，鱼肉鲜美，烙饼摊鸡蛋，切开流油的咸鸭蛋，令人垂涎欲滴。葛宇新陪着喝点儿啤酒，刘涛闲问一句："派出所工作忙否？"葛宇新坏笑道："忙不忙全看当所长的要求，你想多干事，治安管理严点儿，就要忙，要是不想管事，就没多少人搭理你，管理二字深着呢，说穿了，就是不管不理，没人搭理你，找谁去要经济效益。"刘涛早就风闻县里派出所治安罚款有定额任务，又问一句："罚款定额能完成？"葛宇新开心笑道："哈哈，必须超额完成，这不仅是所长的政绩，而且是上边的抓手，再说，所里二十多口子奖金，都指着这项出息。"冯颖洁暗中踩了丈夫的脚，示意不能再深聊，刘涛付之一笑，干了杯中酒。夕阳金子般迷人，刘涛和冯颖洁带着孩子在淀边照了合影。葛宇新开车原路送回石油总医院宿舍区。相互道别，进了家门，刘涛玩笑道，屋里似乎也有一股子荷花清香。冯颖洁不屑地说："你这是错觉，家里只有来苏尔味儿。"刘涛埋怨道："还不都是你的手术室护士职业病，整天脑子里就是'消毒'二字。"颖洁自豪笑道："消毒是为了家人健康，总医院整天接触病人，什么病菌都有，比别的单位感染患病的机会多，撒来苏尔儿消毒是有效手段，没什么不好。"刘涛无奈道："你是墨索里尼——总是有理。"冯颖洁若有所思道："这年头儿，当官就能发财，看葛宇新当了所长，干什么都方便，超生罚款很快就还清了，还能用公车拉咱们两家去白洋淀玩一天，估计午餐也是不用掏钱的。"刘涛摇头道："我可学不来这些，各有各的道，咱小打小闹挣几个稿费，也算不错，比上不足，比下有余。"

　　刘涛的电大文科的毕业论文着实下了一番功夫，几经修改，字斟句酌，尚老师终于认可，按照规定格式打印六份，交给尚老师五份，自己留一份，盼着答辩时刻早点儿到来。

　　答辩那日，刘涛的答辩题目到手，觉得比较简单，"谈新时期工业题材小说的人物性格特点"。等候答辩时，他打了几遍腹稿，在纸上列出几条答辩提纲，胸有成竹地进了答辩考场。中文系五位老师端坐在上，侧面是计时员和记录员，答辩时限十五分钟。尚老师作为指导老师主动回避，尽量不说话。郑老师作为主要答辩老师，重复一遍问题，示意可以回答。刘涛微笑问候各位老师好，随后便侃侃而谈，正值得意，忽然发觉尚老师愁眉不展，便知答非所问，慌忙采取补救措施，东拉西扯谈起文学人物的个性刻画。郑老师看了尚老师一眼，只好再多问一句："你对工业题材小说改革人物的共性有认识吗？"刘涛顿悟，心里直报委屈：我虽在党委宣传部工作，可是还没入党，怎么出了这种含义的答辩题，真没想到这一点。他慌忙改口说："改革人物的共性原则就是党员干部心怀大目标，不计个人得失，勇当改革的弄潮儿，为实现共产主义理想，不惜牺牲自己一切的崇高思想境界，体现出立党为公的党性原则，也体现出我党为人民谋幸福的根本宗旨——为人民服务。"答辩时间已到，离场铃声响起。尚老师脸上终于露出一丝笑容。刘涛转身后，又不安地回身，毕恭毕敬鞠躬道："谢谢各位答辩老师，再见。"答辩纪律有一条规定，忘记向答辩老师告辞，被视为学员的无礼貌行为，品德项要全扣掉十分。刘涛的答辩，真够玩儿悬，出了考场，惊出一身冷汗。

回家路上，刘涛气哼哼地对吉宁说："郑老师刚才给我上了一课，什么是改革人物的共性——答辩题居然押在了改革人物的党性原则上。"吉宁同情道："这也真够难为人，你现在还不是党员，对党性原则不可能有那么高的认识。"刘涛发誓道："我回去一定尽快背下《中国共产党章程》，争取早日解决自己入党问题。"

晚饭时分，刘冯奶声奶气地闹着看动画片。冯颖洁百依百顺地打开电视机说："只要好好吃饭，让你看完。"岂知，儿子很快被日本卡通片"铁臂阿童木"的出奇神通所吸引，全神贯注盯着屏幕，腮帮子鼓鼓地含着饭菜，嘴就不会动了。刘涛愤然用筷子提醒儿子腮帮子，呵道："快吃饭。"可儿子依然无动于衷。刘涛毫不客气地关上电视机说："不好好吃饭，谁都不许看了。"儿子气鼓鼓地瞪着爸爸，故意把一勺米饭弄到茶几上。知青下乡体验过田间辛苦，粮食来之不易，对故意浪费行为一向不可容忍，刘涛逼着儿子捡起来吃了，儿子翻白眼抗拒。刘涛忍无可忍，动怒打了儿子一巴掌。儿子号啕大哭，冯颖洁不依不饶，哭叫着对打，夫妻打急眼了，刘涛失去理智，顺手打了冯颖洁一拳，吼道："你要不想过，干脆离婚！"冯颖洁闻声一怔，再不言语，抱着儿子默默地流泪。刘涛开始后悔，怎么能把这个残酷的词儿随意说出口，太伤感情了。冯颖洁脱下儿子裤子，看到屁股上青紫红肿，哭得更伤心，声嘶力竭地喊："畜生，哪有这样打儿子的！"刘涛不禁潸然泪下，主动承认错误说："对不起，一时气愤，下手重了……"冯颖洁咬牙切齿道："是人吗，拿不懂事的儿子当仇敌,你早晚要后悔!"这话戳到人的肺管子,刘涛好像被抽掉了筋骨,瘫坐在沙发上,痛苦地抱住脑袋骂道:"该死的铁臂阿童木,阴险的文化侵略,可恶的日本鬼子……"

　　这代独生子女教育难题,在家庭生活中突显出来。家庭热战很快变成冷战。冯颖洁照常上下班,接孩子回家做饭程序照旧,只是不再多说半句话,饭熟了也不催刘涛吃,吃了饭带儿子自顾自地去同学家串门,晚上回来洗洗睡了,权当没有丈夫一般。同在一个屋里过日子,却形同路人,接连两天,刘涛撑不住劲儿了,只好服软儿,低三下四说软话,诚心诚意给媳妇和儿子道歉。冯颖洁冷冰冰甩出一句:"不是想离婚吗,让你一个人自由够了!"刘涛心头一热,搂起媳妇疯狂热吻,冯颖洁闭上眼,又在流泪。刘涛吮吸一口泪水,故意说:"等我找个碗接着,给你们做海鲜汤喝。"冯颖洁破涕为笑,撒娇道:"讨厌,饶了你这次,给我鞠躬道歉。"儿子在一旁捂着屁股,摇头晃脑说:"幼儿园老师说:'爸爸打人不对。'"刘涛赶紧抱起儿子亲吻,内疚道:"爸爸错了,等晚上睡觉,让妈妈打爸爸屁股。"冯颖洁羞涩道:"别胡说,把儿子都教坏了。"

　　俗话说,家和外顺。刘涛在家不顺心,电大学业似乎也跟着受影响,毕业论文总分只得了八十五分,差点儿与优秀论文失之交臂。其他班委毕业论文得分均在九十分上下,柯求理夺得文科班论文状元,总分九十五分,成为省级电大文科优秀毕业学员。班里同学难免议论,传出些"疙瘩话"。吉宁私下对刘涛说:"有人说你的论文质量较差,沾了当班委的光,才混入优秀论文行列。"刘涛委屈道:"这不是冤死人不偿命吗,你最了解这件事情的因果。"吉宁含笑道:"我当时就为你争辩了,刘涛写论文下的功夫其实比我多,就因为不是党员,答辩没能扣准题意,临场答辩出了点儿小偏差而已,人家发表小说可不是偶然一篇,驾驭文字能力和文科功底,大家有目共睹。"刘涛心意难平道:"难道没看见我的作品刚获得省部级文学奖和局级一等奖。"吉宁含蓄道:"别跟他们一般见识,人嘛,天生就有一颗嫉妒心。"刘涛愤愤然道:"无怪都说文人相轻。"吉宁开心道:"你现在才明白,同行是冤家,当初跟我争这个小学校长位置的也是个女人,在学校老师中散布我家夫妻不和,说我身上缺女人味儿,与丈夫早就貌合神离,你说,传出这种闲话多缺德!"刘涛幽默道:"既然两口子貌合神离,怎么会有儿子。"吉宁瞪眼道:"讨厌,你又没正形儿。"

十六 ········ 毕业前后

电大文科班委最后一次短会，策划毕业典礼后的合影与聚餐事宜。毕业典礼定在二勘探礼堂，班长老许负责落实聚餐的二勘探职工食堂。刘涛协助吉宁收取最后一次班费，包含合影照片洗印费。刘涛收到小兰和小曼二人班费。小兰交钱，玩笑道："刘大作家的班委职务该卸任了。"刘涛苦笑道："这职务没工资，只有奉献，早干腻了，可有人还说我的论文答辩跟着沾了光。"小兰直言不讳道："听说你答辩没发挥好，可论文还是被老师评为优秀，有人议论，你八成沾了班委的光。"刘涛一时愣住，"嗨"了一声，作色道："女人就是爱吃醋。"小曼不干了，唇枪舌剑道："你说话可别这么夹枪带棒地乱伤人，我可从不敢得罪你刘大作家。"刘涛做个怪样儿说："不过开个玩笑而已，别当真。"小曼愤然道："您这玩笑开得忒大了。"小兰悻悻道："哈呀，等着，我非让你媳妇吃醋不可。"小曼不解地问："小兰，你想干什么？"小兰神秘笑道："别急，早晚有他的好戏看。"

天气渐热。毕业典礼如期举行，柯求理请来局党委宣传部的于部长。局教育处长亲自主持毕业典礼，教育学院常务副院长宣读毕业生名单，莅临领导颁发毕业证书。于部长讲话，充分肯定了首届文科班学员质量高，欢迎更多毕业生加入宣传系统，为宣传石油单位当好党的喉舌。班主任尚老师代表辅导老师感言，大家是石油单位第一批学有所成的文科骨干，未来的石油系统栋梁。柯求理代表学员致辞，感谢石油单位提供给大家深造机会，感谢各级领导和教育学院对文科班的关心，感谢辅导老师的悉心栽培，大家要珍惜电大首届文科学员的荣誉，今后干好本职工作，努力回报石油单位。

典礼结束，众人毕业合影后，簇拥着辅导老师走向聚餐的食堂，一路谈笑风生。学员里，有人张罗合股开小饭馆，名号就定"文科班饭馆"，有人要开贸易公司，争取先富起来。吉宁告诉刘涛，小兰准备办停职留薪，进京城做服装生意。刘涛惊讶道："胆子忒大，放着好工作都不要了。"吉宁笑道："人家才二十多岁，当然想干有兴趣的事，说不定成就了自己一番事业。"聚餐更热闹了，大家拿下大专文凭，人生得意之时，都乘着酒兴各抒己见，天南海北，云山雾罩。小兰和小曼专门来找刘涛敬酒，刘涛记起曾经的别扭，推辞说："无功不受禄，我真不敢领教二位好意。"小兰好像被激怒了，涨红脸，斜着眼风，咯咯地笑道："刘大作家怕受我们女人牵连，招惹闲话，今儿你春风得意马蹄疾，可躲不过去了，来，咱们一起喝个交杯酒。"此话一出，立时成为众矢之的，有人叫好，有人起哄，有人喊道："有好戏看喽！"刘涛心头撞鹿一般，突突地乱跳，语无伦次道："你，你有胆子，我可不成体统，没脸……"小兰不容分说，上前勾住了他的脖子，举起酒杯道："作家应该玩一把浪漫，今儿给你这个机会。"刘涛感觉到小兰的乳峰顶在胸前，仿佛在微微颤动，充满危险的诱惑。小曼在一旁看不下去了，尖声叫道："小兰，想干什么呀？"刘涛的血往上涌，试图挣脱，可是几个同学围上来起哄，一时难以脱身。尚老师起身，庄严地咳嗽一声说："大家注意，虽然毕业了，但是高兴要有度，保持首届文科班的好形象。"众人随之散了，吉宁上前拉了一把，小兰才松手，悻悻道："别瞧不起人，这年头儿，哼，十年河东，十年河西。"刘涛冷笑道："嘿嘿，谁敢瞧不起您，赫赫有名的首届文科班花。"小曼插话说："你那天信口开河说'女人就是爱吃醋'，刘大作家属于严重用词不当，必须当众认错。"刘涛无奈道："一句玩笑而已，你别介意。"小曼认真道："怎么能不介意，你伤及所有女人，可不是开句玩笑的简单事。"刘涛做个怪样儿，转身道："我投降了，坚决投降……"吉宁笑着推了一把道："你倒变得真快。"刘涛自嘲道："大丈夫能屈能伸。"

柯求理端着酒杯，过来笑问："怎么，小刘撞到艳遇了。"刘涛如实相告原委，叹道："唉，小兰蓄意报复。""没那么严重，开个玩笑罢了。"柯求理随口一说，又正色道，"说个正经事儿，我毕业后打算大干一场，可是这个胃口不争气，时常找麻烦，我打算擦把汗，歇下脚，彻底解决一下。"刘涛轻松道："这还不好办，去总医院约个胃镜，检查一下，弄清楚什么病，再定治疗方案。"柯求理点头说："事不宜迟，你帮忙约个胃镜检查，我等你的电话。"

刘涛闻言不敢怠慢，提前告辞，回单位去内科门诊询问，值班大夫透露，胃镜检查一般提前半个月预约，患者都是按照顺序排队，明天上午恰好是胃镜检查时间，估计早排满了，要想加塞儿，只有内科左主任有权批准。刘涛径直到病区内科主任办公室，左主任已逾中年，面庞白皙，一双有神的大眼睛，戴着眼镜正在检查一大沓胃镜患者的病历。刘涛请求道："左主任，有个事求您开恩来了。"左主任抬头和蔼让座，微笑道："小刘，不用客气，直说。"刘涛介绍了柯求理的情况，特别点出给尤院长写报告文学获奖的事。左主任掠了一下齐肩短发，直起身子，点头道："那篇报告文学写得确实不错，欢迎有机会也宣传一下内科，你的同学是局党委部门领导，为了他今后更好干事业，我可

十六 ……… 毕业前后

以破例加塞儿,让他明天上午先到内科门诊看一下,开出胃镜检查申请单,让值班大夫注明情况特殊,申请加急,都办好了,你连同本人病历,送到门诊胃镜室,让门口的值班护士转给我就行,估计午饭前能安排他做上胃镜。"刘涛不好意思道:"真是给您添了麻烦,耽误您中午吃饭和休息了。"左主任朗声笑道:"这都是家常便饭,既然选择了当医生这个职业,为患者解除痛苦是天职,个人做点儿牺牲也是分内之事。"刘涛感动道:"有机会我一定采访您,给您写篇报告文学。"左主任谦逊笑道:"嘻,我可没做过什么惊天动地的大事。"刘涛发自肺腑道:"常年为患者牺牲休息时间,实属医德高尚。"

柯求理的胃镜检查果真落在实处,刘涛跟着柯求理一起忙前跑后,胃镜检查完毕,又从医院车队要辆值班的吉普车,把柯求理送回油田的家里休息。柯求理的媳妇在家做好饭等着,挽留刘涛吃饭。刘涛惦记下午的工作,婉辞了,跟车回单位,下午准时进宣传部。

刘涛进门没来得及喝水,桌上的电话铃响了。原来是老徐打来的,让他和肖迪快来王书记办公室开会。刘涛拿起笔记本,叫上新调来的部队转业干部肖迪,赶过去开会。王书记见面笑着说一句:"听说小刘电大毕业了,好好干工作。"接着,王书记转入正题说:"中医科林主任和两个副主任近来总找院领导,相互告状,都说不想干了,到底发生了什么问题,请宣传部同志了解一下,如实报告党委,也好研究处理。"老徐看一眼刘涛说:"让小刘去中医科蹲点一段时间,做个调研,写出书面报告。"王书记拍板说:"好呀,了解基层情况,有助于开展宣传工作。"老徐又说:"小刘明天就去。"刘涛犹豫道:"没搞过调研,希望允许我先熟悉一下,最好先别直接宣布去蹲点儿,容我悄悄地探路,容易得到真实情况,最好过两天再公开蹲点的事。"王书记满意道:"小刘办事有主见,就依你。"王书记又提起闭路电视安装工程,强调牵涉满足职工家属的业余生活,应提早动手,最迟年底完工,今后闭路电视播出的电视剧内容,宣传部都要事先审查一遍,千万不能出现上级文件规定的不健康内容。老徐汇报说:"肖迪刚从深圳出差回来,捎回两大包港台影视剧录像带,这些录像带,建议由党委部门干部,分头审查,每人最少看三盘录像带,肖迪弄张审查记录单,谁审完都要在单子上登记签字,一旦播出有问题,审查者要负责。"王书记赞许道:"好呀,明确责任,个人吃不准的内容,由宣传部定调把关。"老徐接茬儿说:"肖迪每周两次播出闭路电视,都

— 213 —

要晚间七点半准时播出，转天上午可以休息一下。"肖迪当场提出："闭路电视安装工程，一个人干不了。"老徐表态说："宣传部的人一起动手干，都听你指挥。"肖迪谦逊道："我哪敢指挥徐部长和刘老兄。"王书记同情道："宣传部目前人手少，干部很辛苦，回头让人事科长特批你们这两个月增加几个夜班费。"老徐呵呵笑道："感谢党委关心宣传干部，我们确实经常加晚班，弄得家人都有意见。"肖迪幽默道："每月增加几个夜班费，跟涨了半级工资差不多，这下我媳妇就没话说了。"老徐趁机说："肖迪的媳妇在儿科病区当护士，经常值夜班，肖迪也要值晚班播放闭路电视节目，只好带着才一岁的儿子上岗，闭路电视控制室到处是电线插头，高压电源很危险，也确实不方便，如果能照顾一下，把肖迪的媳妇调到儿科门诊工作几年，不值夜班了，有利于宣传部工作。"王书记微笑道："我原则上同意，老徐给儿科主任打个电话，请他落实这件事，应该没问题。"肖迪喜不自胜道："谢谢领导关心干部生活。"散会后，回宣传部，肖迪议论道："在部队当兵，当官儿的只管下命令，下级谁敢讲照顾二字，还是石油单位好，领导关心干部生活很具体。"刘涛趁机说："谁让咱们有个好部长。"老徐美滋滋地说："关心干部成长是我党的优良传统，应该发扬光大。"

十七

电影剧本

　　宣传部的办公电话铃疯响了一阵儿，刘涛赶忙拿起话筒，习惯性地说："你好，找哪位？"原来是内科左主任，她已听出了刘涛的声音，直接说："小刘，下午约你的同学来我办公室，胃镜结果已经出来，需要当面跟患者解释清楚。"刘涛慌忙致谢，又打电话约柯求理下午来听病情。柯求理稍有迟疑道："下午，局文化宫有个摄影展开幕式我要出席。"刘涛不悦道："又不是什么重要会议，非你不可，自己的身体大事，必须来当面听病情，内科的左主任明天出差，十天后才能回来，你看着办。"柯求理这才不情愿地答道："那就，下午上班我先去总医院。"

　　胃镜结果不出所料，柯求理患局部弥漫性胃溃疡，胃黏膜大部粗糙，有效治疗手段就是胃局部手术切除。左主任耐心解释道："胃黏膜粗糙实际就是浅表性炎症，溃疡早期症状；局部弥漫性胃溃疡属于陈旧性炎症，如不及时清除，有可能随时发生穿孔，大出血导致死亡，关键是胃穿孔不易发觉，穿孔部位如果造成动脉血管破裂，十有八九来不及手术抢救。"严峻的病情摆在面前，柯求理沉默片刻，点头说："我同意手术，事不宜迟，拜托小刘尽快找外科领导安排一下，衷心感谢左主任的胃镜检查照顾和对我病情的当面指教。"刘涛顺便说："我可答应给内科左主任写一篇报告文学，争取在局文协的杂志上发表。"柯求理点头说："我回去跟文化科打招呼，小刘可以随时采访动笔写，你已经熟悉报告文学的体裁了，独立成篇没问题，字数限六千字以内，别超过尤院长那篇八千字就合适。"左主任也顺便说了感谢话。刘涛表示这事要逐级向党委汇报，争取院领导的支持。柯求理笑道："宣传总医院的主要科室，树立内外科的良好形象，这是好事，党委肯定会一路绿灯。"左主任马上要赶去参加院长办公会，表示一会儿见到尤院长，及时反映柯求理的病情，争取尤院长亲自主刀。刘涛对柯求理玩笑道："局级领导才能有这个待遇，如能请动尤院长，你享受了一次局领导治病待遇。"柯求理低头道："惭愧了，我没给总医院办多少好事。"

事有凑巧，刘涛送走柯求理，回宣传部，老徐让刘涛代替参加院长办公会，了解医疗和科研情况。会后，左主任拉住尤院长说话，尤院长便朝刘涛招手。刘涛到了他们面前，尤院长问："小刘的同学柯求理，是写我报告文学的那个笔名'小草'的人吗？"刘涛点头称是。尤院长当即表示："我亲自主刀，上这台手术，让外科老主任给我坐镇把关，你让同学尽管放心来做手术，对了，小刘回家，别忘记嘱咐小冯，优先安排手术时间，争取在下周一手术日，排在最前边儿。"刘涛好笑道："我一定尽快落实尤院长的指示，感谢院长亲自主刀。"尤院长笑着解释道："我除了医疗行政这一大摊子，剩下的精力基本都放在科研上，指导各科研小组写论文，一般不上这种手术，太普通了，咱们普通住院医师就能做得很好，不过，你同学的身份特殊，我才同意破例照顾。"刘涛回到宣传部，跟老徐念叨了柯求理做手术的事，老徐嘱咐找机会用卖废报纸的钱，买些水果，宣传部代表党委去外科病区探望柯求理。刘涛又联系普外病区，打着尤院长旗号，普外病区很快腾出一个双人病室，让刘涛通知患者尽快来办理住院手续。柯求理同意明日下午住院，做系列术前检查。

刘涛回家吃饭，冯颖洁和孩子已经吃过。刘涛先说了尤院长答应亲自给柯求理做胃切除手术的事，冯颖洁好笑道："你们本事不小，居然搬动尤院长主刀，请外科老主任坐镇，这样万无一失。下周一手术日，当然要排在第一台，我让干活儿利索的段秋华上台，我站台保驾，这样也就算服务到家了。"刘涛心头一热说："谢谢媳妇关照。"冯颖洁瞪了一眼说："用得着你来谢我，人家待你不薄，咱们知恩图报，做事怎么也要对得起人。"饭后，刘涛又说起党委派自己去中医科蹲点搞调研的事，冯颖洁"哼"了一声说："都是秃子头上的虱子——明摆着，没几个人不知道这种烂事，中医科主任和两个副主任互不服气，一贯窝儿里斗。"刘涛求救道："你倒是出个主意，我怎么才能接近中医科的头儿。"冯颖洁转着眼珠说："这还不容易，医院干什么的，你去看病就是了，通过叙述病情，聊起来多方便。"刘涛恍然大悟道："媳妇英明，用看病当由头儿，才好说话。"冯颖洁提醒道："你前些日子不是闹了一阵儿耳朵，外耳道疖肿，疼得睡不着，正好让中医科主任和两个副主任轮流看，谁开出的方子治疗效果好，才证明有真本事，你再找几个中医科的人闲聊，准能掌握真实情况，写出的调研报告就会有分量。"刘涛好笑道："真没看出来，你在总医院有领导才能，比我更熟悉医疗一线。"冯颖洁白了丈夫一眼，自鸣得意道："你以为这些年我在医院是白吃饱儿，干什么都要动脑子。"刘涛领悟道："心诚则灵，就像我业余搞创作。"冯颖洁取笑道："你不过一根筋，认准一条道儿，到黑也不回头。"

依计而行，刘涛忙里偷闲，先去中医科门诊看一眼，凑巧林主任在。本院职工面熟，不用挂门诊号。见到林主任得空儿，刘涛打个招呼，声明来看病，外耳道疖肿。林主任是中年人，瘦刀脸，戴一副黑边眼镜，文质彬彬，见面后不自然地一笑，让座说："小刘坐吧，你八成是来蹲点的吧？"刘涛一愣，只好低声说："党委领导有这个意图，不过还没宣布，我只是私下先来找您求诊问药。"林主任含笑道："都明白了，小刘痛快，我也痛快。"说罢，一番把脉，问诊。林主任抬头笑道："你这是先天从娘胎里带来的内热，容易季节性发作，常引起上焦火旺、牙疼、头部器官疖肿，特别是耳道疖肿，引发神经性头疼，严重了会影响睡眠。"刘涛惊异道："您真是神了，症状都说全了，一下子找到了病根儿，我小时经常扁桃体发炎，高烧不退，成年之后确实上焦火旺，前些日子闹腾外耳道疖肿，疼得睡不好觉，吃草药嫌熬汤药忒麻烦，您最好给开点儿中成药。"林主任笑道："中药房有中成药的水丸，价格便宜，吃过保你从此平安。"说罢开出方子，原来是防风通圣丸一盒。刘涛隐约记得小时候吃过，药名颇熟。刘涛又问："林主任哪个学校毕业？"答曰："河北医学院，八年的中医本科。"刘涛惊讶道："本科学八年，真需要一种毅力。"林主任叹道："入学时全班十二人，毕业只剩下八人，有门路的人转学西医，没门路的人申请退学，八年大学生，能坚持下来都不容易，头几年背汤头歌诀、草药药理、古药方等，枯燥至极，一旦跟老师临床参与治疗，其乐无穷，终身受益。俗话说，西医应急，治疗症状，中医溯源入理，中药虽慢，只要对症，扶正祛邪，治病去根儿。"刘涛记起儿科赵大夫是林主任的媳妇，儿子刘冯一岁时患急性白喉，嗓子水肿，差点儿喘不过气，玩儿悬了，多亏赵大夫见多识广，及时确诊，对症下药，才没出危险。刘涛提起这段儿往事，称赞赵大夫医术高明，林主任两口子是医生之家。林主任淡然一笑道："我媳妇是五年的西医本科，同校不同届的校友。干什么自然就吆喝什么，这是当医生的本分，有人本职工作干不好，整天琢磨窝儿里斗，憋着劲儿互相拆台，十足的江湖痞子。"这话显然有所指，刘涛不便搭腔，拿起方子含蓄道："都明白了，我去取药，试试这药的效果。"林主任叮嘱说："早晚空腹各吃一次，吃过保你药到病除。"中药房划价，这药价确实便宜，才一元出头，一大盒四十袋，早晚各服一袋。刘涛拿药回家，跟冯颖洁说起经过，怀疑这药不管用。冯颖洁呵斥道："药不在贵贱，对症是关键，人参贵，大补药，你吃了只会热得口鼻流血，身体受不了。"

　　柯求理来办住院手续，刘涛照例陪着一路疏通关系，有尤院长的面子，各部门畅通无阻。老徐也赶到病房看望，说了总医院党委重视局党委部门领导手术治疗的事。刘涛告之："手术日定在下周一上午八点，第一台手术，尤院长主刀，普外科老主任坐镇，上台护士安排利索的段秋华，我媳妇冯颖洁巡台保驾，万无一失。"柯求理玩笑道："熟人就是好办事。"老徐也说："于公于私都要照顾你。"王书记闻讯也亲自来病房看望，呵呵笑道："局党委常委于部长刚打来电话，拜托我关照他的得力干将做手术，我此来也是落实局领导指示。"柯求理不好意思道："一个普通外科手术，惊动了这些领导，我于心不忍。"

　　刘涛顺便汇报了自己为蹲点去摸情况的事，不料中医科的林主任早猜到了。王书记皱眉道："昨天下午，林主任又来找我，要求解决中医科领导班子矛盾，我只好顺便通知他，委派宣传部小刘去蹲点，提前透露了，不过这也没啥关系，党委工作光明正大，有我给你做后盾，没什么可怕的。"老徐建议道："既然中医科林主任知道了，我下午和小刘去中医科开个短会，宣布党委派小刘蹲点的决定。"王书记认可道："老徐会上强调一下，党委重视这件事。"刘涛有点儿紧张道："我可没什么经验，两眼一抹黑。"老徐叮嘱说："有院党委撑腰，你尽管大胆工作，找人谈话注意做好记录，尽量少表态，回来一起兜情况，宣传部内先做个基本情况分析，然后再向党委统一汇报，提出合适的建议。"

刘涛有了调研思路，中医科两个副主任主动要求谈话，反映科里情况。刘涛借用机关小会议室，邀请肖迪一起做谈话记录，给二位副主任斟上茶水，坐下来不动声色地倾听。他们把林主任称为"林呆子"，讥笑白读了八年大学，几乎成了傻子，读书多了像个书架子，只会照本宣科，根本不懂怎么当好中医科主任，上班只会死扣八小时坐班，无论谁迟到早退一律扣奖金，弄得科里怨声载道，平时只顾自己搞科研发表论文，热衷于外出参加学术会议，东一趟西一趟游山玩水，不抓临床治疗的根本，歧视中医子弟，还说大家没文化，根基浅，但是好多同事四五岁就跟着爷爷背汤头歌诀，那会儿他还没出世……肖迪笔头子快，舍去不雅的口语，均记录在案，给二位副主任看过，均履行了签字认可手续。刘涛又找两个中医科主治医师谈话，得知两位副主任之间也曾有矛盾，甚至曾经当面对骂，林主任到任后，二位便联手拆台，都想争做中医科一把手。刘涛再找两个年轻医生谈话，才知他们都对林主任充满信任，特别是林主任大胆支持年轻人参加中西医结合临床治疗试验，悉心指点起草专业论文，对年轻医生增长才干颇有益处。

柯求理的手术日到了。周一上班，刘涛提早陪着柯求理的媳妇小韩，候在手术室门外走廊的座椅上。仅过二十多分钟，尤院长和普外科的老主任便议论着走出门。尤院长笑吟吟过来说："小刘，你同学的胃切除手术很顺利，切除五分之三，没失多少血，用不着输血就能恢复，家属放心。"小韩激动地鞠躬说："谢谢尤院长和老主任。"刘涛赶紧介绍说："这是我同学的媳妇小韩。"又过了十几分钟，冯颖洁推开手术室的大门，段秋华推着手术车出来，见到刘涛小声说："刘老师好，听说患者是你的电大同学。"刘涛点头不语。冯颖洁招呼刘涛接过手术车，柯求理刚恢复知觉，躺在车上脸色略有苍白。小韩抢先接过手术车，勉强笑道："小刘，让我来。""嫂子，慢点儿推车。"冯颖洁嘱咐道，又对刘涛说："尤院长的手术很精彩，从动刀到缝合，才十八分钟，总共二十七分钟，缝合细致像绣花，恢复健康没问题。"刘涛跟着手术车把柯求理送入病房安顿好，再把车归还手术室，临别含笑说："谢谢媳妇。"冯颖洁嗔怪道："你就这么简单一句话酬谢，回头让你同学请客。"

柯求理精神恢复后,局党委宣传部的于部长亲临病房探望,王书记和尤院长及老徐陪同进了病房,刘涛赶紧让座,躲到门外。于部长关切地问:"小柯,感觉如何?"柯求理有气无力道:"谢谢部长来医院看我。"王书记开心道:"哈哈,于部长亲自视察总医院,我们求之不得,一会儿可得给我院留下一份墨宝,您的书法全局名气很大……"于部长笑吟吟道:"我专程来告诉小柯一个好消息,局党委组织部刚下达红头文件,任命柯求理同志为局党委宣传部文化科长,三十五岁的局党委部门科长,你是绝无仅有的一个。"柯求理激动道:"感谢局党委的信任,感谢于部长多年栽培,等我恢复了身体,一定不负众望,争取干出成绩,报效组织的知遇之恩。"尤院长也笑道:"小柯年轻有为,我有幸为你做手术,感觉很光荣。"柯求理连声道谢,表态说:"《石油神》杂志再发一篇宣传总医院内科左主任的报告文学,刘涛负责采访动笔。"王书记和尤院长喜笑颜开,当面致谢。于部长摆手说:"搞好文化宣传是小柯的本职工作,不值得谢,不过,这也算我们宣传部跟总医院结缘了,我们将来图个看病方便。"尤院长幽默道:"真不希望局领导找我们看病,领导身体健康,才是广大职工的福分。"王书记附和道:"这话很有道理。"于部长开心笑道:"哈哈,我是不会轻易来麻烦你们的。"王书记接茬儿道:"于部长别见外,今儿一定请你吃了便饭再走。"尤院长也说:"于部长题写刊名的《石油神》杂志,笔力锋健,功力不浅。"王书记起身让道:"于部长,去亲自视察一下我院,顺带留下您的一幅墨宝。"老徐临出门,玩笑道:"小柯当了科长,身体恢复了,别忘记请客。"刘涛在门外侧耳聆听,暗自攥拳,兴奋不已。

　　回家吃晚饭,刘涛把柯求理提升科长的好消息告诉颖洁。冯颖洁收敛了笑容,转而叹道:"唉,你先别臭美,透露个秘密,柯求理做手术,尤院长打开腹腔,发现他肝部有结节状病变,颜色发暗,怀疑是肝硬化,悄悄取下一小块做病理了,嘱咐我们不可声张。我也是为你好,遇到多少好事,也不要沾沾自喜,凡事早做防范为好。"刘涛不以为然道:"没有那么严重,这之前他没有任何症状,我觉得目前不至于,当医生的总是判断人家有病,患者源源不断才好,省得失业没事干。"冯颖洁不悦道:"瞧你这话说的,谁总希望人家得病,你把搞医的人说得那么坏,缺德不?"刘涛自嘲道:"我是以小人之心,度君子之腹罢了。"冯颖洁发狠道:"你骨子里是小人,只不过在外面喜欢装成君子模样。"

　　刘涛抽空儿找中医科林主任正式谈话,林主任颇能理解两位副主任对他有意见的初衷，无非想当科里一把手，当场表态："如果院党委感觉中医科的班子不好处理，我可以随时让贤，今后专心带年轻人搞临床科研，建议成立中西医结合门诊办，我去兼职，乐得清闲。"刘涛不露声色，心里却为林主任的豁达心胸暗自叫好。回来跟老徐汇报了蹲点谈话情况，老徐支持林主任的建议，成立中西医结合的门诊办，但是不同意林主任去，觉得让两个副主任去，对中医科发展有益。刘涛不解其意道："中医科两个副主任都走了，林主任一旦出差，谁来主持科里工作。"老徐轻笑道："嘻嘻，这还不容易，让林主任培养两个中年人接班，就不会再闹窝儿里斗了。"刘涛拍手道："妙计，搬走绊脚石，中医科领导班子的团结和工作开拓才有希望。"老徐含蓄道："中西医结合门诊办，让中医科正式调去的两个副主任，按年度轮值主任，反正他们快退休了，放在那里也好发挥余热，只要别再生事就行。"刘涛竖起拇指表示赞同，起草了中医科领导班子矛盾调查报告，老徐签字同意上报党委，尤院长采纳了这个建议，腾出一间门诊用房，挂牌成立中西医结合门诊办，象征性地配了一名值班护士，中医科两个副主任正式调入，轮值主任，参与一线病区治疗，中医科的班子矛盾从此偃旗息鼓。

尤院长做的胃切除手术果然精彩，柯求理术后一周即出院，回家休养了没几天，打电话让刘涛去吃午饭。刘涛兴冲冲骑车前往，报社的战英杰也在。柯求理见面就说："我是闲不住的人，在家养病忽发奇想，借机完成一个夙愿，咱们三个同学合作，创作一部电影文学剧本，名字早想好了——《钻井队长》。"

柯求理的媳妇小韩准备了一桌菜肴，一旁催促道："先吃，一会儿菜都凉了。"柯求理歉意道："我说起正经事，总是全神贯注，忽视了请你们来吃饭的事儿，别客气才好，都快入座，小韩一番答谢的心意，我借机商量创作的大事。"小韩给客人都斟了杯啤酒，自己也象征性倒了点儿，举杯道："我家老柯治病期间，医生嘱咐不能喝酒，我代他敬你们，感谢他这次手术很及时，你们忙前跑后地辛苦，小刘媳妇还煮了面汤送到病房，请小刘回家给媳妇小冯带到我这些感谢话，你们别客气，多吃菜，别剩下。"喝过啤酒，柯求理摆手道："小韩抓紧吃饭，下午还要上班。"众人吃了几口菜，柯求理若有所思说："这次创作剧本，不走影片《创业》的老路，专门写好京南石油一线钻井队的新故事，塑造一个有血有肉的钻井队长形象，其中的生活镜头，就用小刘发表在《无名文学》杂志上的小说《妻子》的故事，队长砸伤脚，回家休养，陪女儿看电影，陪媳妇过结婚五周年纪念日，尚未痊愈重返井队工作。"刘涛听得不禁热血沸腾，盛了碗米饭，大口吃，放下碗筷说："吃好了，说正事。"柯求理也放下筷子，让媳妇沏茶，三人沙发上坐定，柯求理吩咐道："咱们议论故事，小刘做记录，负责起草初稿，小战负责二稿，主要对话和情节增加诗化语言，我负责三稿，整体把关，打印稿征求意见，直送宣传部于部长审阅，争取局党委支持，局文协当文学大事来抓，进一步修改拍摄剧本，联系京城制片厂，争取早日投拍。"刘涛和小战都喜上眉梢，表态全力以赴干这个大事。

柯求理胸有成竹地说："悲剧的震撼力量不可忽视，新编的故事要有突发井喷情节，千钧一发之时，钻井队长推开别人，牺牲自己，保住了钻机安全，为国家挽回价值数百万元设备的损失……"小战插话说："要有潮流青年代表的形象，梳大背头、穿喇叭裤、玩吉他，一心想调回生活基地找对象，队长多次教育无效……"柯求理忽地站起，慷慨激昂道："井喷千钧一发之时，队长推开值班的司钻——潮流青年，大义凛然，舍生取义，犹如雕像般的双手紧握刹把的遗像，震撼了潮流青年的心灵，净化了灵魂，发誓当好司钻，青春奉献在钻台上……"小战玩笑道："镜头由近及远，银幕上出现剧终字样，音乐及主题歌声起。"刘涛兴奋之余，不禁迟疑道："咱们这么干……可是犯了文学创作的大忌，主题先行，这样刻画人物，最容易流于苍白，也容易跌进概念化的陷阱。"柯求理指责道："你这是一孔之见，一叶障目不见泰山。我是石油子弟，两代人的生活积累，你们也都在石油单位生活多年，生活本身比文学形象要丰富多了，关键是要有一双发现生活血肉之躯的眼睛，局文协文学人才上百，大家集思广益，难道还找不到精彩的故事情节和生活细节吗？我们一定能把电影剧本搞成功，不达目的誓不罢休！"刘涛为难道："我可没学过电影剧本创作。"柯求理轻笑道："嘿嘿，这有何难，我在局工会图书馆借了几本电影创作的书，刚看了一本，收获就不小，你拿两本回去，读过就心里有数了。"刘涛挑选了《电影剧本创作》和《论戏剧冲突》两本书，玩笑道："我平时不烧香，急了抱佛脚。"柯求理反驳道："小刘错了，这叫临阵磨枪，不快也光。边学边干，你争取一周拿出初稿，三万字即可。"小战跟着说："我改二稿顶多三天，豁出两宿不睡觉。"柯求理高兴道："这才是干好大事的态度，革命加拼命，精神可嘉。"刘涛一时心血来潮，充满创作激情道："这个故事的框架有了，只需要往里面添加血肉，让剧中人物都活起来……"

刘涛满怀信心回家动笔,摊开稿纸起草初稿,拿起钢笔才感到钻井队是个完全陌生的领域,如何写队长生活,茫然无所知,只好再去找柯求理,登门诉苦道:"我是狗咬刺猬——不知从何处下嘴。"柯求理不悦道:"故事架子摆在那里,你可以从队长钻台上受伤写起,不论什么工具,反正是个钢铁家伙砸伤了脚,粉碎性骨折,被抬回家,你的小说情节不就用上了,队长受伤,潮流青年帮着抬担架,在队长家吃饭,队长劝说潮流青年安心工作,可是没效果,潮流青年要求队长在请调报告上签字放人,队长当场发脾气了,让潮流青年先归队值班……夜晚,潮流青年寂寞弹吉他,半夜值班时脱岗睡觉。指导员查岗发现,抓个脱岗的现行,打电话给队长,要给潮流青年记过处分,队长让指导员带潮流青年来家里,一起当面做思想工作,问明白潮流青年想回基地找个对象,队长让媳妇帮着为其物色对象,潮流青年心怀感激,勉强归队干活儿,队长惦记钻井进度,一瘸一拐的,伤没痊愈就归队,告诉潮流青年,媳妇帮着在单位物色到一个姑娘,约好了星期日休息见面,当晚队长在钻台查岗,突发井喷,千钧一发之时夺过刹把,舍生取义,当班的潮流青年深受感动,决心把青春奉献在钻台,周日跟姑娘约会时表示,要在钻台干一二十年。姑娘也表示向嫂子学习,甘心嫁给石油人。"刘涛记下要点,怀疑道:"故事情节挺浪漫,是否过于理想化?"柯求理笑道:"电影文学创作就是塑造理想化人物,树立银幕典范,对观众起到潜移默化的教育作用。"

理清故事情节,刘涛动笔写就顺了,连着突击几个夜晚,恣肆汪洋的三万字脱稿,结尾加上潮流青年和对象一起去牺牲的队长家探望,队长天真的女儿问:"爸爸为什么还不回来?我还想看电影。"潮流青年艰难地说:"你爸爸去了很远的地方,叔叔和阿姨陪你看电影。"几人出门,由近及远。音乐起,主题歌起,演职人员表、剧终二字浮现。

柯求理和小战看过初稿,都说不错,有血有肉的钻井队长高大形象出来了。小战的二稿只用三天完成,增加了主题歌词《远行的钻井队长》,画面描写增强了诗意,人物对话增强了含蓄性。柯求理再次润色,细致到标点符号。刘涛拿到三稿,找院办陈长荣帮忙,让打字室姑娘帮忙打字,刘涛校对后,油印十二份,陈长荣帮助装订成册,要了一册看,刘涛也留下一册备用,剩下十册给柯求理送去。柯求理身体已恢复得不错,上班一周多了,脸色红润,朗声笑道:"哈哈,小刘辛苦了,咱们完成一桩大事,我加个纸条说明情况,送于部长审阅。"

忙完电影文学本,刘涛感到疲劳,周日上午在家睡懒觉,梦中电影已经投拍,自己和柯求理一起跟着导演选外景地……不料,被一阵讨厌的电话铃声吵醒,喊了两声"颖洁",无人应声,只得爬起来接电话,揉着眼睛问:"谁呀,星期日都不让人多睡会儿。"话筒里传来女人银铃似的笑声:"嘻嘻,都什么时候了,你还敢睡懒觉。"刘涛抬眼看了墙上电子石英钟,时针指向上午十点多,这才吐下舌头,不好意思道:"正做好梦,让你的电话铃打断了,哪位——"话筒传来尖刻的声音:"小涛,不会又是做梦娶媳妇吧?美得你——我是颖雪,小洁在家吗?"刘涛忙说:"对不起,姐姐的声音居然没听出来,你是京城长途,颖洁……八成带着孩子买菜去了。"正说着,忽听门响,传来冯颖洁跟孩子说话的声音。刘涛忙对话筒说:"姐姐,颖洁刚回来,你直接跟她说话。"说罢,招呼冯颖洁过来接电话。

刘涛到门厅收拾冯颖洁买回家的东西,拉着孩子进大屋问:"中午吃什么?"颖洁朝着话筒笑道:"姐姐,该做饭了,反正你在单位值班没事,等吃了饭,咱们再聊。"刘涛帮着择菜洗菜、剥蒜,随口问:"姐姐没什么事吧?"冯颖洁诧异地看了丈夫一眼说:"来电话怎么会没事,她想出国深造。"刘涛埋怨道:"姐姐也是,找对象不急,出国留学反倒着急,孤身在国外混,将来可怎么好。"冯颖洁瞪眼道:"谁像你,胸无大志,急于结婚。"刘涛申辩道:"怎么是胸无大志,刚和同学完成电影文学剧本《钻井队长》,等着局党委宣传部于部长拍板。"冯颖洁莞尔笑道:"行了,就算我冤枉你了,我姐的个性太强,从分公司幼儿园园长干到总公司教培处幼教科长,这些年真不容易,干什么事都是绝不凑合,找对象也如此,总说没遇到合适的,一晃三十大几,合适的更难遇见,既然没正经事可干,不如出国闯一闯,说不定另有一番新天地。"刘涛不无担心道:"姐姐外语行吗?语言不通在国外很难做事。"冯颖洁淡笑道:"嘻,我姐上函授大专班就是英语专业,多少也算有基础,再上个留学补习班,恶补英语,没准儿能过关,正在找国外的经济担保人。"刘涛好笑道:"没钱难倒英雄汉。"冯颖洁叹道:"唉,都怨咱们过去太穷,现在刚能吃饱饭,谁兜里也没几个钱,可人家发达国家的消费水平却都那么高……"刘涛不无担忧道:"姐姐不会是张口借钱吧?"冯颖洁嗤笑道:"呔,你才存几个钱,塞牙缝儿都不够。"刘涛改口说:"姐姐既然打算出去,肯定有可靠财力做后盾,只要不找咱们张口就好办。"

　　临近中秋、国庆双节，刘涛照例要举家回京城探望。总医院的职工与京津两市有千丝万缕的联系，以往都是八仙过海各显神通，个别人有提前两三天搭顺风车悄悄走人的。冯颖洁安排手术室护士的节日值班表，碰到这类难题，回家发牢骚，刘涛闻讯给党委写了内参，为保证双节期间医疗值班，建议中秋节上午发班车送职工回京津两市探亲，国庆节休假最后一天下午再派车接回，王书记和尤院长都签字同意，院办秘书陈长荣负责落实两辆大轿车，敲定各科室上报的探亲人员名单，核发内部乘车票，才算解决了节日值班与回家探亲的矛盾。陈长荣玩笑道："回京津探亲没我的份儿，为刘涛提出的内参跑前跑后，为谁辛苦为谁甜。"刘涛回敬道："给你一块糖，堵上嘴，吃不，我帮你发一篇稿子，争取弄上报社的年度优秀通讯员。"陈长荣皱眉道："我才发了三篇稿子，还差两篇才能混上报社年度优秀。"刘涛挤眼说："你就用这事写一篇简讯，我去报社找新闻部韩主任帮忙发了。"陈长荣开心道："好呀，如果能见报，我就差一篇了，真有希望拿到局级优秀通讯员。"陈长荣写出一篇百来字的简讯，手到擒来，挥笔交稿，刘涛坐等几分钟，看了一遍，随手改动两处，回宣传部登记在册，盖章签发，骑车直送报社编辑部。

　　报社恰好是韩玉琪主任值班。刘涛递过稿子，韩主任浏览一遍，点头道："好哇，后天上头版要闻，我手头目前最缺补白用的要闻豆腐块，文章虽短，却要有分量，你这是雪中送炭。"刘涛客气地致谢。韩主任让座沏茶，说："电大首届文科班毕业生好生了得，于部长看了你们三个同学合写的电影文学剧本《钻井队长》，同意联系京城制片厂送审，如果通过文化部门审查，有可能搬上银幕，这可是石油系统不得了的文化大事。"刘涛兴高采烈道："韩主任，你这可是最新消息。"韩玉琪嘿嘿笑道："于部长前天在局党委宣传部的办公例会上宣布，决定以局文协名义联系京城的制片厂，电影文学剧本直接送审，我也是局文协理事，如能干成，少不了我一份功劳。"刘涛皱眉道："投拍电影过程据说极其复杂，需要社会方方面面的支持，局党委宣传部必须当大事来干，柯求理扛着局文协大旗，才有实现的可能。"韩玉琪玩笑道："如能投拍，我给你们发专版消息，上头条要闻，全力以赴支持。"刘涛摇头说："很难，岂敢盲目乐观，只能走一步看一步，现在距离电影投拍，差着十万八千里。"

十八

折戟沉沙

　　刘涛举家回京城过节，既惬意又忙碌，两边的家庭聚会都要顾及。回京城当晚，在母亲家过中秋节，岳父母和大姨姐冯颖雪都来做客，岳父捎来一篓子河蟹，嘱咐道："小涛给大舅家赶快送去一半，让大舅家尝鲜。小涛和小洁今儿都别吃螃蟹了，明天回娘家，还有一篓，让你们吃个够。"刘涛赶忙让母亲拿出一少半河蟹，养在脸盆里，其余的河蟹原封不动，赶紧给大舅家送去。

　　表姐石柳珂在厨房忙着，表姐夫打下手，正是岳父的那个部下，去年婚礼时见面聊过，为人朴实，谨言慎行。大舅欲留饭，刘涛转达了岳父的心意，声明家里等着他回去。大舅只好说："早跟你妈定规好了，国庆节正日子来家吃晚饭，你们下午要早点儿到，家里有大事商量。"刘涛脆声答应一声，转身回家。

　　孩子们在小院里玩耍，笑声不断。姐夫趁空拉了刘涛袖子一把，刘涛顿时明白，一定是有事私下说，转身跟着姐夫进了姐姐的房里。姐夫笑呵呵拿出报纸包的一捆沉甸甸票子递给刘涛说："石油那事干成了，我分到手两万，扣除请客送礼跑路的中间费用，剩下的咱哥俩儿平分，这钱你姐不知道，你最好也别告诉颖洁,省得她们疑神疑鬼。"刘涛揭开纸包一角看了一眼,惊诧道:"这么多,真没想到!"姐夫苦笑道:"人家拿批件有关系的,比咱多挣十倍也不止,咱拿的可是磨鞋底子辛苦钱,千万注意保密,该酬谢的,也别忘了人家,石油单位运销处那边,通过他们来京城买家具,我都答谢过了。"刘涛看到姐夫的沉稳目光,明白不便再深问,赶忙溜回自己屋里,报纸包塞进床底下的角落,心跳骤然加剧,意外成了有钱人,反倒不安生了,生出某种欲望。

京城的市场供应日益丰足。母亲张罗着一桌丰盛的饭菜,进出厨房转得似乎腿软了,差点儿摔下台阶,多亏刘涛手疾眼快,一把拉住母亲胳膊。刘涛埋怨道:"妈,又不是过大年,有必要做这么多菜?看您,快忙晕头了。"母亲惬意道:"难得家里人齐整,亲家都来了,又赶上两个节日,怎么也要热闹一下,为了孙子、外孙女吃好,再累都是高兴的。"冯颖雪拿着一叠十元票子,招呼孩子们叫"大姨妈",两个孩子早已懵懂晓事,童声脆亮,叫得冯颖雪脸上绽开了柔情蜜意的笑容,蹲下身子轮番亲吻孩子,手里票子一分为二,塞给孩子们说:"大姨妈发给你们的节日礼金,让妈妈给你们买好吃的……"母亲一旁不过意道:"他大姨,可不能这么娇惯孩子,拢共才挣多少工资,一下子给孩子这么多钱,真让人不安生。"冯颖雪起身笑道:"亲娘,我发财了,您信吗?"母亲一怔:"笑道,谁发财都是好事,只是你今后还有大事要办,手头儿总要攒下几个才方便。"刘涛的姐姐小兰和媳妇冯颖洁也都闻声出来,慌忙拿过孩子手里的大票子,各自留下一张,余下的打算退还。冯颖雪已经有所提防,双手背到后面,板起面孔,冷冰冰地拒收,阴沉着脸说:"你们怕我跟孩子套近乎,分了跟亲妈的感情,没准儿,我这辈子命里注定就没儿没女,还指着他们给我养老送终呐!"小兰哭笑不得,求援似的盯着弟媳说:"这……可怎么好。"冯颖洁只好解释说:"姐——我们可没有你说的那种意思,就算……真是你说得那样儿,孩子给大姨妈养老送终也是该当的,只是……"冯颖雪没听完,跺脚发起脾气,恶声恶语道:"你还要啰唆,真的没完没了啦……大过节的,别招人烦。"说罢,阴沉脸转身进屋。冯颖洁无奈地尴尬一笑,对大姑姐说:"那就不如先给孩子收着,小兰姐可别往心里去,我姐就这个臭脾气,忒硌色。"刘涛逗趣道:"给钱还有人不要,我要。"

母亲假做冷下脸子道:"这里有你什么事,边儿待着去。"

家里堂屋家具略有调整,写字台摆在迎门处墙边,父亲遗像挂在上方。写

— 227 —

字台上摆了两碟菜肴、两碟水果，敬上一小盅白酒，众人才落座。岳父举杯感慨道："这是个最轻松的中秋团圆日，全国平反冤假错案基本告一段落，人心思治，转而大干快上，我们不能希望谁来恩赐中国，只能靠自己的双手奋发图强，改造一穷二白的社会面貌。"岳母不悦道："你就不能拉点儿家常话，总端着架子做形势报告呀？"岳父尴尬地笑道："有那么严重吗？我不过是说出了老百姓的心里话。"冯颖雪插话道："老百姓就知道干活儿挣钱，养家糊口，多多益善。"姐夫苦笑道："嘿嘿，在机关挣工资是死数儿，现在企业的奖金那可是活泛多了，我原来待过的家具二厂，加工车间主任老白，上个月奖金全厂最高，超过工资好几倍。"刘涛得意道："我的稿费积少成多，也算一笔额外收入。"冯颖洁不满道："别吹牛，你的稿费能养活一家子，我回去就辞职，在家一心照顾孩子，专门伺候你。"小兰姐讥笑道："小涛就喜欢吹牛，今儿税务局也休息，吹牛不上税。"姐夫忙说："小涛也算够能干啦，听说在石油单位，小说写得小有名气。"冯颖洁冷笑道："哼，名气二字，分文不值，工资一直比我都低。"冯颖雪姐坏笑道："嘻嘻，小洁是个女强人，手下管着十多个女兵，家里都装了专用电话。"岳父开心道："哈哈，当初确定你们留在石油单位，这步棋也算走对了，小涛拿下大专学历，转干调到党委部门工作，小洁当上总医院手术室的小头目，专业有成，小外孙也聪明懂事，都是高兴的事，来，一起干一杯。"刘涛喝酒了，未免兴致高涨，摇头晃脑说："透露个秘密，我们三个文科班同学，合写了电影文学剧本《钻井队长》，局党委宣传部于部长已经认可，准备下一步联系京城制片厂修改拍摄本，争取投拍。"岳父拍手笑道："好哇，宣传部是老于当家呀，小涛，帮我带个话儿，如果京南石油需要帮忙，我值得一试，别错过宣传石油的好时机。"刘涛领悟道："爸和于部长很熟吧？"岳父摇头道："其实不怎么熟，过去在局里开会常见面，那人书生气重，私下交流少，那会儿，我们都是副职，遇事不好拍板。"母亲岔开话说："小涛，今后你可要谦虚点儿，俗话说，真人不露相，露相不真人。"刘涛不以为然道："妈，搞宣传就是要高调办事，当好党的喉舌，说话必须要到位。"姐夫点头道："小涛的政策水平提高很快，快解决组织问题了吧？"刘涛摇头说："写了两份思想汇报，目前还没动静。"岳父提醒道："小涛要自觉接受组织的考验，注意别乱发牢骚。"姐夫微笑道："工作任劳任怨，才算合格的政工干部。"冯颖雪快人快语道："我的理解是，上级打你左脸，最好把右脸也伸过去，才算个好奴才。"岳父驳斥道:"小雪如此不堪地解释党的组织原则,成何体统,组织原则是下级无条件服从上级,全党服从中央。"岳母"叭地"放下筷子说:"伯叟,别忘了,这是过中秋节,家里当成你的办公室了?"母亲忙岔开话题,提醒说:"小涛,团圆节日,快给爸妈敬酒。"

磕磕绊绊的团圆节日,总算平安过去。夜晚,两口子躺在被窝里,刘涛玩笑道:"你姐的脾气越来越怪,不仅撒手分钱,而且说话尖酸刻薄。"冯颖洁凝神道:"唉——大龄单身女,孤独感忒强,看什么都不顺眼。"刘涛顺嘴说:"女大不中留,留来留去反成仇。"冯颖洁惋惜道:"其实,姐姐比我能干多了,也比我聪明。"刘涛叹口气说:"唉,女人过于聪明,并非好事,对了,俞卫青十月二日上午办婚礼,我得赶早儿过去帮忙,搞不好跟着他们折腾一天。"冯颖洁亲昵笑道:"嘻嘻,你去可劲儿疯吧,我在娘家正好多住一天,晚上再回这边,你别忘了提醒咱妈,假日最后那天,早点儿吃午饭,别误了总医院下午两点的接人班车。"

国庆节的上午,冯颖洁带着孩子回娘家,刘涛睡个懒觉,睁开眼直接吃午饭,下午赶早儿跟母亲和姐姐去大舅家,有一桩家族大事要办。

大舅与姊妹们聚齐,当着家族所有甥男外女的面儿宣布:石家祖产位于市中心福寿寺的一栋三层商业楼,由党和政府落实政策,即将发还石家经营,大舅正在办理相关手续,已委派石柳珂当经理,准备接手管理,继续对楼里商户租赁,收取租金。母亲拿出一份发黄的纸页,公布了刘涛外祖母的遗嘱,石姓祖产须由石姓血统的后代继承,大舅分享祖产一半,母亲和妹妹们各得祖产百分之十。母亲和颜悦色道:"大哥跟着父亲经商,新中国成立前夕买下这块地皮,东挪西借辛辛苦苦盖成这栋商业楼,为家族置业立下汗马功劳,靠这个不动产收入,咱们几个姊妹各自完成学业,都有了稳定的公职,妈妈生前立下这份遗嘱,也很公平,咱们都要在遗嘱上签字认可,有签字的遗嘱复写件,每人保存一份,作为咱们姊妹和后代今后分享祖产收入的依据。"堂屋坐满人,却都很安静。石家履行签字手续气氛庄重,似乎饱含着对逝去前辈的尊敬。母亲带头签字,起身提醒刘涛的姨妈们,签字下笔轻点儿,别把遗嘱原件弄破了。刘涛记起外祖母生前的点滴疼爱,悄悄擦去眼角的痒酥酥泪珠儿。办完正事,大舅轻笑道:"嘻嘻,我应名经管这份祖产,老爸老妈的在天之灵如果有知,也会很欣慰,长辈的生前心意我领了,可是以后的租金收入,还是要柳珂年底结算，平均每人一份，如果谁家临时有个难处，别忘了找大哥我张口，都别不好意思，咱们一奶同胞，是目前世上最亲的人。"刘涛代表甥男外女表态说："大舅办事就是高水平，无怪既能发财，又能当京城工商会的领导。"大舅开心道："哈哈，小涛居然也学会拍马屁了，前些日子，市委的部门领导打电话专门征求我的意见，工资关系是留在下放的企业里，还是转到市工商会机关，我可不贪图在企业多拿几个奖金的便宜，既然人都回市工商会任职了，还是照规矩办事儿，工资关系转来方才妥当，谁知，人事关系刚转到机关，就赶上涨工资，副局级工资足够吃饭了……柳珂的工资，理应出在祖产收入里，这是祖产管理的基本成本之一。"刘涛担心道："柳珂表姐的档案存在哪儿？"大舅坦然道："市工商会刚建立非公有制经济人才服务中心，可以存放个体工商户的档案，柳珂办了工商会事业单位停薪留职手续，先干几年没问题，如果祖产经营的稳定，效益好，干脆辞职，也就无所谓了……当初我跟老爹学着经商那会儿，谁也没捧着铁饭碗，柳珂有商会的事业单位托底儿，绝无后顾之忧，何况我女婿在燃化委机关任职，还怕柳珂没了饭吃？"刘涛幽默道："只怕今后吃不清，别忘了送大表弟一份。"石柳珂笑道："我还要感谢你那年送我的财会书，在职考上函授财会大专班，都快毕业了。"大舅正色道："按例儿，应该小涛停薪留职，来管理这份儿祖产，你姥爷在世，最看中你这个男孩老大——有石家血统的顶门杠，可是你妈再三强调，你喜欢舞文弄墨，现在石油党委部门工作，处于上升期，再者牵扯到你们的孩子还小，还有外甥媳妇颖洁在石油总医院的工作和冯家的多种因素，经过慎重考虑，我才同意让柳珂出面顶替你，论起来，你该感谢柳珂才是。"刘涛马上起身，面向表姐深施一礼，玩笑道："小涛感谢表姐的顶替之恩，这厢有礼。"石柳珂表姐回敬道："欠我的账，你早晚要还，万一哪天我干不动了，看小涛再往哪儿躲。"刘涛有节奏地晃动手臂高喊："祝愿表姐，身体健康，永远健康！"表姐推了他一把说："你还贼心不死，惦记着什么呢。"大舅皱眉道："这玩笑可开不得，当年都喊永远健康的人，早死在国外了，提起那十年，我至今心有余悸。"办完正经事儿，母亲和表姐张罗饭菜，大舅拉着刘涛开怀畅饮，因惦记俞卫青转天婚礼的事，刘涛没敢放量，象征性陪着大舅喝了一小盅酒。

俞卫青颇会利用家庭关系，打着女婿旗号，借助岳父母在职局级的领导地位，托人调到京南区职工大学兼电大工作站，教授现代文学和当代文学两门辅导课，无需坐班，每周仅四至六节课，最多来单位一两天集中授课，即便参加周二下午的政治学习，不过给个耳朵当摆设，往往用来偷读小说名著。新媳妇就是外语系那个学妹，毕业留校任教，又考上在职硕士研究生，分得师大教工筒子楼一间宿舍当婚房。婚礼没有合适地方举办，他无意中发现电大工作站文科班有一名学员是区交管分局的局长，就把办婚礼的难处委婉地告诉这学员。学员付之一笑道："好办，一句话的事。"说罢，约了一起去师大附近的个体饭馆，跟老板见面后，嘱咐筹办俞老师的婚宴，菜品要拿得出手，价格八折优惠，全班学员集体承担一半吃饭费用，算是给老师的婚礼贺仪，婚礼只能办好，出了问题饶不了老板。俞卫青自我介绍一番，也算凑巧，老板也是个荒友，同气相连岂敢怠慢，问准了婚礼日期和摆的桌数，连定金也不肯收，只说那天收个材料费和人工成本，不图赚钱，只图多交几个荒友。俞卫青找了几个知己荒友帮忙办婚礼，提前把喜糖喜烟和酒水饮料送到饭馆，捎带布置一下现场。

刘涛起个大早，提前赶到俞卫青家，才知他被逼无奈，把家里三平方米的厨房改造成卧室暂栖身，家里做饭灶具都挤到门前的楼道尽头，幸好几户邻居也是如此，彼此才相安无事。俞卫青家的大屋，刘涛再熟悉不过，二十多平方米，当知青时，享受探亲假曾在这里一起偷听广东轻音乐唱片，他父亲那台老式手摇留声机还在五屉柜上摆着，可是父亲已经头发花白，戴着老花镜，背有些驼了，不时擤鼻涕。刘涛见面道喜，他父亲笑呵呵道："大家同喜……听说小涛的儿子都会说话了，我家条件差，卫青办婚事，只好晚一步。"刘涛顺情道："俞卫青学历高，眼界也高，找个小媳妇像洋娃娃，两口子本事大，哪像我这个没本事的，找个伺候病人的护士，至今也没能回京城定居。"俞卫青在镜子前忙着用电吹风整理发型，不客气道："刘涛别来耍嘴皮子，赶紧把东西归类，一会儿韩江平骑三轮车来，你们把东西装车，跟车都去饭馆，动手准备现场，你见过世面，在现场替我张罗一下，我跟那个交管局长的吉普车先去接新娘，再来接父母去饭馆……"话没说完，韩江平与陈和平到了，韩江平气喘吁吁道："快点儿装东西，三轮车骑过去最快也得一小时。"李停战也跟进屋，刘涛招呼道："大干快上，都别当甩手掌柜。"李停战玩笑道："俞卫青晚上进洞房，才要大干快上。"韩江平搬起一箱二锅头酒，笑着出门说："你们消息真闭塞，人家媳妇肚子里都有了，今儿还用大干快上？"刘涛惊喜道："当真呀，俞卫青不愧略通医道，弹无虚发。"李停战坏笑道："这叫奉子成婚，双喜临门。"陈和平附和道："俞卫青办事牢靠，板上钉钉，媳妇实心实意出嫁。"刘涛记起那个女人要出国留学的事，坏笑道："这下好了，看她还能往哪儿跑。"李停战好笑道："踏踏实实在家相夫教子吧！"

骑车的路上，刘涛说起邻居李秀荣的婚礼，在棉纺二厂职工食堂办的，荒友去的不多，都没凑够一桌，新郎相貌一般，三杠子打不出个屁，不知李秀荣看上哪儿了。李停战咬牙切齿道："此仇不报，枉为男子汉。"刘涛叹道："唉，无怪人们都说，男怕入错行，女怕嫁错郎。"李停战泪水夺眶而出，只好捏闸停了，下车擦泪。刘涛也陪着停车，劝道："停战，天涯何处无芳草，何必非盯着无意的落花流水……"李停战哽咽道："现在我才确信……世上根本不存在纯洁的爱情，作家杜撰出来的高尚爱情故事，纯属骗人勾当。"刘涛叹道："唉，爱情纵然再高尚，也脱离不了社会传统和经济基础，劝你还是看开了，退一步海阔天高。"李停战摇头说："我们过去傻得可爱，也很可怜。"刘涛沉重地说："面对色彩斑斓的严酷现实，总该有所醒悟。"

饭馆大厅里只能摆六桌，两个包间各有一桌。宾客近百，各桌只好增加椅子，未免显得拥挤了。俞卫青自嘲道："这才显得热闹。"双方家长和亲友进包间用餐，荒友两桌，电大文科学员两桌，另有两桌男女方的好友。师大的学生处处长是媒人，主持婚礼幽默道："篮球传情，把师大的才子才女牵到一起，希望新人白头偕老，生活甜蜜，敬老爱幼，计划生育。"此言既出，哄堂大笑，气氛推向高潮。

饭馆上菜很快，各桌风卷残云，宾客们陆续撤离，唯有荒友这两桌热闹不减。俞卫青让媳妇在包间陪着父母家人，抽空挤过来说："北大荒共患难的哥们儿就是'瓷器'，无论何时都棒打不散。"刘涛端起酒盅说："你先诚挚表示一下，再跟着大伙儿'套磁'。"俞卫青扬脖一饮而尽说："我一直想学医，命运阴差阳错，逼得人别无选择，偏让学文，我索性把这当饭碗，讲课抡圆了侃，对成人学员满堂灌，讲义虽简单，架不住临场发挥引人入胜，引经据典，学员容易理解，考试都是高分，这就是优秀的教学质量。"刘涛感叹道："我和俞卫青坚守这块文学青年阵地，不料，居然借以安身立命，真可谓傻人有个傻福气。"俞卫青坏笑道："嘻嘻，哥们儿面前，不用咬文嚼字，老百姓大实话很简单，咱们是歪打正着。"刘涛含蓄道："没着落的哥们儿也要加把劲儿，关键是不能耽误下一代……"俞卫青帮腔道:"常言说,百年树木,十年树人,养孩子错过八十年代新一辈,可没处买后悔药。"陈和平颇受启发,绘声绘色说:"人都说,有了对象,结婚不急,多享受几天恋爱蜜月,看来这话其实错了,至少对咱们知青不适用,为了弥补浪费的光阴,还是要继续发扬只争朝夕的知青精神。"李停战坦白道:"有个小学妹对我穷追不舍,我嫌年龄差距大,没多少共同语言,采取远而敬之,如今看来也是大错特错了,找对象其实就为过日子,生儿育女罢了。"韩江平叹道:"咱哥们这条件,学历不高,没房没钱,没法再水了,一旦有人愿意嫁给你,就得赶紧鞠躬道谢,人家这是可怜你,自愿献身。"他的话,虽有几分幽默,却没人能笑得出,谁都知道韩江平家境最差,最终能考上工贸学校,是俞卫青那几本复习笔记的功劳,也算是一步登天了。俞卫青低声道:"韩江平毕业留校的事,我跟那个当交管局长的学员提了,人家答应节后约出工贸学校的领导见面,我陪着去,你可要抓住时机,争取亮相就拿个头彩,努力表现一把。"韩江平激动道:"咱哥们儿没得说,我豁出几百块钱,把这事儿办得四脚落地。"俞卫青皱眉说:"你呀,误解了我的意思,见面的地方,由人家局长安排,你不用多管,只负责打点好工贸学校领导,才是正经,今后一旦评职称和分房子,指不定都要靠领导帮忙。"刘涛玩笑道:"卫青让你借此良机,想方设法摽住了校领导,出点儿血也不冤,自己今后的所有好事儿,都指着这份情谊出息呢!"众人听出些门道,目光注视着韩江平。韩江平脸上有些挂不住了,尴尬地笑道:"嘿嘿,你们这么看着我干什么,不认识呀?"刘涛玩笑道:"你脸上有朵花儿,忒耐人寻味儿。"韩江平感慨道:"唉,我如今岂敢跟你们比,一步没赶上,就像在北大荒割麦子,总在后边'打狼'(当尾巴)。"陈和平一字一顿说:"谁能搭上人生末班车,也算不幸中的万幸。"李停战举起酒盅说:"能为荒友哥们儿搭把手儿,紧要关头帮忙,就是一种幸福,祝贺俞卫青,喜上加喜。"众人一饮而尽,李停战又唱起熟悉的《兵团战士胸有朝阳》,众人跟着应和,饭馆老板也参与其中,手舞足蹈地放声吼唱,那股子浓郁的黑土地情结,颇有声势地在小饭馆里弥散开来。

节后回单位上班。当天下午,柯求理打电话招呼刘涛一起商量事儿。刘涛不敢怠慢,跟老徐打了招呼,骑车到局机关。小战也等在了文化科。柯求理见到刘涛,招手起身,三人同去于部长的办公室。于部长见面就说:"你们文科班几个同学创作的电影剧本很有分量,我支持你们以局文协名义,联系京城的电影制片厂，如何操作，小柯负责，这可是大工程，要有耐心，寻找机会，突破专业，亮出成果，投拍成功是关键。"刘涛转达了岳父的嘱托，于部长惊异道："哦，小刘是老冯的乘龙快婿，怎么不早透露给我，既然有这层关系，让小刘的岳父帮忙联系京城制片厂，也是你们不错的选择。"柯求理说完电影剧本的事，又说起局文协的理事年会和编辑文协刊物的事，于部长语重心长道："这几年，石油系统各管理局都成立了文学组织，争相办刊，积极扩大自己的社会影响，你们今后要注意，加强文学的横向和纵向联合，先把自家事办好，也要学习人家长处，早日培养出一支有实力的作家队伍，别辜负组织希望。"

柯求理带着二人回到文化科，又叫来小成和小李，商议文协理事年会筹办事宜。刘涛临走，柯求理叮嘱抓紧联系京城电影制片厂，必要时，一起跑两趟。刘涛干脆就在文化科里打直拨长途电话，接通岳母家，转告了于部长委托，请岳父帮忙联系京城电影制片厂的事。

岳父那边很快有了消息，就让手下的石柳珂爱人具体负责，联系了京城制片厂和部队制片厂。刘涛和柯求理专程跑一趟京城制片厂，对方是厂办公室主任出面接待，谈话不到一小时，留下油印的《钻井队长》文学剧本，答应让导演组找人看了再说，对方简单介绍了电影制片复杂的前期、中期、后期流程。出了制片厂大门，刘涛滋生出畏难情绪，怀疑仅凭京南石油的局文协，能否办成投拍电影故事片的大事，万一卡在京城哪个环节，岂不前功尽弃。柯求理鼓劲儿道："咱就认准一个理儿，世上任何事，都难不倒共产党人，咱们为党尽力工作，绝不会有错的。"

部队电影制片厂的导演，闻讯主动找上门，柯求理安排在"一招"住宿。导演当面提出："剧本需要增加部队军人转业在石油单位的故事情节，唯有这样，部队制片厂才好上报影片立项。"柯求理立即想到，把老一辈玉门"石油师"和石油转业军人的形象联系起来，加些典型人物和故事。导演认为可以大胆一试。柯求理送走导演，提出让刘涛再次修改剧本，补充这方面的情节，刻画出这支钻井队的指导员，就是石油师的军人后代，本身也是个转业军人。刘涛心理感觉没有丁点儿这方面生活积累，不禁退缩道："你老人家干脆饶了我吧，我对'石油师'一无所知，转业军人接触太少，生活底子太薄，闭门造车真不是个事儿。"柯求理作色道："你这人，干什么事先说不行，没有半点儿军人敢打敢拼的气质。"

结果二人不欢而散，刘涛负气地离开。

沉寂了几天，柯求理又打来电话。刘涛早就有些后悔，那天不该意气用事儿，谨慎地试探道："如果……有人提供石油师和转业军人在石油单位的生活素材，我愿意接受你的任务，修改一遍剧本试试。"柯求理声音不大，咳嗽几声说："咳咳……我提供素材没啥问题，但是……最近有点儿不舒服，想去总医院看一下，帮忙挂个号。"刘涛忙问："哪儿不舒服？"柯求理答："腹部右侧。""好吧，明天上午过来。"刘涛放下话筒，心里不免一动，直接找陈长荣去当面咨询："腹部右侧是个什么部位？"陈长荣吃惊地问："谁呀，这是肝胆部位。"刘涛直言不讳地说："是我同学柯求理。"陈长荣肯定地说，"那就直接找内科左主任看门诊。"

不料，柯求理一来看病，就被通知住院治疗，左主任初步诊断为：肝炎。柯求理只好匆忙地交代工作，再次住院，内三病区。左主任特意给安排了双人间病房，比较清静。柯求理牢骚道："我才要干大事，身体就往后撤，也好，趁着住院期间，静下心来读点儿书。"刘涛安慰道："你踏实先养好病，多少梦想都可能实现……读书是打基础，也是咱们的人生享受。"

回到总医院宣传部，屁股没坐稳，陈长荣打电话把刘涛叫到尤院长办公室，内科左主任也在。尤院长沉重地说："小刘的同学柯求理，肝部病理化验报告早就出来了，肝癌晚期，我一直扣着，实在不好张口，局党委宣传部三十五岁的科长，太年轻了……"刘涛好像被人打了一记闷棍，突然晕头转向，耳朵嗡嗡鸣响，泪水夺眶而出，喃喃道："这真……太突然，万没料到……"尤院长严肃道："为患者着想，必须及时通知患者单位和家属，王书记约了局党委宣传部的于部长，下午由我当面谈，小刘，约你同学的媳妇，下午赶紧来，由左主任当面谈，局领导和家属一旦提出什么治疗要求，咱们医院尽量满足。"

中午回家，刘涛坐在椅子上呆若木鸡，一时鼻子发酸，泪水夺眶而出。冯颖洁得知内情，好言劝道："人生自古谁无死，不过是早晚的事儿，谁也跟不了谁一辈子，人生之路，无论歪了斜了，都是自己的脚印。"刘涛哭出声儿，委屈道："我们的剧本，刚有些希望……"冯颖洁严肃道："他都这样儿了，你还惦记剧本的事儿，不觉得自私吗？"刘涛午饭仅吃了几口，心里始终过不来那种说不出的难过劲儿。

下午上班，刘涛先在楼门口接到柯求理的媳妇小韩，再陪着来到内科主任办公室。左主任笑吟吟让座，刘涛倒来一杯白开水，小韩似乎猜到几分，不由得紧张起来，端水杯的手在瑟瑟抖动。左主任婉言透露了肝癌晚期的真实病情，转告了尤院长上午表态："我院全力以赴治疗，可是效果很难预料，家属也要提早儿有个思想准备……"小韩强忍着突如其来的悲伤，艰难地哽咽道："女儿菲菲才刚满六岁，跟爸爸的感情很深……"刘涛听到此处，可怜柯求理的女儿菲菲幼小，将失去慈父，不禁也跟着泪眼婆娑。左主任提醒道："小刘，怎么不帮着劝家属呀？"刘涛不好意思地抹去泪水，挖空心思道："嫂子，我深知，柯求理才华横溢，有目共睹，性格也极为刚强，或许能创造一个奇迹，努力战胜病魔……"小韩逐渐冷静下来，擦干泪水，起身道："你们……都不用劝了，我知道自己该怎么做，谢谢左主任能及时告诉我真相。"

柯求理绝顶聪明，从媳妇的沉重表情中，很快猜到了病情真相，逼问出事实后，再见到刘涛，忍不住发作道："你……怎么不敢当面，早点儿告诉我这些实话，咱们是什么关系，你至今还没数儿？我还准备明年提拔你，调来当我的助手，文化科副科长，你居然参与同谋，隐瞒我的绝症病情，这都……太让我失望了！"刘涛一时窘在那儿，无言以对。柯求理重重地拍一下床头柜，索性咆哮起来，声嘶力竭地喊："这一切对于我，都来得太突然啦，真是让人措手不及……来不及再做任何可靠的安排……你呀你呀，让我说什么才好？"刘涛只好一旁默默地忍受着好同学、哥们儿的如此叱责，忍受着哥们儿即将无情地永别的感情撕裂般痛楚的煎熬。

似乎沉寂了很久，柯求理才缓缓地坐下，双手抱头，痛苦道："刘涛，能告诉我一句实话吗？到底还剩下多少时间？"刘涛曾听尤院长推测过，短则一两个月，多则不过一个季度，估计难过明年春节除夕的年关。可是，这种话绝对不能出口，必须硬着头皮继续欺瞒下去呀……

刘涛终于壮起胆子，鼓足勇气说："有可能三个月，或者半年……"

柯求理长叹道："唉——明白了，你，能帮我借本书吗？海明威的《老人与海》。"

刘涛自家书架上就有，忙应允道："晚上，给你拿来，不过……你还是尽量少看书，静心闭目养神为好。"

柯求理不耐烦地摆手道："你……赶紧去——忙吧！"

十八 ……… 折戟沉沙

晚饭后，刘涛如约送来《老人与海》。不料，洪旗和小战都在病房，正商量给柯求理编印诗集的大事。柯求理似乎不愿再跟刘涛多说什么，仅说一句："谢谢，你赶紧去——忙吧！"

小战似乎也对刘涛一副爱搭不理模样。洪旗似乎赤裸裸表露出一种对刘涛此刻出现的冷漠。他们三个人又继续认真讨论诗集编辑的篇目。

刘涛不好过多打扰柯求理，只好怏怏地离开，回家忍不住跟颖洁牢骚道："这下子，可算把柯求理得罪苦了，现在他见了我，一副爱搭不理的样子，或者，真该早点儿告诉他病情真相。"冯颖洁摇着头，苦笑道："唉，咱们不妨换位思考，你如果是当事人，我会怎样做，医务人员必须做这种善意的欺骗，患者晚一天知道自己身患绝症的真相，就是体现了医务人员的人道主义关爱。你如果早告诉他病情真相，或许他提早精神崩溃了，没准儿走得更快……"

刘涛上班来到办公室，对老徐诉说了柯求理的病情。老徐叹口气说："有才华的人却命运不济，本来大有前途的局党委宣传部年轻的科长却突然遭遇不幸，我已经听王书记说了，局党委常委于部长也为此伤感，你的同学加好朋友目前处于人生最后阶段，你就尽量抽时间，多去病房看他，也好尽点儿同学之谊。"

不料，柯求理住院仅三天，病情急转直下，透视检查发现肺部有大片阴影，仅仅二十天，癌细胞已扩散全身，再一周，出现了肝昏迷临终症状，他几乎丧失了意识，痛苦不堪地哀号一天，终于撒手人寰。

刘涛和陈长荣彻夜不眠，陪伴他走完最后的人生旅途。刘涛感叹道："人在绝望时刻，竟然如此恐怖。"陈长荣毕竟是外科大夫出身，轻声道："你见的太少了，医院既是生命的起点，也是人生终点，我当医生遭遇了几次外科急诊抢救，有井喷伤亡的，四五个急诊同时出现，也有火灾烧伤的，十多个患者痛苦地大呼小叫，急诊根本忙不过来，重伤者惨不忍睹，死亡也算司空见惯，人的感情也好像渐渐变得麻木了。"刘涛眼圈红了，沉重地说："我和柯求理多年交往，电大三年学业相处甚好，干成了很多事，谁知他电大刚毕业，突然撒手人世，匆匆而去，太遗憾了……"

柯求理的追悼会，在总医院太平间门前的空场上举行。

那个阴霾的早晨，随风飘起小雪花，雪花越飘越大，雪片打着旋儿，纷纷扬扬地飘落，好像长天在哀伤，嫦娥深情地舞袖，给大地蒙上一层庄严肃穆的色彩。

　　柯求理亲属和生前好友、局党委宣传部的干部、电大文科班同学、局文协会员数百人，挤在追悼会现场，贴墙边的挽联花圈排成长龙。于部长挥泪亲致悼词，总结了柯求理短暂而积极的一生，感伤党委宣传部领导失去了得力膀臂，京南石油文学少了一个扛旗人。追悼会后，目送着灵柩抬上殡葬车，开赴去火化场，众文友都哀伤不已，刘涛与小战和洪旗等人，抱头哭作一团。

　　冥冥之中，刘涛脑海里出现一个幻觉，柯求理依然在局党委宣传部的办公室里谈笑风生，推一下黑框眼镜的动作，还是那样潇洒，黝黑的脸膛充满了智慧和激情……

　　柯求理遗体火化后，骨灰被媳妇小韩寄存在火化场旁的寄存处。

　　刘涛专程登门，看望柯求理的遗孀小韩和女儿菲菲。此刻，纵有再多的语言劝慰，都是徒劳的，不过是几句简单的问答，刘涛匆忙告辞，临别留下一沓大面值票子，叮嘱小韩给菲菲买好书读。

　　局文协又召开年度理事会，于部长亲临主持，提议全体理事起立，为柯求理的不幸早逝，默哀一分钟。会上，于部长宣布，文化科暂由理论科长兼管，局文协由副秘书长洪旗接任秘书长，继续主持文协活动和刊物的编辑工作，报社的韩玉琪兼任局文协副秘书长，协助秘书长开展各类文学活动。

十九

五味杂陈

  刘涛心目中树立起的京南石油文学旗帜突然倒了，刘涛的文学热情，似乎瞬间土崩瓦解。刘涛同时发现，人的遗忘，似乎也是一种智慧，无人再提及那部电影文学剧本《钻井队长》只字片语。刘涛遗憾之余，感到个人的力量实在过于渺小，欲干一番振兴石油文学的事业，恐怕是独木难撑。他甚至怀疑过，石油局的文协，到底能干成多少大事。记得去年电大文科班的课间休息，同学们曾与柯求理讨论过唐代诗人杜甫《蜀相》诗中名句"出师未捷身先死，长使英雄泪满襟"，还有杜牧《赤壁》诗中名句"折戟沉沙铁未销，自将磨洗认前朝"的含义，反复咀嚼唐诗名句中的况味，感叹诗里刻画的人生意境和历史滋味，与当代现实竟然如此惊人的相似。

  失去对文学怀有的热情支撑，刘涛感觉日子变得百无聊赖，闲暇再也没心思爬格子，文学书也看不进去，晚饭后在家看电视新闻，时常茫然地盯住电视屏幕发呆，话也懒得说。冯颖洁发觉了丈夫精神上某种不健康端倪，担忧地和于虹念叨："这可怎么好，刘涛好像让死人把魂儿带走了。"于虹认同道："听院办陈秘书说,石油文学的扛旗人,电大文科刚毕业,正准备干一番事业,突然发现患癌症晚期,小刘对文学那么痴迷,同学加好朋友突然离去,肯定遭受了很大感情上的挫折,现在咱们最好的法子,就是转移他的兴趣,不妨让他参加咱院周末舞会,我可以负责教他跳舞。"冯颖洁依计而行,回家规劝丈夫说:"我看你索性暂时放下文学创作,去咱院礼堂的周末舞会感觉一下,学会八小时以外的娱乐,不妨活得轻松点儿。"刘涛不温不火地"唔"了一声。

这日下午,总医院召开党群联席会,外科工会主席白大夫提出,业余时间喜欢吹黑管,在家玩乐器会直接影响家人休息,在外面玩,冬天又太冷,建议总医院工会组织玩乐器的人成立业余乐队。院工会齐主席早就憋足了劲儿,趁机鼓动道:"乐队正好可以给周末晚上的礼堂舞会伴奏。"王书记玩笑道:"有了乐队伴奏,齐主席两口子跳得更来劲儿了。"会议室爆发出一阵欢笑声,气氛轻松多了。外科党总支郝书记提议:"听说宣传部的小刘也会乐器,参加过业余文艺宣传队,我看,由他出面组织小乐队挺不错的。"老徐顺情道:"我始终坚持让刘涛同志发挥自己长处,主抓部里文化宣传工作,刘涛代表党委宣传部组织文化活动确实合适,既干好了本职工作,又活跃了我院职工文化生活。"齐主席一边点头,一边盯住刘涛说:"我看,可以考虑增补刘涛同志为院工会委员和机关工会委员,抓职工文化活动就更加名正言顺了。"众目睽睽下,刘涛无处躲藏,只好顺应形势,高姿态说:"各位领导都支持搞乐队,我职责所在,义不容辞。"老徐补充说:"开展群众文化活动势必要占用个人业余时间,刘涛作为入党积极分子,要体现出党员的那种奉献精神,公而忘私地勤奋工作。"刘涛回家,把会议情况如实告诉了冯颖洁,问媳妇是否支持组织乐队。冯颖洁好笑道:"嘿嘿,当官的真有一套,组织业余乐队给舞会伴奏,明明是你们玩儿的事儿,老徐却把你说成牺牲业余时间抓群众文化活动。"刘涛自我解嘲道:"嘻嘻,我学会了玩儿着干工作,岂不正合你意。"冯颖洁深情地看了丈夫一眼说:"这三年也真够你辛苦,又要上学,又要爬格子,每天写到半夜,总算拿到了毕业证,如今,多少也该轻松一下。"刘涛感慨道:"你操持家务更不易,既要上班又要带孩子,洗衣服、做饭都没耽误,家里安排得井井有条,我算有福气,娶了能干媳妇。"冯颖洁翻白眼道:"用得着你这会子讨好我,哼,我每月还比你多挣几元工资呢!"刘涛故意耍贫嘴道:"媳妇多能干,手下领导十几号人,享受家庭专用电话待遇,我用家里电话,也算沾了媳妇的光。"冯颖洁得意道："明白就好，自从你跟我结婚，调到卫校又调到总医院党委，得儿子、考大学、转干、当宣传干事，这些好运气都是我带给你的。"刘涛坏笑道："嘻嘻，没有你，我找谁要儿子去。"冯颖洁羞涩道："讨厌，就会耍流氓。"

陈晓明和谢春华一直没能再有孩子，这似乎成为刘涛的一个隐痛。如果谢春华没流产，那个孩子活着，应该比刘冯还大两岁。可惜，刘涛曾跟孕期的谢春华碰杯喝过一杯啤酒，就沾上了说不清的嫌疑。这个隐痛在他心底时而发酵，有口难辩，只不过蒙着一层纸，彼此都没捅破罢了。刘涛总觉得欠了陈晓明什么，自从调入总医院宣传部，尽量回避去财务科办事，减少与陈晓明见面的机会，即使见面，也是聊几句不疼不痒的话题，绝不会触及那个隐痛。

这日，陈晓明拿着一份工程拨款单，主动来宣传部。刘涛玩笑道："热烈欢迎财神爷来访——你也不事先打个电话，我好去登门求教。"陈晓明习惯性地推推眼镜，不客气地坐到刘涛对面，开门见山地说："你们给家属区安装闭路电视的工程款子，局财务处刚拨下来，按照进度付款，可以先付第一笔材料费。"负责闭路电视安装调试的肖迪闻讯过来，笑着递上一张发票说："工程其实早开始干了，工程材料款一直赊欠，看来年底前能结账了。"陈晓明沉下脸说："没拨工程款就敢施工，胆子够大了，上面要是不批这项工程，你们可就坐蜡了。"刘涛解释说："院务会上，尤院长拍板，限宣传部年底前完工，等拨款下来再动手，就会误了工期，涉及各家各户看舒服电视的大事，一旦耽误了，谁知道会挨多少骂，老徐请示了王书记，宣传部确定赊账先期施工，闭路电视入户线路已完成，但是没钱买调试仪器，电视图像很不稳定，现在有钱了，配齐调试仪器和信号放大设备，一步到位没问题，至少能保证各家踏实看上春节的文艺节目。"肖迪诉苦说："我们国庆节前忙了一个多月，这次调试恐怕还要十多天。"陈晓明这才有了笑脸，让肖迪和刘涛在发票上签字，并让他们通知老徐也来签字，答应下午上班给支票。刘涛记起陈晓明喜欢玩小提琴，就顺便说了院工会组织业余乐队的事，准备这个周日晚上第一次活动，给礼堂举办的舞会伴奏。陈晓明来了兴致，兴高采烈道："办乐队是好事，算我一个，文化宣传干事刘涛出面组织，名正言顺，我还建议你学桥牌，这可是一项高雅的智力竞技，一旦入门，没准儿都会上瘾。"刘涛将信将疑道："真的？目前，我还没沾染任何上瘾的嗜好。"陈晓明笑道："今儿晚饭后，你跟小冯请假，我带你去活动一次，体验体验如何？"陈晓明说起自己喜欢的桥牌，不禁滔滔不绝道："这是个西方的舶来品，与中国传统的拱猪、升级、打百分扑克玩法相似，只是不用大小王牌，52张牌，每人13张牌，剔除牌好和牌坏的因素，比赛公平，全凭智力取胜，攻防之间，毫厘差异往往决定胜负……"刘涛跟着陈晓明去财务科，拿回一本《精确叫牌法》的书，津津有味地翻看。

午饭时分，老徐散会回办公室。刘涛简要汇报了闭路电视拨款的事，发票还要老徐签字才能领支票。老徐答应下午上班，先去财务科签字，让肖迪准时去拿支票，赶紧去买调试仪器和信号放大设备，抓紧调试各宿舍楼和平房区的闭路电视系统，全院上下都巴望着早日看上图像清晰的电视节目。老徐也说了这次院务会的要点："总护理部春节前要开展一次全系统岗位练兵竞赛活动，咱们宣传部要派人参与组织，包括预赛的笔试监考、决赛的主持、对外宣传报道等工作，咱们全力以赴，晚上还要加班做好闭路电视系统的调试，这几个星期日恐怕都不能休息，我想从闭路工程款里，给大家解决一点儿加班的劳务补贴。"刘涛悄声道："这个容易，肖迪说过，工程款的百分之十可用作劳务支出，关键是咱们分次计提为好，目标不能太大，惹出非议就麻烦了。"老徐严肃道："这几个事，我看都是以你为主，怎么干要考虑周全，我支持你大胆工作。"这话听得刘涛心里热乎乎的，玩笑道："知我者，老徐也。"

在家吃晚饭，刘涛跟媳妇打招呼说："我饭后有事儿，出去一趟，你辛苦一下，刷碗吧？"冯颖洁沉下脸说："白天都没疯够，晚上还要出去疯，去哪儿疯也不说明白，听说，商业公司楼下新开业一家营业舞厅，灯红酒绿得挺招人儿。"刘涛好笑道："亲爱的，你误会了，我跟同学陈晓明去学打桥牌，这是一项高雅的竞技体育运动，在咱石油刚兴起。"冯颖洁转而开心道："嘻嘻，你早说明白呀，跟人家学点儿玩儿的本事也不错，关键是要虚心，学习不能三心二意。"刘涛不耐烦道："用你啰唆。"

刘涛跟着陈晓明骑车去石油设计研究院，到了那里，恰好凑够几个单位的人，分三桌对抗。刘涛和陈晓明联手，初次上阵，叫牌打牌都懵懵懂懂的，不时翻看《精确叫牌法》，所幸不过都是练习，没人计较输赢。局机关老干部处的老居热心组织桥牌活动，被推举当总联络人，当场宣布在场人员为局里桥牌活动的骨干，初定每周三晚上活动一次，相互切磋牌技，回家没事，多看叫牌法的书，争取背下叫牌法内容，联手之间能比较准确地传递持牌信息，才能找到合适的定约。陈晓明和刘涛陪着局机关老居等人骑车同路回家,聊了一路,彼此感觉相见恨晚。刘涛当知青时,没少打扑克,敲三家、拱猪、打百分早已烂熟于心,加上《精确叫牌法》的指点,学桥牌不难入门,又去新华书店搜罗几本桥牌书,回家如饥似渴地钻研,至半夜才意犹未尽,结合定期参加桥牌实战,感觉这真是一项锻炼脑力和体力的高智商竞技活动,记分公正,胜负奥妙永无穷尽。

  总医院业余小乐队随之开展活动。工会齐主席在礼堂宣布了院党群联席会议纪要,刘涛被指定为队长,外科白大夫为副队长。刘涛表态,在院工会齐主席指挥下,有信心办好礼堂周末舞会和乐队,努力丰富总医院职工家属的业余文化生活。工会库房管理员帮着刘涛抬出扬琴定调。刘涛摆弄扬琴重操旧业,颇有故友重逢的感觉。齐主席发现乐队缺少低音乐器,又让刘涛改拉大提琴,调好四根弦的音调,跟着弹拨乐曲旋律的节奏,也颇有趣。十多种乐器合奏,蛮像回事了,初次活动就给舞会伴奏,舞者情绪高涨。礼堂舞台是平展展的水磨石地面,作舞池挺合适。总医院的未婚姑娘多,加上舞会免费开办,新添了乐队伴奏助兴,附近单位的好舞者也闻讯蜂拥而至,台下扶老携幼看热闹的人更多。冯颖洁带着儿子也来礼堂玩儿,刘冯一会儿在台上看爸爸弹琴,一会儿在台下疯跑,折腾到九点才跟妈妈回家睡觉。乐队初次活动相互配合不熟,练了几支乐曲,齐主席和老干科屈书记两口子跳舞尽兴,舞会结束,乐队的人帮助整理舞台座椅,齐主席让工会库房管理员拿出慰问病号的鱼肉罐头,给小乐队成员每人两个,权作夜餐补助。晚上十点多,刘涛带着两个鱼罐头回家,冯颖洁已经把儿子哄睡了,温柔笑道:"这差事儿不错呀,既能娱乐,还发鱼罐头。"刘涛神秘笑道:"发觉工会的活儿不错,快乐工作,享受慰问品。"冯颖洁取笑道:"嘻嘻,别光顾了贪吃鱼罐头,还有喝不上汤的难受劲儿,工会干部提拔慢,谁都是心知肚明。"刘涛低声道:"听说齐主席也算个人物,当过党中央某大人物的警卫班长,新中国刚成立那儿就在国家计委,据说跟着大人物倒台一同吃瓜落儿,下放农村,参加大庆石油会战,长期不得志。"冯颖洁取笑道:"您这是旧闻了,全院没几个不知道的,人这辈子,岂能总是一帆风顺,总会有许多磕磕绊绊的事儿陪着走下去。"刘涛玩笑道:"不得了啦,媳妇变得像个哲人了,这些话虽很通俗,但是含意却很深邃。"

  没几天,齐主席主动来宣传部反映,部分女职工要求,希望每周增加一次舞会活动。老徐笑着让座，附和道："群众的要求其实不高，我看，可以考虑适当增加舞会活动。"刘涛提议："最好先别固定时间，如果礼堂没有新影片放映的安排，每周二晚上可以加一次舞会，周一和周三晚上有闭路电视节目，正在播放电视连续剧，这样才都互不影响。"齐主席点头认可，吩咐道："到时候小刘别忘了给工会办公室打个电话，只要没有安排新影片放映，你就负责写两张舞会的海报，早点儿贴出去。"刘涛应允道："还是晚上七点开始，这个事儿包在我身上。"老徐笑问："小刘，学会跳舞了吗？"刘涛不好意思道："还没敢学，跟异性搂搂抱抱的，怕招惹得媳妇有想法。"齐主席申辩道："舞会都是跳国际流行的交际舞，舞姿标准，公开健康，你怕什么媳妇？"老徐也说："咱干什么吆喝什么，小刘学会跳舞，才能搞好文化宣传工作，不要像我们这把年纪，腿脚都不灵了，想学也难了，你趁着年轻抓紧学，我相信小冯也会支持你。"齐主席趁机说："收费处的小刘知道吧，那丫头常出入商业公司新开的营业舞厅，据说有石油舞星的名号，你找她带着学，我家老屈也可以教你，其实找谁学都成。"

再逢周二，刘涛记起加一次舞会的事，上午先给院工会的办公室打电话，得知礼堂没安排新影片上映，便找了张两开的黄纸，一分为二，用毛笔饱蘸墨汁，写下大个"舞"字，将其圈起，下款注明舞会举办的时间和地点。午饭时分在礼堂门前告示栏和家属区门口贴出海报，齐主席下午上班打来电话，表扬刘涛守信用，及时贴出了舞会海报，不少人给工会打电话，核实消息，反响挺不错。刘涛谦虚道："齐主席顺应多数女职工的需求，我尽职尽责做好具体工作。"

晚饭后刘涛提早来到礼堂，结果还是晚了一步，乐队已开始合奏。刘涛惊讶道："白大夫，你们来得真早。"白大夫正在摇头晃脑地吹黑管，一副很陶醉的模样儿，闻言，方回过神儿来，轻声笑道："嘿嘿，我们的孩子都大了，饭后没事，来玩就是。你孩子还小，来得也不算迟。"

如今，跳舞在石油基地里已经成为社会交际时尚。学国标交际舞的人越来越多，总医院礼堂舞台上，一时人满为患。伴奏乐起，舞台上的一对对舞者摩肩接踵，时有踩脚的抱怨声，还有相撞的吐舌怪相。齐主席大声招呼道："各位来宾，今晚人多，跳舞不要转得太快，大家注意安全。"两个歪戴帽子的小痞子，叼着香烟登上舞台，齐主席义正词严阻拦道："礼堂不准吸烟，严防火灾。"小痞子满不在乎道："还有这规矩，没听说过。"齐主席立刻瞪起眼睛，招呼台下医院保卫科的值班人员上来，拿着电警棍把两个小痞子赶走了。齐主席愤然骂道："什么东西，爹妈没管教好的杂种。"

刘涛惦记老徐让尽快学跳舞的事，找齐主席介绍那个有名号"石油舞星"的女孩子。齐主席玩笑道："学跳舞容易上瘾，我年轻时上瘾了，一辈子没戒掉，那时候不让跳，我在家偷着听舞曲，抱着凳子跳。"刘涛傻笑道："齐主席的舞瘾可不小。"

收费处的小刘相貌标致，个儿不高，白瓷样儿娃娃脸，高鼻梁衬出薄嘴唇微有上翘，显出一种傲气，胸脯挺得也似乎带几分骄傲。齐主席介绍了刘涛，博得对方一笑说："刘干事是手术室冯护士长的爱人，下一曲你教他跳舞。"刘涛感觉像被人贴了标签一般，市场价值一清二楚。下一曲开始，舞星上前做个邀请动作，挽着刘涛手臂现场教授，口吐莲花般叮嘱道："听到舞曲开始，先分清是三步还是四步的节奏，这是慢四，适合初学者，记着节奏，慢、慢、快、慢，千万不能低头看脚，身体自然挺胸收腹，保持立正姿态，目光平视，迈步别大了，落脚要踩在节拍点子上。"刘涛捏着对方光洁如玉的小手，感受到如蕙兰般的青春气息扑面而至，未免有些心猿意马，没留神，踩了对方脚，忙说："对不起。"舞星回报一笑道："我早就准备，豁出去让你踩几下，不然，你那么容易就学会跳舞了？"刘涛玩笑道："你这是伟大的献身精神。"舞星脸颊浮现红晕，责怪道："听说，你还是作家，严重用词不当，谁敢给你献身呀，冯护士长能轻饶人。"刘涛忙辩解道："你误会了，我是说，你教我跳舞，不惜牺牲自己的脚，让我这个笨蛋学生踩来踩去，多不忍心。"舞星顽皮道："刘干事学跳舞挺有灵气，你别成心踩我就好。"刘涛逗趣道："我怎么感谢老师？"舞星莞尔轻笑道："嘻嘻，你们多组织几次免费舞会就行了。"刘涛又问："听说你常去商业公司新开的营业舞厅？"舞星不悦道："还不是讠 夫总医院舞会办得太少，如果本院舞会多了，谁还有兴趣花钱买票去营业舞厅？"刘涛笑道："今后有机会，可以组织一周两次舞会。"舞星羞涩道："总医院的姑娘们，其实都喜欢赶时髦，找我学跳舞的人越来越多，几乎教不过来啦……"刘涛灵机一动说："如果组织业余跳舞学习班，你能辛苦一下当老师吗？给爱好者普及跳舞技能。"舞星又是轻笑道："嘻嘻，我不是正在教你……"一曲终了，刘涛拿定主意，找到齐主席，把举办交际舞业余学习班的想法说出来，马上得到了赏识。齐主席兴奋道："太好了，这事儿顺应民意，除了收费处小刘，我和老伴儿老屈也可以当老师，为了普及国标交际舞，办个学习班并不费事，无非是办舞会同时开班，搂草打兔子——捎带脚儿。"

转天上班，刘涛跟老徐见面，说出举办国标交际舞业余学习班的事，老徐听了感觉新鲜，忙着去找王书记汇报，动员院领导都参加交际舞学习班，号召总医院职工尽量跟上时代步伐，兴起扫"舞盲"活动。不久，冯颖洁跟丈夫抱怨道："你们可真能煽呼，弄得全院上下都学跳舞，手术室的姑娘，有人着迷，打扫卫生拖地，也要练习舞步，'嘭嚓嚓，嘭嚓嚓'，这怎么能安心干好本职工作……"刘涛玩笑道，只要不耽误工作就行，总医院地处石油基地中心区，大家赶时髦也不应算错，理应给周边的郊区做出表率。

局党委宣传部的于部长也来住院了，被诊断为甲状腺结节，准备手术治疗。刘涛提着一兜沉甸甸的水果，陪着老徐，跟王书记和尤院长亲往普外病区探视。于部长精神不振，见到刘涛未免感伤道："得力干将柯求理去世，对我打击确实很大，一手把他栽培起来，原打算让他将来接我的班儿，谁知是白发人送黑发人……"刘涛劝慰道："于部长慧眼识珠，可惜柯求理命薄，据说他那个家族有癌症遗传基因，家里总共三个男孩，个个出色，哥哥研究生毕业没两年，就故去了，弟弟刚接到研究生录取通知书，没来得及去学校报到，就死于肝癌，比他走得还早，真是可惜了。"尤院长推下眼镜说："听小刘说，柯家在玉门石油单位生活多年，可能与那里的环境艰苦有关。"王书记劝道："于部长一直忙于工作，每天节奏像钟表的发条，上得太紧，不利于健康，也该住院休养一下，一张一弛，调整好身体，有利于今后。"尤院长轻笑道："甲状腺结节的手术很简单，不过是防患于未然，清除了病灶，可益寿延年。"于部长会心笑道："此来，麻烦你们了，我闲下来也好，静心练字，养足精神再去工作。"尤院长轻笑道："嘿嘿，这次机会难得，我想求于部长一副墨宝，挂在家里墙上，时刻勉励自己。"于部长开心道："我的字也算一般，你要哪个内容，回头让小刘告诉我一声儿，等我手术后，养好精神，再给你写出来，拿去裱好了，再让小刘带给你。"尤院长喜出望外笑道："那我就提前拜谢于部长了。"于部长含笑道："我先要拜谢你，给我亲自主刀，请出外科老主任坐镇，这是双保险。"王书记忙说："您是局党委常委，我院必须确保手术万无一失。"

局党委宣传部来电话通知，下周一组织政工理论研讨班，为期一周，在

"一招"住宿，分给总医院宣传部一个名额。老徐派刘涛参加这个研讨班，刘涛只好去找齐主席告假，商定交际舞业余学习班剩下的活动，改由齐主席负责组织。

周末下午，全院家属区的闭路电视系统进入最后调试阶段，老徐和刘涛齐上阵，跟着肖迪一栋栋家属楼检测和调试接收信号，忙到半夜时分，周日从上午又忙到晚上，这项工程才算差不多完成。晚饭前，肖迪拿出一张劳务费发放表，让老徐和刘涛签字领钱，表上有二十多人名，老徐和刘涛各签了三分之一人名，写上自己名字和注明代领。肖迪拿出早就点好的票子，每人一份，装在牛皮纸信封里厚厚一叠。老徐掂量着信封，犹豫道："这么干……合适吗？"肖迪解释说："财务有规定，劳务费发放有限额，经过与财务科商量，采取这个变通办法，把咱们的劳务费摊在几个人名头上，这样不起眼，不会有人查对。反正这工程都是宣传部干的，这是咱该拿的加班辛苦钱。"老徐释然一笑道："符合按劳分配原则，只要合理就行，孩子们正闹着家里换台彩色电视机。"刘涛拍手笑道："可劲儿攒了一年钱，差不多千儿八百，加上这些，恐怕买彩电够了。"肖迪跟着笑道："我媳妇也是这种意思，家里不能总是看黑白的，带色的多来劲儿，小孩都喜欢看动画片，带色的对保护孩子眼睛有好处。"

刘涛回家，把刚领的补助费如实交账，冯颖洁照例放进写字台抽屉里。刘涛叨咕彩电难买，商业公司每年只能弄个百十台指标，狼多肉少，彩电需凭票购买，找一张彩电购买票很难。冯颖洁想起眼科病区护士长于姐，一直关系不错，她爱人是商业公司的工会主席。刘涛断定能弄到彩电票，于姐有法子可想。冯颖洁让刘涛陪着，带着儿子登门，求一张彩电票。于姐一口应承，透露说："年底前商业公司要进一批天津产的京城牌彩电，进口显像管，获得国际金奖那批，都说质量不错，留神盯着点儿，每次商业公司机关都会留几张机动票，这次我家那口子如果弄到票，优先给你家。"刘涛的感谢话说了一箩筐，于姐朗声笑道："嘻嘻，你们别客气，谁也备不住求人办事，我和你家颖洁处得像亲姐妹，这个忙该帮的。"在回家路上，冯颖洁轻声说："上个月，商业公司经理的岳母着急做手术，排不上队，于姐求手术室给予照顾，我给临时加了台手术。"刘涛感叹道："这年月，求人帮忙才好办事。"冯颖洁嗔怪道："过去也是这样，谁家也不是房顶上开门，万事不求人？"刘涛想起柯求理死得太早，遗憾道："如果柯求理还在扛石油文学大旗，我们的电影剧本说不定都投入拍摄了。"冯颖洁深知，这是丈夫的隐痛，便岔开话题，问起学桥牌的事。刘涛顿时来了兴致，洋洋自得说："这一段儿可没白学，比跳舞还容易让人上瘾。打桥牌的魅力无穷，胜负在于一念之间，可能差之毫厘，失之千里。"冯颖洁俏皮地问："桥牌有这么大魅力？"刘涛正色道："通过桥牌公平竞技，我才懂得，尊重对手就是尊重自己，认真对待每一次挑战，才能抓住有限的人生机遇，国际桥牌有句名言，打牌如人生，只有果断出击，才能博取胜利。"冯颖洁玩笑道："没错儿，大实话，天上绝不会掉馅饼。"

　　局党委政工理论研讨班如期开办，电大首届文科班的同学几乎再聚首，竟然有十多个同学来"一招"报到，报社小战被老韩派来"武装头脑"，吉宁也被调到采油厂宣传部主抓理论工作。同学们再见面，难免一起笑谈，毕业后如何被生拉硬扯地端上了宣传的饭碗。于部长临时脱下病号服，亲临"一招"会场做开班动员报告，见到局文协和电大文科班的熟人，不免痛惜柯求理英年早逝，号召学文科的年轻人借这次研讨班机会，下功夫钻研石油政工理论，争取都有所获。分组座谈政工在企业的难题，成员发言踊跃，各抒己见，集中反映出政工在基层受轻视，理论研究薄弱，缺少发表阵地等问题，针对问题，各自报出论文初步选题，会议便"放羊了"（休会）。理论学习班要求每人年底前交出一篇三千字以上的政工论文。刘涛早年与荒友曾宏伟闲聊，涉及石油遭受到周边老百姓揩油的话题，这次选题就是探讨这种现象的理论依据，《试论小农意识对石油企业职工的影响》。有了文科毕业论文答辩受挫的那个教训，他对这个选题做了缜密思考，又分别找文科同学讨论，小战提出："从石油职工来源分析，多数职工来源于农村，小农意识不自觉地带入企业。"吉宁指出："不仅是石油单位周边老百姓揩油分肥，小农意识在企业内部也有频繁地表现，对职工团结和企业发展伤害甚多。"刘涛沿着同学的启发线索，努力拓展思路，初稿写了五千字。

　　周末晚上回家，冯颖洁晃动一张盖着公章的纸片，兴冲冲地说："于姐拿到了彩电票，下午送到手术室，明天上午咱们去商业公司开票提货。"刘涛兴奋地说："能看到带色的电视，早就是梦寐以求的美事儿，这台黑白电视可以拿到京城母亲那里。"周日上午，刘涛骑车带着冯颖洁，提前半小时赶到商业公司的库房，不料还是晚了一步，库房门前等候提货的十多人，已排成一字长龙，冯颖洁排在队里担心道："不会到咱这儿没货了？"刘涛捏着彩电票说：

十九 五味杂陈

"一张票对应库房一台彩电,上面盖着公章岂能当儿戏。"两口子耐性子排队交款、开票、提货,刘涛亢奋道:"彩电果然是获国际金奖的型号,16英寸进口显像管,忒带劲儿。"冯颖洁提醒道:"箱子在自行车上可要捆结实,我在后面扶着,路上推车小心点儿。"俩人像接待贵宾般,把大纸箱子抬回家,儿子刘冯也小鸟一般飞来,手舞足蹈地喊:"看彩电,看彩电,我要看铁臂阿童木。"刘涛看过说明书,彩电摆在酒柜上,接通电源和闭路天线,显像管仅有天线接收信号,并无图像,他摆弄一会儿,猛然想到这个时间,电视台还没有播出节目,无奈道:"儿子,看铁臂阿童木要等晚上才会有。"冯颖洁忙着进厨房和面、切菜,准备包饺子,庆贺家里买到了彩电。

刘涛的政工论文改了几遍,达八千字。稿子拿到局宣传部理论科,科长感觉题目太大,文章冗长,改题目为《略论小农意识对石油企业职工思想的影响》,帮着删节后,剩余五千字。刘涛称赞道:"感觉言简意赅,总算交差了。"科长自信地说:"争取在我们办的《政工研究》杂志创刊号上发表。"刘涛告辞出门,凑巧碰到于部长,让刘涛顺便给尤院长带回已裱好的书法作品。刘涛问候于部长说:"您手术后的身体,恢复得挺不错,不仅气色好多了,而且面带红润。"他进了于部长办公室,拿到东西说:"保证把于部长的书法大作及时带给尤院长。"

骑车回单位,刘涛不敢耽搁,忙把书法作品直送尤院长办公室。陈长荣正在跟尤院长汇报一起医疗事故的鉴定情况。尤院长皱眉倾听,见到刘涛拿来于部长的书法大作,做手势让陈长荣暂停,笑眯眯地打开已裱好的横幅书法,只见四个遒劲有力的行楷大字:天道酬勤。落款有印章和签名。陈长荣和刘涛齐声喝彩,尤院长欣喜道:"果然是书法大家,笔力与气度都是不凡。"陈长荣拍巴掌说:"尤院长有福气,这种书法作品挂在家里,足够上档次。"刘涛也说:"尤院长是总医院的柱石人物。"尤院长仔细卷起书法作品,谦逊道:"哪里敢称柱石人物,小刘过奖了,不过是玩手术刀的普外科医生罢了。"

刘涛忙起年底的杂事,起草宣传部工作总结,报送局级优秀通讯员材料,刘涛和陈长荣都够评选资格,陈长荣填表后交给刘涛,喜滋滋地说:"多亏你帮忙,局级优秀这份荣誉难得。"刘涛悄声商量道:"除了局里那份奖品,院里评选的优秀通讯员也要奖励,尤院长批了一笔钱买书当奖品,你喜欢的书,别忘了列个单子,我有工夫跑一趟书店,春节前报社要开表彰会。"陈长荣提醒道：" 元旦后总护理部的岗位练兵竞赛开始了，你我都跑不了跟着打杂。"刘涛嘀咕道："贝大姐让我主持护理知识决赛现场，没干过这类活儿，纯属赶鸭子上架。"陈长荣挤挤眼说："我负责验收新买的抢答设备，现场计时，咱们都是大姑娘坐花轿头一回。"

  局卫生处闻讯出面组织护理知识竞赛，总医院这次护理知识竞赛，升格儿为局级专业竞赛，初赛笔试，石油局各单位附属医院和卫生所的护理人员都来参赛，加上卫校几个护士班的学生，借用局机关子弟中学教室做考场，总医院各科护士长和机关年轻干部齐上阵，二人负责一个教室监考。刘涛和冯颖洁都去参加监考，儿子只好临时托给冯颖洁的同学母亲照看。复赛有十二支代表队名额，总医院五个科室代表队入围，由总护理部组织必答题口试，都是护理基础知识题。

  刘涛把一大捆新书买回来，刚打开书捆，正巧组织部部长邱新田来找老徐问事，看到新书多是文学类，不禁眼睛放光，呵呵笑道："我也喜欢文学，可否借几本看？"刘涛赶紧说："邱部长也评上今年咱院里优秀通讯员，这些书都是优秀通讯员的奖品。"老徐顺情说："邱部长就先挑吧，节前都忙，我们不召开专门表彰会了，在院办公会上宣布一下就行了。"邱新田喜不自声道："文人见了书可是格外亲，我就不客气了，先睹为快。"说罢，挑了三本书，老徐过意不去说："再挑几本。"刘涛补充说："院级优秀通讯员才七个人，每人平均五六本书。"邱部长挑完书，刘涛帮着用报纸包上，捆好，准备送到组织部，邱新田乐颠颠地抢过来说："自己的奖品，我直接拿回宿舍，感谢你们的关照。"

  护理知识决赛在总医院礼堂舞台上举行，六支代表队进行五轮抢答，决出前三名，总医院三支代表队入围。刘涛深觉当主持人的压力很大，决赛前夜在床上翻来覆去难入睡，冯颖洁在枕边劝道："反正有总护理部竞赛现场监审，遇到有争议问题，求助总护理部定夺。"刘涛还是不安，转天上午去总护理部，与贝副主任预测竞赛常见的争执情况，有埋怨没听清题的，也有抱怨说抢答器不好使的，参赛的女孩子们都是反应机敏的专业人尖子，恐怕不是那么容易对付。贝副主任再三强调："主持人一定出于公心，不可偏袒熟人，局卫生处、总医院和各医院领导都在台下观看，还有报社记者，众目睽睽，不能掉以轻心。"刘涛后悔道："真不该轻易接了这活儿，现在才知道是块烫手的山芋。"

十九 ……… 五味杂陈

贝副主任取笑道："这是多好的锻炼机会，岂能让你临阵脱逃，何况我们还争取到局卫生处下拨的竞赛组织劳务费，何乐而不为。"刘涛无奈道："有贝大姐给撑腰，我就踏实了。"贝副主任玩笑道："不得了，刘涛也学会哄人了。"刘涛又去礼堂舞台现场勘察，陈长荣正在验收新买的抢答器，提醒道："你主持抢答前，别忘了让各队试两次抢答器，只要抢答有效，就不能抱怨抢答器不好使。"刘涛点头说："幸亏你叮嘱了，这是重要一环。"晚上，冯颖洁特意找出刘涛结婚穿的那套中山装，用熨斗弄得平展展，裤线笔直。刘涛玩笑道："把我打扮得这么帅气，万一谁看上了，玩第三者插足，你可别后悔。"冯颖洁自信道："你敢，看我不打折你的腿！"

决赛现场请来了局党委常委、宣传部于部长，主管文教卫的副局长和两名局级领导坐镇。刚组建的局闭路电视台派来两个人，扛着录像机现场录像，加上总医院宣传部肖迪拿着相机拍照，增添了决赛现场紧张气氛。尤院长交代刘涛介绍莅临的局领导，并请主管副局长简短讲话。总护理部贝副主任现场宣读竞赛规则，刘涛让各队分别试抢答器，竞赛进入必答阶段，场面还算平稳，每队三题，满分百分，各队都取得满分，刘涛祝贺各队，台下响起掌声。刘涛让各队再次试抢答器，进入抢答阶段，台下忽然静得出奇，台上灯光带来的温度高，令人感觉燥热，空气也似乎凝固了。刘涛掏出手绢擦一下额头上的汗，重申抢答规则，拿出抢答题卡片，手持话筒，故意放慢读题语速，读题结束语和"开始抢答"几乎同时脱口而出，随之抢答铃声响起，总医院外一科代表队抢到答题机会，获得二十分，台下响起鼓励的掌声。三轮抢答结束，总医院三个代表队各得二十分，台下有人忽然喊道："总医院抢答器有猫腻。"刘涛立时慌了，忙让再试抢答器，宣布抢答还有两轮，继续进行。幸亏二勘探医院代表队抢到一次答题机会，可惜却答错题，刘涛请监审组定夺，得到贝副主任肯定答复，此题非但不得分，还要倒扣二十分。最后一轮抢答，外一科代表队再得二十分。第一名和最后一名已经产生，两个分数相同的代表队再抢答一轮，分出第二名、第三名，刘涛请局卫生处长宣布竞赛结果，请有关领导登台，颁发获奖证书和奖金，通知参赛单位代表到总护理部领取参赛纪念品和组织奖。随着颁奖乐曲响起，刘涛从容擦汗，帮着收拾抢答器和计时器等设备入库。

成功主持局级护理知识竞赛，刘涛赢得了不错口碑。工会齐主席把总医院春节联欢晚会的主持任务也交来，刘涛犹豫地自问："我行吗？"老徐一旁笑道："有什么不行，我支持你，大胆干，节前你协助工会组织好这台春节晚会，让全院职工家属过个快乐年。"刘涛受到护理知识竞赛的启发，建议职工家属联欢晚会也采取评奖，评奖面适当扩大，凡是参加演出就有纪念奖，再评一、二、三等奖若干名，以资鼓励，调动各科室出节目的积极性。齐主席赞赏这个建议，用工会经费设置联欢晚会节目评选奖金，召开工会委员会，宣布了节目评奖决定。有奖金刺激，各科室报送节目踊跃，刘涛依次找各科室落实节目内容，观看节目排练，整理出一份节目单，初算演出时间超过三个小时，不敢轻易去掉某些节目，感觉有些棘手，找齐主席商量如何办，是否删减节目。齐主席摆手笑道："春节联欢是职工家属一起乐和，时间长点儿没坏处，科室辛苦排练出节目，你硬要做主删减，肯定闹意见，何必弄得里外不是人。"刘涛又问："谁来评奖？"齐主席笑呵呵说："当然是院领导和各科室负责人，加上院工会委员，每人一张节目单兼选票，直接在票上打钩，散会交到工会，不交的算弃权。以节目得票数确定，一等奖两名，二等奖三名，三等奖六名，其余是纪念奖。""嘿，您的法子实用。"刘涛豁然开朗，连连称赞，由此琢磨出个道理，学会把复杂的事儿简单化，也是一种办事艺术。敲定了晚会的节目单，刘涛找陈长荣帮忙，在院办打字室，用粉红纸打印出来，一叠节目单兼选票，交给齐主席备用。

后勤处节前弄来一批冷冻鱼虾，按科室人头分，刘涛和肖迪领回办公室，打电话告诉老徐。老徐在家忙得抽不开身，让刘涛把冷冻鱼虾送上门。老徐的二女婿是山东海边人，其弟昨晚拉来一辆卡车海产品和干货，在总医院家属区销售，老徐出面帮着推销，价格较低，一天工夫卖光了。总医院保卫科因老徐的面子，没人干涉私自销售的事儿。刘涛推着自行车到了老徐家，卸下一大塑料袋冷冻鱼虾。老徐累得嗓子有些沙哑了，拿出四个塑料袋一斤包装的海米，让刘涛给保卫科长送两袋海米表示感谢，同时给刘涛和肖迪捎回两袋海米。后勤处又给各家分国光苹果和雪花梨各一筐，冯颖洁招呼刘涛领了，推着自行车运回家。吃过晚饭，冯颖洁打开水果筐，把个儿小的和有疤痕的水果挑出来，好的再包上一层报纸，放回筐里储存，水果筐子堆在窄小的阳台上，蒙上两张草袋子防冻。接着，各家里又分得一麻袋大米，刘涛和冯颖洁吃力地抬进屋，还是堆在阳台，堵住半个门子。刘涛擦汗道："想不到年景越来越好，这老多东西啥日子吃完。"冯颖洁皱眉道："过了春节天气就会暖和，你有工夫去县城买口大缸,缸口封严了,大米过夏天不生虫,冬天腾空了大缸,还可以腌雪里蕻、积酸菜。"刘涛好笑道:"你真会精打细算过日子。"冯颖洁瞪眼道:"俗话说,年节好过,日子难熬,过日子细水长流,才是正理儿。"

总医院迎春节联欢晚会异常热闹。节目开始前,院里的领导班子集体上台,尤院长代表领导班子致辞,而后,班子成员集体给职工家属鞠躬拜年。节目的评委都坐在前两排,各拿节目单选票,半开玩笑地相互拜个早年,实际目的是为主管的科室节目公开拉票。

节目演出开始,有评奖的刺激,各科室的演员们都很认真,使出浑身解数,业余的节目质量,自然难分伯仲。齐主席增加了现场观众的猜灯谜环节,五个简单的谜语,刘涛主持,穿插在节目中,观众猜对谜底,奖励香皂一块。观众参与的热情高涨,气氛几乎鼎沸。节目演出长达三个多小时,刘涛在台上感觉热得内衣已经湿透,忙里偷闲,咕咚咚喝了三大杯凉开水。晚会达到了圆满目标,会后,他匆忙带上自己那张选票,到工会办公室投票,又帮助统计投票结果,忙到半夜才见分晓。评选结果核对无误,刘涛将获奖节目名单抄写到两大张红纸上,准备转天上午张贴公布。杂事都忙完了,齐主席让工会委员们到工会财务室领取劳务费,按照三等奖标准二十元发放,唯有刘涛享受二等奖标准五十元。齐主席一旁微笑道:"小刘在联欢晚会上主持节目,确实很辛苦,工会财力有限,只能略微地表示点儿意思。"刘涛感激道:"晚会很圆满,都是齐主席领导有方,我们干具体活儿,身上有使不完的劲儿。"说罢,满心欢喜地签字领钱,一沓票子在手,感觉兴奋而充实。转天上午,总护理部知识竞赛的劳务费也发了,刘涛又领到一沓票子,笑呵呵地回家,打点准备回京城的行装。冯颖洁也领到护理竞赛劳务费,放进抽屉里,票子加在一起,都超过了两口子当月工资。冯颖洁一边数钱,一边开心道:"回京不用再啰里啰唆地带那些吃的,不如揣着票子,多轻松,家里缺什么,就去买什么。"刘涛玩笑道:"我觉得咱家一夜之间成了万元户……"

冯颖洁一撇嘴,不屑道:"哼,又开始烧包儿啦,早着嗬呢,你我凭工资吃饭,刚解决温饱而已,你的稿费才挣几个小钱儿呀,抽屉里银行存单才两三张。"

二十

斑斓诱惑

京城除夕夜,照例儿在刘涛的母亲家过,岳父、岳母和大姨姐冯颖雪,都过来聚会。

吃饭前,冯颖雪又给刘家两个孩子不少压岁钱,刘涛的姐姐照例客气一句,冯颖雪伤感道:"明年,可能没机会见你们了,我去新加坡留学的手续都办好了,订了初三下午的机票。"刘涛吃惊道:"颖雪姐,这么快就要走呀,不等过完春节再动身呀?"冯颖雪深有感触地叹了口气,又苦笑道:"唉——嘿嘿,现在可不像小时候那会儿,傻乎乎地盼着过春节,穿新衣服,吃肉馅饺子,如今,我真的不怎么喜欢过年了,岁月催人呐,中国的传统春节,其实就是亲人见面团聚,一起吃年夜饭,再开心地品味央视的春晚文化大餐,一旦吃了正月初一的咬春儿饺子,又虚长一岁,基本就算过完年了。"刘涛真诚道:"颖雪姐,既然已经木已成舟,我们初二上午早点儿带着孩子回娘家团聚,顺便帮着打点行装,初三送你去机场。"冯颖雪终于露出欣慰的笑容,客气道:"小涛呀,大过节的,让你们也跟着我一起折腾,有点儿于心不忍。"刘涛一时竟然有了酸楚的感觉，故意装出无所谓的样子说："颖雪姐，咱都是一家子，何必再说客气话。"

同学加荒友韩江平的婚礼，订在大年初一的上午。借用韩江平母亲家的院里空场，临时搭了帆布大棚，摆了三桌。两张大圆桌加一张旧八仙桌，椅子和凳子也参差不齐，都是东拼西凑借来的。这日子口儿结婚，本身就令人难免有点儿疑惑。刘涛见了俞卫青，叽咕三言两语，便理解了韩江平的苦衷，连过年带婚礼一起操办，新人能省下一笔开支，婚后也好早点儿补上办婚礼欠下的债窟窿。韩家成年的子女多，住房极其紧张，只得因陋就简，婚礼勉强算过得去眼。刘涛见到韩江平先递上红包，再握手祝贺双喜临门，如愿以偿留校当助教，加上新婚之喜，成家立业已都见分晓。韩江平苦笑道："徒有其名罢了，为了满足媳妇买'三转一响（自行车、手表、缝纫机、电子管收音机）'的愿望，哥们儿几乎砸锅卖铁啦，就差卖血，还借了点儿外债，仓促之间选了这种日子办婚事，实在被逼无奈，请多包涵。"刘涛仗义道："咱们都是黑土地患难过的哥们儿，谁也不用多说什么，理解万岁！"婚宴未开始，偏是新娘子的妹妹故意挑眼，嫌座椅吱吱嘎嘎地不稳当。李停战主动拎起自己的座椅说："妹子，哥跟你换把椅子行不？"对方翻个白眼，豪横道："你谁呀，谁是你妹子。"李停战气哼哼地道："叫声妹子算是抬举你，别狗坐轿子——不识抬举。"对方瞪起眼，不依不饶道："谁是狗，你说清楚……"刘涛一旁劝道："停战，少说一句，别搅了韩江平的好事。"俞卫青忙岔开话头，说起时下电大学员中流行的段子：一等人是公仆，子孙后代都享福；二等人是当官，外出屁股都冒烟儿；三等人来承包，吃喝嫖赌全报销……刘涛笑道："我也听过这个段子，只是可惜啊，搞宣传的人混得忒惨。七等人握方向盘，油门一踩就来钱；八等人搞宣传，隔三岔五解解馋……你说咱们这辈子多可怜，就剩下解馋的份儿了。"李停战坏笑："最惨是十等人——主人翁，献了青春献子孙。"终于开餐了，客人在院里大棚坐着，因天气寒冷，先摆上的几碟子凉菜，几乎无人问津。热菜陆续上桌儿，筷子们蜂拥而上，很快亮出盘子底儿，气氛似乎有些尴尬。荒友们都喝白酒，酒助身子发热，并不在意寒冷。众人从流行段子又转到热点话题——住房。俞卫青玩笑道："这年头，找媳妇并不难，找房子可算难于上青天——我媳妇在师大留校当助教，加上在职硕士研究生学历，单位狗脑子打成猪脑子，才分上一间十平方米的平房，我折腾了大半年，连搬了三次家，总算倒换成一居室单元房。"李停战询问："俞卫青的媳妇不是要出国，总惦记吃洋面包。"俞卫青苦笑道："女儿刚满月，当妈的就想扔下女儿，拍屁股去澳大利亚留学，我指着毛毛虫般大的女儿问，孩子饿了怎么办，我身上可没有那种喂养功能。她居然说，她给我寄澳洲奶粉，世界品质属于一流。我来气了，发狠再问，孩子如果想妈了，又哭又闹怎么办，我只能再给她找个世界品质一流的后妈……我媳妇听了这话，不禁一愣，抱起女儿止不住地痛哭流涕，再也不敢提'出国留学'的话题。"刘涛忍不住拍案叫绝道："'世界品质一流的后妈'，这话忒赶劲儿，当妈的哺育幼女，谁也无可替代，她敢走，你就真给她来个绝情的！"俞卫青叹道："唉——别看媳妇现在嘴上不敢再说出国留学，实则贼心不死，所以我还要想辙，安抚一下媳妇，我主动承诺，等到孩子上小学四五年级，懂事了，她就可以实现出国留学的梦想。"刘涛想起俞卫青幼年丧母的不幸，叹了口气，什么都不好再说了。

正月初二上午，刘涛带着儿子，陪冯颖洁回娘家，捎带为大姨姐冯颖雪的出国留学送行。

冯颖洁拿钥匙打开了单元门，刘冯一头闯进去，扑进姥爷怀里，搂着脖子稚气地说："刘冯好想姥爷，姥爷过年好，姥爷跟刘冯一块儿玩儿……"岳母在厨房探出头说："你就不想姥姥，也不问姥姥过年好。"刘涛提醒儿子说："快给姥姥拜年。"刘冯坐在姥爷的腿上，歪头笑道："刘冯当然更想姥姥，姥姥过年好，今儿给刘冯做什么好吃的？"岳母喜上眉梢道："这孩子，净惦记吃，吃午饭还早。"刘涛坐在厨房门口剥蒜，聊家常说："这条黄花鱼真新鲜，红烧味道错不了。"岳母切菜道："今年过节，家里东西比往年都全，你爸单位分了不少东西，鸡鸭鱼肉加上整盒海虾、鲜贝，应有尽有，你们别忘了带点儿走，回家接着给孩子吃。"刘涛摆手笑道："妈，不用了，石油总医院也分了不少，大米成袋，整筐苹果和梨，鱼虾都是双份儿，冻在冰箱里，至少能吃到正月十五。"冯颖洁钻进姐姐房间里，帮着收拾行装，大堆花花绿绿东西摊在床上，好像在展示什么。姐俩儿关起房门窃窃私语，似乎有说不完的悄悄话。

午饭的气氛，忽然变得有些沉闷。冯颖雪抱起小外甥，不住亲吻，不觉感伤流泪。爸妈与冯颖洁闲聊，似乎有意视而不见。刘涛为缓和气氛，询问："爸，过年了，喝什么酒？"岳父默默起身，拿出一瓶五粮液。刘涛给每人斟上一盅，特意给儿子斟了大半杯雪碧。岳父举起酒杯，沉重道："过年，对成年人来讲，其实不算什么好事，平白又添了一岁，近来，我们都开始老啦，我和你妈都添了毛病，办完手头儿这些事，我打算明年申请退居二线，给年轻人让贤，以后……小涛和小洁多带孩子回家看看……"刘涛赶紧说："只要有机会，我们肯定常回家，您老放心，幼儿园只要放了寒暑假，就把刘冯搁在姥姥家，陪着您二老……"刘冯跟着说："我最喜欢和姥爷玩，忒爱吃姥姥做的饭。"这句话，把大家逗笑了。岳母调侃道："小嘴叭叭的，转眼就不是你了，人家都说，外甥姥姥家的狗，吃完抹嘴儿就走。"刘冯不服道："我大姨也是姥姥家的狗，吃完饭也要抹嘴走吗？大姨，听说你要去很远的地方……"刘涛呵斥道："儿子，胡说什么，你大姨是去国外上学。"刘冯倔强道："在中国不能上学吗？"刘涛欲制止儿子继续口无遮拦，岳父疼爱地看一眼外孙，语重心长道："说吧，孩子懂什么，纯洁无瑕，最敢说真话……这话问得好！"冯颖雪闻言，脸色顿时有些苍白，冷冷道："国内和发达国家的教育水准能一样吗？至少差了十年，思维差距更是没法儿比……"岳父冷笑道："嘿嘿，你的观点就是那句话，外国的月亮比中国的圆！"岳母不悦道："老头子，大过年的，吃饭都堵不住嘴。"冯颖雪委屈地流泪道："您总是横挑鼻子竖挑眼的，所以我才要出国，躲您远远的，省得招惹您生气……"冯颖洁心疼道："姐，少说一句，算我求你……"岳父厉声道："让她今儿说痛快了，只图自己的痛快，哪管别人的心情……"冯颖雪再也忍不住了，捂住脸跑进了房间，反锁了门，无论谁叫，再也不肯出来了。

　　岳父摇头，苦笑道："小涛呀，这就是大家常说的那个时髦词儿——'代沟'吗？如果当真是，我这人确实落伍啦，恐怕很难逾越这道关口。来吧，不如咱们先吃，其实你们也不用苦口婆心地劝……饿急眼了，谁还不过来吃饭。"岳母埋怨道："你这人，就不能让老大吃一口顺心饭，她……她明儿就飞走啦，再也不搭理你个老东西……"说着，岳母也伤心地哭起来。刘涛只好强作笑颜道："爸，过节了，有的是工夫，我陪着您，慢慢聊。"

　　冯颖雪预定的黄色出租面包车，准时到楼门口接人。刘涛帮着她把两只硕大的行李箱搬上车。临出门，岳母一再叮嘱大女儿，清点护照和机票，还有外币现金，千万别丢三落四。

　　没过完年，去机场的高速路上车不多。出租司机饶舌道："别看咱面包车'蝗虫'平时遍地跑，过年还真不好找，哥们儿一年忙到头，总要吃了'破五'

饺子，才惦记上路挣钱。"冯颖洁好笑道："因为过节车少，所以才跟师傅提前预订了。"司机又问："这么多行李，忙着出国，不等过完年了。"冯颖雪冷冰冰道："国外可没有过春节的概念。"刘涛缓和道："春节是中华民族的传统节日，好像国外的圣诞节。"冯颖洁不以为然道："国外圣诞节哪儿比得上中国春节热闹，过春节休假时间长，访亲会友的讲究也多。"

机场航站楼里人不多，办托运行李很顺手。刘涛把大姨姐送至安检门口，拉着冯颖洁停下脚步。冯颖洁招手喊："姐，明年春节回来吗？"颖雪回头凄然一笑道："小洁，可能不回来，你们今后多辛苦。"冯颖洁抹一把眼睛，又喊："姐，那边儿缺什么，来信说清楚，给你寄去。"冯颖雪摆手示意一下，扭头伤心而走。

刘涛和媳妇望着那轻盈的倩影，伫立许久，默默地转身走了。

乘机场专线巴士回家，两口子坐在一起。冯颖洁轻声问："你的本事可不小，跟姐夫通过燃化委的表姐夫，打着咱爸旗号，参与倒卖批件，直接从石油单位弄出一列车轻质油，卖给我姐的单位，中间不知怎么倒腾的，我姐拿了大头儿，凑够了出国留学费用，姐夫和表姐夫都拿的小头儿，姐夫为这事，专门跑了一趟石油单位，没给你也分点儿？"刘涛只好老实承认，耳语道："咱分了几千块，都存进银行，存单就在总医院的咱家写字台抽屉里。"冯颖洁掐了丈夫大腿根儿一下，悄声骂道："你忒贼大胆儿，什么钱都敢拿，居然跟我留了后手，我不问，今儿还不想说实话。"刘涛淡笑道："姐夫早就嘱咐了，怕吓着你们，有钱还怕花，这笔钱早晚能派上用场。"

初五下午，他们乘坐总医院接人的班车回家。刘涛给老徐特意捎了一袋京城特产果脯蜜饯。老徐兴致不错，请刘涛初六晚上到家里吃饭。刘涛和肖迪都准时来了，老徐的二女婿主厨，鲁菜风味手艺不错。刘涛主动起身敬酒道："老徐是有福之人，加上女婿能干，家里外面都是一把手，还是养女儿好，有人买酒喝。"老徐心满意足道："我知足，在家都当上老太爷了，如今衣食不愁，每天有酒喝，享受太平的日子，真是舒服。"老徐饭后闲聊透露，春节后有新人调入总医院宣传部，同时肯定了刘涛这段儿干得不错，上下都满意，该解决入党的事了。

过了春节，总医院宣传部果然新调来七〇届初中毕业的上海知青小李，接手理论学习和普法一摊子工作，老徐在宣传部成了甩手掌柜，急着找机关党总支要了一份入党志愿书，拿回来让刘涛如实填写。很快又得到消息，发展新党员的指标要等局组织部六月份才能分批拨下，早填好表，却没有发展新党员的指标。老徐确实感到挂不住面子，气哼哼地找王书记反映情况："不尽快解决小刘的入党问题，宣传工作很受影响，既然小刘的入党条件已经成熟，发展指标不能灵活机动地调剂一下？"王书记安抚了几句，让党委组织部长邱新田私下找局党委组织部领导协调一次，终于争取到一个发展新党员的机动指标。老徐紧锣密鼓地召开了党支部发展会。王书记亲自参加了发展会，即席讲话，肯定了刘涛抓文化宣传以来多项成绩，党员举手表决，刘涛获全票通过，预备期一年。

刘涛近来好事成双。冯颖洁被任命为手术室的护士长，当了一把手，工作更忙了。刘涛写的论文《略论小农意识对石油企业职工思想的影响》，不仅在局党委宣传部的《政工研究》杂志创刊号上发表，并结集出版成书《石油政工研究》，获局党委宣传部政工理论研究三等奖。刘涛领奖归来，带回一床塑料袋包装的紫花拉绒毛毯，感叹今年遇到好年景。冯颖洁也刚到楼门，用自行车捎回一箱易拉罐可乐饮料，招呼刘涛下楼，把饮料箱搬回家。刘涛喘着粗气搬东西，玩笑道："这年头儿，升官就发财，开始有人给你送礼了？"冯颖洁抱怨道："哼，秦水仙在县医院也当上手术室护士长，介绍丈夫的亲戚来看病，又要优先安排手术，患者家属张罗请客吃饭，哪有闲工夫陪他们吃饭，过后硬塞给这累赘东西，死沉的。"刘涛把饮料箱搬到阳台上，嘲弄道："县城人就算再有钱，也免不了抠门儿二字，一箱饮料能值几个大钱。"冯颖洁驳斥道："别瞧不起县城人，葛宇新当上派出所长了，他那个家族如今既有背景又有权势，你岂不知，一人得道，鸡犬升天，当官都不打送礼的，人家好心送礼，我怎么好意思拒绝，好歹你儿子喜欢喝饮料，没事儿就让他喝。"刘涛不以为然道："喝饮料耽误孩子吃饭，对身体不好。"冯颖洁讥笑道："这你就不懂了，饭后喝点碳酸饮料，有助于消化，有什么不好？"

上班忙完杂事，肖迪以审查录像带为名，让刘涛去闭路电视室，看一批新买的录像带，估计有事儿要说。刘涛正巧有件事儿要办，跟老徐打个招呼，跟肖迪去了平房办公区。院纪检委和体改办、摄影室、工会活动室等都在平房办公区里。刘涛没事儿很少来这里，近来，石油单位成立了桥牌协会，推选刘涛担任理事，负责总医院桥牌普及和提高活动。职责所在，刘涛打算物色一处业余桥牌活动地点,看过了工会活动室,仅一间十多平方米房间,两张方桌、几把折叠椅,稍微小了点儿,故而,他顺带看了体改办的房间,这间房子与工会活动室相当面积,只有副主任老黄和小齐办公。刘涛见面打了招呼,玩笑道:"黄哥,下季度给宣传部多算一点儿奖金,我请你们吃饭。"老黄是六六届初中毕业的天津插队知青,为人直率,津腔浓重,胖脸上堆出笑纹说:"我想给所有人的奖金都翻番,可是咱院经济效益不高,没法多给,这个挨骂的破活儿,我早就不想干了,要不——小刘来干。"刘涛忙摆手,学着津门腔调道:"谁敢抢黄哥的买卖,没那种本事,对啦,黄哥想学桥牌吗,挺有意思的,你这搞经济的脑袋一抹儿灵,包你学得快。"老黄反问:"桥牌有嘛意思?"刘涛鼓动道:"世界上最公平的脑力竞技运动项目,需要心理学、逻辑学、数学等多门知识,只要入门,包你打桥牌上瘾,肯定终身受益。"老黄不禁喜上眉梢道:"有这种好事,为嘛不早点儿说,我先赞助你们桥牌活动一千元,够用了吧?"刘涛好笑道:"当然多多益善,我可不是为了一千元赞助费儿来的,其实,就是感觉工会活动室小了点儿,桥牌队式赛要两间房子做开、闭室,我们还准备办桥牌普及学习班。"老黄拍着巴掌说道:"太好了,晚上在我的办公室里打桥牌,从我这儿都是一路绿灯,凡是沾上玩儿的事儿,我可乐不得,你们桥牌普及学习班,我头一个带头儿报名。"刘涛赶紧上前,做个男人之间的亲热动作,热情拥抱,耳语道:"谢谢黄哥鼎力相助,回头你想个招儿,把赞助的一千元提出现金,回头,我给咱院工会置办一批《精确叫牌法》的书,比赛用叫牌卡和推盘,还有牌套和专用牌,咱们学习班就可以开班了。"

说定了打桥牌的事儿,刘涛顺便进了纪检委办公室,不过是顺路点个卯的意思,怕这个冷衙门的办公室主任老孟,万一看见过门不入,有了瞧不起人的误解。老孟见面格外亲热,又是沏茶又是让座。刘涛不好推辞,只得坐下应付几句。谁知老孟说起:"纪检委办公室平时闲得难受,可是上边儿近来却挺重视,最近局纪检委发文,要求二级纪检委尽快配备至少一名四十岁以下党员年轻干部,干事可提升为副科级纪检员,我和纪委肖书记商量过,觉得小刘挺能干,文笔也好,如果肯来这个冷衙门,能优先解决副科级,对你也算有个交代,可是缺点就是平时太悠闲了,这其实也是优点,有利于你静心读书,不知你是否愿意?"刘涛一怔,脑子闪电般一晃,否定了到纪检委办公室提前养老的想法,虽能马上升为副科级,可是恐怕再不会有多少机会干好事,今后的晋升机会可能极其渺茫，只有坚守宣传岗位，才会给自己热爱的文学创作带来提升空间，抓文化宣传干得都是助人为乐的好事，快乐中就能出成绩，何乐而不为，绝不可把自己逼进这个冷衙门，只剩下办案子得罪人的糟心事儿。刘涛委婉道："我目前在宣传部干得还算顺当，刚拿了党票儿，估计老徐那边不肯轻易放人。"老孟急切道："只要你想来，我就有法子让你过来。"刘涛一怔，犹豫道："我……学中文，干文化宣传挺合适，谢谢您高看我，希望和您成为真诚的朋友。"老孟只好惋惜地笑道："嘿嘿，我相信，小刘说的都是心里话，也在我意料之中，谁都能理解这些，说个大白话，冷衙门没人喜欢进来，其实，咱们已是能说心里话的朋友了。"

路过团委办公室，齐强正和几个姑娘审查录像带，是一部香港电视连续剧，这会儿，恰好播出了不雅情节，黑社会小头目纠缠街上良家姑娘，拉到屋里欲行不轨，剥下上衣，露出乳房，肆意亲吻……姑娘中有人捂起脸，从指缝儿里偷看；也有人故意低头，狠骂："臭流氓，真缺德……"齐强正好看见刘涛，喊进门来问："你给把一下关，这也算黄色镜头吗？"刘涛迟疑道："总是……不雅的情节，对人有感官的刺激性，恐怕不适合公开播放。"齐强坏笑道："那就只能是机关干部内部参考吧，你不如坐下，接着看完……我这儿有好茶喝。"刘涛忙说："我还有杂事儿，真没工夫。"

刘涛又进了闭路电视控制室，肖迪早沏了一壶茉莉花茶，等得有点儿不耐烦了。二人边看电视剧边聊。肖迪透露，局里把闭路电视系统收归新建的闭路电视台统一管理，自己可不想去局里闭路电视台打杂儿，趁此良机，不如调回老家县城，父母都年纪大了，盼着儿子一家落叶归根，媳妇也是这主意。刘涛表面上未置可否，可是心底，对落叶归根这成语也动心了，叹口气说："唉，在外面漂泊久了，感觉很孤独，特别是孩子小，两口子带着，媳妇吃了不少苦……"肖迪含蓄道："石油行业具有相当的流动性，不是咱们外来户的长久之计。"刘涛提醒道："你目前可要注意保密，最好老家那边都办得四脚落地，再跟总医院党委的领导摊牌。"

刘涛回家，把纪检委副科级纪检员的事，跟冯颖洁叨咕两句，冯颖洁好笑道："你主动登门，老孟白送个副科级都不想要。"刘涛悻悻道："再三权衡利弊，还是不能贪图送上门的晋升机会，说不定因此得罪了老徐和党委领导班子，忒得不偿失，就算当个副科级，又能怎么着，现在我不是活得挺滋润。"

冯颖洁正色道:"算你聪明,企业的纪检委平时事不多,纪委书记却总是憋着劲儿要出政绩,可院领导班子最反感,被谁抓出个案子,无异于自打耳光,这就是尖锐的矛盾,你一旦去了纪检委,案子你主办,办得结果无论好坏,恐怕都会得罪人,咱何必平白无故去找那种麻烦。"刘涛如醍醐灌顶,省悟道:"多亏了媳妇提醒,没想到这一层,这种矛盾其实很难化解,前年,院纪检委给车队副队长的党内警告处分,不就是因为参与倒卖计划物资汽油吗,现在这些都不算事儿啦,还不是车队个别人嫉妒别人发小财,闹红眼病。"冯颖洁讥笑道:"还是老老实实当你的大头宣传干事得了。"刘涛又叨咕起肖迪要落叶归根的话题,冯颖洁听了一怔,怅怅地说:"举家搬迁,谈何容易,又要找到两口子合适的岗位,又要有住处,还有孩子转学,很多麻烦事儿,想起来就头疼。"刘涛劝道:"先凑合着混吧,咱们别自寻烦恼。"

蔡丽影刚担任了手术室护士组长不久,忽然被调到总医院机关团委,直接任命为团委副书记。刘涛见到总医院党委红头文件,感觉突然,恰巧在楼道里遇见了蔡丽影,忙作贺道:"恭喜小蔡,上任副书记了,主持团委工作。"蔡丽影脸色微红,不自然道:"我还没来得及适应这个新角色的转换,还求刘老师一如既往地指点、帮助我。"刘涛已然有数儿,允诺道:"小蔡放心,有事只管说,我岂能不支持你。"刘涛回家,媳妇一语道破真相:"小蔡品貌才华在总医院屈指可数,有人上赶着介绍给局党委书记的儿子,这不,刚结婚没一个月,就提拔当官儿了。"刘涛感慨道:"朝里有人好做官,直接任命副科级实职,从团口儿走仕途之路,升职速度绝不会慢。"冯颖洁委婉道:"据说小蔡的丈夫很老实,不爱说三道四。"刘涛笑道:"小蔡有眼光,嫁给这样的男人,才好过上安稳的日子。"

供应处的电大文科同学小武来电话,说要带着母亲来看病,让刘涛帮忙挂个内科号看心脏病。这是举手之劳的事,刘涛嘻嘻哈哈应下,拿到内科门诊号,在楼门口等着,小武用自行车驮着母亲到了,刘涛索性好人做到底,陪着上二楼去看门诊,正好左主任出诊,进屋打个招呼,左主任点头行了方便。趁着母亲看病工夫,小武在诊室门外聊起文科毕业停薪留职,去海南岛闯荡,在海口市电视台应聘当记者一年多,跟着投机商炒地皮挣得第一桶金,兜里揣着十多万元,却不知怎么个花法儿。刘涛听着眼热,玩笑道:"我来帮你花。"小武正色道:"此话当真,这一段儿我正好在家里休息,你抽空到我家来一趟,

二十 ……… 斑斓诱惑

一起商量这笔钱究竟该怎么个花法儿。"刘涛将信将疑道:"真打算让我帮你花掉这笔钱?"小武转着眼珠说:"既是同学又是哥们儿,有钱一块儿花,一点儿不冤枉。"送走小武,刘涛七上八下地惦记上了,盘算十多万元究竟怎么花得出去,可惜琢磨了好一阵子,也没找到合适的花法。现在说谁是万元户,无论怎么盘算花钱,都要犯难。石油单位两口子双职工,每月工资加在一起才一百多元,养个独生子女,家里已是衣食无忧,而且一年到头还可省下添买家电大件的钱。小武兜里这十多万元钱,怎么可能轻易花得出去,当真成了难题。

好不容易混到下午上班,刘涛假说去报社办事,直奔供应处小武的家门。上电大那年来过一趟,小武给刘涛灌输了社会学入门知识。路很近便,刘涛熟门熟路,急不可待地敲响了小武的家门。小武来开门,见面就嘿嘿地坏笑道:"我就知道,你一准儿会来,十多万元的诱惑,一般人很难抗拒。"刘涛轻轻杵了对方一拳,见到家里只有他自己,大胆推测道:"你小子花花肠子真多,想必在海南已经有了情人。"小武顺着竿儿爬,委婉道:"岂止一个,有钱才好办事。"刘涛进了小武的书房,见桌上摆着鲜菠萝和樱桃果盘,那夺目的色泽令人垂涎。小武让座,推一下果盘说:"尝尝,从海南带回来的鲜果。"刘涛不客气拿起牙签,吃了一些,感慨道:"口感确实不错,体验了有钱人的滋味,舒坦。"小武坏笑道:"你要是吃了干鲍和鱼翅,再去洗浴按摩,就会换个说辞。"刘涛直言不讳道:"真没想出来花掉你兜儿里十多万元的法子,老兄没见过大世面,只好甘拜下风。"小武含蓄道:"我早就有了法子,一会儿再说,先说去年十万人才下海南,没经历过的人真是终生遗憾,我算走运的,兜里揣着二百元钱,运气不错,在湛江等了三天,拿到船票,到了海口,再也舍不得离开,市电视台刚组建,求贤若渴,中文专业最受青睐,电大首届文科班毕业文凭硬邦邦的,留下当记者不过半天工夫,学会摆弄日本进口录像机,电视台采用现代管理方式,采编一条龙,咱横竖都能拿得起来,完成新闻定额不费吹灰之力,超额完成任务,奖金高得吓人,还有想不到的好事儿,采访对象时不时把现金红包塞给你,求你替企业多说几句好话,哥们儿兜里鼓起来了,凑巧采访一个炒地皮的老板,彼此说得投机,跟着起哄玩了一把,谁知地皮半年工夫折几番跟头,见好就收吧,我立马变现拿回来,居然捞到了这笔钱,炒地皮没出来的钱,都被套住了。我盘算,套住钱的那些地皮,不可能白闲在那里,一定要在地皮上盖房子卖出去,想办法解套,我想再去闯荡一次,跟着地皮上盖房子的地产商办起建材厂，我当厂长，你重操旧业当会计，替我把着钱匣子，在单位只需申请办停薪留职手续，挣了钱咱哥们儿我七你三分成，一年收回投资有把握，弄好了年底还能分红。"刘涛愣住，暗想，这小子早就盘算好了，把人胃口吊起来，再下个香饵儿，不由你脱钩。小武激将道："怎样，有胆量一起去海南闯荡几年。"刘涛犹豫道："恐怕……媳妇不愿意，孩子还小，一人弄不过来。"小武不悦道："有得必有失，尽力克服困难。"刘涛摇头道："我和你不一样，你是石油子弟，孩子有老人帮着照看，我却不同，只好两口子搭把手，一个人在家带孩子，万一碰到孩子闹病，掰不开镊子了……"小武无奈道："好吧，我理解你的难处，这事以后再说。"刘涛不咸不淡地问："你还有空儿研究社会学？"小武悻悻道："趁着年轻先挣钱，只有从经济上解放自己，才能考虑解放全人类的事儿。"这话有些幽默，二人都没笑，沉默片刻，刘涛觉得再也无话，讪讪地起身告辞。

　　刘涛回家，说起在小武家吃海南鲜果的感觉，冯颖洁讥笑道："我看你八成儿经不起这种诱惑，动心了，惦记着跟小武去海南岛挣大钱。"刘涛正色道："钱要都那么好挣，早都成万元户了，下海经商，有赔有赚才正常，只想着赚钱，没准儿会赔钱，欠下一屁股债怎么办，西楚霸王当年败给汉高祖，无颜见江东父老，只有江边自刎，以谢八千子弟兵亡灵。"冯颖洁挖苦道："又来卖弄知识，总怕别人不知道你是谁。"刘涛感慨道："这年月，诱惑五花八门，扑面而来，不由人心静如潭。"冯颖洁讥笑道："你才明白呀，这都是让钱闹腾的，只要沾了挣钱的好事，人就会变得五迷三道，听说那个厕所改饭馆的韩聚财挺能倒腾，带着收费处那个舞星姑娘小刘，去广州倒卖走私货，被抓了，让朋友带着现钱赎回来，接着回饭馆当经理，把那个舞星姑娘办了停职留薪，弄到饭馆当副经理，生意好得不得了，你说，男女鬼混在一起，反倒能挣大钱，都叫什么事。"刘涛正色道："韩聚财为人仗义，外面哥们儿多，在卫校食堂就能折腾，据说没少捞外快，泡上总医院的舞星小刘，说不定二人志同道合，摽起膀子挣钱，韩聚财有媳妇，孩子都上初中了，老韩比舞星小刘大了十多岁，也算本事。"冯颖洁好笑道："这年头儿，有钱能使鬼推磨，猫有猫道，鼠有鼠道。"刘涛嫉妒道："这年月，胆子只要够大，没准儿能挣大钱，如今，有钱便是草头王。"

　　这日上班，蔡丽影来宣传部找刘涛，说起开展团员青年知识竞赛的打算，请刘涛担任评委，主持竞赛的决赛。刘涛爽快地答应了，玩笑道："俗话说，新官上任三把火，我一定帮你烧旺这把火。"老徐恰好出去开会，谁也没提跟老徐打招呼的事。刘涛没当回事，以为蔡丽影会跟老徐打个招呼，因杂事多，也没再问。临到团员青年知识竞赛的决赛来临，谁知老徐也到了礼堂舞台的现场，蔡丽影宣读评委名单，只说宣传部代表刘涛任评委，兼决赛主持人，没再说别的，老徐脸上就不是颜色，扭脸走人。刘涛看在眼里，挺不是滋味，忙完了主持，打算回来跟老徐解释一下，不料老徐没回办公室，转天上班再见到老徐，说话态度就生分了。刘涛主动解释两句，老徐并无心认真听，打断话题说："过去的事儿，再说就没意思了。"刘涛讪讪地笑了，不好再说什么，这似乎成了二人之间一堵玻璃墙。

光阴荏苒，随着时间流逝，柯求理英年早逝留下的那片阴影，已然消失殆尽。报社的韩玉琪主任终于得到了于部长的认可，调到局党委宣传部文化科出任科长，也算众望所归。洪旗官运也不错，调到报社任副社长，一时成为爆炸性新闻，三十四岁担任党外的副处级实职干部，石油系统屈指可数。刘涛通过参加各类文学会议与交流活动，与石油系统文友的联系增多，凭着文学杂志兼职小说编辑身份，发表小说容易多了，每年能发表几万字作品。按照局文协制定的发展方针，努力从文学杂志自然来稿中发现有潜质的作者，并陆续给新作者发表的小说配发作品点评。新作者的小说在《石油神》杂志发表，又受到好评，时常会主动联系责编见面，也时有文学青年登门求教。刘涛一向来者不拒，甚至自掏腰包请客吃饭，以文会友，乐在其中。

年底，局文协照例召开年会和理事会，刘涛见到了韩玉琪科长表示祝贺，韩科长低声说："平级调动，不值得祝贺，还望老弟一如既往支持文化宣传工作。"刘涛凑近对方耳边，表忠心说："如有用兄弟之处，请您随时吩咐，岂敢不从。"韩科长用力握手，以表达多年的信任。洪旗当上了报社副社长，一朝得志，便愈加狂妄，会餐时，除了找于部长主动敬酒，表示感谢栽培而外，再也没给其他文友主动敬酒，而是坐等别人来敬酒，倾听诸如"恭贺高升"的马屁话。他酒后竟然扬言道："今后咱们石油文学的重心，会逐渐转移到报社文艺部，小战好好干，明年我提拔你当报社文艺部副主任，有报纸副刊发表阵地，有足够的稿费发给作者，还用犯愁团结大批文学爱好者。"韩玉琪科长闻言不是滋味，对刘涛冷笑道："哼，少年得志，不一定是好事，晕得不知道自已吃几碗干饭。"刘涛装聋作哑,已然明了石油文坛的人事分化,两个阵地的掌门人旗鼓相当,互不服气,文人相轻的劣根性暴露无遗。韩科长私下对刘涛透露了一个消息,国家燃化委工会委托中国作协在京城所属鲁迅文学院,组织为期半年的石油文学创作班,局宣传部文协分得三个保送名额,韩玉琪做主,给京城勘探两个、总医院一个名额,对刘涛暗示道:"保送名额不好指名道姓,可是推荐资格有一项硬指标,至少在中央级报刊发表过作品,或者省级报刊发表三篇以上作品,或者获得一次省部级以上文学奖。马芝兰、钱镇,还有你,都符合这个推荐资格,回去多留心,争取参加这次培训深造,对文学创作恐怕大有益处。"刘涛喜出望外,再次与韩玉琪握手,表示心灵相通。

没几天,鲁迅文学院创作班的名额在总医院果然有了消息,老徐笑着告诉刘涛,总医院只有一个进京深造名额,院办公室秘书陈长荣先得到消息,私下找尤院长和王书记,要求单位积极推荐自己。刘涛惊出一身冷汗,有些结巴道:"老……老徐,听说有一个推荐硬指标,在……中央级报刊发表过作品,或者省级报刊发表三篇以上作品,或者获得一次省部级以上文学奖。"老徐一愣,随之明白了,微笑道:"嘻嘻,那就好办了,我力主推荐你去,陈长荣不够资格,可是不好直接说出去,我去找王书记汇报,就说尤院长的工作离不开院办秘书为理由,这才比较妥当。"刘涛认可道:"老徐一贯全力支持我创作,非常感谢这种信任。"转天开过院长办公会,老徐回来兴冲冲地说:"小刘准备一下吧,过春节后进京深造,去院里教育科先办一下赴京培训的手续,财务科领交培训费的支票,你的手头工作,临时交给肖迪代管。"

临下班,刘涛在三层楼梯口儿,见到了陈长荣,对方不无遗憾道:"可惜只有一个创作班培训名额,你去了一定多学点儿,回来肯定笔头子更流畅,提前祝贺你。"刘涛故作惋惜道:"咱两个做伴儿去多理想,可惜了,你这个秘书,院长工作离不开。"

冯颖洁很快得知了这件事内幕,回家不悦道:"你一拍屁股学习去了,我独自带孩子,万一孩子有个病灾,还得打电话让你回来。"刘涛玩笑道:"我回来也不顶用,给孩子看病,还是你拿主意。"颖洁委屈道:"依我看,老徐巴不得让你去学习,一辈子不回来才好,省得你以后出风头,抢了他的好事。"刘涛暗惊,又想到二人之间那堵无形的玻璃墙。

二十一

鲁院深造

　　临近元旦,冯颖洁回家后,脸上就不是色儿,勉强隐忍没发作出来,家里吃过饭,她才揭开谜底,儿子刘冯来年秋季将入学,听到一个坏消息:一个幼教老师调入总医院子弟小学,先去培训一个月,回来拟作新生一年级的班主任,当事的家长们一听都炸锅了,陆续找教育科长反映意见,幼教老师怎么能胜任小学新生的班主任。教育科长辩解说,人家有师范毕业文凭,再经过小学教师专业培训,有资格当小学语文教师兼班主任。刘涛也有些风闻,据说,这个老师是后勤处党总支吕书记媳妇的亲侄女,吕书记跟刘涛的关系不错,多次支持宣传部人力和物资,增设两处宣传橱窗。吕书记的媳妇跟冯颖洁的关系也不错,两家的儿子在幼儿园同班,相处和谐。刘涛听了原委,只得沉默。冯颖洁的心里虽明镜一般,可依然不甘心,想让刘涛找机会,向党委王书记反映此事。刘涛摇头道:"后勤吕书记一旦知道了,准会跟我翻脸,你也没法再跟他媳妇相处了,再说,吕家儿子也在这个新生班,人家侄媳妇符合小学教师任职资格,又经过专业培训,谁能提出什么正当反对理由。"冯颖洁诉苦道:"让一个当了多年幼儿教师的人，忽然改教小学语文，又当至关重要的新生班主任，她没有什么小学教学经验，明摆着可能误人子弟，咱们可都是独生子女，当真输不起。"刘涛无奈道："没试一下，你们非说人家不行，换了谁也不会服气，只有开学半年，拿这个班期中考试分数说话，学生如果都没考好，你们女人再结伙儿去找教育科长闹，折腾得动静大了，党委王书记才会重视……要不，干脆让咱儿子晚上一年小学，躲开这个老师。"冯颖洁报屈道："那可太冤枉了，没法跟儿子解释，我带儿子去面试，小学校长都说孩子挺聪明，就是有点儿淘气。"刘涛好笑道："男孩儿哪有个老实时候，既然不愿意晚上一年，只好让儿子进这个班当一回试验品。"冯颖洁气得跺脚，不服气道："你说话这么难听，谁是试验品，我儿子绝不会比别人孩子差。"刘涛摆手道："既如此，先这么着，再掰扯下去也没意思。"

  春节前，刘涛去了一趟局宣传部文化科，找韩玉琪科长交代手头编辑的《石油神》杂志小说杂事，韩玉琪招呼文化科的小成，代刘涛编辑两期杂志小说稿，并嘱咐说："小刘去鲁迅文学院培训机会难得，回来说不定一举成名，千万谦虚谨慎……我刚听说，洪旗在报社的社务会上，公开跟社长叫板，坚持副刊文学作品执行最高稿酬标准，官司打到部长那里，双方各执一词，于部长只好息事宁人，提出目前财力有限，暂缓执行最高稿酬标准。"刘涛已然明白几分，含蓄笑道："洪旗骨子里没几个人看得起，抗上方显得个性强，其实他也有俯首帖耳的时候，唯听命于部长。"韩科长低声说："于部长后悔地说，洪旗个性太强，不怎么适合从政，当初提名他担任报社副社长，忽视了这一点。"刘涛含蓄笑道："嘻嘻，给了于部长这种印象，只怕为官的好日子快到头儿了。"

  总医院桥牌学习班举办后，体改办的老黄成了桥牌骨干，不仅沉迷其中，而且水平提高很快，十多个爱好者每周晚上活动两次，经常邀约外单位桥牌队来比赛。刘涛临走前见了老黄，当面嘱托，一定代为张罗桥牌活动，千万别中断，老黄好笑道："这还用你嘱咐，我已经上瘾了，好像抽烟成瘾，再也难戒。你把工会活动室的门钥匙留给我，等你学习回来，我再交权。"刘涛在财务科领取学费支票，陈晓明有些落寞道："你这一走，我打桥牌没了合适搭档，真遗憾。"刘涛恋恋不舍道："我也舍不得桥牌，可是甘蔗没有两头甜，有得必有失。"陈晓明破例送出财务科，临别郑重其事地握手道："刘涛，多保重。"

刘涛隐隐感觉对方似言犹未尽，怔了一下。陈晓明不自然地笑了一下，转身回办公室。刘涛诧异地暗想：他想说什么？老同学之间，何必这么吞吞吐吐。

刘涛带着两篇小说旧稿，准备利用在京培训的闲暇，再改一遍，一部中篇小说正在打腹稿，初春的早晨，提着手提包，走进位于京城东面十里堡的鲁迅文学院。这里是中国作协所属文学圣殿，大楼迎门处，有屈原的楚辞警句，古铜色大字仿佛凝重思索：路漫漫其修远兮，吾将上下而求索。

石油各单位保送几十名文学青年汇聚，组成一个大班，下分六个组，刘涛发表过石油小说，几次获奖，小有名气，被指定为班委，任二组的组长。每个周末，鲁院都在大楼的门厅举办舞会，各班的学员有机会在此交流相识，各省市作协的文学类刊物常来此组稿，一些文学名家应邀授课，古代文学选讲、文学基础概论、创作心理学、小说创作艺术、中外比较文学、外国名著选讲、影视戏剧创作、作家童年记忆、当代文学思潮、当代诗论、朦胧诗解析……诸多专业课程，犹如在刘涛面前推开琳琅满目的文学橱窗，古代与现代碰撞，传统与当代对峙，诗与文的交织，情与爱的悲喜，幼稚与成熟共鸣，组成气质磅礴的文学交响曲……甚至，进食堂吃饭也不能消闲，强劲的西北风流行歌曲，发自肺腑地冲击着耳膜，一曲高亢的《少年壮志不言愁》电视剧流行插曲，在石油文学班的青春驿站里涌动，激起学员们创作情绪高涨，稿纸上浪花飞溅。

凑巧，山东石油的《太阳神》小说编辑孙林也来参加学习，同龄的老朋友加上同窗之谊，刘涛与孙林成为无话不谈的挚友。饭后没事儿，二人一起去鲁院北侧的公园里散步，探讨小说创作上的心得，也经常参与学员之间的小型聚会，到学院附近的饭馆改善伙食。

接受文学创作的系统学习，带来时政的新思维，共议男女爱恨的永恒话题……刘涛沉醉其中不能自拔，回头再看两篇小说旧稿，感觉社会内涵单纯得幼稚可笑，提笔修改旧作已胸有成竹，几个晚上突击，一部两万多字小中篇脱稿。是日，班委开会，班长提出关心几个未婚女学员的生活，刘涛诧异道："难道还有在这儿谈恋爱的不成，这儿可不是谈情说爱的圣殿。"班委们七嘴八舌道："文学最喜欢用男女情爱当故事，这似乎是文学永恒话题，谁能阻止未婚女学员芳心萌动……"班长焦急道："跟未婚小伙子谈恋爱，没人干涉，可是爱上了某文学讲师，咱们的班主任可是有妇之夫，这种乱爱一旦出事，女方怀孕，如何收场？"刘涛愣住："居然有这等事。"班长嘲笑道："刘涛只顾了自己成名成家，两耳不闻窗外事，一心只读圣贤书，几乎成了外星人。"刘涛委屈道："咱们都是单位给交了一笔培训费，不全力以赴学习，岂不辜负了单位重托。"班长又笑道："那天讲朦胧诗，老师有句名言，谁还记得？"有人脱口而出："要想写好诗，工夫在诗外。"班长拍手道："没错儿，文学创作诀窍也在这里，工夫要花在认知生活本质上，如今，有谁还在傻乎乎地憋在宿舍里爬格子。"刘涛一怔，开始怀疑自己努力地爬格子，八成是犯傻了。

下午，鲁院组织全体学员观摩电影，乘无轨电车去市中心。刘涛在车厢里发现有个女学员与班主任形影相随，进电影院二人坐一起窃窃私语，一副旁若无人样子。刘涛叹道，过于放开，成何体统。记得开学第一次周末舞会，多数学员只是围观，不敢轻易下场，班主任以风流倜傥的舞姿，率先垂范，并动员学员道："思想放得开，才能写出好作品，改变观念是第一个关键。"迪斯科旋律激情响起，班主任带头疯狂起舞，好像一只怪笑的大鸟，展翅翱翔，刘涛跟着下场放松，一曲跳罢，酣畅淋漓。没几天，鲁院居然请来了中央舞蹈研究所一位副研究员当舞蹈老师，专门给石化创作班的学员们"扫舞盲"，刘涛跟着学会了探戈、迪斯科和伦巴等，勉强跟上京城的时代潮流。刘涛这部新创作的中篇小说，以电大首届文科班同学为原型，写出几个放得开的人物性格，其中有时尚女性小兰为原型，题目确定为《色调》，二稿已达三万字。

京城勘探的钱镇也来学习，但是很少在鲁院班里露面听课，刘涛偶然碰到，好奇地问："钱老兄忙什么？"钱镇神秘一笑道："忙着跑关系调回京城，再一个是写京味小说，培训只是个幌子，回京城的前奏曲。"刘涛心中一动，遗憾道："举家迁徙不容易。"钱镇摇头说："石油单位给人一种漂泊感，人的年岁越来越大了，不想再漂泊下去，落叶归根才是正理儿。"钱镇反问："你不想调回京城定居？"刘涛沉默了，自从大姨姐出国留学，岳母家仿佛塌了半边。岳母多次流露出让二女儿一家调回京城的想法。可是冯颖洁担任总医院手术室的护士长，整天忙得脚打后脑勺，根本顾不上这种事。刘涛感觉一动不如一静，况且石油生活待遇都不错，也就没再积极响应岳母的意思。钱镇察觉出某些端倪，一把抓住刘涛的手，摇晃着说："老弟，审时度势呀，趁着石油单位兴旺之际，能及早抽身，方为明智之举。听说马芝兰正在办理转入鲁院即将开办的中国作协和北师大文学院合办的青年作家研究生班，两年学制，可拿文学硕士研究生学历。"刘涛惊异道："原来，我果真犯傻了，自认为一心学圣贤

二十一 ········· 鲁院深造

苦读苦练，方能修成正果，却不知你们都利用在京城培训的好时机，为前程铺路。"临别时，钱镇语重心长道："机不可失，时不再来，小刘切记。"刘涛陷入沉思，频频点头道："钱老兄的话不无道理，容我从长计议。"

这日上午，洪旗居然来到了京城的鲁院，还领着一位陌生的性感女郎，意外出现在刘涛面前。洪旗介绍说："这是东北某文学杂志女编辑，我诗友的媳妇，专程来京城组稿，住在鲁院内的中国作协招待所，约我一起来京城见面，我想顺便介绍你也认识一下。"已是中午下课时分，刘涛明白，洪旗不过是做个顺水人情，可还是热情地握手，邀请对方一起去吃午饭，附近有家京味儿菜馆不错，刘涛略尽东道之谊。女编辑饭后问："手头是否有合适作品？"刘涛如实相告，有部刚完成的中篇稿子。女编辑喜出望外道："刊物正缺有分量的中篇小说，一会儿跟你回宿舍拿稿子。"与洪旗分手之际，刘涛陪着一起去卫生间方便，洪旗坏笑道："这娘们儿身上凸凹有韵味，整个是'肉段儿'，正跟爷们儿闹离婚，这次出来散心，你跟她不妨多聊聊，交流感情才好发稿子。"刘涛玩笑道："你诗友的媳妇，怎敢乱来？"刘涛宿舍里空无一人，室友外出了。刘涛就请女编辑坐在自己的床上，顺便把枕旁的小说稿拿给她。她随手一翻，惊异道："语言不错，能写出这种稿子不简单，我一定力荐。"刘涛谦虚道："不一定成熟，请你多指点。"她说起喜欢散文，优美的诗化语言，能把人带入一种浪漫的意境，又说起屋里闷热，脱了外衣，露出白皙颈项和一件粉红衬衫，勾勒出丰满的胸部，刘涛顿时变得有些慌乱，眼神游移，不敢再看对方，似乎闻到一股莫名芳香，忽然记起，今儿晚上有舞会，尴尬笑道："你喜欢跳舞吗？鲁院的门厅，周末晚上有舞会，挺热闹的。"她要喝水，刘涛拿起水杯，倒了开水递过去，她喝了一口便放下说："你可真够懒的，看这个杯子口有多脏，舍不得刷杯子。"刘涛不好意思道："净顾了写小说，忘了搞个人卫生。"她深有感触道："男人多半都不会生活，离开女人更如此。"刘涛想起刚看过的一部小说名字，便说："男人的一半是女人。"她莞尔一笑道："女人的另一半是什么？你仔细琢磨一下，咱们晚上舞会见。"说罢，她拿起外衣告辞。刘涛在当晚的舞会上，并没看到女编辑，耐心等了好一阵儿，她终于出现。刘涛上前一笑，邀请跳舞。她紧紧握住刘涛的手，丰满的胸部贴上来，颤动的乳房令人心旌摇荡。刘涛试图拉开距离，她反倒把脸也贴近了，刘涛闻到一股浓烈的白酒气味儿，感觉出对方似有醉态，问一句："你喝酒了？"她点头说：

— 271 —

"醉生梦死也很舒服，你这部小说写得挺出色，我回去力荐主编发表。"刘涛道谢，她反问："拿什么谢我？"刘涛玩笑道："再请你吃饭。"她摇头说："来不及了，明天我要回去，就此道别。"刘涛遗憾道："今后只有通信联系了。"

舞会结束，传达室通知刘涛有电话，原来是冯颖洁回到了京城，明天假日，带孩子去北海和景山游玩，约好上午十点钟在北海正门见面。分手余月，刘涛早就想媳妇和儿子了，准时去了北海公园。姐姐领着女儿若曦，冯颖洁带着儿子，几乎准时下车。刘涛笑道："姐姐和希希也来了，咱们租条船，一起玩个痛快。"夏日北海荡舟，微风送爽。冯颖洁拿起相机，一气儿拍光一只彩色胶卷，孩子们快乐得像小燕子，叽叽喳喳叫个不停。刘涛又说起文友忙着钻营调回京城的事。姐姐插话说："长辈的年纪越来越大，你们总在外飘着，我也不踏实，飘到何时算一站，有机会真该考虑调回京城，家里也好有个照应。"刘涛嘱咐道："姐姐，这是八字没一撇的事，千万不能告诉咱妈，省得她睡不好觉。"姐姐嗔怪道："用你啰唆，我还没数儿？"

李停战的婚礼在荒友哥们儿中来得最迟，定在月底举行。李停战登门报喜。刘涛玩笑道："不简单，单飞的燕子终于配成双儿，野马套上笼头。"李停战叹道："就为了解决过日子和生孩子问题，找个小学妹，小了我八岁，她父母死活不同意，她在家大闹一场，透露有孕在身，父母才捏着鼻子低头默认。"刘涛好笑道："生米做成熟饭，棋高一筹。"李停战坏笑道："她甘心奉献，我只好聊补寂寞，领证只是为了下一代名正言顺。"分手时，李停战塞给刘涛几张侨汇券说，没事儿陪着媳妇去逛友谊商店，享受一把归侨的好待遇。

天气确实有些热了，市区饭馆里更觉闷热。李停战在婚礼上被迫西服革履，弄得满头汗水，吃饭时索性脱下西服，解开领带，坐在刘涛身旁，轻松道："可算解放了。"俞卫青张罗倒酒，声明韩江平要多喝酒，学校晋升为助教职称，喜得女儿，双喜临门。韩江平诉苦道："老婆孩子没房子住，挤住临建小屋，这算什么喜事。"李停战叫板道："俞卫青别想躲酒，今儿是大喜的日子，哥们儿都喝痛快了，谁都别装孙子。"

俞卫青可能喝多了，跟刘涛提起，前不久去了一趟天津，荒友聚会叙旧，见到刘衡艺了，他在天津市属重点中学教英语，也有了可爱的女儿，吃饭时，跟刘衡艺聊起北大荒一段往事："记得那个在制砖机器房受眼伤的天津女知青吗？"刘涛点头道："怎么不记得，六六届初中毕业，她也姓刘，十足的淑女，不幸一只眼睛意外受伤,听说有可能失明,相处了十年的恋人吹了。"俞卫青瞪眼道:"当时太惨了,那天她是临时替别人顶岗,真不凑巧,机器上的割丝突然崩断,那么细的钢丝居然弹起,一下扎进她眼睛里,别人帮着拔出来,火速转到师部医院治疗,伤口已经感染,很难消炎,又转回天津眼科医院治疗,那个男朋友陪着回津,听说恋人将一只眼睛失明,吓得找借口忙又回北大荒,托人调到农业连队,很快换了新恋人,可算把这个旧恋人坑苦了,眼伤未愈,追回北大荒,面对残酷的现实,几乎失去活下去的信心,多亏了周围几个热心同学,千方百计劝解,才算勉强接受现实,反过来劝阻同在北大荒当知青的弟弟,人各有志,不要拼死纠缠那个人。连里也同情她的不幸遭遇,让她再回津治疗,总算保住了另一只好眼睛,受伤的眼睛也勉强没摘除,视力近乎失明,连里帮她优先办了病退回津,在津有了企业岗位,嫁人生子,总算躲过一劫。"刘涛叹道:"唉,不幸中的万幸。"俞卫青神秘道:"这可是小说素材。"刘涛龇起牙花子说:"啧啧,没有亲身体验,我很难写,你不想试一把?"俞卫青为难道:"你还不了解我,语言的巨人,行动的矮子,关键是没时间,整天穷忙。"刘涛不动声色道:"忙得只要有乐趣,就不算白忙活儿。"

  刘涛在鲁院学习期间,冯颖洁往京城跑得勤了,儿子放在娘家过暑假,避开了京南石油难熬的暑热。又逢周日,冯颖洁回京城,让刘涛陪着逛商场,带着孩子乐此不疲。这日,在王府井大街上,竟然碰到蒙方奎两口子。彼此作了介绍,蒙方奎聊起分手情况,曲艺团分给一间城区平房,十多平方米,刚收拾干净,准备乔迁,一起采购窗帘等装饰布。听到刘涛在石油单位住偏单宿舍楼,羡慕不已道:"还是全民大企业好,财大气粗,待遇也好。"刘涛从广播里得知蒙方奎拜了相声名家为师,一起搭档创作了新段子,播出后名声大振,玩笑道:"蒙兄成了大名人,何愁挣钱养家。"蒙方奎笑道:"跟师傅各地跑,工作演出和走穴相结合,虽辛苦,钱也确实好挣,有时累得回家都懒得说话,但是收入可观,足够家里开销。媳妇在单位先申请休病假,又吃了两年劳保,在家专职照看女儿。"刘涛羡慕道:"你女儿不用受委屈,我儿子才三个半月就送单位幼儿园哺乳班,哭得那叫一个伤心,真感觉孩子受了天大委屈。"蒙方奎淡笑道:"有得必有失,似乎都是早就安排好的。"刘涛叹道:"命里有的,总跑不掉;梦中无有,绝抓不住。"蒙方奎也感叹:"当年知青返城,感觉一下子被淹没在人海里,现在整天忙于演出排练,跟荒友哥们儿很少聚会,也就是春节拜年见个面儿，喝顿酒罢了。"刘涛说起在鲁院学习的事儿，同感道："还有我这类没回京城的浪子，在外漂泊。"蒙方奎点头道："听说海外也有些荒友，飘得更远，在大洋彼岸的美洲和澳洲。"分手之际，二人未免都有伤感。

　　刘涛陪着冯颖洁逛友谊商店，巧遇同连荒友加同学于纪童，听俞卫青说起过，于纪童跟人下海经商有些年了。此刻，于纪童腆着肚子，西装革履，夹着一个鼓囊囊手包，惊喜道："刘涛，想不到竟然碰到你了，知道你没在京城。"刘涛简要告知，自己在石油单位搞宣传。于纪童眉毛一挑说："正巧，晚上有个朋友聚会，在珠穆朗玛饭店二楼小餐厅，你来接见一下文化圈的商人朋友。"刘涛笑道："岂敢接见，一起见面叙旧，闹不懂你们文化商人做什么挣钱。"于纪童神秘一笑道："到时候就明白了，你来就是，保证不白跑，哥们儿保证让你吃好，喝舒服了。"

　　刘涛准时赴宴，见到几个下海的文化商人。于纪童豪爽道："今儿我做东，谁也别跟我争，碰巧请来一个荒友，现在是石油单位有名气的作家。"说罢，按人头点了豪华套餐，澳洲干鲍、鲍汁鱼翅捞饭，刘涛惊讶道："于纪童，这一顿得花多少钱？"于纪童朗声道："钱是孙子，花完咱再赚。"有人尊于纪童为大哥，听着像黑道上的老大称呼，刘涛感觉很不舒服，问起做文化生意，靠卖什么挣钱。于纪童透露说："买卖国画的海外市场行情不错，主要是去定点宾馆饭店，搭讪日本来宾，他们喜欢收藏大陆国画，临时学过几句日语。"有人提议，让在座的作家出些国画题目，也好找人仿制。刘涛对国画一窍不通，仿制什么题目亦很茫然，仿制品去卖，卖个什么价，让人一时懵懂，不禁面露尴尬，干脆保持沉默。于纪童看出些眉眼，解围道："今儿不说生意上的事儿，主要是叙旧，北大荒真不是玩的，老子待了整十年，赶上大返城的尾巴，连队知青宿舍都走空了，剩下的人也快崩溃了，整宿睡不着觉，只好数窗户格子……"

　　虽然于纪童点得都是高档菜肴，可刘涛吃得有点儿不安，或许有些莫名其妙的惶惑，这些人难道就是勇于下海的文化商人，颇值得怀疑，用国画仿制品挣钱，究竟能卖出什么价，是否合理合法。一旦想到"违法"二字，有种不寒而栗的感觉，他找个借口，提前告辞。

　　鲁迅文学院石化系统创作班按时结业了。时隔半年再回石油单位，恍若过了数载，居然有种陌生的感觉。刘涛接到局党委宣传部韩玉琪科长的电话，得知洪旗私自去内蒙古草原参加诗会，骑马摔坏，腰椎骨折，幸好朋友帮着及时送到京城骨伤总医院治疗，出院穿上钢背心，在家养伤。报社社长趁机解除了洪旗副社长职务，只算离职休病假。刘涛闻讯，顾及文友情分，提着水果兜登门看望。洪旗感动之余，破口大骂："社长瞒上欺下，无故剥夺了老子的副社长职务，这事没完，等养好身体，再找他理论。"刘涛嘴上劝一句，留得青山在，不怕没柴烧，心里却埋怨，洪旗狂放不羁，至今仍不知收敛，迟早要吃亏。

于虹来家串门，说起收到谢春华从大连医学院的来信，两口子调回去已经几个月了，分到一间平房，家都安排妥当。冯颖洁惋惜道："谢春华一直没孩子，调回大连市落叶归根，可以理解，但未免行色匆忙。"刘涛惊讶不已，想起学习前，去财务科拿支票，见到陈晓明，感觉出他握手告别的古怪举止，不禁叹道："唉，陈晓明调回大连，太可惜了，我打桥牌没有合适联手了。"于虹玩笑道："江山代有人才出，听说中医科新分来个大学生，喜欢打桥牌。"

刘涛赶快去中医科找人，方知中医科的林主任被河北医学院的导师调去，出任新建的省立中医研究院长，儿科大夫媳妇也跟着调过去，举家迁往省会城市。刘涛暗自感慨，石油总医院中医科天地太小，养不住有本事的人，林主任两口子有真才实学，自己吃过林主任开出的中成药"防风通圣"水丸，再没犯过上焦火和外耳道疖肿，中成药对症治疗，当真去病根儿。中医科新分来的这名大学生文质彬彬，桥牌水平出色，与刘涛联手打两次牌，如鱼得水，颇有相见恨晚之意。

儿子已然入学，有些贪玩，偏爱数学。冯颖洁回家牢骚道："数学张老师刚从石油中专毕业，事业心强，全身心扑在教学上，数学教得有趣味，儿子感兴趣愿意学，语文老师就是那个幼儿教师，据说已怀孕，只顾保养身体，哪顾上操心学生，课下采取放任自流态度，爱学不学，哪管学生的兴趣，儿子被动学习，效果就差多了。"刘涛悻悻道："反正她快要休产假，不能再当班主任，儿子学语文算躲过一劫。"冯颖洁担忧道："别人打替班教语文，可能更不负责，她产假期满，还会接着教语文，儿子语文学习吃了夹生饭怎么办？"刘涛无奈道："没法子，只好听天由命。"

中篇小说《色调》发表在东北那家刊物的头题，稿费达五百多元，汇款单寄来令人眼热。刘涛又寄去一篇小说稿，附上感谢信，小说随之发表。刘涛的石油小说在系统内名气大振，不久，收到《石油文学初论》一书，作者在崛起的石油小说章节中指出，京南石油作家刘涛逐渐形成石油小说的创作风格，关注小人物，格调积极向上，叙述语言幽默，贴近石油现实生活。局宣传部韩玉琪也收到此书，打来电话，话筒里兴奋道："祝贺小刘，已有学者著书评论你的石油小说，由此确立了你在石油小说发展中的合适位置，我让科里小李约教育学院的金老师，写一篇专门评论你小说的特稿，下期《石油神》杂志发表。"刘涛深表感谢。老韩又说："咱们是老朋友，心里有数，不用客气，无条件互相支持。"

省作协批准局文协升格为京南石油作家分会，当年柯求理提出的文学发展规划终于实现了。韩玉琪科长升任局党委宣传部的副部长，兼任局作协分会主席。洪旗腰伤养好了，调到新成立的石油文联任秘书长，兼任作协分会副主席，韩玉琪变为其顶头上司，洪旗那股子狂放不羁劲儿，在韩玉琪面前果然收敛了。局宣传部文化科和局文联两家，联合组织了作协分会成立庆典，邀请省作协领导和文学报刊编辑云集，热闹了大半天。刘涛和陈长荣应邀出席庆典。洪旗让刘涛等人请客，这次省作协理事会批准你们八个人入会，成为个人会员，跻身省级知名作家行列。刘涛付之一笑，感觉业余作家头衔属于务虚，来得也迟了。文友们还是凑出一笔餐费，再次来总医院的"上一当"饭馆聚会。韩聚财经理据说去福建倒腾服装了，那个舞星名号的刘副经理接待，似乎早忘记那年教刘涛跳舞的事儿，也没提起餐费打折优惠。刘涛虽有不快，却也无奈，反正是文友凑的份子钱，多少也要花光吃净。喝酒时，刘涛忽然问："怎么不见报社的小战？"洪旗神秘一笑道："小战，可惜已经调走啦……"韩玉琪副部长笑道："小战调到《石化报》文艺部了，马芝兰和钱镇也都调回京城了，马芝兰调到新成立的石化文联办文学刊物，钱镇调到某党派中央机关宣传部，也是办刊物了。"刘涛叹道："石油文坛天地小，养不住有本事的人。"洪旗沉下脸说："大浪淘沙，留下的都是成色很纯的真金。"

韩玉琪含蓄笑道："嘻嘻，当下，人们价值观变化太快啦，对过去传统文化观念是个挑战。"洪旗直言不讳道："现在的姑娘，多数人讲实惠，眼睛向前（钱）看，只要有钱可挣，随时可跟男人上床，结婚手续都看得很淡啦……"刘涛反感道："岂不是跟旧社会的妓女没多少差别？"韩玉琪劝道："社会的引导教化功能太厉害啦，早年'笑贫不笑娼'的观念，现在几乎泛滥成灾……"

刘涛坦言道："总医院最近离婚的确实多起来，多数是办了停薪留职手续的男人和女人，有人忙着挣钱，更有些男女姘居，美其名曰，人生苦短，享受爱情……"

儿子刘冯的语文学习没多少起色，期末考试语文分数甘居中游，着实令人烦恼。儿子对数学却兴趣浓了，越学越活，分数名列前茅，四年级当上数学课代表。冯颖洁得意道："儿子这一点可能随我，从小脑子灵，数学好，语文是否随你，天生脑子笨。"刘涛委屈道："我能写小说，脑子不能算笨。"冯颖洁好笑道："胡编乱造罢了，算不得真本事。"

石油单位桥牌协会的赛事，近年如火如荼，每年一次团体赛，每季度一次双人赛。刘涛组织总医院代表队参加局桥协团体杯赛，拉着体改办老黄做伴儿，老黄对桥牌十分着迷，赞助了团体杯赛的报名费。比赛午休，趁着吃午饭机会，老黄喝酒发牢骚说："总医院体改办没什么实权，只能统计全院总收入，分配各科室奖金，都是找骂的事儿，空有报效之志，却是怀才不遇，如果给我一个能施展才智的部门，保证干得有声有色。"刘涛笑道："老兄果真如此，我回去向院党委提建议，到时候你可别给我丢脸。"老黄厉声道："哥们儿没有金刚钻，绝不敢揽瓷器活儿，如能为官一任，必定造福一方。"

桥牌比赛结束，刘涛给老徐念叨体改办的老黄发牢骚的事，老徐含笑道："你给院党委写个内参，让党委委员签阅。"刘涛依计而行，写出内参，用老黄的建议，设立传阅夹，第一个交给老徐。老徐是党委委员，带头签阅，注明：人才难得，建议重视。刘涛依次送给领导签阅，党委会后，很快有了结果，老黄被任命为院"三产办"副经理，主抓招待所那栋四层小楼的管理。老黄不负众望，上任便出了新招儿，招待所另开侧门出入，一层门厅百多平方米面积，正对着百货大楼正门，改造成一家涮肉餐馆，经营一时火爆，用餐需提前预订。涮肉无需厨师炒菜，只有两个配菜员负责切牛羊肉片，招待所服务员闲时负责择菜和洗菜，轮流到餐馆服务，个人收入翻倍，涮肉餐馆低成本运营，高流水收入，成了院"三产办"聚宝盆，由此带动招待所也顾客盈门，相得益彰。院"三产办"搞活了，全院职工福利待遇明显提高，也为领导班子赢得不错口碑。王书记见到刘涛，表扬道："小刘不错，当好了党委的高参。"

总护理部老主任退休，贝副主任提为主任，得力干将冯颖洁也跟着水涨船高，被调入总护理部搞预防交叉感染，作为副主任候选人培养。冯颖洁和刘涛登门道谢，贝主任和颜悦色道："当手术室护士长整天操心安排手术，很容易得罪人，也太累心，小冯既给年轻人让贤，自己也得实惠，多照顾家里，让小刘多挣稿费。"冯颖洁撇嘴道："指着他爬格子挣钱，累死也当不上万元户。"贝主任指点笑道："小冯还不知足，小刘一次稿费拿到五百多元汇款单，总医院都轰动了。"冯颖洁憋不住笑了，戏谑道："没准儿瞎猫撞上死耗子，让他白捡一次。"贝主任提醒道："小冯别开玩笑，咱每月工资才几十元，小刘一次拿这么多稿费，岂能不让人嫉妒？"冯颖洁警觉地问："贝主任想必听到什么了。"贝主任点头道："有人风言风语，刘涛上班也惦记写小说挣稿费，不安心本职工作。"刘涛忽然记起与老徐之间那堵玻璃墙的事儿，插话道："没准儿是老徐的小肚鸡肠。"贝主任严肃道："说句要紧的话，你们要随时提防，小心遭人算计。"刘涛不由得顺脊梁沟往上冒凉气，点头道："贝大姐言之有理，如今患上'红眼病'的大有人在。"贝主任感叹道："过去吃惯了大锅饭，乍一见到有人勤劳致富，心理失衡也属正常。"冯颖洁疑惑道："听人放风传闻，总医院有两个暴富的，一家银行存款十万，另一家存上百万，听着都吓人。"贝主任好笑道："这有什么稀奇的，药品采购、设备采购都是医院支出的大头儿，经济往来给点儿回扣也都属正常。"刘涛省悟道："无怪药房正副主任总是明争暗斗，奥妙在于某些隐性利益的争夺，对了，有一次老徐的女婿弟弟，从山东弄来一卡车海虾和梭子蟹，我亲眼看见设备科长买了一水桶梭子活蟹，周围人都看见了，眼儿热……"贝主任夸道："小刘聪明，一语中的。"

　　总医院机关工会委员调整，贝主任当上委员。刘涛在委员会上建议，贝主任出任机关工会主席，院工会齐主席赞许道："好哇，贝主任能干，在机关也有相当的号召力，我举双手赞成。"贝主任玩笑道："齐主席一激动，举手投降了，让我当机关工会主席，别忘了多发一份儿工资。"齐主席坦诚道："多发一份工资的事，我说了不算，最多给你几个慰问病号的罐头……"话音未落，众人都笑了。贝主任建议说："工会活动应该贴近职工生活。"齐主席追问："怎么贴近？"贝主任微笑道："说个不成熟的建议，举办一次家庭厨艺大赛。"齐主席愣了一下，紧锁眉头道："这个……厨艺大赛，难找权威评委，何况南北口味不同，很难统一评奖标准，我看，简单点儿，包饺子比赛可否？速度、个数、口感、样子，实打实的评奖标准。"贝主任拍手道："齐主席技高一筹，包饺子既好玩儿，也好吃，我们总护理部大力支持，上次护理知识竞赛还剩点儿劳务费，可以赞助工会包饺子竞赛。"齐主席笑眯眯道："既然有人掏钱，何乐而不为，这次比赛的获奖者，直接发奖金，钱虽不多，是个激励。"齐主席又让贝主任和刘涛商量，拟定书面的包饺子竞赛通知和评奖标准、奖励名额。

总医院工会首次包饺子竞赛如期举办，贝主任和刘涛担任其中的评委，各工会派两名代表参赛，现场包饺子限时十五分钟，个数占分数一半，另一半是口感质量和样子。分锅煮出饺子，由众评委品尝打分，去掉最高和最低分数，加权平均分数，一比高低。职工数百人围观，现场异常热闹，笑声不断。不料，在品尝饺子的评奖环节，居然引出意外的风波。幼儿园园长包的饺子，抽号最后一锅煮熟，也是最后品尝再打分。评委们的肚子和口感相适应，评审最后时刻，评委都吃饱了，这份饺子的口感自然就感觉差了许多，打分偏低，结果幼儿园园长的饺子没评上等次，只获得纪念奖。幼儿园园长当场找齐主席，申明幼儿园某老师的饺子评上三等奖不公平："我和她的饺子都是幼儿园厨房统一拌的馅儿，我包的速度，比她还多了一个，可她却评上三等奖，我却是纪念奖。"齐主席面有难色，临时找贝主任和刘涛私下商量说："我看，这事别闹大了，出现满城风雨就不好了。"贝主任也来气了，口气硬邦邦地说："谁让她抽号时手背，十个评委打分，平均分数决定结果，恐怕不好随意再变，再说，这类竞赛本身就是博得一笑的事儿，何必这么认真。"刘涛好笑道："包饺子用相同的面和饺子馅，幼儿园园长包得快，却输给下属，面子有些难堪罢了。"齐主席挠了几下斑白的头发，思考片刻，和稀泥说："我看还是给她三等奖金算了，不过五块钱的事儿。"贝主任不好再作声，刘涛也只好跟着默认了。谁知，幼儿园园长没拿到获奖证书，并不满足，赌气又找党委王书记申冤。王书记只能好言安抚几句，随后就打电话，严肃批评齐主席组织工会活动不力，给党委添了麻烦。齐主席也觉得冤屈，又给贝主任打电话，抱怨道："这娘们儿真不识好歹，胡乱告状，我也是一时好心，多发了五块钱，却被她当成驴肝肺了。"贝主任也觉得总护理部既花钱，又受累，却不讨好，受了夹板儿气，就近叫刘涛来总护理部，当面诉苦。刘涛无处诉说，回家发了一通牢骚。冯颖洁只得劝慰道："你呀，吃一堑长一智，反正全院都知道，这种比赛是连玩带乐的好事儿，你找机会私下劝齐主席和贝主任，别跟园长一般见识就是了。"

首届全国石油诗大赛举办，局作协组织作家积极参赛。获奖名单刊登在石油报和中央大报文艺版，刘涛参赛的诗歌《歌手》获得三等奖，不久发表于

《工人日报》文艺副刊。局宣传部韩玉琪副部长打电话来祝贺，刘涛致谢说："多亏了局作协分会组织参赛，作家才有获奖机会。"韩玉琪得意道："作协组织参赛，获得大面积丰收，五人分获一、二、三等奖，于部长在部长例会上提出表扬。"洪旗获得一等奖，提议获奖者出奖金请客，刘涛预订了总医院"三产"老黄开的涮肉餐馆聚会，席间，洪旗感觉前阵子挨摔不说，职务上受了很大委屈，喝醉酒了，哭着喊起柯求理的名字，当场吐得一塌糊涂。刘涛听到柯求理的名字，涌出几分伤感，违心地劝了洪旗几句，又捏着鼻子帮着服务员打扫现场垃圾，当面向老黄道歉。

告别八十年代前夕，总医院工会齐主席终得落实党的政策，当年冤案得以平反，举家调回京城，齐主席回原单位国家计委任职。刘涛跟齐主席相处得关系不错，闻讯加入了总医院欢送的人群，帮着齐主席搬家装车。临别握手之际，齐主席玩笑道："小刘，有机会回京，找我去玩儿。"刘涛眼睛潮湿了，动情道："真舍不得齐主席离开，可您这是官复原职的大好事，我祝您步步高升。"齐主席不无伤感道："都这把年纪了，错过了干事的大好年华，不过是混饭吃而已，我们是最后一批得到平反的干部，拖的时间太久，感觉都近乎麻木了。"

齐主席空出的副处级位置，王书记力荐组织部部长邱新田接任。邱新田上任伊始，就烧了把旺火，组织院内各科室春季排球联赛，惹得几十个年轻人一时兴起排球热。早晨和黄昏时分，总医院楼前的操场上，练习排球成时尚。尤院长球技出色，带领外科总支排球队一路过关斩将，夺得联赛冠军。机关也组织了排球队，刘涛球技太差，成了赛场对方攻击的重点区域，参加第三场比赛，救球摔倒，不慎挫伤手指，大拇指关节肿得像发面馒头，惹得冯颖洁好一通数落："你就喜欢出风头，瞎逞能，过去根本没学过打排球。"刘涛牢骚道："机关年轻人太少，我只好跟着工会凑把手儿，都怨贝大姐，临时赶鸭子上架。"冯颖洁不依不饶道："你不会说实话，推辞一下？"刘涛不服气道："我是两级工会委员，好意思推辞工会组织的活动吗？"

邱新田空出的位置，外科党总支郝书记接任。排球联赛后，老徐派刘涛一起参与院新一届党代会筹备。新任的郝部长安排刘涛负责关键的计票工作，玩笑道："小刘当过会计，计票一定要脑子保持清楚，跟党组织步调一致，这关系到有关同志的政治前途。"刘涛心领神会，计票格外尽心，组织部的郝部长如愿，高票当选新一届院党委委员。

深秋来临，石油部下达了新文件，石油系统开展首评知识分子技术职称试评工作。冯颖洁申报中等护理技术职称是主管护师，刘涛申报政工序列的中等职称，对应职称是管理经济师。不料，院党委开会研究后，党办主任兼职评办主任找刘涛个别谈话，透露出因总医院政工中级指标不够，刘涛被内定为初级助理职称，需要重新填写申报表。刘涛当场变脸，找出这份试评职称的文件逐条对照，申明理由说："我的作品获过省部级奖，政工论文获过局级奖，符合破格晋升条件，另外我的学历和从事政工年限等自然条件，也符合中级职称申报资格，为什么非要申报初级职称？"对方强调："个别老同志面临退休前夕，申报中级职称只有最后这次机会，需要组织照顾，局里给咱院的中级指标不够，我们考虑，好在你年轻，这次高姿态让了，还有下次申报中级职称机会……"刘涛冷笑道："下次何时评审，谁也说不清，五年或者十年，皆有可能，如果这次错过中级职称，下次评高级职称也会被耽误，文件规定，石油企业的职称与工资待遇挂钩，谁都是拉家带口的，靠职称带来的工资待遇过日子，错过中级职称机会，我跟家人也没法交代。"对方找不出合适理由说服刘涛，只好叹口气说："唉，咱们没法再谈下去了，让老徐跟你具体再谈。"刘涛也憋了一肚子气，扭头走了。

"这几年，你工作表现很好，入党后思想觉悟提高很快，能正确对待组织意图，"老徐找刘涛单独谈话指出，同时含蓄透露出，"机关党总支书记老赵即将退休，打算评上中级职称，小刘年轻，退一步天宽地广。"刘涛反感道："这些年，你一直都支持我冲在前面，怎么到了评职称的关键时刻，忽然不支持了，老赵连小学都没毕业，平时写个发言稿都不成，这个机关党总支书记干了多少工作，大家心里都有数儿，他要能评上中级职称，让我放弃中级职称，更觉得委屈，如果非要年轻人让中级指标，为什么党委其他部门的年轻人不能谦让一次，这事儿没法让人想得通。"老徐也怔了一下，提起近期包饺子比赛，评奖不公，给党委带来麻烦，小刘作为评委，负有一定责任。刘涛愈加反感了，不客气道："工会总共请来各科室十个评委，我只有一票权利，恐怕没有决定权，再者说，事出偶然，也有参赛选手抽号的手气因素，调走的齐主席拍板定下的事儿，怎能把账都算到我头上。"老徐只好说："当然，你的工作成绩有目共睹，这都是组织多年培养的结果，可是，你工作中也确有不足之处，这会儿不要过分夸大个人的作用。"刘涛冷冰冰说："我不想表白自己，只讲我党有良好作风，凡事要实事求是，打算如实向上级有关部门反映自身评职称的情况。"老徐皮笑肉不笑道："听说你在局里人头儿熟，只要真能找来一个政工中级职称指标，咱院就好办了。"刘涛愤然暗想，老徐过去不择手段利用别人干出的成绩往自己脸上贴金，顺利解决了职务扶正难题，保不齐这次是有意用试评职称的低评故意压着人低头。刘涛不由自主想起二人之间那道无形的玻璃墙，八成真让郝部长说准了，老徐在大事上凸显小肚鸡肠，只顾拨拉自家的小算盘。

刘涛回家对媳妇一吐怨气。冯颖洁冷笑道："哼，搞政工的人，有几个是善茬子，俗话说，马善有人骑，人善有人欺，咱可不能轻易地认了怂，你不是有电大同学在局党委组织部，找找看，如实反映自己情况，职称和工资待遇挂钩，咱们合理申诉，必须努力争取，这次可是石油部在全国各油田试点儿，首评职称的机会难得。"

二十二

告别石油

刘涛悄悄打电话给局党委组织部的同学李文章。正巧,李文章临时被抽调在局临时机构职评办做具体工作,局党委组织部肖副部长在职评办兼主任。李文章在电话中透露:"肖副部长的外甥在总医院财务科,前两年调回大连医学院了。"刘涛惊喜道:"原来他外甥是我的财校同学陈晓明,跟我一直挺够哥们儿。"李文章还透露:"肖副部长的女儿女婿也在总医院工作。"刘涛立即想到总医院党委组织部新上任的郝部长。李文章最后说:"局里留有一定数量的中高级职称机动指标,你完全可以申诉情况,主动来局里争取一下。"刘涛心里有了底儿,带着相关证件和复印件,径直去局机关,找到李文章,见到肖副部长,提起陈晓明调走了,打桥牌失去最佳联手,很遗憾。肖副部长微笑道:"我早就听晓明提起过你,我女婿是新任组织部部长小郝,对你也挺熟悉,我是你岳父冯部长的老部下,小刘有机会,代我回京问候冯老部长。"刘涛应声道:"我一定转达您的问候。"说罢,顿时轻松许多,从容申诉了总医院的职评情况,有关证明材料复印件都留给李文章。肖副部长玩笑道:"李文章和小刘都是电大首届文科班同学，石油单位的文科人才，局组织部一贯重视党政人才，汇总职称指标时，一定会统筹考虑石油人才分布情况，争取给知识分子集中的总医院等单位，调剂一下中、高级职称指标。"

刘涛回单位，如实向党委王书记和老徐口头汇报，王书记边记录要点边笑道："好事，如果有中高级调剂指标，一定优先给你解决中级职称，回去先安心工作。"刘涛又找总医院组织部的郝部长汇报。郝部长哈哈大笑道："我当天回家就听老丈人说了，咱们是老朋友，没得说，我估计你的中级职称没啥大问题。"老徐闻讯，直接找党办主任，转达了局职评办的领导意图。不出所料，年底前，郝部长打电话让刘涛来一趟，进了组织部，刘涛终于拿到盖着钢印的管理经济师职称证书。好事成双，总医院后勤处年底调剂职工住房，刘涛和媳妇冯颖洁都是新晋中级职称，优先分到新建知识分子宿舍楼的大两居一套偏单，交回旧房，这套新房子虽是顶层，可是建筑面积七十多平方米，三口之家实用加舒适，距离儿子小学很近。晋升职称后，两口子忙着乔迁新居，封阳台，笑颜常在。刘涛感叹道："如果评职称一念之差，当场认了怂，哪会有调整工资和乔迁新居的双喜临门。"冯颖洁也说："贝大姐提醒过，你家小刘遭人嫉妒了，今后更要事事小心，别总是想出头冒尖儿，别忘了那句俗语，枪打出头鸟。"刘涛好笑道："我居然会成为出头的椽子——争取先烂掉。"

各单位闭路电视系统由局闭路电视台收走，统一管理。肖迪在总医院宣传部改为打杂儿，晃荡了大半年，上班时间经常连面也不露了。老徐几次发牢骚，肖迪拿着工资不干活儿，耍起自由主义。刘涛充耳不闻，心里明镜一般。岂知，肖迪果真办成调回老家县城的事儿，两口子一同调回，媳妇调至县医院儿科护理部当护士长，肖迪调至县委人武部办公室当干事，举家忙着搬迁，收拾东西。毕竟同事一场，刘涛也去帮忙打包杂物，对肖迪落叶归根羡慕不已。老徐让拿出宣传部卖废报纸的钱，在"上一当"饭馆欢送肖迪，几人要了瓶洋河大曲，喝得一干二净。肖迪传经送宝说："开始联系县人事局，调配科长理都不理，想方设法托亲戚搭上关系，人家才肯单独见面，请客吃饭才能谈办事的思路，两口子单位都要自己联系，县城其实哪个单位都人满为患，没有当头儿的说句话，想都甭想安置。我当初入伍托的人武部老政委已经离休，我索性一事不烦二主，还托他约出县委人武部现任政委，才算把自己搞定，再借县委人武部的牌子，去县城关医院好一通公关，恰好碰到副院长的儿子要当兵入伍，作为交换条件，人家才答应我媳妇塞进县城关医院。这个副院长才是正科级，主管医疗，有权就说了算，我媳妇还想干儿科护理专业，直接安排当了护士长。"刘涛一时犯傻，冒昧地问一句："县城关医院原来没安排儿科护士长？"肖迪付之一笑道："哪能没有这个重要角色，唯有调动管用啊，树挪死，人挪活，俗话说，外来的和尚会念经，咱们是局级大企业总医院，正处级带一所附属卫校，八百张床位的规模明摆着，比县城的副处级城关医院足足高出了半级，那所医院才二百多床位，差距不小。"老徐嘿嘿笑着说："肖迪会来事儿，早晚会当上领导。"

刘涛的新居收拾停当，工会主席邱新田给了刘涛一个暑期北戴河的疗养指标，刘涛带着儿子去疗养，住在东山石油疗养院，伴着海浪涛声而眠，观海边日出的辉煌，享受说不出的惬意。不料，刘冯回家居然告状："我爸让我咬生姜、喝醋、吃螃蟹，很难受。"冯颖洁逗趣道："你还敢吃螃蟹。"刘冯天真作答："螃蟹真好吃。"儿子暑假作业有一道课外数学难题，儿子求爸爸帮忙，刘涛在疗养院足足花了两个小时没答出来，儿子却从草稿纸上一堆数字排列中找到了正确答案。刘涛心花怒放，把这事悄悄告诉媳妇，自鸣得意道："儿子头脑机敏胜过老子，一代更比一代强。"冯颖洁好笑道："我小学时数学就好，不像你，脑子反应慢，笨得出蛆。"

初秋凉爽多了。刘涛早晨上班，没顾上喝水，曾宏伟打来电话告之，举家调回京城，正忙着在家收拾东西。刘涛为之浑身一震，放下话筒，跟老徐打个招呼，赶到了局公安处家属区宿舍楼，帮着曾宏伟收拾行李，东西打包时，慨叹道："唉，光阴似箭，日月如梭，一晃孩子都快上中学了。"此刻，曾宏伟手不得闲，嘴也不闲着，告诉刘涛，自己调回京城的京南区公安分局搞刑侦，媳妇进了分局所属集体企业重操旧业，当库房保管员。面对乱糟糟的屋子，李秀云亦有不舍之意，唠叨道："在石油单位好不容易置办起十多年的家业，就算白扔了。"曾宏伟玩笑道："搬三次家如失一次火，就当失火烧了。"李秀云又说："介都是被逼无奈，孩子户口落实知青政策先回天津了，上中学总要有家长照顾，索性狠下心，调转方向，干脆全家挤进京城，介也算一劳永逸。"刘涛不无担心道："曾瑜的户口能直接进京？"曾宏伟自信笑道："干公安办这种事不算难，我是作为刑侦队骨干调入京南区分局，女儿没成年，户籍随迁京城没问题，国家有明文规定的知青政策。"李秀云又问起刘涛的打算："你们总不会在石油单位待一辈子？"刘涛叹道："唉，举家迁徙，并非易事，只好找机会再说，祝贺你们，先一步回京城，看来公安口儿好安置干部。"曾宏伟强调说："听说京城各单位普遍缺少年轻干部，特别是业务骨干，秀云是工人身份，都办成随迁安置了，你们两口子都是干部身份，再加党员和双中级职称，回京城应该好办。"刘涛失魂落魄地骑车回家，进门一声长叹，把曾宏伟举家即将迁回京城之事告诉了媳妇。冯颖洁果然也动心了，歪头想了片刻，试探道："咱们……也去试试，别总舍不得下决心，既然早晚要离开石油单位，迟不如早，果断行事吧！"刘涛犹豫道："心急吃不了热豆腐，办这种事，总要有合适机会。"冯颖洁赌气道："这是男人早该谋划的大事，我才不用着急。"

这日上班，刘涛浏览报纸，发现《人民日报》第四版刊登了一则征稿启事，编辑《北大荒人名录》《北大荒风云录》，这消息拨动了刘涛藏在心底的北大荒情结，随手写出一篇稿子寄出，汇款订购了这套书，年底总算盼到寄来这套书，看到《北大荒风云录》中回忆知青生活片段，竟然夜不能寐，忆起北大荒难忘的日子。冯颖洁说起内蒙古兵团的知青生活，可是内蒙古兵团知青没人出头组织大型怀旧活动，返城后都陷入城市茫茫人海，杳无音信。刘涛不禁有几分得意道："还是北大荒知青里人才多，这是多大规模的怀旧活动，组织起来很不容易。"最近，冯颖洁在机关总护理部刚入党，忧虑儿子学习起色不大，叹道："父母年纪都大了，爸爸近来腰疼，说过最迟明年申请退居二线，姐姐在国外不归，将来谁照顾老人，孩子再有两年该上初中了，既然咱们户口都在京城，迟早都要调回去，争取早点儿找到合适岗位，好在，咱都入党了，又有中级职称，去哪儿都是骨干。"刘涛凝神思索片刻，才缓慢地说："找机会，趟一下路子，这事一定要高度保密，一旦泄露出去，咱们在单位就难受了。"

局党委宣传部的韩玉琪副部长，给刘涛打来电话，透露出一个重要消息："石油部从燃化委再次独立出来，发文精简二级党委以下的部门，二级单位党委一律撤销组织部和宣传部，合并为综合性大党办，组织和宣传各保留两名干部，趁着这次基层的党务干部精简，你要是愿意，我想把你调到局党委宣传部文化科担任副科长，兼任作家分会秘书长。"刘涛回家，把这个震惊的消息告诉媳妇，冯颖洁惊喜道："你可别轻易答应了局宣传部那边儿，这不是恰好与咱们准备趟一下路子，调回京城的计划相呼应了？"刘涛兴奋道："趁此精简基层党委机构，告别石油单位，确是难逢的天赐良机。"

没几天，老徐也得到二级党委精简的消息，毫无保留地告诉了下属，而后就像霜打的茄子，垂头丧气道："唉，我这辈子算干到头儿了，精简下来的副科级以上干部，只要年满五十一岁，可申请提前退休，优先上浮工资。新的综合性党办，设主任一正三副，我准备推荐小刘任综合性大党办主管宣传的副主任。"刘涛心头一热，立即替老徐打抱不平说："这算什么精简，不过减少几个科级干部，建议你留任党办副主任，拿着正科级的工资，干着副科级差事，更省心了。"老徐连连摇头，有气无力道："算了，我彻底让贤，不如申请回家休息，找块荒地开出来，种点儿蔬菜，自给自足，乐在其中。"刘涛隐隐地同情老徐，这些年相处得基本不错，老徐支持刘涛完成了电大学业和文学创作，提供机会优先入党，教会基层政工应对复杂情况的能力和具体方法，其实刘涛的工作失误在先，不该抢了风头，招致老徐不满，在晋升职称之际，造成了一时隔阂，但是总体上感觉，老徐对属下还是热心肠，政治上关爱有加。

春节回京城探亲。刘涛私下与姐夫商量："儿子进入小学高年级了，面临初中教育，由于户籍不在石油单位，升入中学要另外给石油中学交一笔赞助费，可是石油初中的教育质量堪忧，如果学不好，何谈回京上高中，恐怕连高考都耽误了……我和颖洁商量过，姐夫可否找路子，索性我们都调回京城，举家搬迁，儿子上中学也好有人照顾。"姐夫皱眉道："其实咱妈早就盼着你们能早点儿调回来，可举家搬迁也不是容易事，节后我去找政府人事部门打听一下，看看哪些渠道可以办调动，一定告诉你准信儿，可是具体事，你还要自己出面办，我可以帮助找关系，提供方便。"刘涛忙道谢。姐夫沉稳地说："一家人不说两家话，不用谢我，丑话说在前面，京城的住房很困难，我这个企业科级干部照样没住房，只能挤住在咱妈这个小院里，你们回来住哪儿？岳父母那里，还是两边跑？"刘涛一怔道："这个，还没顾上商量，我估计两边跑的可能性大，姐夫千万注意保密，别跟咱妈透露，怕她跟着瞎操心，睡不好觉。"姐夫老练道："那是自然，你尽管放心就是。"

春节荒友聚会，姜虹和李秀荣也来凑热闹。俞卫青率先提起参观在国家历史博物馆举办的"北大荒知青回顾展"，李停战感慨道："一见到展览馆里那片仿真白桦树林，哥们儿泪流不止……"韩江平激动道："明知是人造的白桦林，却也勾起对知青年代的回忆，我们出了博物馆舍不得散伙，在前门附近找个饭馆，接茬儿喝酒话当年，饭馆里好几桌是荒友聚会，生意挺火爆的。"刘涛埋怨道："你们真不够哥们儿，没人打电话通知我回来一饱眼福。"俞卫青逗趣道："岂止一饱眼福，那是北大荒怀旧情结的满足，说来也怪，当年恨不能一步离开那片黑土地，发誓再也不回头，可如今返城都这些年了，却总是梦见连队后沟的荒山野岭，好像又喝到山泉水加蜂蜜，嘴里也是甜滋滋的。"俞卫青又说起女儿上小学了，智商高，成绩不错，电大工作站也分了一间平房，几经折腾，家里已经倒成独单和偏单各一套，在单位搞了个在职学员学习意向调研报告，获得市级一等奖，破格评上副教授职称，可是媳妇这阵子又闹着出国留学。韩江平在学校刚分得一套独单，为争得到了这套房子，不惜得罪了常务副校长，结果评职称遭到对方报复，仅评上初级助理讲师职称，独当一面负责主讲两门主课，干着讲师的活儿，却拿着助理讲师工资，简直窝囊透了。刘涛也说起石油首评职称遭人嫉妒，幸亏据理力争，找到局职评办申诉，才拿到管理经济师的中级职称。李秀荣不怎么说话，总是跟人一起叹息。姜虹调到哈尔滨工作多年，跟杨光伟组建了小家庭，生了儿子，为建爱巢，做出重大牺牲。众人异口同声，盼着刘涛和姜虹都早点儿调回京。刘涛沉吟片刻道："户口虽在京城，可在石油单位混日子非长久之计，孩子说话就大了，回京上学总要有人照看，而且我还有个青春夙愿未了。"姜虹为难道："当初我对调去哈尔滨，户口迁过去，人家给了一笔京城户口的补偿费，户口再想迁回京城，恐怕只能等退休后再作打算。"众人都感叹，人生不如意之事儿常八九，得意之时或者仅为片刻之欢。

  正月十五前夕，姐夫打电话通知刘涛请假回京城，约请了京南区人事局知青办主任一起吃饭，商量两口子调回京城的大事。冯颖洁让刘涛多带点儿钱，请客别太寒酸，给人家备点儿像回事儿的礼品，姐夫也好有面子。刘涛刚好在石油百货大楼买了一套不锈钢锅，物美价廉，刘涛又去买两套带回京。一套不锈钢锅应名送给了姐夫，其实姐姐直接拿给母亲做饭用了，这也都在情理之中。

  姐夫和刘涛带着一套不锈钢锅，打了辆"蝗虫"面的，提前到订好的饭馆包间里恭候。区知青办是区人事局下属劳动人事科，一套人马，两块牌子，张主任是正科级，与刘涛年纪相仿，部队转业正营级干部，喝酒很痛快。刘涛酒量有限，多亏姐夫酒量不错，一起陪喝，相谈甚欢。姐夫和张主任通过某共建活动才相识，姐夫在对方购买家具时，顺便提供了帮助，张主任心存感激，此来便实心办事，带来一张打印的"知青返城提供证明材料须知"，共有十几项，张主任用钢笔勾出十五项，交给刘涛，解释说："这些证明材料都是干部身份直接调回京的知青必须提供的，干部调京仅有几种途径，其一是中组部调干，配偶和一名未成年子女可随迁；其二，干部单调进京，须经区、市两级组织部和人事局特批，属于市区急需的短缺技术人才，大专以上学历，且有中级以上职称，等同中组部调干待遇；其三，部队转业干部安置，配偶及一名未成年子女可随迁，配偶进京接收单位自行联系落实；其四，落实中央知青政策，干部身份允许单调回京，夫妻双方须有一方是京城知青，可随迁配偶及未成年子女一人，自行提供一系列知青证明材料，配偶及未成年子女证明材料，自行落实夫妻回京的接收单位，方可开出商调函，调档，接收单位同意接收，干部才能办理调回京工作的手续，转党团工会组织关系，听说你们户籍已经在京，不存在户籍准迁手续，办起来就稍微简单点儿。"姐夫含笑道："依你看，我内弟回京在哪类单位工作为好。"张主任痛快道："刘涛的自身条件不错，三十多岁，懂经济、熟悉党务和宣传工作，党员加中级职称，正是区委急需的年轻党政干部，如果没有咱们这层关系，我会直接推荐去区环卫局清洁队，那里缺少过硬的党支部书记，既然咱都是哥们儿，我看刘涛别去环卫局清洁队扫街了，可以留在区委大院，四大家都缺年轻干部，关键看本人的意愿。"刘涛急切地说："回京没房住，哪个单位能优先解决住房，就去哪里。"张主任苦笑道："不瞒你们，我转业三年，媳妇也是搞医的，安排在区医院门诊办，至今仍无住房，临时借住亲戚的一间平房，女儿上小学了，跟我们挤在一个大床睡觉，生活多有不便。"刘涛惊讶道："你也真够困难了。"张主任玩笑道："我都想申请去区房管局工作，哪怕先借一间平房，也好有退身之地。"刘涛果断道："那就请张主任帮忙，联系区房管局，我要是能借到一间平房，也争取努力给张主任借一间平房。"张主任含笑道："那敢情好，你先办那些证明，我这边也留心区房管局的动静。"姐夫笑着举杯道："敬张老弟一杯，为我内弟这事可没少操心。"张主任笑道："陈科长，给自家办事讲求效率，不妨双管齐下。"临别前，刘涛把那套不锈钢锅塞给张主任说："以后少麻烦不了你，容过后答谢。"张主任不好意思道："连吃带拿，让你们破费了，不用如此客气。"姐夫忙说："哥们儿之间，实打实的办事儿。"

　　姐夫搭上线，刘涛借着出差机会跑几趟京城，陆续开出证明材料，母亲户籍所属街道办事处、两口子原毕业中学，父母单位……或许是天意，不到一个月，这十五份证明居然都办妥，刘涛当即交到京南区人事局知青办张主任手里。事有凑巧，张主任说："你赶上好运气，区房管局那边儿有了动静，找我们推荐一个党办秘书人选，我把你的情况介绍一番，那边儿让我约你去面谈，我问一下那个书记是否在。"说罢，打办公电话，对方正好在，张主任陪着刘涛过去，面谈很简单，问了简单情况，又专门问了住房情况。刘涛有备而来，按照姐夫教的答，回来暂时没住房，但可临时克服一下困难。没两天，区房管局回信，此人有真才实学，只为了解决住房而来，我们恐怕养不住。姐夫把这话原原本本告诉刘涛，开心道："哈哈，房管局的书记果然老辣，一眼识破你一心奔着分房而去的目的。"

刘涛借用总医院办公室的外线座机，给京南区知青办张主任打电话，话筒里笑道："区房管局的书记怕了，前任党办秘书就是为房子而去，忍了两年半，分到一间平房就另谋高就，区房管局白赔了一间平房，已经长了记性，一心想找个有住房的党办秘书，只怕是一厢情愿……对了，最近区政法委新上任的刘书记，想找个年轻男秘书，要求是党员、笔杆子、熟悉党务工作，我觉得你行，把你的情况介绍给刘书记了，刘书记也满意，现在正式问一声，你同意去吗？"刘涛迟疑地问："政法委是什么部门？"话筒答："代表区委主管公检法机构，负责维护地区稳定、确保安全的核心部门。"刘涛失望地笑道："我过去跟石油公安处的文友打过交道，人很仗义，也肯帮忙，却感觉带着一股流气，我一向远而敬之。"话筒又笑道："新中国成立前就是警匪一家，现在警察安排黑道眼线协助破案，岂能不互相勾着，你说得也有理，读书人愿意清高点儿，不想去就别太勉强了，我再推荐别人。"

没几天，张主任来电话告之："区政府台办想要一个懂经济的党务干部，管理挂靠在台办的二十多家民营企业，我觉得你行。"刘涛当即说："我懂财务管理，能发挥所长，很难得呀，我在石油单位兼管统协（统一战线协作）工作，总医院有几个台属，过节慰问一下，过年组织一次座谈会征求意见。"张主任又问："媳妇想去区里哪一所医院？"刘涛试探地问："留在区医院好吗？"话筒里张主任低声说："千万别进区医院，他们不仅排外，而且内部派系斗争激烈，很乱的，听说你家附近要建一所新医院，不如去那里，新建的医院不存在派系争斗，离家也近，照顾孩子老人也方便。"刘涛忙道谢，感觉挺满意。张主任问清刘涛的石油单位具体地址，告之即刻发刘涛二人的商调函，正式调档，让他在单位这边儿留心动静。

近来上班，刘涛心怀忐忑，在宣传部订阅的内刊"宣传动态"上，看到中央领导人南方谈话的全文，不觉心中一动，这恐怕是上边一个重要信号，不要再争论"姓社姓资"问题，"解放思想谋发展"是新的主题。他随口跟老徐议论几句。老徐嘿嘿笑道："这是你们年轻人关心的问题，我准备回家种菜了，学过的马列主义，没地方再去施展。"刘涛暗笑，真是个"徐马列"，即将提前退休，还念念不忘马列主义理论。他们正聊着，桌上电话铃响了。老徐忙不迭地拿起话筒说："你好，哪位？"跟着嗯了两声，放下话筒，兴奋道："王书记叫我过去。"说罢，神秘一笑出门。工夫不大，老徐慢步踅回来，不自然地一笑，让刘涛去见王书记，悄声说："你们的调动手续来了，祝贺两口子都调回京城。"王书记见到刘涛进来，拿着商调函看了一眼，微笑道："两口子都调回家，这是好事，可是，你们也不事先打个招呼，我感觉很突然，还打算让组织部提拔你担任新的党办副主任，可惜，说走就走……我原则同意你们两口子调回京，商调函上已签字了，听说局组织部有个内部规定，四十五岁以下，中级以上职称干部都是业务骨干，一律不放。"刘涛不由得一惊，忙说："求您帮着说句话，网开一面，我们需要照顾。"王书记点头说："没问题，我跟局组织部的肖副部长打个招呼，适当照顾老领导的孩子调回京城，主要为了照看老人，合情合理。"

刘涛和冯颖洁专程回京一趟，确定了冯颖洁去新建区级医院的门诊部当护士长，平时住母亲家那间小屋，孩子在母亲家附近小学就学，周末再回岳父母家探望。不料，区知青办的张主任电话通知姐夫，刘涛的档案转交区政府台办主任之前，区委统协部（统一战线协作）的师副部长看过，觉得不错，推荐给区政协副主席兼统协部长看了，决定截留在统协部做经济工作。区政府台办归区委统协部直接领导，台办主任有苦说不出，只好捏着鼻子接受了这个事实。刘涛的接收单位改为区委统协部，希望能理解这个意外变更。姐夫安慰说："小涛能留在区委部门更有利，直达天听，为区委领导服务，晋升机会更多。"刘涛却说："反正能回京工作就成，哪怕去区环卫局清洁队当支部书记，晋升当官真没想过，也不懂怎么当官。"姐夫讥笑道："你可真够愚蠢的，谁天生会当官，不都是被逼无奈，只能硬着头皮学习办事儿。"刘涛诧异道："岂不是赶鸭子上架。"姐夫好笑道："你以为呢？"

刘涛忙里偷闲,整理旧作,凑成《会战轶事》一组短小说,首篇是《请客》,讲个亲身经历的幽默故事,一群机修厂青工,半夜临时义务劳动,卸了两卡车石灰,后半夜干完活儿,没找到夜班饭辙,厂长只好请青工们吃清水煮白菜果腹,小说破题写到,"石油会战初期,这块著名的盐碱洼里瞬间涌来数万人,多数人住帐篷、吃粗粮、喝菜汤,晚饭后义务劳动如家常便饭。"稿子交给局宣传部,韩玉琪副部长浏览一遍,连声喝彩,转交给文化科小成,确定下期在《石油神》杂志上发头题小说,有关杂志的编务,也交给小成代管。韩玉琪对刘涛调回京城表示祝贺,一再惋惜道:"你能调回家总归是好事,可惜,我们文化科少了个得力的副科长,石油作协分会缺个年轻能干的秘书长,石油少了有实力的小说作家,甚觉可惜,回头,我负责帮你转省作协的组织关系,你就在京城等着那边的作家协会转会通知。"

韩玉琪随手打电话通知,洪旗闻讯从局文联办公室赶来,张罗请客送行,邀来一群文友话别,一起吃总医院对面商业街新开张的山城麻辣火锅。洪旗示意几个文友轮番敬酒,刘涛被灌得酩酊大醉,两个文友搀扶着送回家。朦胧中,刘涛见到冯颖洁正在屋里收拾东西,忍不住哭道:"呜呜……一晃十几年,八零年过后……"冯颖洁愤然骂道:"没德行样儿,灌足了马尿……八零年后怎么了?后悔娶了我。"刘涛不及作答,和衣倒在床上打起呼噜,熟睡如泥。

搬家可不是小事,京城母亲小院的住处,仅能腾出一间屋子,十分狭窄,根本放不下书架子和大衣柜,石油单位那间屋子也没人愿出合适价格买,只好由冯颖洁白送给要好的同学了。整理物品时,冯颖洁逼着刘涛淘汰了三分之二的藏书,几百册文史类图书,堆在客厅门口,看着揪心,外带堵心。刘涛找门口收废品的人来,打听收购价格,对方一口价十五元,没有还价余地。气得刘涛忙摆手,让其走人,自语道:"不如白送人,还能落份人情。"这些藏书基本都是历年挤出有限的工资买的,刘涛甚至能如数家珍般的讲出一串儿购书的故事,此刻时间有限,收废纸又故意压低价格,倘若白送人,心里实在肉疼。冯颖洁善解人意地建议道:"你不如利用休息日,去局里新开张的'职工跳蚤市场'试一把,摆地摊儿卖书。"刘涛负气道:"逼着读书人卖书,亏你想得出来。"冯颖洁好笑道:"就算半价卖了,也比白扔强,更何况你还可以体验一把经营的快乐,能积攒一些下海经商的经验也好。"刘涛觉得不无道理,还是不甘心地叹了口气。

二十二 告别石油

周日吃过午饭，刘涛带着两只塞满书的沉甸甸手提包，骑车去新华书店旁的"跳蚤市场"，选择迎门位置摆地摊儿，摊开一块塑料布，把书分门别类地摆放整齐，拿出一张写着"半价书"大字的白纸，在地摊儿前，用砖头压住，首次品尝练摊儿的滋味。冬日的午后，气温回升到零上几度，阳光像一把柔软的梳子，温暖地梳理着身体，带来一种怡人的舒畅。刘涛虽有寂寞，但感觉还不错，冬日晒太阳有益身心健康，顺便体验当个体户的赚钱滋味，没准就积累成未来小说的好素材。有个中年人来逛市场，路过书摊儿，被"半价书"的大字吸引，蹲下身子翻看两册，抬头说："书都挺新的，怎么会半价卖了。"刘涛如实作答："调回京城没处放，搬家前只好忍痛割爱。"对方目光柔和了，"哦"了一声说："知青回家，可以理解，买两本，给孩子当课外书看。"刘涛激动了，看过书价说："您给个整儿，一块钱。"对方笑道："还有三毛钱，你不要了？"刘涛玩笑道："您是我第一个顾客，理应诚心答谢，抹去零头儿，开张大吉。"对方拿起书，递过钱道："你还真懂得经营，看来本事不小。"

谁承想，两提包书很快就卖光了。刘涛骑车飞身回家，再取两提包来卖，太阳下山前，又卖光了，兴冲冲地回家数钱，共卖了一百多元。他心疼地说："按照书的定价，赔了何止这些个钱数儿。"冯颖洁劝道："什么赔不赔的，卖给收废品的总共才给十五元，你已经大赚了一笔，至少算初战告捷，我包饺子，犒劳你。"冯颖洁又炸了一盘花生米，端上桌儿。刘涛觉出媳妇的体贴，带着儿子吃饺子，喝点红酒，两口子聊了不少回京的打算。

刘涛第四次去跳蚤市场，剩下的书都是精品了，全套黑格尔的《美学》，国内美学新思潮丛书等，还有十多本长篇小说。刘涛原打算不卖了，装纸箱带回京城，塞在床下，可是冯颖洁坚决不允，提高嗓门说："那些精品厨具和鞋盒子放哪儿，干脆放你被窝里。"刘涛无奈，只好下狠心，一心惦记卖出好价钱，价格白纸改为"八折好书，最后时机"。刘涛在"职工跳蚤市场"刚出摊儿，就被一群女孩子围住，其中有总医院手术室的段秋华。小段玩笑道："想不到著名石油作家刘老师，居然也在跳蚤市场卖自家藏书。"刘涛依旧实话实说。女孩子们嘀嘀咕咕一阵儿，派段秋华跟刘涛谈判。段秋华低头笑道："刘老师，我们都听过你在卫校的文学课，今天是卫校分在各单位的老同学聚会，聚餐后，起哄说来跳蚤市场体验一把，想不到有幸见到您来卖书，书上还有您的藏书章呢，我觉得这些书都有收藏价值，干脆再优惠点儿，我的同学们打算包圆儿，省得您还费时费力在这儿看摊儿。"刘涛不解地问："八折的新书，还要我怎么优惠？"段秋华不客气地说："干脆还是半价吧，上个星期我来过一次，在远处见过您卖书，想不到刘老师这么健忘。"听到半价处理了精品藏书，刘涛未免龇起牙花子，犹豫着，又重申道："这些可都是有收藏价值的好书，我是花的原价，买的新书，一大半儿没来得及看，这就半价卖了，都叫什么事儿呀，得啦，看在当年给你们讲课的份儿上，六折卖，行吧。"段秋华不甘心道："刘老师都挣了那么多年稿费，还能在乎这点儿小钱儿，您就当培养当年卫校学生了。"刘涛再也无法出口还价，只好叹口气认可，点着段秋华笑道："你这个丫头，嘴茬子真够厉害，今后别忘了我。"这些当年的女学生们都开心地笑起来，叽叽喳喳的像鸟鸣一般。这个恭维道，刘老师这么大名气，谁能忘了。那个老实说，刘老师将来别忘了石油才好，我们都是石油子弟，离不开石油的。还有人发泄道："我们可不像刘老师，说走就拍屁股走人。"

刘涛卖书，意外收获数百元钱。冯颖洁玩笑道："回京城当真吃不上饭，你没准儿还能倒腾图书卖，挣钱养活我们娘俩儿。"刘涛好笑道："你可别忘了，这可是赔钱赚吆喝，也算我体验一把个体户经营，为写小说收集素材。"接着，他顺便把段秋华帮着同学砍价买书的事也都兜出来。冯颖洁得意道："我早就看好小段儿，嘴一份，手一份，能干加高素质，迟早要接替总医院手术室护士长的职位。"刘涛摇头说："还不是都跟你一样，属于厉害角色。"

刘涛搬迁的最后一项活儿是清洗厨房燃气灶。原本不想要这个用了十几年的连体架子的简陋燃气灶，清洗干净确实麻烦，不如买个新的，用着痛快，看着也舒服。冯颖洁惯于精打细算，夜晚在枕旁，润物细无声地数落道："你这种什么都买新的想法，纯属大少爷作风，不当家不知柴米贵，回京城咱们动一动就要花钱，这次搬迁的挑费究竟有多大，还是未知数儿，能省点儿是点儿，举家回京过日子，恐怕很不容易，千万不能没怎么着，先讲开排场了……"一桩琐碎事，招来媳妇一堆大道理，刘涛只好举手投降，乖乖地去洗澡，同时清洗油腻腻的燃气灶架子。天气已经数九了，室外滴水成冰。冯颖洁打开卫生间电灯，关上门说，这样暖和些。卫生间外墙壁上，单位新配发的远红外燃气炉，轰轰地响着，燃烧着，供给洗浴的热水，刘涛进去脱了内衣，先用沐浴喷头的热水，哗哗地冲洗燃气灶，又倒出清洗剂，用钢丝刷子使劲儿刷洗灶台上的陈年油腻，岂知这油腻经过多年，层层地风干，似乎和燃气灶的灰色底漆融为一体，极难刷掉。

刘涛吃力地刷洗着，不觉间，脑袋一沉，竟然失去知觉……

身旁有嘤嘤的哭泣之声。刘涛清醒过来，睁开眼才发现，自己躺在客厅的沙发上，身上盖着一件上衣，诧异地问："咦，怎么会在这儿？"冯颖洁一把搂住他脖子，"哇地"一声哭出声："呜呜……我的天呀，你可醒过来了，多悬呀……"刘涛一个鲤鱼打挺坐起，身上衣服掉在地，亮出一丝不挂的裸体，惹得冯颖洁立刻破涕为笑道："瞧你，嘻嘻，光不出溜儿，真不害臊。"刘涛渐渐明白过来，自己在卫生间忽然晕倒，八成是煤气中毒，幸亏冯颖洁在家里，及时发现了洗漱间没了动静，拼命把失去知觉的丈夫从洗漱间拖到客厅的沙发上。有了客厅里新鲜空气，刘涛总算逃过了这一劫。他忍不住埋怨道："都是你，非要这个不值钱的破燃气灶架子，差点出了人命！"冯颖洁委屈道："算你有福气，幸亏我也在家，及时发现你在里面怎么没有一点儿动静，一头闯进去，拼了死命才把你拖出来……我救了你一命，不说感激谁，反倒落下一大堆埋怨……人家都说，大难不死，必有后福，想必你命该如此，回京城就一帆风顺了。"刘涛苦笑道："好一张巧嘴，无论反正，都是你的理儿。"冯颖洁玩笑道："我什么事儿都有预感，准得很，你信不信。"刘涛玩笑道："我信你会生儿子……"

这套刚搬进来的两居室，还没住够温居的日子，又无条件地交还给后勤处房管办，没打奔儿，房管办径直又分给他人。好在冯颖洁熟悉这户新主妇，五官科的新任护士长，人家很懂事儿，主动给了冯颖洁铺地板革和封阳台、装防盗门的补偿款。

搬迁前夜，两口子都失眠了。冯颖洁感慨道："八零年后，咱们开始婚恋，一路拼搏，十几年咬牙拼搏。"刘涛颇有同感道："这些年总算打下一个好基础，只是，这十几年匆忙而过，几乎品尝到生活的各种滋味儿……"

凌晨时分，刘涛的脑海旋转着，再现了八零年元旦刚过的那个背时之日，成本报表上下数字怎么也对不上，偏又收到了冯颖洁的断交信，无助至极，委屈地在梦里哭出声了。

"怎么了……刘涛，快醒醒。"冯颖洁推了几下，刘涛终于睁开眼，朦胧中，诧异道："怎么回事，居然梦到那年元旦刚过，那个倒霉的日子……"冯颖洁亲昵笑道："凌晨的梦，都是反的，说不定咱们回京后，你步步顺当，真能当官儿。"刘涛心事重重道："未必呀，多年在外，早就习惯了未雨绸缪，凡事都是丑话说在前头，至少不会出丑。"

早晨该上班了，搬迁的庄严时刻来到。总医院车队派来一辆解放牌卡车和一辆加长的轻型货车，都停在了楼门口。两口子的同事和同学、文友们都来送行，七手八脚地帮着搬家具和书籍。"三产"的老黄玩笑道："刘涛和小冯到石油单位不过是两副铺盖卷，临走变成装满了两辆大货车，这十多年，富成了地主。"刘涛玩笑道："老黄说得没错儿，石油单位福利高，彩电和电冰箱大件儿都置办齐了，过去想都不敢想的，提前过上小康生活。家具和书籍装满了卡车，一应杂物装满了加长轻货车，两辆汽车都装妥当，司机用大绳捆绑苫布，固定物品。"

冯颖洁忽然发现，儿子又不见了，忍不住喊："你怎么不看着点儿，儿子不见了。"

刘涛一怔，忙安慰道："儿子都十一岁了，绝不会丢了，我赶紧骑车去找。"

子弟小学的空旷操场上，刘涛停住自行车，看到一个孤独的瘦小身影，面对白色四层教学楼，似在默默祈祷，似乎无助地抹泪儿……

刘涛幡然悔悟，这些日子净顾了盘算长途搬迁的杂事，无暇顾及儿子突然离开童年伙伴和启蒙老师的感受，居然忘记了陪儿子来母校告别……此刻，当父亲的心头不禁一个热浪打来，眼睛湿润了：知青的孩子们都很不容易，很多孩子跟着父母在外漂泊多年，吃了不少瓜落儿，没能及时回到本该属于他们的大都市里，没能享受到良好的教育环境哺育，遭受了终生难以弥补的委屈，知青那代人文化残缺的先天不足，可能会延续到下一代，亏欠了孩子们一笔无形的账。

这茬儿八零后出生的孩子，哪个不是独生子女呀，哪个不是长辈的心头肉，遭遇到如此的生活动荡，面临数不清的成长坎坷，似乎比父母当知青还要早些年。

这种幼稚的年龄，单纯得令人心疼，面临的种种生活重压，能否挺得住呀，人生的那些沟沟坎坎，能否顺利地跨过去呀？

真让人有些揪心哦……

2014年11月—2020年初夏　初稿、十一稿

后　记

　　笔者40万字长篇处女作《致我们遥远的青春》，2010年由中国青年出版社出版，意外收获了社会读者好评，众多知青读者希望笔者继续写下去，通过长篇新作，全景式地反映知青在改革开放初期的奋斗史。

　　可是，笔者因20世纪80年代在石油单位生活，不熟悉京城改革开放的初期生活，遇到了技术性的创作难题，致使迟迟未敢动笔。笔者同连荒友、在京定居的上海知青叶壬虎和漂泊在安徽的上海知青何冠章，2012年初秋约见笔者，鼓励笔者继续写出改革开放初期的知青生活，何冠章玩笑道："最好写出像曹雪芹《红楼梦》那样的传世之作。"笔者当即自觉汗颜，如实作答："没有那种深厚的学识和修养，创作能力卑微。"笔者当年同学加荒友，在美国定居的天津知青李维城，2013年回国办事，初秋来京，也约见笔者，畅谈分别经历，详说改革开放初期，如何在天津走出返城的生活困境，考上七八级全日制大学本科的亲身经历，盛情鼓动笔者再写新作，反映这一时期知青的多彩生活。笔者由此颇受启发，很快找到创作长篇新作《八零后》的思路：交叉写出京城和石油单位的知青人物，艺术表现知青群体如何从人生低谷，一步步奋力拼争，逐步接近个人梦想的人生奋斗殊途。这茬儿知青，在 20 世纪 80 年代，面对十年浩劫的千疮百孔不利局面，返城后忍辱负重，多数人找准人生定位，从社会底层拼争起步，抓住仅有的人生机遇，千方百计弥补学历不足的短板，相继取得国家承认的各类成人教育学历，以此为资格晋身的"敲门砖"，在持续拼争中，完成了关键的人生角色转换，一点点地分享了时代改革开放的成果，逐步锻炼成为社会急需的中坚力量。笔者认为，《八零后》中的知青人物，值得载入新时期改革开放新时期的文学史册。

这茬儿知青的孩子们，多数也是八十年代出生的独生子女，相当一部分孩子，跟着父母持续漂泊在外，吃了基础教育薄弱的"瓜落儿"，形成了基础教育先天不足的硬伤。这一点，似乎和父母当知青落下的硬伤惊人相似，这是绝大多数知青的时代痛点，故而书名《八零后》。

《八零后》的主要人物，多数仍是《致我们遥远的青春》长篇中的主要人物，这两部长篇可互称为文学姊妹篇。由此，读者似乎能从容、清晰地把握笔者笔下主要人物，随着时代发展，而产生的社会角色转换的脉络。

笔者一贯坚持从社会历史中的小人物创作入手的原则，从普通人物的生活故事展开与描写，试图以小见大，努力在《八零后》中，展示改革开放新时代，带来人物传统观念颠覆性变革的那个历史风貌。

笔者衷心感谢石油工业出版社的诸位友人热诚帮助，使得这部小说在 2021 年出版发行。

《八零后》中所用《石油城抒怀》的三首诗歌，系当年华北石油的文友、电大文科班同学杨绽英的诗歌集作品，使用时稍有修改，笔者顺致谢意。

笔者在此强调，《八零后》书中的人物，都是经过作者文学再创作的典型化人物，应看作社会原型的"复合人"，请读者千万不要对号入座，笔者由衷地拜托了。

2021 年初夏于京

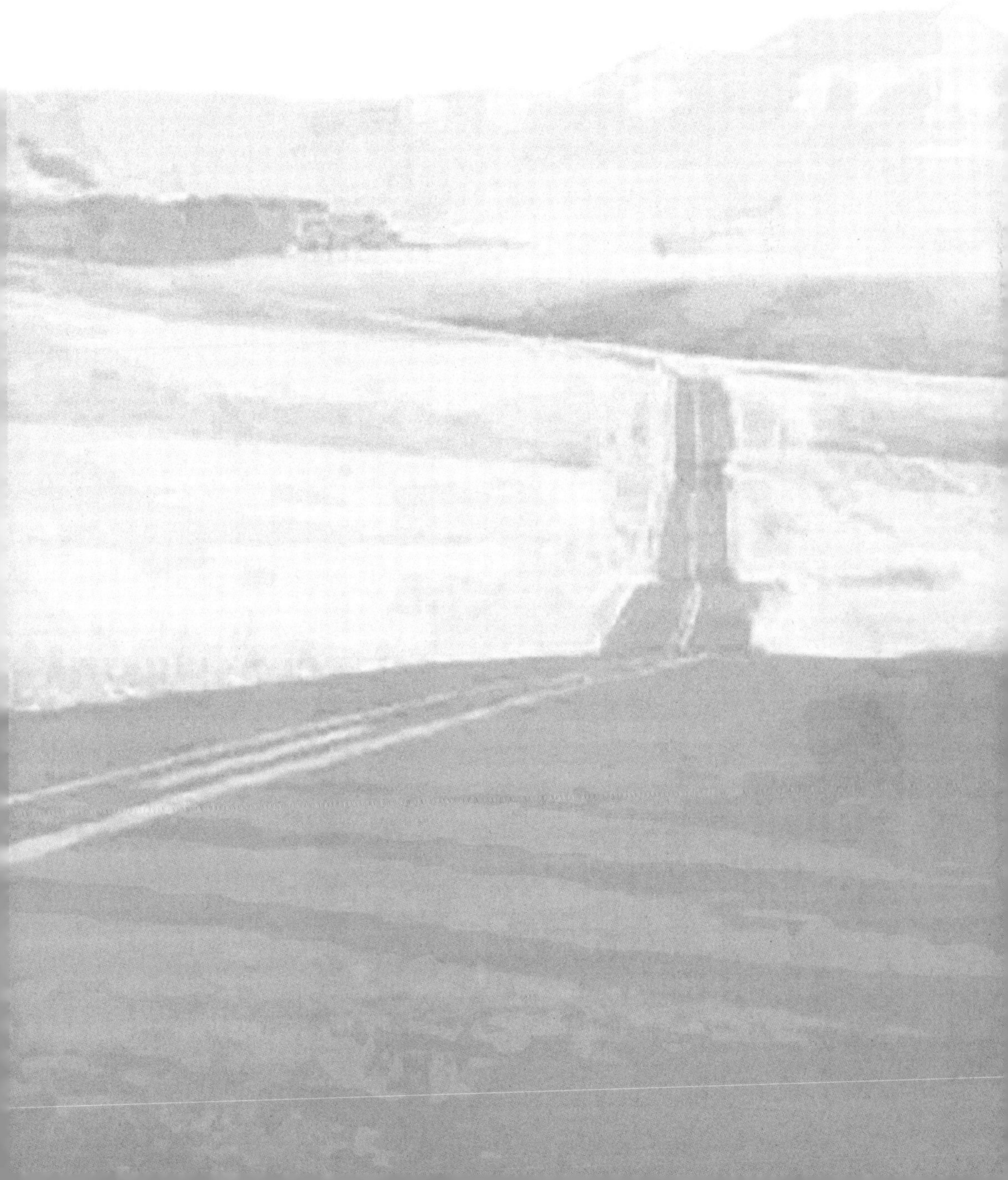

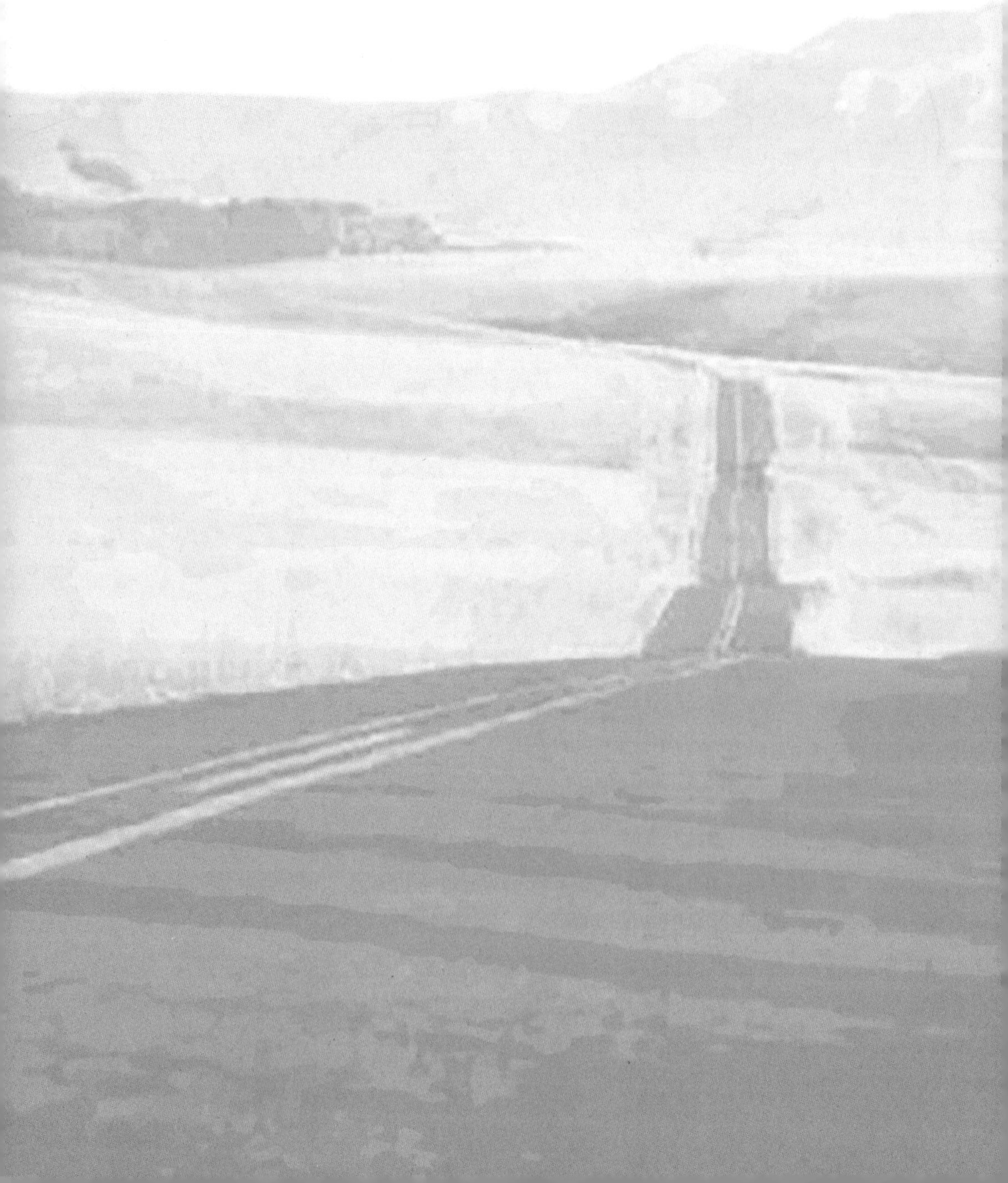